# Du même auteur:

La belle mortelle de Samson (Vampires Scanguards - Tome 1)
La provocatrice d'Amaury (Vampires Scanguards - Tome 2)
La partenaire de Gabriel (Vampires Scanguards - Tome 3)
L'enchantement d'Yvette (Vampires Scanguards - Tome 4)
La rédemption de Zane (Vampires Scanguards – Tome 5)
L'éternel amour de Quinn (Vampires Scanguards – Tome 6)
Les désirs d'Oliver (Vampires Scanguards – Tome 7)
Le choix de Thomas (Vampires Scanguards – Tome 8)
Discrète morsure (Vampires Scanguards – Tome 8 1/2)
L'identité de Cain (Vampires Scanguards – Tome 9)
Le retour de Luther (Vampires Scanguards – Tome 10)
La promesse de Blake (Vampires Scanguards – Tome 11)
Fatidiques retrouvailles (Vampires Scanguards – Tome 11 ½)
L'espoir de John (Vampires Scanguards – Tome 12)

Séduisant (Le Club des éternels célibataires – Tome 1)
Attirant (Le Club des éternels célibataires – Tome 2)
Envoûtant (Le Club des éternels célibataires – Tome 3)
Torride (Le Club des éternels célibataires – Tome 4)
Attrayant (Le Club des éternels célibataires – Tome 5)

# La Belle Mortelle de Samson

(Les Vampires Scanguards – Tome 1)

## Tina Folsom

Traduit de l'américain
par Agathe Rigault

Pour Mark

# 1

« Laisse-moi te sucer. »

La femme vampire tira sur le pantalon de Samson, libéra son sexe mou du confinement de son jean et se mit à le sucer de sa superbe bouche. Alors qu'elle se concentrait sur lui, il se prit à observer les lèvres rouges se resserrer sur sa verge. Elle bougeait de haut en bas, l'humidité de sa bouche lui servant de lubrifiant.

Elle attrapa ses bourses dans le creux de sa main et les serra, en rythme avec ses succions. Elle avait du talent, cela ne faisait aucun doute. Plongeant ses mains dans les cheveux de la femme, il balança ses hanches d'avant en arrière, cherchant une meilleure friction.

« Plus fort. »

Sa requête fut reçue avec enthousiasme, le son des aspirations de la belle emplissant la pièce faiblement éclairée.

D'un regard, il laissa ses yeux balayer le corps féminin à peine vêtu : des courbes appétissantes, de belles fesses et un joli minois. Tout ce qu'il pouvait désirer chez une partenaire sexuelle. Enthousiaste à l'idée de lui faire une fellation, elle avalerait probablement aussi, ce qu'il appréciait tout particulièrement. Mais, ni la forte succion à laquelle elle s'adonnait, ni la sensation de cette langue émoustillante courant de haut en bas sur sa verge ne produisait d'effet. Aucune érection ne semblait en vue. C'était peine perdue ! Rien ne bougeait.

La tête de la femme vampire s'agitait d'avant en arrière, ses longs cheveux bruns frôlant la peau nue de Samson, se mêlant à ses poils pubiens. Mais le corps de ce dernier n'était pas là. C'était comme si elle suçait quelqu'un d'autre que lui.

Samson la repoussa finalement, humilié et frustré. Si les vampires avaient pu rougir d'embarras, son visage aurait été aussi écarlate que les lèvres de sa partenaire. Heureusement, le rougissement était réservé aux humains.

Son sexe s'avérant inutile, il le replaça, en un temps éclair, dans son pantalon et ferma sa braguette. Plus rapidement encore se défit-il de son homologue féminin, son seul espoir étant qu'elle n'apprît jamais son identité.

Une bonne chose qu'il se trouvât dans une ville étrangère et non de retour à San Francisco, où il était connu de tous.

Une semaine après cet incident embarrassant, son ami Amaury lui fit une suggestion.

« Essaye juste pour voir, Samson, » insista-t-il. « Tu peux vraiment faire confiance au gars. Il ne pipera mot de l'histoire à personne. »

Son vieil ami ne pouvait être sérieux.

« Un psy ? Tu veux que j'aille voir un psy ? »

« Il m'a beaucoup aidé dans le passé. Qu'est-ce que tu as à y perdre ? »

*Sa dignité. Sa fierté.*

« Si tu me le conseilles, je peux essayer. »

Et c'est ainsi qu'il céda. En désespoir de cause ?

« Et ne le juge pas sur ses apparences. »

Le lieu prêtait à rire. Lorsque Samson entra pour la première fois dans le sous-sol sombre où le psychiatre officiait, il voulut faire marche arrière et s'enfuir, mais la réceptionniste l'avait déjà repéré. Se tenant droite et affichant un sourire mielleux, elle fit ressortir sa poitrine.

*Cool, un psy travaillant dans un donjon et affublé d'une Barbie en guise de garde !*

« Monsieur Woodford. Entrez, je vous prie. Le docteur Drake vous attend, » l'invita-t-elle de sa voix haut-perchée.

A peine entré dans le bureau de Drake, Samson sut qu'il avait commis une erreur. En lieu et place d'un divan se tenait un cercueil dont l'un des côtés en bois avait été retiré afin qu'une personne vivante pût s'y allonger confortablement, comme s'il se fût agi d'une méridienne.

Le gars devait être un halluciné. Aucun vampire moderne digne de ce nom n'aurait voulu être vu dans un cercueil ! Les vampires de San Francisco succombaient à la tendance et s'adaptaient au style de vie des humains. Les cercueils étaient *has-been,* tandis que les matelas Tempur-Pedic étaient à la mode.

L'homme rachitique fit le tour de son bureau et tendit la main à Samson, en guise de bienvenue.

« Si vous croyez que je vais m'allonger dans le cercueil, je vous conseille d'y réfléchir à deux fois, » aboya Samson.

« Je vois que nous avons du pain sur la planche. »

Le médecin parut rester de marbre face à la remarque quelque peu brutale de son patient. Il désigna un fauteuil, lequel semblait confortable, et Samson s'y assit à contrecœur. Le docteur Drake se laissa tomber dans le fauteuil d'en face. L'espace de quelques minutes, Samson bougea nerveusement, les mains cramponnées aux bras du fauteuil, tandis que le professionnel l'étudiait du regard.

« On pourrait commencer ? Je crois que je vous paye à l'heure. »

Tôt dans la vie, Samson avait appris qu'être offensif payait davantage que d'être sur la défensive.

« Nous avons commencé à la minute même où vous êtes entré mais, ça, je suis sûr que vous le savez. »

Le sourire du docteur Drake était tout aussi réservé que sa voix.

Samson plissa les yeux, essayant de passer outre cette réprimande implicite.

« En effet. »

« Depuis quand êtes-vous confronté à ces accès de colère ? »

Les mots utilisés par le professionnel n'étaient pas ceux auxquels il s'était attendu. Il pensait éventuellement entendre une question du genre « Alors, qu'est-ce qui vous amène ici ? », mais il n'imaginait pas être confronté à cet assaut direct sur sa psyché déjà bien abîmée. Avant d'accepter de prendre ce rendez-vous, Samson aurait dû demander davantage d'informations à Amaury concernant les méthodes du médecin.

« Des accès de colère ? Je n'ai aucun accès de colère. Je suis ici pour… Le problème c'est que… Euh, mon problème a à voir avec… »

Bon sang, depuis quand ne pouvait-il plus prononcer le mot « sexe » sans se sentir nerveux ? Il n'avait jamais eu de problème auparavant pour s'exprimer sur des questions d'ordre sexuel. Son vocabulaire incluait un large choix de mots sexuellement explicites qu'il n'avait aucune difficulté à laisser jaillir de sa bouche quand nécessaire.

« Hum hum… »

Le médecin hocha la tête comme s'il savait quelque chose que Samson ignorait.

« Vous pensez qu'il s'agit d'un problème d'ordre sexuel. Intéressant. »

L'homme pouvait-il lire dans les pensées ? Samson savait que certains vampires avaient des pouvoirs supplémentaires. Lui-même possédait une mémoire photographique. Il savait que d'autres pouvaient voir le futur ou lire dans les pensées, mais il était dans l'incapacité d'estimer la fréquence de ces pouvoirs.

Il avait besoin de savoir s'il était désavantagé en présence de cet homme. Hors de question de travailler avec quelqu'un qui pourrait lire dans ses pensées comme dans un livre ouvert, alors qu'il n'avait aucune envie d'être lu.

« Lisez-vous dans les pensées ? »

Drake secoua la tête.

« Non. Mais votre problème n'est pas si rare. C'est plutôt facile de le deviner. Vous montrez des signes de colère extrême et de frustration. »

Il se racla la gorge et se pencha en avant avec vivacité.

« Monsieur Woodford, je sais très bien qui vous êtes. Vous êtes à la tête de l'une des entreprises les plus prospères du monde des vampires, pour ne pas dire *la* plus prospère. Vous êtes immensément riche – et faites-moi confiance, cela n'influencera en rien le montant vous tarifé. »

« Bien sûr que non, » interrompit Samson.

Le charlatan lui ferait payer ce qu'il pensait que son patient était disposé à débourser. Ce ne serait pas la première fois. Samson avait l'habitude de voir les gens essayer d'augmenter leurs prix quand ils savaient qu'il avait les moyens. Mais ils n'essayaient en général qu'une fois. On ne l'escroquait pas sans en assumer les conséquences.

« Et dans le même temps, on ne vous a pas vu en société depuis un moment, alors que votre place est là-bas, à flirter avec de belles femmes. Je suppose que votre rupture d'avec Ilona Hampstead a quelque chose à voir avec ça. »

« Je ne suis pas ici pour parler d'elle. »

Samson laissa échapper un soupir. Il refusait de prononcer jusqu'à son nom. Elle ne tenait plus aucune place dans sa vie, plus maintenant. Et le simple fait de la mentionner lui démangeait les canines, avides d'une violente morsure. En faisant craquer ses doigts, il se demanda si le son pouvait être identique à celui du cou de la femme vampire si celui-ci venait à se briser. Ce ne serait que pure musique à ses oreilles.

« Peut-être pas d'elle, mais de ce qu'elle a fait. Il ne peut y avoir qu'une raison à cela. Et nous savons tous les deux de quoi il s'agit. Donc, maintenant, la question est : allez-vous me faire confiance afin que je vous aide ? »

Les yeux bleus de Drake ponctuèrent sa remarque.

« A faire quoi ? »

Samson décida de poursuivre dans le déni. Cela avait marché jusqu'à présent.

« Mettez cette colère de côté. »

Le médecin était aussi insistant que Samson était têtu.

« Je vous ai dit qu'il ne s'agissait pas d'un accès de colère. »

Un sourire narquois retroussa les lèvres du médecin.

« Oh, moi, je crois bien que si. Quoi qu'elle vous ait fait, cela vous a mis dans une telle colère que vous vous êtes bloqué sur le plan sexuel. Comme si vous ne vouliez plus vous rendre de nouveau vulnérable. »

« Je ne suis pas vulnérable. Je ne l'ai jamais été. Pas depuis que je suis un vampire. »

La vulnérabilité était la dernière chose que Samson voulait ressentir. Pour lui, c'était synonyme de fragilité. Si le médecin ne se montrait pas plus prudent dans ses accusations, le mécontentement de Samson se ferait rapidement sentir. Un combat physique soulagerait peut-être ses frustrations.

« Pas au sens propre du mot. Nous sommes parfaitement conscients de votre force et de votre pouvoir. Mais c'est de vos émotions dont je parle. Nous en avons tous. Nous nous débattons tous avec elles. Certains plus que d'autres. Croyez-moi, mon agenda déborde de rendez-vous pris par nos semblables qui ont besoin d'aide pour faire face à leurs émotions. »

Le psy le regarda. Non, Samson ne pouvait permettre à Drake de devenir si proche. Les émotions étaient quelque chose de dangereux. Elles pouvaient détruire un homme. Il s'extirpa de son fauteuil.

« Je ne crois pas que ça va fonctionner. »

L'étau se resserrant dans sa poitrine témoignait de l'effet des mots de Drake sur lui, même s'il n'était pas prêt à le reconnaître. Même pas à lui-même.

Le médecin se leva.

« Depuis que nous avons commencé à nous adapter, » continua Drake, résolu, « mes consultations médicales ont quadruplé. L'adaptation à la vie humaine a perturbé beaucoup d'entre nous. Nous devons, à présent, faire face à des problèmes sentimentaux que nous avions gardés enfouis des siècles durant. Littéralement. Vous n'êtes pas seul. Je peux vous aider. »

Samson secoua la tête. Personne ne pouvait l'aider. Il devait s'en sortir par lui-même. « Envoyez-moi votre facture. Au revoir, doc. »

Il sortit avec fracas ; le médecin avait touché un point sensible.

De toute façon, le sexe était surestimé. C'était, du moins, ce dont il tentait de se convaincre. Certaines nuits, il croyait en ses mensonges, mais cela ne durait jamais. La vérité était qu'il aimait avoir des relations sexuelles.

Beaucoup. Mais cela ne semblait pas fonctionner avec les femmes vampires. Quels que fussent ses efforts, il ne pouvait avoir d'érection.

Il n'avait jamais entendu parler qu'une telle chose fût arrivée à d'autres vampires. De prime abord, la virilité sexuelle faisait partie intégrante de ces derniers. L'impuissance était un concept étranger au monde des vampires. Seuls les humains devenaient impuissants. Si la nouvelle venait à se propager, il perdrait le respect de tous ses pairs. Cela était inacceptable.

Il finit donc par abdiquer et, un mois plus tard, prit un autre rendez-vous dans l'espoir que le charlatan pût faire quelque chose pour lui.

~ ~ ~

Samson cligna des yeux et effaça les souvenirs de ces neuf derniers mois. Ce soir, c'était son anniversaire. Il essaierait de s'amuser.

Il enjamba son fauteuil bergère à oreilles afin d'atteindre le minibar ; ses mouvements étaient fluides et, bien que mince, son corps était grand et musclé.

Il se servit un verre de son groupe sanguin préféré et le vida, d'un trait, comme un humain l'aurait fait avec un shot de Tequila, le sel et le citron en moins. L'épais liquide investit sa gorge et étancha sa soif, émoussant ainsi sa faim d'autres plaisirs. Bien ; aucun autre ne serait satisfait ce soir-là.

Tout comme les deux-cent soixante-dix nuits précédentes.

Non pas qu'il les eût comptées.

Seule sa soif de sang avait été apaisée. Ses autres besoins corporels, temporairement contenus, demeureraient inassouvis. Parfois, Samson nourrissait le désir d'être saoul et de tout oublier mais, malheureusement, être un vampire signifiait qu'il ne pouvait boire comme les humains. L'alcool n'avait aucun effet sur son corps. Pourtant, que n'aurait-il pas donné pour un semblant d'engourdissement à cet instant !

Il avait expressément demandé à ses amis de ne pas lui offrir de cadeau ni de préparer de fête. Bien sûr, il savait que tout cela serait vain, et ce n'était, maintenant, plus qu'une question de temps avant qu'ils ne fussent à sa porte. Comme des barbares maraudeurs, ils envahiraient sa maison, descendraient en raid sa réserve secrète de boissons de qualité, composée principalement de O négatif et lui feraient perdre son temps en lui racontant des histoires qu'il avait entendues une centaine de fois.

Il avait eu droit à une fête surprise lorsqu'il avait atteint le cap des deux cents ans, et ce ne serait pas différent aujourd'hui, alors qu'il célébrait son deux cent trente-septième anniversaire ; avec plus ou moins la même distribution au casting.

Anticipant l'inévitable intrusion dans sa vie privée, il avait enfilé un pantalon noir, assez chic, et un pull à col roulé gris foncé. Hormis sa chevalière, il ne portait pas de bijoux.

La sonnerie du téléphone déchira le silence de la maison. Il regarda l'horloge au mur et vit qu'il était presque neuf heures. Exactement comme il l'avait prévu, les gars étaient en route.

« Oui ? »

« Joyeux anniversaire, mon gars. Ça va à mort ? »

Mauvais choix de mots, vraiment.

« Qu'est-ce que tu nous fais, Ricky ? »

Malgré son héritage irlandais, celui-ci avait adopté de nombreuses expressions californiennes et passait désormais davantage pour un surfeur plutôt que pour l'Irlandais qu'il était en réalité.

« Je voulais juste te souhaiter un bon anniversaire et voir ce que tu faisais ce soir. »

La raison pour laquelle Ricky continuait à faire semblant, ça, Samson l'ignorait complètement. N'avait-il donc pas compris que sa fête d'anniversaire surprise était déjà démasquée ?

Samson alla droit au but.

« Quand est-ce que tout le monde arrive ? »

« Qu'est-ce que tu veux dire ? »

« A quelle heure allez-vous me surprendre avec une fête d'anniversaire, les gars ? »

« Comment tu l'as su ? Bon, pas grave. Les gars voulaient être certains que tu étais là. Alors ne sors pas de chez toi. Et si notre autre *surprise* arrive avant nous, garde-la. »

Pas encore ! Samson aurait dû s'en douter. Il retint sa colère.

« Quand est-ce que vous comprendrez que je ne suis pas intéressé par les strip-teaseuses ? »

*Je ne l'ai jamais été et ne le serai jamais.*

Ricky rigola.

« Oui, oui… Mais celle-là, elle est spéciale. Ce n'est pas une simple strip-teaseuse. Elle offre quelques extras. »

Les bonus auraient-ils un quelconque effet sur lui ? Samson en doutait.

« Je crois qu'elle pourra faire quelque chose pour toi si tu vois ce que je veux dire. Elle est bonne alors, donne-lui sa chance, ok ? C'est pour ton bien. Tu ne peux pas continuer comme ça. Holly a dit que… »

Samson l'arrêta. Trêve de plaisanteries pour ce soir.

« Tu l'as dit à Holly ? T'es con ou quoi ? C'est la plus grosse commère de tout le milieu ! Je m'étais confié à toi. Comment t'as pu faire ça ? »

Ses narines se dilatèrent et ses yeux se rétrécirent. Avec ses canines, soudainement proéminentes dans sa bouche, il aurait pu effrayer un champion de lutte jusqu'au mardi suivant. Mais Ricky n'était pas un lutteur et avait rarement peur. Il n'aurait même pas été effrayé jusqu'au lundi.

« Fais gaffe à la façon dont tu parles de ma copine, Samson. Ce n'est pas une commère. En plus, c'est elle qui a suggéré la strip-teaseuse. C'est une de ses amies. »

Parfait ! Une amie de Holly. Cela ne pouvait clairement que fonctionner !

Samson était toujours en train de fulminer, mais il était trop tard pour tout annuler.

« Bien. »

Il raccrocha vivement le téléphone sans laisser une chance à Ricky de s'expliquer davantage. Bien ! Maintenant qu'Holly était au courant de son petit problème, bientôt tout le milieu de San Francisco le saurait. Il serait la risée de chaque fête, la cible de chaque blague.

De combien de temps Holly aurait-elle besoin pour propager l'information : un jour, une heure, cinq minutes ? Combien de temps avant que ne démarrassent les ricanements dans son dos ? Pourquoi Samson n'achetait-il pas tout simplement lui-même une page de publicité dans le SF Vampire Chronicle pour lui faciliter la tâche ?

*Samson Woodford, le jeune célibataire débonnaire, ne peut pas la lever !*

~ ~ ~

Les yeux de Delilah Sheridan lui faisaient mal, mais elle continuait à scanner les rangées de transactions en cherchant quelque chose qui ne se serait pas trouvé à la bonne place. Frottant son cou endolori, elle aurait tout donné pour un massage ou, au moins, faire trempette pendant quinze minutes dans une baignoire, mais ni l'un ni l'autre n'aurait lieu ce soir.

« Café ? »

La voix de John retentit derrière elle.

Elle repoussa une mèche de ses longs cheveux noirs derrière son oreille.

« Non merci. Je veux pouvoir dormir ce soir. J'ai eu des insomnies ces dernières nuits. Je suis probablement encore à l'heure de New York. »

Son regard resta fixé sur l'écran de l'ordinateur.

La nuit précédente, malgré le confortable matelas, elle avait à peine dormi. Et le peu d'heures durant lesquelles elle avait succombé au sommeil, elle avait été perturbée par des rêves qui n'avaient aucun sens.

Le grand bureau spacieux était presque désert, et ils étaient les deux derniers. John Reardon était, pour la branche de San Francisco, le chef comptable de la compagnie nationale pour laquelle Delilah travaillait en tant qu'audit.

« Oui, je vois ce que vous voulez dire. C'est le fait de ne pas dormir dans votre propre lit, c'est ça ? »

John semblait sympathique.

« Ils ne m'ont pas envoyée à l'hôtel et m'ont prêté un appartement de la société. Au moins, de cette manière, je ne suis pas dérangée par le service d'étage. »

Certes, elle était logée dans un confortable appartement qui appartenait à la société, mais qu'est-ce que ça changeait si, de toute façon, elle n'arrivait pas à dormir ? Avant son voyage à San Francisco, elle n'avait jamais eu de problèmes d'insomnie. Au contraire, elle était connue pour être capable de s'endormir n'importe où et n'importe quand, dès qu'elle posait la tête sur un oreiller. Un oreiller ou autre chose, d'ailleurs !

Delilah se frotta les yeux, puis regarda sa montre. Il était neuf heures passées. Elle se sentait presque coupable de travailler si longtemps. John avait insisté pour rester tant qu'elle serait là ; il ne voulait pas la laisser seule dans les bureaux. Elle pensait qu'il ne faisait pas confiance aux audits qui furetaient çà et là et, selon elle, il avait bien raison. Non pas qu'elle appelât cela fureter, puisqu'elle disposait de toutes les autorisations dont elle avait besoin. En fait, elle avait des instructions précises.

Elle n'était pas là uniquement en tant qu'audit, mais aussi pour enquêter sur des irrégularités. Delilah était certaine que John n'était pas au courant de sa seconde fonction. On lui avait dit qu'elle n'était qu'un de ces audits que le siège envoyait de temps en temps.

« Je suis désolée, John. Je suis sûre que vous aimeriez rentrer chez vous, maintenant. »

Elle se retourna pour le regarder. Assis sur le bord de l'un des bureaux, le comptable porta sa tasse de café à ses lèvres. Son costume gris ne lui allait pas, et le col de sa chemise semblait effiloché. Il était plutôt grand et physiquement pas mal pour un comptable. Ennuyeux et terne, mais pas laid.

Il n'appréciait probablement pas le fait de devoir rester si tard au bureau. De toute façon, elle n'en pouvait plus, alors peut-être était-il temps de s'arrêter pour ce soir-là, même si elle passerait certainement la nuit à se tourner et se retourner dans son lit, pour une raison ou une autre.

« Prête ? »

Une lueur de soulagement apparut dans les yeux de John lorsqu'elle hocha la tête. Il n'eut besoin que de deux secondes pour se glisser dans sa veste et attraper son cartable. Il était indéniablement pressé de partir. Elle ne pouvait lui en vouloir, il avait une famille qui l'attendait. Alors qu'elle, pourquoi rentrait-elle à la maison ? Ce n'était même pas sa maison.

Non pas que sa maison eût été plus accueillante que l'appartement de la société. Personne ne l'y attendait. Pas d'homme, peu d'amis, pas même un chat ou un chien. De retour à New York, une fois cette mission terminée, elle sortirait et aurait des rendez-vous galants. Tels étaient ses projets. Des projets excellents qu'elle établissait lors de chacune de ses missions en-dehors de la ville, et qu'elle abandonnait, aussitôt rentrée chez elle. Mais cette fois-ci, elle avait bien l'intention de s'y tenir. Vraiment.

Cependant, pour le moment, tout ce qu'elle voulait se résumait à acheter un plat à emporter et à aller se coucher. John fut assez gentil pour lui indiquer Chinatown, où elle trouverait de quoi s'approvisionner avant de retrouver l'appartement. Même si elle s'était déjà rendue dans le quartier, son sens de l'orientation était bien moins développé que sa capacité à travailler avec les chiffres. De jour, elle parvenait généralement à se débrouiller, mais dans le noir, retrouver son chemin devenait vite cause perdue.

Une bruine ayant commencé à tomber, Delilah ne pouvait traîner dehors trop longtemps. Elle s'engouffra dans le premier restaurant chinois qu'elle trouva. L'endroit était presque vide.

La femme à l'entrée tenta de lui indiquer une table, mais Delilah fit signe de la main que c'était inutile.

« Juste à emporter, s'il vous plaît. »

L'hôtesse lui tendit un menu. Delilah le parcourut rapidement en essayant de ne pas laisser ses doigts s'attarder trop longtemps sur la collante couverture en plastique. La carte offrait un éventail bien trop vaste de choix. De combien de façons différentes pouvait-on cuisiner du bœuf ? Bœuf aux pousses de bambou, bœuf aux champignons, bœuf aux épices. C'en était assez. Elle jouerait la sécurité.

« Je vais prendre le bœuf mongol, avec du riz brun, s'il vous plait. »

« C'est dix minutes pour le riz brun. »

La Chinoise était aimable comme une porte de prison et tout aussi belle. Si elle pensait, qu'avec ce regard, Delilah changerait d'avis et opterait pour du riz blanc, elle se mettait le doigt dans l'œil.

« Ça ira, j'attendrai. »

Delilah s'enfonça dans l'une des chaises en plastique rouge près de la porte. Ce voyage d'affaires était son premier à San Francisco. Travaillant pour son propre compte, elle se contentait, en général, d'opérer des missions sur la Côte Est. Elle la quittait toutefois rarement.

Les vérifications périodiques des statistiques effectuées par le bureau-mère avaient révélé de mauvais ratios au sein de la branche de San Francisco. Il avait donc été décidé de faire appel à quelqu'un qui n'avait jamais eu de contact antérieur avec l'équipe de la Côte Ouest. C'est ainsi qu'une personne extérieure à la société avait été embauchée. Démarche intelligente. Les audits étaient susceptibles de se rapprocher du personnel qu'ils contrôlaient. Un changement régulier de ces derniers était donc généralement une bonne idée.

Si quelqu'un était en mesure de trouver d'où venait le problème, c'était Delilah ; elle était spécialisée dans la juricomptabilité. Certes, ce n'était pas aussi excitant que le travail de la police, mais c'était probablement ce qui s'en approchait le plus dans le monde de la comptabilité, si toutefois une telle chose était possible. Un oxymore pour certains, mais pas pour elle. De plus, elle vivait très bien de ce statut de consultant indépendant.

L'enquête ne devait pas présenter trop de difficultés en soi. Certains ratios entre les actifs et les moins-values ressortaient des graphiques et suggéraient, soit l'incompétence d'une personne, soit de mauvaises intentions de la part d'un employé envers la société. Comment, elle ne le savait pas encore, mais elle le découvrirait rapidement.

Delilah était fatiguée et savait qu'elle avait besoin d'une bonne nuit de sommeil, mais elle craignait aussi d'aller se coucher. Certains de ses anciens cauchemars étaient revenus, de nouveaux s'y étaient greffés. Elle n'en avait pas eus depuis quelques mois mais, dès son arrivée à San Francisco, quelques jours auparavant, ses mauvais rêves étaient réapparus.

En général, c'était toujours les mêmes. La vieille ferme française dans laquelle ils avaient vécu vingt ans plus tôt, quand son père avait accepté une mission de deux ans à l'étranger en tant que professeur associé. Les champs de lavande entourant la propriété. Le berceau. Le silence. Puis le visage de ses parents. Les larmes sur le visage de sa mère. La douleur.

Mais cette fois, les rêves s'étaient mêlés à d'autres, plus difficilement compréhensibles.

*La maison victorienne se distinguait à peine à travers la pluie battante. De la lumière jaillissait d'une des fenêtres ; le reste était plongé dans le noir. Elle courait de plus en plus vite. Vers la maison, pour se protéger. N'osant regarder derrière elle. Il était toujours là, à la suivre. Les mains agrippées à ses épaules. Puis, soudain, elle écrasait ses poings contre une lourde porte en bois. Quelque chose cédait. Elle trébuchait et tombait. Dans la chaleur, la douceur, la sécurité. A la maison.*

« Le bœuf mongol et le riz brun. »

La voix de la femme déchira le souvenir de son rêve. Delilah paya et prit la nourriture. Elle s'arrêta net à la porte.

*Mince !*

Il avait commencé à pleuvoir pour de bon. Or, elle avait laissé son parapluie à l'appartement, pensant qu'elle n'en aurait pas besoin de la journée. De plus, au lieu de choisir son trench, Delilah avait juste enfilé une veste légère, ce qui s'avérait à présent être un bien mauvais choix.

Tout le monde lui avait dit combien le temps à San Francisco pouvait être imprévisible et, à présent, elle s'en rendait compte par elle-même. Le bulletin météo n'avait pas prédit de pluie jusqu'au week-end. Pouvait-elle porter plainte contre le météorologue ? Probablement pas.

Delilah n'avait d'autre choix que de braver la pluie. Elle savait qu'elle n'était pas loin de l'appartement, seulement à trois pâtés de maisons. En longeant les immeubles, elle commença à courir le long du trottoir, tourna dans la rue suivante, puis encore une fois, au prochain pâté. L'appartement ne devait plus être loin à présent. Elle regarda autour d'elle mais, sous cette pluie battante, elle ne reconnaissait rien. L'appartement se trouvait-il encore plus loin ?

Ses vêtements étaient déjà trempés, et elle devrait se jeter sous la douche pour se réchauffer. Où diable se trouvait-elle donc ? Elle tourna au coin d'une autre rue et se retrouva dans une ruelle. L'endroit ne lui semblait pas du tout familier, mais ce n'était pas son plus gros problème, pas plus que cette pluie incessante. Non. Son plus gros problème, c'était cet homme qui se dirigeait vers elle. Même si elle ne pouvait le dévisager correctement, elle était prête à parier sa pension de retraite qu'il n'était pas là pour lui prêter un parapluie.

Son imposante silhouette se reflétait derrière lui grâce au faible éclairage d'un réverbère. La froideur de son apparence transperça Delilah, tandis qu'une légère lueur provenant d'une fenêtre éclaira son profil gauche. La cicatrice plissant sa peau n'inspirait pas confiance.

Delilah se retourna vers l'endroit d'où elle venait mais, avant qu'elle ne pût faire deux pas, une main s'abattit sur son épaule, la propulsant en arrière. Le soudain impact lui fit perdre l'équilibre. Elle glissa sur le trottoir mouillé, ses jambes se dérobant sous elle. Son dîner se répandit sur le sol, alors qu'elle se débattait pour garder son équilibre et tenter de rester debout.

De sa main, l'homme lui agrippa plus fortement l'épaule. Elle cria en essayant de s'échapper et tomba sur le trottoir, dans le même temps. Il se baissa pour l'aider à se relever et, à ce moment, Delilah retourna la tête d'un coup sec. Pour la première fois, elle put nettement voir son visage, assez pour pouvoir l'identifier si besoin était. Il était blanc, la quarantaine. La violence et l'intention de se défouler sur elle se lisaient sur son visage.

Delilah ne pouvait permettre à son agresseur de l'entraîner dans un coin sombre. La règle numéro un en stage de survie était de ne jamais laisser l'assaillant déplacer sa victime dans un autre endroit. Elle devait le repousser ici, où elle avait une chance d'attirer l'attention d'un passant.

*Autant rêver !*

Avec cette pluie, personne ne mettrait le nez dehors, pas même un chien.

Après avoir relâché la prise sur son épaule, l'homme la releva en la saisissant par le col de sa veste. Rapidement, Delilah tendit les bras en arrière et s'extirpa de cette dernière, abandonnant le vêtement, désormais vide, entre les mains de l'agresseur. A présent, elle avait une chance de le battre.

Elle l'avait surpris et avait quelques secondes d'avance sur lui. Avoir couru le sprint à l'université s'avéra utile, bien que le sol glissant n'aidât pas, pas plus que les talons hauts de ses chaussures. Un de ces jours, la vanité la tuerait.

A grandes foulées, Delilah courut vers la rue voisine, ses jambes maigres, mais musclées, repoussant le sol avec une véhémence assez surprenante pour son petit corps. L'homme n'était pas loin derrière elle. Et il était plus rapide. Elle devait courir de toutes ses forces. Sa respiration s'accéléra, alors que ses poumons demandaient plus d'oxygène.

Scannant la rue, elle repéra plusieurs maisons victoriennes de l'autre côté. Toutes étaient plongées dans le noir, sauf une. La lumière allumée à travers les fenêtres de la pièce de devant lui sembla étrangement familière. C'était sa chance, probablement la seule. Ne ralentissant pas une seule seconde, elle traversa la rue étroite, escalada les quelques marches de la vieille demeure et tambourina à la porte.

« Au secours ! Aidez-moi ! »

Désespérée, elle regarda derrière elle tout en continuant à frapper des poings. Son poursuivant se trouvait à moins d'un demi-pâté de maisons et, alors qu'il se rapprochait, Delilah voyait son visage ravagé par la colère. S'il l'atteignait, il libérerait son ire sur elle, et elle n'aurait nulle part où courir.

# 2

Qui diable tambourinait ? Samson devait apprendre à ses amis les bonnes manières. Il réalisa qu'il pleuvait des cordes dehors, mais ce n'était pas une raison pour abîmer sa porte, et ils risquaient de le regretter d'ici peu. Il était d'une humeur massacrante et, les entendre s'annoncer tels des barbares, ne lui plaisait pas.

Samson ouvrit grand la porte.

« Allez-vous faire foutre ! »

Un corps frêle aux cheveux dégoulinants et aux vêtements trempés tomba dans ses bras.

« Aidez-moi, s'il vous plaît ! »

La voix féminine était empreinte d'une urgence qu'il ne pouvait ignorer. Instinctivement, il la tira à l'intérieur et claqua la porte.

« Merci. »

Le faible marmonnement était presque inaudible, mais on y devinait un soulagement sincère. La jeune femme leva la tête et le regarda. De grands yeux verts, de longs cils épais et des lèvres rouges, pulpeuses. Sa chemise blanche était trempée, et elle aurait pu gagner haut la main n'importe quel concours de tee-shirts mouillés. Bien que Samson n'eût jamais assisté à un tel événement. Son soutien-gorge noir en dentelle mettait ses seins en évidence : 90C, devina-t-il.

La strip-teaseuse !

Bien sûr, c'était la strip-teaseuse. Les gars lui avaient donc trouvé une strip-teaseuse qui jouait les demoiselles en détresse. Cela changeait de l'habituelle femme policier ou de l'infirmière, mais bon, cela ne marcherait pas davantage.

La dernière fois que ses amis l'avaient surpris avec une strip-teaseuse, la Vilaine Policière avait tenté une fouille corporelle sur lui, mais l'avait laissé de marbre. Pas même les prémisses coquins d'un peu de bondage n'avaient sorti son engin de son sommeil de plomb. Qu'est-ce qui laissait Ricky penser que cette demoiselle en détresse ferait mieux ?

Elle était plus jolie, presque innocente. Samson pouvait toujours jouer quelques minutes et voir si quelque chose bougeait. Sans pour autant trop espérer, bien sûr.

« Qu'est-ce qui s'est passé ? »

Elle sentait le chien mouillé, mais également une autre odeur qu'il ne pouvait identifier.

« Un homme m'a agressée. »

Elle s'arrêta pour reprendre son souffle.

« Il faut que j'appelle la police. »

Elle frissonnait, paraissait crédible. La fille avait manifestement suivi des cours de comédie.

*Bien joué.*

« Eh bien pourquoi ne pas vous réchauffer d'abord, en enlevant vos vêtements trempés ? »

C'était sûrement le scénario qu'elle avait en tête. Quelle meilleure raison d'enlever ses vêtements que prétexter qu'ils étaient mouillés ? Cela ne dérangerait pas Samson de la réchauffer. Avec son propre corps.

Un froncement de sourcils apparut.

« Juste un coup de téléphone, s'il vous plaît. Je peux me changer chez moi, merci. »

Ah, donc elle voulait jouer la réservée. Cela lui était égal. Samson lui indiqua le salon, dans la cheminée duquel un feu se consumait. Elle se plaça juste en face de ce dernier et tendit les mains vers la source de chaleur. Ses vêtements trempés collaient à son corps, soulignant ses formes appétissantes. Mensurations parfaites. Pas trop mince, juste assez de chair afin qu'il pût s'y plonger. Au moins Ricky avait-il choisi quelqu'un qui lui plaisait physiquement. C'était un début.

« Vous allez attraper froid dans ces vêtements trempés, » murmura-t-il dans son dos.

Les épaules de la jeune femme se dressèrent, en proie à une tension évidente. Elle ne l'avait manifestement pas senti approcher. Qu'est-ce qui clochait avec ses sens ? Alors qu'il lui enveloppait les épaules de ses mains, elle poussa un cri et se retourna aussitôt. Samson reconnut, dans ses yeux, un mélange de colère et de peur.

« Je dois y aller. »

C'était maintenant que cela devenait intéressant. Elle jouait la difficile. Ricky avait raison, elle était douée. Peut-être pourrait-elle réveiller quelque chose en lui, simple éventualité. Samson appréciait une bonne chasse autant que n'importe quel autre vampire. Et il n'avait pas chassé depuis un bon moment. Chaque femme lui avait pratiquement été apportée sur un plateau d'argent et, bien que toutes séduisantes, aucune n'était parvenue à l'exciter.

« Pas si vite. Je crois que vous oubliez la raison pour laquelle vous êtes venue ici en premier lieu. Voyons ce que vous avez à me proposer. »

Il lui faisait comprendre qu'il était d'accord pour jouer. Histoire de.

La demoiselle lui lança un nouveau regard effrayé et se dirigea vers la porte. Mais Samson fut plus rapide et lui coupa la route. Il s'amusait, à présent. En fait, cela faisait longtemps qu'il ne s'était pas autant amusé. Quoi que Ricky l'eût payée, elle valait bien chaque dollar.

La jeune femme respirait bruyamment, feignant toujours d'être effrayée. Samson pouvait presque sentir sa peur. C'était exactement de cette façon qu'il aimait sa proie. Ses mains plongèrent sur ses épaules, et il l'attira vers lui. Peu lui importait que ses vêtements trempés pussent abîmer son pull et son pantalon, lesquels ne toléraient que le nettoyage à sec.

« Non, laissez-moi partir ! »

Sa demande désespérée résonna en écho dans la vaste demeure.

« Vous ne voulez pas partir. »

Il se noya dans son parfum. Oui, le chien mouillé, mais également autre chose, une odeur différente. Cette petite diablesse de vampire utilisait-elle quelque fragrance exotique ? Ça sentait délicieusement bon, c'était tentant. Une légère odeur de lavande s'engouffra dans ses narines.

Les yeux terrifiés de la jeune femme le regardèrent, tandis qu'elle se débattait sous son emprise.

« Je suis sûr que Ricky vous a payée assez et, si ce n'est pas le cas, je vous donnerai un généreux pourboire. »

L'argent n'était pas un problème. Si elle pouvait faire quelque chose pour lui, il serait bien plus que généreux.

« M'a payée ? »

Sa voix s'étrangla dans un cri haut-perché ; ses yeux s'écarquillèrent sous l'effet de la panique. De beaux yeux, dont le vert brillait à travers des centaines de facettes différentes.

Le goujat ne l'avait pas encore payée ? Bon, il pourrait s'en occuper plus tard, mais pour le moment, Samson désirait tout autre chose : un petit goût des lèvres pulpeuses et de la langue acérée de la jeune femme.

Elle avait quelque chose de spécial. Elle avait éveillé son intérêt. Samson baissa la tête et pressa ses lèvres contre les siennes. Elle essaya de se défaire de son étreinte, mais sa tentative ne pouvait être plus fragile. Il avait connu des vampires féminins presqu'aussi forts que des vampires masculins, mais le spécimen dans ses bras avait manifestement décidé de ne pas utiliser sa force contre lui.

Ses lèvres étaient douces, délicieusement douces. Samson glissa sa main derrière sa nuque pour la maintenir en place, tout en utilisant sa langue pour tenter de lui faire ouvrir la bouche. Il voulait la goûter, lui sentir la langue, mais elle gardait les lèvres fermement closes, apparemment disposée à ne pas céder de si tôt.

Elle se débattait toujours, essayant de se libérer de son emprise. Cela lui importait peu. De fait, plus elle résistait, plus il sentait son corps se frotter contre le sien, et plus il la voulait. Il continua son assaut sur ses lèvres, les balayant de sa langue humide. Il la serra plus fortement contre lui, son autre main courant le long de son dos pour aller serrer ses jolies petites fesses. Il sentit la chaleur de son corps sous ses vêtements trempés.

Ses seins étaient écrasés contre sa poitrine, et les battements rapides de son cœur se répercutaient en lui. Il appréciait sa douceur inhabituelle. Puis, il remarqua autre chose. Il se sentit réagir face à elle. Le sang se mit soudainement à pomper dans ses parties et surgit dans sa verge. Son pantalon le serra de manière inconfortable. Mais il n'allait pas se plaindre.

Samson laissa échapper un gémissement de plaisir lorsqu'il sentit son sexe se presser contre l'estomac de la jeune femme. Elle devait probablement le sentir également. Il n'avait pas eu d'érection depuis si longtemps que la preuve que son vieux corps fonctionnait toujours fut un cadeau d'anniversaire auquel il ne s'était pas attendu. La main sur les fesses de la belle, il l'attira plus près de lui et plaça son engin contre elle, la laissant savoir qu'elle avait accompli l'impossible.

Il la récompenserait largement pour ça. Pourquoi son psy n'y avait-il pas pensé ? Tout ce dont il avait besoin, c'était d'une femme qui prétendrait *ne pas* le désirer, et ses instincts de chasseur se feraient sentir. La psychologie inversée, là se trouvait la solution. Il devrait virer Drake. Durant tous ces mois, le charlatan n'avait rien trouvé qui pût l'aider.

Soudain, les lèvres de la strip-teaseuse s'écartèrent, et il n'hésita pas une seconde à y glisser sa langue avec avidité.

*Oh bon dieu, oui !*

Sa bouche, sa saveur, tout était tellement différent de ce qu'il avait pu goûter jusque-là. Sa langue s'engouffra en profondeur, cherchant celle de la femme. Ce n'était pas ce à quoi Samson s'était attendu ; son corps se tendit, alors qu'il explorait cette bouche délicieuse et jouait avec la langue hésitante, taquinant la jeune femme pour qu'elle lui en donnât davantage. Il y mit encore plus d'engouement. Oh bon sang, elle était délicieuse.

La main sur sa nuque, Samson la caressa avidement, tandis que son autre main ne pouvait cesser de caresser ses fesses et de la serrer plus fort encore contre lui. Sa verge était dure comme de la pierre et prête à exploser. Il ne pouvait se souvenir avoir jamais eu une telle érection ou, en tout cas, pas au court des cent cinquante dernières années.

Il n'y avait pas moyen qu'il la laissât partir avant de l'avoir complètement possédée. Il voulait s'enfoncer en elle aussi longtemps que possible et trouver le plaisir qui lui avait fait défaut ces neuf derniers mois.

Samson avala davantage encore de son goût, de son odeur, et tout d'un coup, ses narines frémirent.

Que diable était-il en train de faire ?

*Merde !*

Il n'était pas en train d'embrasser un vampire. Elle avait un goût humain ! Ses amis étaient en train de le tuer. Ils lui avaient dégoté une strip-teaseuse humaine ! Ils auraient au moins pu le prévenir. Il risquait de lui faire mal s'il ne faisait pas attention. S'il perdait le contrôle, il pouvait la mordre et boire son sang. Quelle bande d'idiots !

Alors, il sentit la douleur, aiguë, le poignardant par surprise dans son pied. Il lâcha immédiatement la jeune femme et grimaça, sautant sur un pied pour tenter d'atténuer la douleur. Elle avait enfoncé, de toutes ses forces, son talon aiguille dans sa chaussure italienne.

*C'était quoi, ce bordel ?*

Qu'est-ce qui lui avait pris ? Elle avait répondu à son baiser, elle l'avait embrassé. Il n'y avait aucune raison à son brusque éclat de colère. En outre, Ricky avait dit qu'elle faisait quelques extras. Alors qu'il la dévisageait, incrédule, elle le regarda furieusement et, comme si cela ne suffisait pas, le gifla d'un coup sec sur la joue.

*Bam !*

Des rires étouffés dans son dos firent se retourner Samson en un temps record. Enfin, ils étaient là : ses amis, le regardant se faire taper par une femme. Cela irait droit dans les livres d'Histoire : la nuit où Samson s'était fait gifler par une humaine. Y avait-il autre chose de prévu pour son humiliation ?

« Bon sang, mais qu'est-ce que tu fous, Samson ? » demanda Ricky.

« Qu'est-ce que tu crois que je suis en train de faire ? Je m'amuse avec la strip-teaseuse que tu m'as offerte pour mon anniversaire. »

Depuis quand Ricky était-il guindé ? Après tout, cette idée ridicule était la sienne.

« Une strip-teaseuse ? » hurla la femme. « Je ne suis pas une strip-teaseuse ! »

Ricky secoua la tête, et les gars derrière lui ne purent retenir leurs stupides sourires, comme s'ils n'étaient qu'une bande de gamins à l'université et non pas des vampires adultes.

« T'es aveugle, mec ? Ce n'est pas la strip-teaseuse. »

Ricky inclina la tête en direction de la femme à la courte tenue d'infirmière et aux porte-jarretelles se tenant au milieu de ses amis. Les yeux de Samson passèrent de l'infirmière à la demoiselle en détresse, telle une balle de ping-pong, pour finalement s'arrêter sur Ricky. La vérité se lisait sur le visage, choqué, de ce rouquin de vampire.

« Ça…, » dit Ricky en pointant du doigt la femme furieuse à côté de Samson, « c'est une dame clairement énervée à qui tu dois des excuses. Je me mettrais à genoux tout de suite si j'étais toi. »

Bon conseil. Samson grimaça intérieurement.

« Joyeux anniversaire, » dit son plus vieil ami, Amaury.

S'il était en train d'essayer d'apaiser la situation, alors il fallait y mettre plus de conviction, car cela ne fonctionnait absolument pas.

« Et félicitations, » ajouta Thomas en souriant.

Mais ce n'était pas pour son anniversaire qu'il le félicitait. Ses yeux étaient fixés sur l'entrejambes de Samson. Rien ne pouvait jamais échapper aux yeux vifs de Thomas, surtout lorsqu'il s'agissait d'un corps masculin. Samson comprit immédiatement, mais cela ne détendit pas l'atmosphère pour autant. A présent, il devait faire face à la femme qu'il avait embrassée si passionnément, et cela ne le mettait pas à l'aise. Surtout au vu de l'ardente et protubérante érection sous son pantalon. Une érection qui ne disparaîtrait pas, pas tant qu'il aurait le goût de la jeune femme sur la langue.

Celle-ci l'effleura en passant pour sortir de la pièce. Il ne pouvait la laisser partir ainsi. Il lui devait bien plus que des excuses. Elle avait apaisé ce que son psy n'avait pas été capable de régler après des mois de rendez-vous hebdomadaires. Il devait faire quelque chose, n'importe quoi.

« Mademoiselle... »

Elle continua à marcher, comme si elle ne l'avait pas entendu. Les gars s'écartèrent pour la laisser passer.

« S'il vous plaît. Je suis désolé. Je ne savais pas. Je pensais que vous étiez... Je suis désolé. Vous devez penser que je suis un sauvage. S'il vous plaît, mademoiselle, laissez-moi vous offrir des vêtements secs, quelque chose pour vous réchauffer. Mon chauffeur va vous ramener chez vous. »

Elle s'arrêta sur le pas de la porte et sembla hésiter.

« S'il vous plaît. »

Peu lui importait que ses amis pussent le voir en train de la supplier. Il les affronterait plus tard. Etonnamment, tout ce qu'il voulait pour le moment, c'était qu'elle ne fût pas en colère contre lui. Samson ne comprenait même pas pourquoi cela lui importait ; après tout, ce n'était qu'une humaine. Finalement, les épaules de la jeune femme semblèrent s'affaisser, comme si elles se relâchaient sous le poids de la tension.

~ ~ ~

Delilah se retourna et le regarda. Elle savait qu'il pleuvait toujours dehors, et la perspective de vêtements secs et de quelqu'un qui la raccompagnerait chez elle était tentante, d'autant qu'elle n'était pas sûre de retrouver le chemin de son appartement. En outre, le voyou pouvait toujours rôder dehors, dans les parages et alors, elle ne serait pas mieux là-bas qu'auparavant.

Maintenant qu'il la regardait avec ses yeux de chien battu, l'homme semblait accueillant et gentil. Ce n'était pas l'impression qu'il avait donnée quelques minutes auparavant. Elle s'était sentie comme sa proie. Il avait semblé être un chasseur. Son baiser, avide et chaud, était empreint d'expérience. Et malheureusement, c'était ce qui lui avait plu. Raison pour laquelle elle n'avait pu résister et l'avait, à son tour, embrassé.

Delilah avait senti son corps contre le sien, ses mains la touchant en toute intimité. Il l'avait excitée. Elle supposa qu'il ne s'agît là que d'un pur réflexe du corps, mais au fond d'elle-même, elle savait qu'il n'y avait pas un seul réflexe au monde capable de la faire s'ouvrir à un homme qui l'agressait, à moins qu'elle ne désirât ce dernier.

Pendant son baiser, elle avait senti des flammes d'une braise ardente la bombarder, comme si son sang s'était mis à bouillir. Personne ne l'avait jamais embrassée ainsi. Aucun des hommes qu'elle avait fréquentés n'avait été aussi près de faire fondre son corps au moindre toucher.

Mais ce n'était pas correct. Il l'avait attaquée comme une bête sauvage, car il pensait qu'elle était une strip-teaseuse de base. Cela ne faisait aucun doute dans son esprit quant aux intentions de l'homme ; son érection était la preuve que, si elle ne l'avait pas arrêté, il l'aurait prise là, au milieu du salon. Ce n'était pas l'idée qu'elle se faisait d'une romance, peu importe depuis combien de temps elle n'avait pas eu de relations sexuelles.

Delilah jeta un œil à la femme en tenue d'infirmière. Dégoûtant ! Ses seins semblaient faux, tout comme le reste. Elle paraissait être une femme facile, et Delilah était sûre qu'elle n'était pas uniquement strip-teaseuse, mais également prostituée. Elle voyait très bien dans quel but la vagabonde avait été embauchée.

Il avait donc des amis dingues qui lui offraient un cadeau d'anniversaire encore plus dingue. Malheureusement, il avait essayé d'ouvrir le mauvais cadeau. Pouvait-on la prendre si facilement pour une strip-teaseuse ou bien le gars avait-il besoin de lunettes ? Delilah se regarda des pieds à la tête et réalisa seulement à cet instant que sa chemise blanche était complètement trempée, ce qui la rendait transparente, dévoilant au travers, son dernier achat chez Victoria's Secret. Elle maudit intérieurement son amour pour la lingerie noire. Pas étonnant qu'il eût pu la prendre pour une strip-teaseuse. Peut-être tout cela était-il bien plus innocent que ce qu'elle avait initialement cru.

« Vous avez parlé de vêtements secs ? » lui demanda-t-elle finalement.

Malgré la chaleur de la maison, elle avait froid et sentait ses tétons inconfortablement durs, presque douloureux.

Les prémisses d'un doux sourire retroussèrent la bouche de son interlocuteur, lequel hocha la tête.

« Je peux vous passer un pull et un jogging. Vous pouvez vous sécher dans la salle de bain. » A présent, il ressemblait presque à un écolier.

« Je reviens. »

Elle le suivit du regard, alors qu'il grimpait l'escalier, ses jambes fortes avalant les marches deux par deux, et son postérieur, serré dans le pantalon, bougeant sous le tissu. Que du muscle, pas de graisse.

« Je suis Ricky, » se présenta un de ses amis. « Désolé, je crois que c'est entièrement ma faute. J'ai dit à Samson qu'une strip-teaseuse allait arriver.

D'habitude, c'est un vrai gentleman. Ne lui en voulez pas de… euh… ce qui est s'est passé. »

Il était grand et avenant, un visage de gamin, plein de tâches de rousseur et une tête toute rousse. Elle décela un léger accent dans ses paroles. Irlandais, peut-être ?

« Absolument, » ajouta le suivant. « Je suis Amaury. »

*Amore ? De l'italien « amour » ?*

Quel étrange nom pour un homme. Il lui tendit la main. Elle hésita, mais la serra malgré tout. Sa poigne était ferme.

« Il a été pas mal stressé ces derniers temps. S'il vous plaît, pardonnez-le. »

Il était large d'épaules, le genre de gars imposant, aux cheveux noirs qui lui arrivaient aux épaules. Mais ce n'était pas un hippie. Il semblait bien soigné, et ses longs cheveux suggéraient qu'il n'était pas de cette époque. Il paraissait davantage sortir tout droit d'un roman historique, enfourchant un cheval pour sauver sa favorite. Ses yeux bleus étaient perçants, son sourire désarmant, tandis que celui-ci s'étendait sur ses lèvres pour éclairer tout son visage.

Chacun de ses amis tenta d'apporter son lot d'excuses en son nom. Ils semblaient proches. Un homme ayant des amis décents ne pouvait être si mauvais. Bien sûr, Charles Manson avait probablement eu des amis à un moment donné aussi et cela ne faisait pas de lui un bon gars. Pareil pour Jack l'éventreur. Le tueur du Zodiac lui vint à l'esprit, et son imagination s'emballa à nouveau.

« C'est vraiment quelqu'un de bien, » professa un autre. « Thomas. Ravi de vous rencontrer, m'dame. »

*M'dame ?* Voilà qui était formel.

Son sourire chaleureux contrastait complètement avec son apparence : Thomas était habillé tout en cuir et portait un casque de moto sous le bras.

Un quatrième gars se trouvait derrière. Il semblait un peu timide et hocha simplement la tête dans sa direction. Il portait les mêmes vêtements de motard que Thomas.

« C'est Milo. »

Thomas le présenta et lui mit les bras, de manière possessive, autour des épaules. La présence d'un couple d'homosexuels la rassura un peu. Quelles étaient les chances que quelque chose de mauvais arrivât s'il y avait un couple gay dans la pièce ? Au moins avait-elle le sentiment qu'il y aurait deux hommes qui ne la frapperaient pas mais, au contraire, la protègeraient, si le besoin s'en faisait sentir.

« Enchantée. Je suis Delilah. »

Elle se balança sur un pied, puis sur l'autre, gênée par le fait que les hommes pussent voir son soutien-gorge. Ses yeux cherchaient un endroit sûr où se poser.

« Delilah ? Comme dans Samson et Delilah ? » demanda Ricky, un petit sourire en coin.

Les gars gloussèrent. Elle vit comment Amaury donna un coup de coude dans les côtes de Ricky, manifestement pour le faire taire.

« Oui, c'est Delilah. »

Comment un des gars avait-il appelé son sauveur après qu'elle l'eût giflé ? Il s'appelait vraiment Samson ?

« C'est un joli prénom. »

Le compliment d'Amaury sembla servir à étouffer l'inconfortable silence plus que toute autre chose.

« Samson, te voilà, » dit soudainement Thomas en regardant vers l'escalier.

Delilah leva les yeux et vit Samson descendre les marches. Elle ne pouvait s'empêcher de le regarder.

Elle n'aurait pas dû l'observer ainsi d'un air ahuri, mais elle n'aurait pu détourner les yeux, même si sa vie en avait dépendu. Il était grand, bien plus d'un mètre quatre-vingt-dix et faisait vraiment figure impressionnante, dans son pantalon noir et son pull à col roulé gris, lequel lui seyait assez bien. Ses hanches étaient étroites, ses épaules larges, et il semblait ne pas être étranger à un club de gym. Ses cheveux noirs étaient trop longs pour être à la mode, ce qui lui conférait une beauté intemporelle. Ses yeux noisette requéraient toute son attention.

Samson descendit les escaliers comme si le monde lui appartenait, exaltant un sentiment de confiance d'une intensité telle qu'elle n'en avait encore jamais vue chez personne auparavant. A chacun de ses pas, elle se sentait un peu plus attirée par lui, de telle sorte que, plus il s'approcherait d'elle, et plus les paroles qu'il lui adresserait lui feraient perdre tous ses moyens. Pourtant, il resta silencieux tout en s'approchant.

Samson. Il portait bien son prénom. Cet homme à tomber par terre l'avait embrassée ? A quoi avait-elle pensé en le repoussant ? Avait-elle perdu la raison ? Apparemment, oui. Elle ne trouvait pas d'autre explication pour le moment. Elle savait ce que ces lèvres pouvaient lui faire, ce que ces mains avaient réveillé en elle.

Le simple souvenir de ces cuisses fermes pressées contre elle fit augmenter la température de son corps de quelques degrés. Quelques secondes de plus et elle aurait besoin d'une assistance médicale pour faire tomber sa fièvre. Ou de son assistance à lui. Après réflexion, plutôt de son assistance à lui, puisqu'un médecin ne pourrait probablement pas l'aider au vu de ce qu'elle avait : une sévère attaque de désir.

Il s'arrêta juste en face d'elle, son regard surprenant le sien. Durant tout ce temps pendant lequel il avait descendu les escaliers, Delilah réalisa soudain qu'elle l'avait dévoré du regard. Elle était certaine qu'il l'avait vue l'observer. Incapable de s'arracher à lui, elle inhala son odeur purement masculine.

Il lui donna une pile de vêtements ; sa main toucha la sienne accidentellement, ce qui provoqua en elle quelques étincelles.

« La salle de bain pour les invités se trouve au fond du couloir. Il y a des serviettes propres dans le placard à linge, » dit-il, d'une voix douce et gentille.

« Merci. »

Alors qu'elle se dirigeait dans cette direction, elle entendit les hommes murmurer, sans pouvoir comprendre ce qu'ils disaient. Elle jeta un coup d'œil en arrière avant d'entrer dans la salle de bain et surprit Samson en train de la regarder. Ses yeux couleur noisette avaient suivi le moindre de ses mouvements.

~ ~ ~

Samson se retourna vers ses amis quand elle eut fermé la porte derrière elle.

« Les mecs, vous êtes vraiment des cons, parfois. Je ne sais pas pourquoi je continue à vous voir, » les accusa Samson avant de s'emparer de son téléphone portable posé sur la table.

Il activa le mode de recherche rapide des numéros.

« C'est parce que tu n'as pas d'autres amis. »

De temps à autre, Ricky se devait de dire l'évidence.

Une réponse instantanée fut donnée à son appel.

« Carl, s'il vous plaît, amenez la voiture dans une quinzaine de minutes. »

« Certainement, monsieur. »

« Merci. »

Samson raccrocha et se retourna vers le groupe.

« On dirait que la situation se redresse, » fit remarquer Thomas sans la moindre discrétion, avec un sourire jusqu'aux oreilles.

« C'est une humaine, bande de crétins ! »

Samson jura dans sa barbe, mais suffisamment fort pour se faire entendre du groupe.

*Et le truc le plus chaud qu'il m'ait été donné de toucher.*

« Ben, *on* ne l'a pas envoyée ici, » s'en défendit Ricky d'un mouvement de bras.

« Alors, qui est-elle ? »

« Comment diable le saurais-je ? Elle a presque cassé ma porte en demandant de l'aide. »

« Je peux le faire aussi si ça t'excite. »

Samson douta des paroles de la strip-teaseuse et l'ignora.

« Ok, tout le monde dans la cuisine et laissez-moi avec elle quelques minutes. »

« Avec moi ? » susurra la strip-teaseuse.

Aucune chance. Samson fronça les sourcils.

« Non. L'humaine, bon sang. »

« Ok, ok. »

Il les regarda sortir de la salle à manger et disparaître dans la cuisine, située à l'arrière de la maison. La paume d'Amaury était déjà entrée en contact avec les fesses de la strip-teaseuse. Samson secoua la tête. Son ami n'avait jamais rencontré une femme qui ne lui eût plu.

S'il laissait les gars seuls trop longtemps, ils videraient toute sa cave. Il voyait déjà ses réserves de sang dégringoler à la minute.

Samson se dirigea vers le bar et servit deux verres de brandy. Il s'était habitué au goût et aimait la sensation chaude que cela lui procurait dans la poitrine quand il en descendait un verre. Hormis cela, la boisson passerait dans son organisme sans le moindre effet. Sa capacité à supporter les boissons des humains lui était d'une grande aide dès qu'il devait rencontrer ces derniers en société.

Les vampires se mêlaient librement à leurs compères humains qui, à n'en pas douter, se sentaient différents d'eux. Certaines personnes étaient simplement considérées comme plus excentriques que d'autres. San Francisco était l'endroit idéal pour cela. Pratiquement tout le monde y était un peu étrange, et personne n'y prêtait vraiment attention.

Les vampires de la haute société de San Francisco avaient plus ou moins le même *modus operandi* que leurs homologues humains. Il y avait des bals, la saison de l'opéra, l'orchestre symphonique, les vernissages de galeries, les représentations de ballets, les récitals et les premières des pièces auxquels se rendre. Chaque personne importante voulait y être vue.

Ce soir-là, Samson avait autre chose à célébrer. Ses fonctions hydrauliques fonctionnaient à nouveau. En fait, même mieux qu'avant. Son sexe avait été aussi dur que du granit quand il avait pressé son corps contre celui de Delilah et l'avait embrassée. Il ignorait comment cela avait pu se produire et s'en moquait bien ; ce qu'il savait, c'était qu'il était de retour. Et bon sang, ce que cela faisait du bien !

Samson se retourna vers la porte dès qu'il entendit les pas de la jeune femme. Elle portait l'un de ses sweatshirts et un jogging. Les deux étaient trop grands pour elle, mais elle avait retroussé les manches et les ourlets plusieurs fois pour qu'ils pussent lui aller. Bon sang, elle était mignonne. Elle avait séché ses longs cheveux noirs à l'aide d'une serviette.

« Je vous en prie, venez ici. Asseyez-vous. Réchauffez-vous. »

Elle se pencha en avant dans la pièce, ses mouvements étaient hésitants ; elle le scrutait afin d'être certaine de pouvoir s'approcher sans danger.

« Merci. »

« Brandy ? »

Il lui tendit l'un des verres qu'il avait déjà préparés. Elle l'accepta. Samson lui effleura les doigts des siens lorsqu'elle lui prit le verre des mains. Ils étaient froids. Elle s'assit dans le fauteuil le plus proche de la cheminée et but une gorgée.

« Pardon ; je ne me suis pas présenté. Je suis Samson Woodford. »

Elle leva les yeux vers lui, et il réalisa qu'il était toujours debout. Il prit un siège en face d'elle pour se poser à hauteur de son regard.

« Delilah, Delilah Sheridan. »

Delilah ? Un beau prénom pour une belle femme. Une belle *humaine. Inaccessible.*

Deviendrait-elle sa rédemption comme la biblique Delilah avait été la perte de son prénom ? Encore une raison supplémentaire pour ne pas la toucher.

« Je dois m'excuser. J'ai été malpoli, et c'est impardonnable. »

Impardonnable, oui, mais malgré tout excitant. Il voulait la sentir de nouveau : la chaleur, l'excitation, son corps. Même à présent vêtue de vêtements informes, trop grands de plusieurs tailles, elle semblait plus attirante que n'importe quelle femme vampire sur laquelle il avait posé les yeux. Son odeur excitait ses sens, menaçant de dominer ses bonnes manières une fois de plus.

« C'était un malentendu. Vos amis m'ont tout expliqué. »

Elle semblait se réchauffer. Ses joues paraissaient plus roses à présent, probablement grâce à la chaleur du feu et au brandy qu'elle sirotait. S'il pouvait seulement lécher les gouttes de brandy sur ses lèvres, peut-être cela apaiserait-il son corps.

« Comment se porte votre pied ? Je suis désolée. »

« Ça va aller. Ne vous en faites pas. »

*Si tu l'embrasses, ça ira encore mieux.*

« Merci de votre aide. »

« Je vous en prie. Encore une fois, je suis vraiment désolé d'avoir agi comme un véritable con. »

Samson se passa la main dans les cheveux. Il assimila son geste à un signe de nervosité. Pourtant, il n'avait aucune raison de ressentir une telle chose.

« Où sont vos amis ? »

Avait-elle peur de se retrouver seule avec lui ? Il l'avait manifestement effrayée. Il ne pouvait lui en vouloir. Etre seule avec un homme qui l'agressait, l'embrassait passionnément et forçait son érection contre elle ne pouvait créer une situation de confiance. Pouvait-elle voir que sa verge commençait à réagir à nouveau, se préparant pour elle ? Samson se mut sur sa chaise et croisa les jambes.

« Je les ai envoyés dans la cuisine pour qu'ils commencent la fête. Je vous assure qu'ils vous entendront si vous leur demandez de l'aide. Il n'y en a pas un parmi eux qui n'accourrait pour venir en aide à une femme appelant au secours »

« Oh. »

Son regard surpris et ses joues rougissantes lui firent marquer une pause. Peut-être ne se sentait-elle pas menacée, après tout.

« Je suis désolée d'avoir interrompu votre fête d'anniversaire. Je devrais m'en aller. »

Elle fit mine de se lever, mais il l'arrêta.

« J'ai appelé mon chauffeur. Il sera là dans quelques minutes pour vous ramener chez vous. »

Delilah fit une piètre tentative pour rejeter son offre.

« Ce n'est pas la peine, vraiment. Je peux prendre un taxi. »

« Je vous en prie. C'est la moindre des choses après tout ce que je vous ai fait vivre. »

Elle lui adressa un sourire magnifique.

« Merci, c'est très généreux de votre part. »

« Dites-moi ce qui s'est passé dehors. »

Samson inclina la tête vers la fenêtre en regardant l'obscurité.

Elle déglutit.

« Un homme m'a pourchassée dans une allée. J'ai couru, glissé et il m'a attrapée. Et après, je me suis échappée, et il m'a suivie. Il était très près de moi quand vous avez ouvert votre porte. »

Elle respirait bruyamment, son récit la replongeant manifestement dans la scène.

« Etes-vous sûre qu'il n'essayait pas juste de vous aider quand vous avez glissé ? »

Elle secoua la tête.

« J'en suis sûre. J'ai vu son visage. Il n'avait rien d'amical. Il me poursuivait. »

Avait-elle réagi de manière excessive ? L'incident était peut-être complètement innocent. Les femmes voyaient parfois des choses là où rien n'avait lieu d'être.

« Vous pouvez me le décrire ? »

« Je ne l'ai vu que très brièvement, mais il était costaud, blanc, peut-être la quarantaine. Il avait une cicatrice sur la joue. »

« Pensez-vous que vous le reconnaîtriez si vous le voyiez à nouveau ? »

Elle hocha la tête avec assurance.

« Sans aucun doute. »

Une mèche de cheveux mouillés se colla sur sa joue, et Samson dut fournir un effort extrême pour ne pas se pencher et la dégager de son visage. Elle n'apprécierait plus aucune avance physique de sa part, pas même ce tendre contact dont il avait fortement envie.

La tendresse n'était pas quelque chose pour laquelle les vampires, et à plus forte raison Samson, étaient connus. Le désir, la passion, oui, mais pas la tendresse. Il apprécia pourtant ce sentiment inhabituel.

Samson entendit la porte d'entrée s'ouvrir. Carl avait les clés de la maison, tout comme ses amis, hormis Milo. Quelques secondes plus tard, Carl en personne apparut sur le seuil du salon.

« Veuillez m'excuser de vous interrompre, monsieur, la voiture est prête et vous attend. »

Ils se levèrent, et Samson regretta de ne pas avoir dit à Carl de prendre son temps. Il avait apprécié la compagnie de la jeune femme et aurait adoré continuer à l'apprécier un peu plus encore. L'apprécier, elle ? A quoi diable pensait-il ? Ce n'était pas plus mal si elle partait maintenant, avant qu'il ne fît quelque chose de stupide. Tout devait se terminer ici et maintenant.

« Je vais chercher mes vêtements. Je les ai laissés dans la salle de bain. »

« Ne vous inquiétez pas, je vous les ferai envoyer demain lorsqu'ils auront été lavés et repassés. »

Le fait de garder ses vêtements un peu plus longtemps lui permettrait d'inhaler encore une fois son parfum.

« Mais ce n'est pas… »

« Nécessaire ? »

Il sourit.

« Je vous en prie. »

~ ~ ~

Ce n'était vraiment pas nécessaire, mais son sourire était si charmant que Delilah ne put refuser. Il lui sembla qu'il voulait absolument se rattraper.

Il donna les instructions à son chauffeur.

« Carl, conduisez mademoiselle Sheridan chez elle, s'il vous plaît. Elle vous donnera son adresse. Et faites en sorte de l'escorter jusqu'à sa porte et d'attendre qu'elle soit en sécurité à l'intérieur. Je ne veux pas qu'il lui arrive quoi que ce soit. »

« Bien, monsieur. »

Elle était flattée. Il voulait être sûr qu'elle fût en sécurité.

« Merci beaucoup. »

Elle lui tendit la main.

« Et joyeux anniversaire. »

Samson sourit et prit sa main mais, au lieu de la serrer, il la porta à ses lèvres et l'effleura d'un baiser, sans la quitter des yeux.

« Merci à vous. »

Delilah sentit une vague de chaleur parcourir sa main jusqu'à son torse. Dieu qu'il était beau ! Et un vrai gentleman – du moins quand il ne la prenait pas pour une strip-teaseuse ! Peut-être pouvait-elle facilement passer outre ce sujet.

Delilah se retourna, hésitante, et suivit le chauffeur qui l'emmena dehors, la protégeant sous un large parapluie tout en l'escortant jusqu'à la limousine. Elle se laissa tomber sur le confortable siège en cuir et soupira. Quelle nuit ! La pensée du voyou qui avait essayé de l'agresser la faisait toujours frissonner, mais cela lui avait permis de rencontrer l'homme le plus sexy et le plus attirant de sa vie, alors, qui se préoccupait vraiment de la première partie de l'histoire ?

« Où allons-nous, mademoiselle Sheridan ? »

Elle lui donna l'adresse de l'appartement de la société. Durant une fraction de seconde, elle se demanda si elle ne devait pas plutôt lui demander de l'amener au commissariat, mais elle abandonna l'idée. Elle ne voulait pas passer la moitié de la nuit au poste et porter plainte pour agression alors que, de toute façon, ils n'attraperaient probablement pas l'homme.

« Ah, c'est seulement à quelques pâtés de maisons d'ici. Nous devrions y être dans deux minutes, mademoiselle. »

Delilah s'installa confortablement sur le siège et ferma les yeux. Samson Woodford. Grand, ténébreux et extrêmement beau. Le héros du rêve érotique de toute femme. Elle toucha ses lèvres, les mêmes lèvres qu'il avait écrasées contre les siennes. Le brandy avait masqué sa saveur sur sa langue, mais elle pouvait toujours sentir son corps collé contre le sien et son érection la pressant de s'abandonner à lui.

L'abandon. Laisser le contrôle. L'idée l'effrayait et l'excitait à la fois. Bien sûr, cela n'arriverait jamais. Elle ne le reverrait jamais.

# 3

La strip-teaseuse n'était pas aussi séduisante que Delilah, mais elle ferait l'affaire. Samson n'avait pas eu de relations sexuelles depuis des mois, et il n'allait pas attendre une minute de plus. Il entendit ses amis rire dans la cuisine. Le spectacle avait-il commencé sans lui ?

Il passa la porte de la cuisine à grandes enjambées et vit Amaury en train de lécher du liquide rouge sur les seins de la femme. Du sang. Son uniforme d'infirmière était ouvert sur le devant. Ils étaient comme des gamins qui jouent avec la nourriture. Les vampires se nourrissaient rarement d'autres vampires, mais cela ne voulait pas dire qu'ils n'aimaient pas faire semblant. Son ami avait manifestement versé un peu des réserves de Samson sur la femme et passait maintenant du bon temps à les lécher.

« Laisse la place aux autres. C'est mon tour, maintenant. »

Ricky se plaignit et poussa Amaury sur le côté. Celui-ci sourit d'un air diabolique, mais fit de la place pour son ami et se concentra sur un seul des seins.

« On partage ? »

La suggestion d'Amaury fut accueillie avec approbation.

Tout en grognant, Ricky glissa sa langue sur le sein délaissé par son ami. Il lécha ce qu'il restait des gouttes de sang avant de refermer ses lèvres sur le téton. La femme rejeta la tête en arrière et gémit bruyamment tandis que les deux hommes la léchaient.

« Oui, bébé. »

Non pas que les deux amis eussent besoin des encouragements de la strip-teaseuse.

Milo et Thomas regardaient avec peu d'intérêt.

« La dernière fois que j'ai vérifié, c'était *mon* anniversaire, » interrompit Samson.

Ricky et Amaury abandonnèrent les seins de la strip-teaseuse. Tous les regards étaient tournés vers Samson.

« Et ? » demanda Ricky.

« Quoi ? »

« Alors, tout fonctionne à nouveau ? »

Ricky souligna sa question d'un immanquable mouvement des lombes.

« Je crois que j'ai droit à un essai. »

Samson désigna la strip-teaseuse.

« Ici bébé, lèche, » offrit-elle en se tournant vers Samson. Mais celui-ci secoua la tête.

« A l'étage, pour une représentation privée. »

D'habitude, cela lui importait peu que ses amis pussent le voir baiser. Mais, pour sa première relation sexuelle après neuf mois d'abstinence, il préférait un peu d'intimité.

Samson lança un regard sévère aux gars.

« Vous, restez ici et laissez-moi un peu de toutes ces bonnes choses, bon sang ! J'ai quelques trucs à célébrer. »

Samson suivit la fille au premier étage. Il ne lui demanda même pas son nom. Cela n'avait pas grande importance. Tout ce dont il avait besoin, c'était d'un corps consentant pour s'y plonger. Diable, que le sexe lui avait manqué ! Il allait enfin satisfaire son désir charnel et serait de nouveau normal. C'était le meilleur cadeau d'anniversaire qu'il pût imaginer recevoir. Après tout, les anniversaires n'étaient peut-être pas forcément déprimants. Ils pouvaient même s'avérer de grandes parties de plaisir.

Bon sang, comme l'humaine l'avait excité ! Elle pouvait faire lever les morts et l'avait fait. Malgré d'innombrables tentatives pour réveiller son sexe, ce dernier était resté sans vie durant les neuf mois précédents, et Samson était devenu un râleur invétéré, toujours furieux, toujours tendu. Mais plus à présent. Après ce soir-là, les choses redeviendraient normales. Dorénavant, le sexe ne contrôlerait plus son humeur et ferait, simplement et à nouveau, partie intégrante de sa vie.

La strip-teaseuse était un vampire, ce qui voulait dire qu'il n'avait nullement besoin d'être tendre avec elle. Il n'aurait pas à se retenir. Cela tombait bien : il commençait à avoir les nerfs en pelote. Quand il ferma la porte derrière eux, elle commença son séduisant strip-tease. Rien de plus que ce qu'il n'avait déjà vu par le passé. Ses amis l'avaient assez souvent traîné dans des clubs pour qu'il ne fût plus vraiment surpris par quoi que ce soit. En deux cents ans de vie en tant que vampire, il avait tout connu.

Couche par couche, elle effeuilla son uniforme blanc d'infirmière. D'abord la chemise, laquelle tomba au sol, puis la jupe courte. En harmonie, elle se défit de ses bas attachés à ses porte-jarretelles et les roula sur ses chevilles, un par un.

Ses mains allèrent vers ses seins, les pressant l'un contre l'autre pour augmenter leur taille. Des bazookas. Samson n'aimait pas vraiment les femmes à forte poitrine. Il préférait les jolies petites fesses. Mais ce n'était pas grave pour ce soir-là. L'un après l'autre, elle libéra ses seins, gros comme des melons, du petit bonnet de son soutien-gorge. Il remarqua qu'ils tombaient, sans maintien.

Elle écarta les jambes pour lui donner un bon aperçu de son anatomie à travers son slip fendu. Epilée. Pas vraiment son genre, mais cela ferait l'affaire. Il lui fit signe de se retourner pour regarder ses fesses. Son string ne cachait rien.

Lentement, elle ôta les ficelles qui faisaient office de slip pour finalement se tenir debout devant lui, complètement nue.

Elle n'était pour lui rien d'autre qu'une femme lui procurant un soulagement bien nécessaire. Il voulait en finir avec cela une bonne fois pour toutes.

Samson jeta un coup d'œil à son lit à baldaquins, une antiquité qu'il avait acquise à l'époque où le meuble était encore contemporain. Non, il ne la baiserait dans son lit. Penché sur la chaise longue suffirait amplement. Il la retournerait, la prendrait par derrière et la possèderait ardemment. Au moins n'aurait-il pas à voir son visage et pourrait-il prétendre qu'il s'agît de quelqu'un d'autre.

Un beau visage lui revint en mémoire. Delilah. Il prétendrait que se fût Delilah.

Voilà, c'était son plan.

Un plan parfait.

La strip-teaseuse n'y verrait aucune objection. Après tout, c'était ce pourquoi elle était payée. Elle ferait ce qu'il voulait qu'elle fît.

Excellent.

Il n'y avait qu'un problème par rapport à ce plan brillant.

Sa verge était complètement flasque.

Mort.

Complètement mort !

Pas une seule cellule sanguine ne se précipitait pour l'exciter, pas une.

Sec comme une prune.

Que diable se passait-il ? Tout avait si bien marché quelques minutes plus tôt et, maintenant qu'une femme nue attendait d'être possédée, il n'arrivait pas à la lever !

Même pas d'un centimètre, d'un demi-centimètre.

Aucun mouvement.

« Qu'est-ce que tu attends, mon grand ? » le taquina-t-elle en battant des cils plein de mascara.

Samson la dévisagea. Se moquait-elle de lui ?

Elle fit deux pas vers lui et plaça sa main sur sa braguette.

« Oh. »

Elle laissa échapper un soupir de déception.

En une fraction de seconde, il lui attrapa le poignet et lui enleva la main de son pantalon. Son deuxième souffle la propulsa au loin.

« Putain ! »

~ ~ ~

Les gars en bas levaient leurs verres en l'honneur de chacun d'entre eux quand ils entendirent la voix de Samson au premier. Dans la vieille demeure victorienne, les voix portaient bien.

« Ah ben, en voilà un orgasme ou…, » commença Ricky.

« Putain de merde ! »

La voix de Samson provint du dessus.

Une autre série de jurons s'ensuivit. Les gars se regardèrent.

« Ou aucun, » considéra Amaury.

Ils levèrent la tête vers le plafond pour écouter davantage encore, mais ils entendirent des pas dans l'escalier.

« Aucun, » confirma Thomas.

« Oh mince. »

Ça, c'était Milo.

« Le pauvre ! »

Samson avait déjà déboulé dans la cuisine et avait entendu la remarque de ce dernier. Il fulminait et semblait prêt à tuer quelqu'un. Thomas se plaça de manière protectrice devant Milo.

« Putain ! »

Avec la puissance d'une masse, Samson frappa le comptoir en granit du poing, le brisant en plusieurs morceaux.

Ses yeux étaient rouges flamboyants, et ses canines s'étaient allongées.

« Amaury, sers-lui un peu de sang. Maintenant, » ordonna calmement Ricky, sans pour autant quitter Samson du regard.

« C'est comme si c'était fait. »

Amaury tendit un verre plein du liquide porte-bonheur à Samson.

« Voilà, Samson. Bois. Tu en as besoin. »

Samson arracha le verre des mains d'Amaury et le descendit d'un coup, puis il regarda Ricky.

« T'as intérêt à faire clairement comprendre à cette strip-teaseuse que, si elle pipe un mot de tout ça à quiconque, je lui briserai son joli petit cou en deux. Compris ? »

La lueur sauvage dans ses yeux confirma qu'il pensait ses dires.

Ricky hocha la tête.

« On ferait mieux de partir, les gars. »

D'un geste de la main, il les poussa hors de la cuisine.

~ ~ ~

Samson pouvait les entendre dans le couloir. La fille descendait les escaliers.

« Mais il a eu une érection avec la femme qui était là. Je l'ai vu. En fait, c'était plutôt difficile à louper, » murmura Thomas, assez fort pour que la fine ouïe de Samson le perçût.

« Je crois que ça aurait pu marcher avec elle. Dommage qu'elle soit mortelle, » chuchota Amaury en retour.

Puis, il changea de ton.

« Eh, chérie, puisqu'on t'a embauchée pour la nuit entière, pourquoi tu ne viendrais pas chez moi ? J'ai quelque chose que tu pourrais serrer entre tes gros seins… »

La strip-teaseuse répondit dans un ricanement.

Quelques secondes plus tard, ils étaient partis. La maison était de nouveau silencieuse. Trop silencieuse.

Amaury avait raison, cela aurait fonctionné avec la mortelle. Samson en était sûr. Alors pourquoi n'avait-il pas réussi à la lever avec la strip-teaseuse ? Elle avait un joli corps, elle était partante.

Mais elle n'était pas Delilah. Elle n'avait ni son parfum ni sa beauté. Bon sang, ces lèvres avaient été si délicieuses, tout comme cette langue timide qu'il avait finalement réussi à persuader. Le pied. Quel baiser, et quel corps malléable, aux mensurations parfaites ! Il savait que cela avait été réciproque. Il avait ressenti son excitation. Et ensuite, lorsqu'il avait descendu les escaliers en lui apportant des vêtements secs, les yeux de Delilah avaient étudié le moindre centimètre de son corps et avaient aimé ce qu'ils avaient vu. En fait, bien que certain qu'elle ne s'en fût pas rendu compte, elle s'était léché les lèvres. Il avait senti de la chaleur dans ses yeux.

Samson composa un numéro. On prit son appel immédiatement.

« Cabinet du docteur Drake. En quoi puis-je vous aider ? » La poupée Barbie ronronna comme un chaton.

« Samson Woodford. J'ai besoin de voir le docteur Drake. »

« Nous sommes complets pour ce soir. Demain à 1 heure du matin, ça vous irait ? » proposa-t-elle, d'une voix à présent beaucoup plus posée.

Samson n'avait jamais fait attention à elle les fois précédentes, lorsqu'il s'était rendu chez le praticien. Elle avait donc finalement abandonné toute tentative de séduction sur lui, et c'était très bien ainsi. Il ne la supportait pas ; ni elle ni son sourire mielleux.

« Je suis sûr que vous pouvez faire bien mieux vu les prix prohibitifs que vous pratiquez avec moi. Je me fous pas mal de savoir qui vous annulez. »

C'était une réelle urgence.

« Un moment. »

Un déclic se fit entendre sur la ligne, puis un court silence, avant qu'elle ne revînt.

« Il peut vous voir dans une demi-heure. »

« C'est bien ce que je pensais. »

Samson raccrocha, attrapa son manteau pendu à la patère et se dirigea vers la porte d'entrée. Il marcherait jusqu'à Pacific Heights ; l'air de la nuit lui ferait du bien. Il en avait certainement besoin.

Il marcha dans le noir ; col remonté et mains enfoncées dans les poches de son manteau. La pluie avait cessé. Les rues étaient toujours animées, bondées d'humains qu'il ignora. Après minuit, celles-ci devenaient souvent désertes, et davantage de vampires sortaient, mais il était encore trop tôt pour cela.

Samson ne comprenait pas pourquoi cette mortelle l'avait touché de cette façon. Effectivement, elle avait un joli corps et était mignonne, mais il était coutumier des belles femmes. Représentant un des partis les plus prisés du milieu des vampires, il avait toujours pu choisir parmi la crème de la crème.

Il avait fréquenté beaucoup de belles femmes. Bon, « fréquenté » n'était peut-être pas le mot juste. Il avait eu des relations sexuelles avec nombre d'entre elles, et ce, quand il l'avait voulu. Il y en avait toujours des consentantes, toutes des vampires bien sûr, pour satisfaire ses besoins charnels. Elles espéraient toujours qu'il en choisirait une pour compagne.

Mais un jour, c'était justement ce qu'il avait fait, et tous ses problèmes avaient commencé.

Samson soutenait diverses œuvres locales de bienfaisance et se rendait à deux ou trois bals de charité par an. A l'un d'entre eux, il avait repéré une nouvelle venue en ville. Il avait entendu parler d'elle auparavant, mais ne l'avait ni vue ni rencontrée. Dès le moment où il avait aperçu la svelte rousse au milieu de la foule, il en était tombé follement amoureux – de désir.

La rumeur voulait qu'Ilona vînt d'un grand coven de Chicago et possédât nombre de contacts dans le monde des vampires. Quintessence même d'une mondaine, elle avait décidé de faire de San Francisco sa maison.

La rousse avait joué les difficiles, et les instincts de chasseur de Samson avaient démarré au quart de tour. Cela lui avait pris plus d'un mois pour la mettre dans son lit. En attendant, il avait continué à avoir des rapports sexuels avec chaque femme vampire disponible afin de combler sa frustration. Mais en fin de compte, il avait obtenu son trophée et n'avait pas fait preuve de timidité pour la montrer à ses côtés à chaque événement mondain. Elle était à son bras dès qu'il sortait en ville.

Les pages des magazines mondains étaient pleines de photos les affichant lors de nouveaux événements. Contrairement aux croyances établies, les vampires se reflétaient sur les photos. En fait, nombre d'entre eux étaient même photogéniques.

Malgré son désir de préserver sa vie privée, Samson avait apprécié l'attention et l'admiration de ses pairs pour avoir été l'heureux élu d'Ilona. Bien qu'elle eût été ce qu'il appelait une personne très exigeante, elle possédait ses propres charmes. Elle avait tenu à une relation exclusive, et il ne s'y était pas opposé.

Au cours des mois suivants, il était tombé amoureux d'elle et, d'une certaine façon, Ilona était devenue partie intégrante de sa vie. Il avait été seul trop longtemps, et l'idée d'avoir une compagne constante, à qui il pouvait faire confiance, l'avait séduit. Tous ses amis lui avaient confirmé combien ils avaient l'air bien ensemble, tous, sauf Amaury, qui avait gardé ses impressions pour lui.

Leur vie sexuelle était excellente, ils avaient le même cercle d'amis, la même réputation en société. Ils ne pouvaient être mieux assortis.

Ça n'avait été qu'une question de temps avant que les rumeurs d'un imminent mélange de leurs sangs ne commençassent à circuler. L'idée de former une telle alliance entre eux l'avait alors excité. Quelque chose manquait à sa vie, et Ilona pouvait combler ce vide. Alors, il avait pris sa décision.

Samson repoussa les souvenirs de cette nuit fatidique durant laquelle son monde s'était écroulé d'un seul coup. Le passé n'avait aucune place dans sa vie actuelle. Seul le présent comptait.

Le vampire se demanda si le fait que Delilah fût humaine avait quelque chose à voir avec la façon dont il avait réagi face à elle. Bien qu'il eût déjà eu des relations sexuelles avec des mortelles auparavant, à une période où il avait été un peu plus fou et moins rangé, aucune de ces dernières ne l'avait vraiment intéressé. Au point d'arrêter de les fréquenter.

Le sexe avec les humains présentait toujours trop de danger en soi pour que cela en valût la peine. Amaury ne partageait pas son opinion sur le sujet, mais Samson avait l'impression qu'il avait toujours dû se retenir, ne pouvant jamais vraiment libérer sa puissance et sa force sur eux sans risquer de les blesser. En fin de compte, la chose s'apparentait trop à une corvée pour que Samson fût tenté de continuer. L'interaction sur le plan sexuel était plus facile avec les femmes vampires. Elles pouvaient faire face à la force et à la férocité de leurs partenaires sans pour autant se blesser facilement.

Samson savait que poursuivre des humaines était une pure folie, mais il était désespéré. Il avait besoin de sexe et ce, le plus tôt possible, ou alors il se transformerait vite en une bête dangereuse, aux humeurs incontrôlables. Il serait un handicap, non seulement pour lui-même, mais également pour son entourage. Il avait travaillé trop dur ces deux derniers siècles pour laisser ses efforts disparaître en fumée à cause d'une frustration sexuelle.

Moins d'une demi-heure après qu'il fût parti de chez lui, Samson débaula dans le cabinet de son psy. Le temps lui était compté. Il n'avait jamais ressenti une telle urgence auparavant.

« Merci de me recevoir sans rendez-vous préalable. »

Le docteur Drake haussa un sourcil.

« Qu'est-ce qui est donc si important pour que vous ne puissiez attendre demain ? »

« Il s'est passé quelque chose. »

Samson regarda le professionnel, lequel cligna des yeux.

« Oh… Dites-moi de qui il s'agit, et ce qu'elle vous a fait. »

« C'est bien le problème, je n'en ai aucune idée. »

~ ~ ~

Samson se laissa tomber dans le cercueil, s'étirant de tout son long sur le doux coussin. Le médecin le dévisageait avec incrédulité. Il n'avait jamais utilisé le cercueil lors de ses précédentes séances et avait toujours insisté pour s'asseoir sur une chaise. Ou parcourir la pièce à grandes enjambées.

Tandis que Samson racontait l'incident avec Delilah de manière très détaillée, Drake écoutait attentivement en pesant bien chacun des mots de son patient, dont il observait, en même temps, l'attitude, la respiration et les gestes.

« Qu'est-ce que ça signifie ? » demanda impatiemment Samson.

« Intéressant. Et vous dites que la strip-teaseuse vous a laissé de marbre après que l'autre femme vous ait excité ? »

« C'est ça. Comme si j'avais mis le pied dans un congélateur. »

« Intéressant. »

Le docteur Drake croisa les mains, les doigts pointés devant son visage ; ses épaules appuyées contre le dossier du fauteuil.

« Lors de notre séance de la semaine dernière, vous avez mentionné que quelque chose manquait. Pouvez-vous développer ce point ? »

« Maintenant ? »

Samson lui jeta un regard exaspéré.

« Je pense que, par rapport à cet événement, c'est important. »

Samson prit la mouche.

« Bien. C'est juste que… Je n'arrive pas à mettre le doigt dessus. Il y avait ce vide, peu importe ce que je faisais ou combien j'accomplissais. J'avais toujours l'impression d'être incomplet, comme si une part importante de moi manquait. »

« Dans quel sens ? »

« Emotionnellement, » soupira Samson. « Il y avait cette envie profonde de trouver ce quelque chose qui me permettrait enfin de me sentir complet. Je crois que le mélange des sangs aurait pu combler ce vide. Ça ne pouvait que le faire. »

« Le mélange des sangs avec Ilona ? J'en doute. »

« Qu'est-ce qui vous fait dire ça, doc ? »

« Le mélange des sangs n'est qu'un aboutissement formel de ce qui est déjà là. Le lien existe déjà, le rituel ne fait que le formaliser. Il ne peut vous compléter si vous n'avez pas déjà trouvé ce sentiment de complétude chez l'autre. »

« Je ne comprends pas. Le rituel crée le lien. C'est ce que j'ai appris. »

Drake secoua la tête. « Une idée reçue chez les vampires. »

« Je ne ressentais pas de lien particulier avec Ilona, du moins pas de la façon dont vous le décrivez. Je pensais juste que ce serait évident plus tard, après le rituel. »

« Croyez-moi, vous n'êtes pas le seul à avoir ce sentiment. Mais si vous ne ressentiez pas cette connexion avec elle avant, alors vous n'étiez pas fait pour mélanger vos sangs respectifs. Ce n'est pas quelque chose que vous pouvez forcer. Dans tous les cas, je comprends mieux maintenant pourquoi vous avez réagi de cette façon quand tout s'est écroulé avec Ilona. Ça se tient. »

Drake se leva et se dirigea vers le cercueil.

« Confortable ? »

~ ~ ~

Samson tourna la tête et réalisa soudain où il se trouvait. Il s'extirpa aussitôt du siège afin de mettre de la distance entre lui et l'offensant cercueil.

« Qu'est-ce que… »

Il était en train de perdre le fil, vraiment. Non seulement il ne comprenait pas l'explication énigmatique de Drake mais, de plus, à l'heure actuelle, rien n'avait de sens dans sa vie.

« Hmm hmm… »

« Quoi ? Bon sang, mais quoi ? »

Samson avait besoin d'une réponse. Pourquoi payait-il donc le charlatan sinon ?

« Je crois savoir ce qui a pu se passer. En étant confronté à une humaine vulnérable, vous vous êtes autorisé à être, vous-même, de nouveau vulnérable. Vous avez pris de la distance et avez franchi la façade derrière laquelle vous vous cachiez. Mais, dès que vous vous êtes retrouvé avec la strip-teaseuse de vampire, ce mur s'est à nouveau érigé, alors que votre pénis, lui, s'est effondré. »

« Merci pour cette illustration haute en couleurs. Je suppose que vous augmenterez vos honoraires pour cette intuition ? »

Comme s'il avait besoin d'une image mentale de son engin flasque.

« Hmm… Avec une mortelle, je crois que ça pourrait fonctionner. C'est tout à fait possible. Nombre d'entre nous ont des relations sexuelles avec des humains. Bien sûr, ça pourrait être dangereux, pour elle du moins. Mais si vous faites attention… Eh bien oui, ça pourrait marcher. »

Abasourdi, Samson le regarda. Qu'est-ce que le charlatan était en train de déblatérer ? Est-ce qu'il se parlait à lui-même ?

« Bon sang, doc, mais, putain, que dois-je faire maintenant ? »

« Ecoutez, ne faites qu'une fois ce que je vous suggère. Juste une fois. Trouvez cette femme et faites-lui l'amour. Libérez-vous de ça. Je vous promets qu'une fois que vous l'aurez possédée, votre corps s'en souviendra et tout reviendra à la normale. Faites-moi confiance là-dessus. »

« Mais elle est mortelle. Vous ne comprenez donc pas ? »

Le médecin expérimenté ne pouvait avoir mis ce détail de côté si facilement.

« Je comprends tout à fait ce que cela implique, croyez-moi. Je mesure le danger dans lequel elle se trouvera. »

« Je ne suis pas sûr que vous vous en rendiez compte, non. Si je perds le contrôle, je pourrais sérieusement lui faire mal, voire la tuer. Dans le feu de l'action, la prudence est le cadet de mes soucis. Personne ne peut dire ce que je ferai. La mordre ? Boire son sang jusqu'à la lis ? La tuer ? »

L'idée-même lui paraissait révoltante.

« Après une si longue abstinence, comment puis-je être sûr de contrôler mon corps ? »

« Qu'est-ce qu'elle représente pour vous ? Rien, c'est juste une mortelle. Une humaine. Prenez chez elle ce dont vous avez besoin et continuez votre bonhomme de chemin. Vous avez besoin d'avoir une relation sexuelle avec elle, et le plus tôt sera le mieux. Sinon, cette opportunité risque de s'envoler. Vous ne voyez donc pas ? C'est comme si elle avait été envoyée pour vous aider. Faites-le et cessez de vous préoccuper des conséquences. Mince, si ça se trouve, ça pourrait lui plaire. Au vu de votre réputation… »

Drake eut l'audace de glousser.

Samson hocha la tête. Peut-être pouvait-il le faire. Il savait de quoi il était capable au lit et n'avait jamais failli à sa réputation. Il serait attentif, essaierait d'être tendre avec elle afin qu'elle appréciât. Il devrait être sûr de s'y tenir. C'était le moins qu'il pût faire, lui offrir une nuit de plaisir le plus total, un beau souvenir. Et si son médecin pensait que ce serait aussi facile, peut-être le serait-ce. Pour une fois, il se devait d'être d'accord avec son psy. Bon sang, il ne désirait rien de plus que de la posséder ardemment et, à présent, il avait l'aval de son médecin pour le faire.

~ ~ ~

Delilah s'immergea dans la chaleur de la baignoire et regretta de ne pas avoir acheté de bain moussant. Elle était d'humeur pour un long bain chaud, et des bulles auraient été parfaites. La tension avait endolori son corps. Elle essaya de ne pas penser au voyou qui l'avait attrapée et se concentra, à la place, sur son sauveur inespéré.

Elle n'avait pas vraiment été capable de savourer le baiser, trop occupée qu'elle avait été à se débattre sous son emprise. Trop tard. Elle avait déjà tout foutu en l'air. Avec sa chance, il aurait trouvé une participante bien plus consentante en la personne de la strip-teaseuse, laquelle avait, manifestement, été embauchée à cet effet. Les hommes pouvaient être de sacrés porcs, parfois.

Si elle n'avait pas été aussi prude, peut-être aurait-il renvoyé ses amis et la strip-teaseuse et… Oh, mais à quoi pensait-elle donc ?

*Rêveuse. Incorrigible rêveuse.*

Des hommes aussi beaux que lui ne s'amourachaient pas d'ennuyeux petits audits comme elle. En outre, elle était un peu en manque d'affection. Bon, d'accord, peut-être beaucoup. Peut-être n'avait-elle rencontré que peu d'hommes dernièrement, pour ne pas dire très peu. Bon sang, mais de qui se moquait-elle ? Elle n'avait pas été avec un homme depuis plus d'un an et, même avant cela, elle en avait peu fréquentés.

Pourquoi un homme comme lui se serait-il intéressé à elle ? Une multitude de femmes aux genres différents devaient probablement lui tourner autour. Il avait tout du bon parti. Oui, elle avait remarqué qu'il ne portait pas d'alliance, et il semblait bien gagner sa vie. Habiter une vieille demeure victorienne sur Nob Hill, disposer d'un chauffeur particulier et d'une limousine puaient l'argent. Une vieille fortune. Sans être de San Francisco, elle savait que Nob Hill était un quartier chic.

Elle avait remarqué l'élégance de la maison avec son mobilier riche, les vieux tableaux sur les murs, le verre en cristal raffiné dans lequel il lui avait servi son brandy. La salle de bain dans laquelle elle s'était changée avait affiché la même élégance. Il semblait qu'il eût acheté la maison en très bon état ou qu'il l'eût restaurée dans ses moindres détails.

Mais l'argent n'était pas ce qui l'attirait chez lui. Chaque pore de la peau de cet homme transpirait de sex-appeal. Et elle aurait adoré en lécher jusqu'à la dernière goutte.

*Bien !*

A présent, elle ne pourrait fermer l'œil de la nuit. Elle penserait au Prince Charmant. Prince Charmant qui l'avait embrassée parce qu'il l'avait prise pour une strip-teaseuse. Aurait-il seulement essayé, s'il avait su qu'elle n'était rien d'autre qu'un pauvre petit audit ?

Le travail. Elle avait complètement oublié. Elle voulait jeter un œil aux dossiers qu'elle avait envoyés sur son serveur sans que John ne s'en aperçût. A contrecœur, Delilah sortit de la baignoire et se sécha. Quelques heures à travailler sur son ordinateur finiraient bien par la fatiguer, et elle profiterait alors d'un peu de sommeil, avant de devoir retourner au bureau le lendemain matin.

Alors que son ordinateur portable démarrait, elle jeta un coup d'œil dans le réfrigérateur. Hormis les restes du dîner de la veille, il était vide. Elle fit chauffer la barquette quelques minutes dans le four à micro-ondes.

Delilah s'identifia sur le serveur informatique et ouvrit les dossiers. De longues rangées et colonnes de transactions s'offrirent à ses yeux. Cela risquait de prendre un moment. Elle plongea sa fourchette dans les restes de pâtes, les mangeant à même la barquette.

Trois heures plus tard, elle rendit les armes. Ses yeux étaient douloureux et, même le fait de les frotter toutes les deux minutes ne suffisait pas à les garder ouverts. Il était temps d'aller au lit.

Mais elle ne pourrait profiter d'un repos bien mérité.

Elle fit un brusque mouvement de la tête.

Se retourna.

Elle s'étendit sur le côté, sur le dos, sur le ventre.

En vain. Le sommeil ne voulait pas venir. Un bruit la fit sursauter. Dans le noir, elle ne voyait rien, mais elle sentit un poids sur son corps, la pressant contre le matelas. Des mains la touchant. Des lèvres l'embrassant. Une langue chaude léchant son cou. Pas déplaisant, mais inconnu.

Un corps l'immobilisa, de fortes hanches l'emprisonnant. Une main dégagea les cheveux de son cou. Une bouche l'y embrassa. Jusqu'à ce que…

*Non !*

Des dents acérées comme des lames de rasoir se refermèrent sur son cou et lui transpercèrent la peau. Un liquide chaud courut le long de son cou. Mais ce n'était pas douloureux. C'était… agréable !

Puis, un bruit répétitif, fort.

*Bip ! Bip ! Bip !*

Le réveil la tira brusquement de son sommeil. Elle s'assit en sursautant. Le jour s'était levé. Delilah passa la main sur son cou, là où elle avait senti la morsure, mais sa peau était douce, parfaite, comme toujours. Pas de blessure. Pas de sang. Encore un mauvais rêve.

Au moins, elle avait dormi, quoique si peu. Probablement à peine deux ou trois heures en tout.

Un regard vers le réveil lui signifia qu'elle devait se préparer pour aller au bureau, et vite. Dans les dossiers qu'elle avait revus pendant la nuit, elle avait finalement trouvé diverses transactions qui n'avaient pas de sens et voulait confirmer ses hypothèses en accédant aux originaux du bureau. Elle pensait bien avoir mis le doigt sur quelque chose.

Après une douche en quatrième vitesse, Delilah s'habilla rapidement et jeta un œil aux habits avec lesquels elle était rentrée. Ceux de Samson. Cela lui donnait une raison de le revoir. D'accord, c'était une excuse. Elle pourrait lui rapporter les vêtements. Peut-être l'inviterait-il à entrer. Elle essaierait de s'arrêter dans la soirée, après le travail ; en espérant qu'il fût chez lui. Et seul.

Un regard par la fenêtre lui fit comprendre qu'il bruinait toujours ; cette fois, elle ferait bien de prendre son parapluie pour se rendre au boulot. Alors qu'elle le cherchait dans le couloir de l'entrée, on frappa à la porte.

« Qui est-ce ? »

« Gregory, du rez-de-chaussée. Il y a une livraison pour vous. »

Delilah appréciait que l'immeuble fût pourvu d'un concierge. Cela la rassurait, en particulier depuis l'attaque de la veille.

Elle ouvrit la porte et ne put même pas voir le visage de Gregory derrière les deux douzaines de roses qu'il portait.

« Bonjour, mademoiselle Sheridan. »

La forte senteur des fleurs la submergea presque. Celles-ci étaient magnifiques, d'un rouge pourpre aussi sombre que le sang.

« Wow… Etes-vous sûr qu'elles sont pour moi ? »

Elle ne connaissait personne ici. En outre, ce n'était ni son anniversaire ni la Saint Valentin ; ni rien de spécial dans le genre.

« Oui. Le gentleman qui les a apportées m'a donné votre nom. Ainsi que ça. »

Il lui tendit un cintre avec ses vêtements, protégés sous plastique. Ses vêtements.

Samson. Comment avait-il pu faire laver et sécher ses affaires aussi vite ? Se trouvait-il en bas ? Son cœur battit plus vite sous l'excitation, et ses mains devinrent moites.

« Je crois qu'il y a une carte avec les fleurs. »

Gregory posa le vase sur la console près de l'entrée avant de partir.

« Merci. »

Une fois qu'elle eut refermé la porte et accroché ses vêtements dans la penderie, Delilah regarda la carte. Pourquoi lui avait-il envoyé deux douzaines de roses ?

La missive était écrite à la main, une écriture à l'ancienne et parfaite.

*Mes sincères excuses pour la nuit dernière. Me ferez-vous l'honneur de vous joindre à moi pour aller au théâtre ce soir ? Puis-je passer vous prendre à 19h ? Samson Woodford.  P-S : mon assistant Oliver attend votre réponse, en bas.*

Les papillons dans son ventre commencèrent à danser. Elle devait s'asseoir. Il l'invitait.

A un rendez-vous.

Un rendez-vous !

Que devait-elle faire en premier lieu ? Descendre pour aller voir son assistant ou finir de se préparer pour aller au travail ? Dieu, qu'elle était nerveuse. Les papillons dans son ventre ne cessaient de virevolter. Et ils continueraient tout au long de la journée, elle en était certaine.

~ ~ ~

Un jeune homme était en train de patienter dans le hall de l'immeuble.

« Mademoiselle Sheridan ? »

« Etes-vous l'assistant de monsieur Woodford ? Oliver ? »

Il portait le même costume noir classique que le chauffeur de Samson, la veille.

« Oui, m'dame. Il m'a demandé d'attendre votre réponse. »

Son cœur battit plus fort.

« Veuillez dire à monsieur Woodford que je serai ravie de l'accompagner ce soir. »

« Il sera heureux de l'entendre. »

Delilah hocha la tête et se dirigea vers les portes battantes pour se rendre au travail.

« Oh, mademoiselle Sheridan ? »

Elle se retourna, curieuse de savoir ce qu'il voulait d'autre.

« Oui ? »

« Monsieur Woodford m'a également demandé de vous conduire où que vous ayez besoin d'aller. »

« Oh, ce n'est pas nécessaire. Je vais juste travailler. Ce n'est pas loin, merci. »

« Je vous en prie. La limousine est juste là, dehors. »

Il lui ouvrit la porte galamment et la conduisit jusqu'à la voiture. Pourquoi Samson la gâtait-il de cette façon ? Etait-elle encore en train de rêver ? Cela ne pouvait être réel.

Delilah donna l'adresse du bureau à Oliver et s'installa pour une course confortable. Les bruits de la ville ne pénétraient pas à l'intérieur de la voiture. C'était presque un havre de paix. Que du luxe. Quelque part, prochainement, elle aurait à payer pour tout cela ; dans une quatrième dimension. Rien n'était gratuit. Pas dans son monde.

~ ~ ~

Même si le jour s'était déjà levé, Samson était toujours debout. Il était fatigué, mais ne voulait pas dormir. Il lui fallait savoir si Delilah avait accepté son invitation au théâtre.

Après être revenu du cabinet du docteur Drake, il avait passé en revue, la nuit durant, les rapports des différentes branches de sa société Scanguards.

Il était devenu vampire au début du dix-neuvième siècle et avait vite réalisé que même ces derniers avaient besoin d'argent pour vivre. Sur un coup de tête, il avait loué ses services pour protéger les voyageurs de nuit. Il s'était avéré que le secteur de la sécurité était prospère : une importante réserve de crapules et de criminels lui permettait de se nourrir en escortant les riches voyageurs et les cargaisons précieuses.

Plus tard, il avait transformé son entreprise indépendante en société et avait embauché d'autres vampires qui partageaient sa vision des choses.

C'était en tant que tel qu'il avait finalement atteint le succès qui lui avait manqué dans sa vie d'humain. Ironie du sort, il se retrouvait en tant que vampire à protéger la vie de ceux que nombre de ses pairs voulaient détruire. Mais c'était sa façon à lui de préserver son humanité.

A présent, sa société nationale mettait des vigiles et des gardes du corps à disposition des entreprises, des célébrités, des dignitaires étrangers et autres individus. Alors qu'il avait maintenu le siège de la société à New York, il avait décidé de se retirer à San Francisco pour mener une vie plus calme et normale. Aussi normale que pouvait l'être une vie de vampire.

Nombre de ses employés étaient des pairs, la plupart travaillant en tant que veilleurs de nuit ou gardes du corps. Il avait formé plusieurs managers humains à s'occuper du public, en tant que visage diurne de Scanguards. Peu d'employés humains connaissaient ou avaient, ne fût-ce que vu Samson. Et Samson ne reconnaîtrait certainement que peu de ces derniers s'il les croisait dans la rue. Il aimait qu'il en fût ainsi.

Il restait à l'écart du fonctionnement quotidien de la société, mais appréciait de se tenir au courant de la situation en passant en revue les rapports importants des différentes branches. Il n'intervenait que si les choses dégénéraient. Il y avait toujours quelques petits problèmes à droite ou à gauche, mais il faisait confiance à ses managers pour les régler, n'étant pas lui-même un micro-manager.

Ricky, Amaury et Thomas, tous travaillaient pour lui. Ricky était en charge du recrutement des vampires, Amaury s'occupait des biens immobiliers, tandis que Thomas était à la tête de la partie informatique. Leur amitié n'entravait pas leur travail, du moins la plupart du temps. Milo avait commencé à faire partie de leur bande quand Thomas et lui avaient formé un couple, neuf mois plus tôt.

Les volets noirs de la chambre richement décorée de Samson étaient fermés lorsqu'il s'assit sur son lit à baldaquin et feuilleta les rapports, jetant un regard à son téléphone portable toutes les secondes. Il avait envoyé son assistant Oliver à l'appartement de Delilah plus d'une heure auparavant et n'avait toujours pas reçu de message en retour.

Oliver était un humain et agissait comme tel tout au long de la journée. Il était l'un des seuls à savoir que Samson était un vampire. Samson lui-même l'avait sauvé d'une vie faite de crimes, et son prodige lui en était redevable et le servait, de ce fait, avec loyauté et dévouement.

Carl, un vampire, était son chauffeur, son maître d'hôtel et son assistant personnel durant la nuit. Les employés privés de Samson touchaient plus que la majorité des managers de grandes sociétés. Ce n'était pas que Samson fût extraordinairement généreux, mais il connaissait très bien les natures humaines et vampires. Si son personnel était très bien payé et encore mieux traité, alors ce dernier ferait preuve de loyauté. Et la loyauté était essentielle à ses yeux.

Qu'est-ce qui pouvait retenir Oliver si longtemps ? Delilah n'était-elle pas encore levée ? Samson jeta un œil à la pendule antique reposant sur un napperon. Il était huit heures passées, et il était de plus en plus fatigué. En tant que vampire, il pouvait rester éveillé durant la journée, mais s'en trouvait alors quelque peu diminué. Ses sens n'étaient plus aussi aiguisés, et son niveau d'énergie descendait au-dessous de la normale. Bien sûr, il ne pouvait aller dehors, car les rayons du soleil l'auraient brûlé jusqu'à ce qu'il se consumât, mais il pouvait déambuler dans la maison, tant que la lumière du jour ne le touchait pas.

Une sonnerie l'alerta qu'il avait reçu un message sur son téléphone. Il le regarda.

*Elle a dit oui.*

Oui ! Oui ! Oui !

Samson ne pouvait se souvenir de la dernière fois où il avait été aussi excité à la perspective de voir une femme. Ou excité tout court. Il ferait en sorte que tout fût parfait. Oh combien il la désirait ! Il pouvait déjà imaginer les choses qu'il lui ferait, la façon dont il la toucherait, comment il s'immiscerait en elle jusqu'à épuisement. Bien que tardif, ce serait son vrai cadeau d'anniversaire personnel.

# 4

Delilah secoua la tête, essayant de contenir son irritation devant le refus de John d'accéder à sa requête.

« Non, les enregistrements électroniques ne suffiront pas. J'ai besoin des documents sauvegardés pour ces transactions. »

Elle insista et leva les yeux vers John. Celui-ci se pencha sur son bureau dans un mouvement qui se voulut intimidant. Mais, malgré son aversion pour les gens qui osaient s'approcher autant d'elle, alors qu'ils la connaissaient à peine, elle ne se laisserait pas impressionner.

Au cours de la formation qu'elle avait reçue pour apprendre à faire face aux clients difficiles, on lui avait enseigné la manière d'empêcher ses émotions de transparaître sur son visage. Alors qu'elle regardait la sueur s'accumuler sur le front de John, son propre visage restait de marbre, comme elle s'y était entraînée de nombreuses fois devant le miroir. Elle n'avait pas besoin de voir son reflet. Elle connaissait la sensation laissée par ses muscles quand elle adoptait la bonne expression.

« On ne les a pas ici. Ils sont conservés dans un entrepôt à Oyster Point. »

Ce n'était pas une excuse valable. Pour elle, aucune ne le serait.

« Où se trouve Oyster Point ? »

« Au sud de San Francisco. »

« Alors, ça ne devrait pas poser trop de problème. Faites-les venir pour cet après-midi. »

Même si elle ne connaissait pas très bien San Francisco et ses environs, elle savait où se trouvait le sud de la ville, puisqu'elle l'avait traversé sur le chemin de l'aéroport. Il ne devait pas falloir plus de vingt minutes pour se rendre à Oyster Point en voiture.

« Je vais les demander, mais je ne peux pas vous assurer qu'ils seront envoyés cet après-midi. Nous avons recours à un service de livraison extérieur pour ça, et je n'ai aucune influence sur la rapidité de leur travail. »

John haussa les épaules.

« Bien. Faites-les juste venir. Si on ne les a pas cet après-midi, alors je les veux demain matin à la première heure sur mon bureau. On sera déjà vendredi, et je ne veux vraiment pas passer mon week-end ici. Vous non plus, j'imagine. »

Elle lui lança un autre regard déterminé, certaine que son masque inflexible était toujours en place. Si elle devait le menacer de travailler ce week-end, elle le ferait. Non pas qu'elle eût l'intention de venir au bureau en cette fin de semaine. Elle espérait faire un peu de tourisme le samedi et le dimanche. L'idée était de classer le dossier le mercredi de la semaine suivante. Elle pensait qu'elle aurait alors résolu le mystère caché dans les livres.

Ce qu'elle avait découvert jusque-là était prometteur. Apparemment, quelqu'un manipulait les écritures des moins-values dans les livres comptables, et Delilah sentait, au plus profond d'elle-même, qu'il y avait quelque chose de louche. Tout avait été opéré de manière très méthodique et semblait durer depuis plus ou moins un an.

A peine un an, étrange. Delilah regarda de nouveau les dates sur son écran, lesquelles confirmèrent l'intervalle de temps. Pourquoi les opérations de l'année précédente et de celle en cours étaient-elles déjà enregistrées ? La plupart des sociétés ne les envoyait qu'au bout de trois ans. Elle n'aimait pas la tournure que prenaient les événements, pas du tout.

Si Delilah voulait les originaux, c'était parce qu'elle avait besoin de voir qui avait commencé et, ensuite, autorisé les transactions. Les écritures informatisées ne le laissaient pas apparaître. La saisie des données était faite par des employés d'un niveau inférieur. L'accord, quant à lui, était opéré par des salariés situés un ou deux échelons plus haut.

Delilah était pleinement consciente que, même si cela allait à l'encontre du règlement de la société, nombre d'employés partageaient leurs ouvertures de session en cas d'urgence ou si les choses devaient être réglées rapidement. Même si elle savait quelles sessions avaient autorisé les transactions, seuls les documents originaux confirmeraient l'identité de la personne qui était vraiment derrière tout ça. Et quiconque en était à l'origine passerait un sale quart d'heure une fois qu'elle aurait rédigé son rapport.

« Je vais à Chinatown pour manger des *dim sum*. Ça vous dit de venir ? »

Elle ne s'attendait pas à une telle proposition de la part de John.

Delilah se souvint que, la veille au soir, elle n'avait pu apprécier son repas chinois à emporter mais, à présent, elle avait une terrible envie de retenter l'expérience. Elle lui adressa un sourire reconnaissant.

« En fait, ce serait bien, oui. Je suis morte de faim. »

« Allons-y, alors. »

Elle attrapa sa veste sur le porte-manteau près de la porte et suivit John dehors. Même si elle était arrivée à San Francisco depuis presque une semaine, c'était la première fois qu'il lui proposait de se joindre à lui pour manger. Tous les autres jours, il avait semblé pressé durant sa pause déjeuner et s'était précipité hors du bureau dès qu'elle avait pris sa propre pause.

Les *dim sum* seraient une distraction bienvenue et, avec un peu de chance, ils feraient passer la journée plus vite. Elle ne pouvait attendre dix-neuf heures et son rendez-vous avec Samson. Que porterait-elle ? Elle n'avait rien apporté de vraiment habillé. Peut-être pourrait-elle s'arrêter dans une boutique après le travail et acheter quelque chose d'approprié.

Elle remonta les rues escarpées de Chinatown aux côtés de John. Il semblait assez athlétique, malgré la première idée que l'on pouvait se faire de lui.

« Vous avez déjà mangé des *dim sum* ? » demanda-t-il.

« Bien sûr. J'en prends très souvent à New York, mais je crois que notre Chinatown n'est pas aussi grand que le vôtre. »

Elle sentait qu'elle se devait de lancer un peu la conversation.

« J'ai lu quelque part que le Chinatown de San Francisco était le plus grand des Etats-Unis. Je ne sais pas si c'est vrai, mais ça se pourrait. »

John semblait étonnamment disposé à parler.

« Il y a beaucoup de boutiques dans le coin et, si vous montez quelques pâtés de maisons vers Stockton, il y a même quelques bonnes épiceries. Ici, on trouve surtout des bibelots et des souvenirs. Et plein de touristes. »

« Oui, j'avais remarqué. Je suis déjà venue par ici à l'heure du déjeuner, et les trottoirs étaient tellement noirs de monde qu'on ne pouvait rien voir. »

Elle regarda du haut de Grant Street, la principale artère de Chinatown. L'endroit grouillait de touristes et de vendeurs.

« Ce sera encore plus noir de monde ce week-end. C'est le Nouvel An chinois. Il y aura un défilé samedi soir. Vous voudrez peut-être le voir. En général, j'y vais avec les enfants, ils adorent. Il y aura un dragon et d'autres trucs marrants. »

« J'y ferai peut-être un tour. »

Elle suivit John à l'intérieur d'un restaurant chinois assez kitch. Il était bondé de clients asiatiques, ce qui était toujours bon signe. L'hôtesse les conduisit à une table. La nappe rouge était recouverte d'un carré de plastique transparent, plus rapide à nettoyer.

« Comme boisson ? » La femme était froide, presque hostile.

« Du thé, » répondirent-ils à l'unisson.

« Je suis sûr que vous avez hâte de rentrer chez vous et de dormir dans votre propre lit, » avança John.

Delilah sourit. « Oh que oui ! »

*Oh que non !* Depuis sa rencontre avec Samson, elle aurait bien voulu rester plus longtemps afin de voir comment les choses auraient pu évoluer. Mais ce n'était pas au programme.

« Ça ne doit pas être facile de voyager constamment pour votre boulot. »

Delilah hocha la tête, distraitement. Elle n'avait jamais eu cette impression. En fait, elle voyait même cela comme une chance. Au moins n'avait-elle pas à admettre combien elle était seule dans son petit appartement de New York. Quand elle était sur la route et logeait à l'hôtel, elle pouvait faire croire aux autres combien sa vie était palpitante. Personne n'en viendrait à la connaître assez bien que pour lire en elle et se rendre compte du peu qu'elle allait trouver à son retour à la maison.

Elle n'avait ni frères ni sœurs, plus maintenant du moins. Sa mère avait eu du mal à procréer et, lorsqu'elle était enfant, Delilah avait réclamé, pendant des années, un petit frère ou une petite sœur. Quand sa mère était soudainement tombée enceinte, à presque trente-cinq ans, toute la famille avait été aux anges. Un peu plus d'un an plus tard, son petit frère s'en était allé, et leur monde s'était écroulé. Sa mère n'avait plus jamais été la même après cela.

Son père avait presque dix ans de plus que sa mère et se trouvait, à présent, interné dans un établissement pour personnes souffrant de la maladie d'Alzheimer. Il ne la reconnaissait plus et, bien qu'elle le soutînt financièrement, Delilah avait cessé de le voir. Elle n'était plus qu'une étrangère à ses yeux, et cela lui faisait mal chaque fois qu'elle lui rendait visite.

Sa mère, elle, était décédée deux ans auparavant. C'était une chance que son père ne l'eût pas su. La maladie avait déjà trop ravagé son esprit pour qu'il pût réaliser que sa femme bien-aimée était morte d'un cancer. Les médecins restaient régulièrement en contact avec Delilah, pour l'informer de la condition de son père mais, désormais, c'était tout ce qu'elle pouvait faire. Il semblait aller bien, et l'établissement qu'elle avait choisi pour lui était l'un des meilleurs. Aucun autre membre de sa famille, naguère joyeuse, n'avait survécu.

« Delilah, est-ce que vous vouliez un peu de ceux-là ? »

John la tira de ses souvenirs déprimants. La serveuse leur montrait un plateau chargé de hakaos.

« Oh, bien sûr. »

Elle en plongea un dans la sauce au soja et le dévora.

« C'est délicieux. Vous venez souvent ici ? »

« Au moins une ou deux fois par semaine. C'est situé tout près du bureau, c'est pratique. Ma femme déteste la nourriture chinoise, alors, en général, je me fais ma dose dans la semaine, » admit-il en riant. « D'ailleurs, ça me rappelle … Ma femme voudrait savoir à quelle heure je vais rentrer pour le dîner ce soir. Elle pensait préparer son plat préféré. »

Delilah surprit le regard étrangement curieux de John.

« Eh bien, je pensais partir vers dix-sept heures. »

Une petite demi-heure lui suffirait probablement pour faire un peu de shopping, puis…

« Dix-sept heures ? Si tôt ? Vous avez des projets ? »

Sa question sembla tellement désinvolte qu'elle l'entendît à peine.

… Puis prendre une douche, se raser les jambes, se faire une pédicure…

« En fait, je vais au théâtre. »

Peut-être rose pour les pieds ? Le rouge était-il trop agressif ?

« Ça doit être sympa. Vous allez voir quoi ? »

Elle adorait le théâtre et était toujours excitée à la perspective d'assister à une pièce. Mais cette fois, la raison de son excitation était tout autre.

« Je ne sais pas trop. »

Delilah baissa les yeux, apeurée à l'idée qu'ils pussent refléter son excitation quant au rendez-vous prévu. Elle se préoccupait peu de ce qu'elle allait voir du moment que l'homme assis à ses côtés fût Samson Woodford.

« Comment ça, vous ne savez pas ? » la regarda John, confus.

« Une connaissance m'a invitée et j'ai complètement oublié de demander de quelle pièce il s'agissait. »

Une connaissance. Elle voulait que Samson fût bien plus que ça, ou du moins qu'il fût une connaissance avec qui elle pourrait avoir des relations sexuelles. Beaucoup. Et très bonnes. S'il était aussi bon au lit que son baiser ne l'avait été, alors c'était prometteur.

La température n'était-elle pas en train de monter dans le restaurant ?

« Trop épicé ? »

« Pardon ? »

Delilah leva les yeux vers le regard inquisiteur de John.

« L'hakao, » expliqua-t-il en montrant du doigt son assiette.

« Oui, oui. Je crois que j'ai mis trop de sauce piquante. »

Il valait mieux arrêter de penser au sexe pendant son déjeuner avec John et le reste de sa journée de travail. D'autant plus que l'immeuble n'était pas climatisé.

~ ~ ~

Samson aurait bien voulu voir son reflet dans un miroir mais, comme les vampires ne le pouvaient, il devait se contenter de Carl.

« J'ai l'air de quoi ? »

« Vous êtes superbe. »

Carl n'était pas un vampire très prolixe.

Samson tripota le col de sa chemise blanche.

« Ça ne fait pas trop ? Peut-être devrais-je opter pour quelque chose de plus passe-partout ? »

Il portait un pantalon noir et une simple chemise blanche dont les deux boutons du haut étaient déboutonnés. Pas de cravate. Il voulait paraître décontracté, mais sans l'être trop non plus. De nouveau, il tritura le col de sa chemise.

« Si je ne vous connaissais davantage, monsieur, je dirais que vous êtes nerveux à la perspective de cette soirée. »

« Vous m'avez déjà vu nerveux, Carl ? » détourna Samson.

« Jamais, monsieur. Pas une seule fois en dix-huit ans de bons et loyaux services à vos côtés. Vous êtes la confiance incarnée. Ce qui rend tout ça bien étrange, si je puis me permettre. »

*Bien vu.*

« Ça fait déjà si longtemps ? »

« En effet. »

Samson se souvenait de cette sombre nuit d'octobre où il avait pris cette décision fatidique. Sauver Carl ou le laisser mourir ?

« Le regrettez-vous ? »

Samson, quant à lui, le regrettait. Il regrettait d'avoir assujetti Carl à une vie de vampire mais, à ce moment-là, il n'avait eu que quelques secondes pour prendre sa décision. Les agresseurs de Carl l'avaient abandonné, se vidant de son sang. Si Samson n'était pas intervenu, Carl aurait perdu la vie.

Ce dernier haussa les sourcils.

« Regretter de travailler pour un tel gentleman ? »

Samson répliqua en secouant la tête.

« Je ne suis pas un saint. Nous le savons tous les deux. »

« Aucun de nous ne l'est. Mais vous êtes un gentleman. Je suis sûr que votre mère, paix à son âme, aurait été fière de vous. Ce devait être une femme extraordinaire, pour avoir élevé un fils comme vous. »

Samson sourit.

« Vous l'auriez aimée. »

Il fit une pause.

« Carl, n'avez-vous jamais pensé à faire autre chose ? Je veux dire, n'avez-vous jamais pensé à changer de carrière ? »

« Il n'y a rien qui me plairait davantage que de travailler pour vous. »

« Je suis ravi de l'entendre. Vous savez, je serais un peu perdu sans vous. Ma maison et ma vie seraient complètement sens dessus dessous si je ne vous avais pas à mes côtés. »

« Merci. Pouvons-nous y aller, monsieur ? »

Toujours enclin à respecter les horaires, Carl désigna la porte d'entrée.

« Vous êtes sûr que ça va ? »

Samson sentit son front se plisser.

« Tout à fait, monsieur. »

Carl hocha la tête et l'aida à mettre son manteau avant d'ouvrir la porte. La pluie avait de nouveau cessé, et il semblait que l'intermittence durerait au moins quelques heures.

Alors que Samson s'asseyait sur le siège arrière de la limousine, il se demanda comment il devrait la jouer. Décontracté et doux ? Agressif ? Sexy ? Bon sang, il n'avait aucune idée de ce qui fonctionnerait le mieux avec elle. Hormis son nom et son adresse, il ne savait absolument rien d'elle. Oliver lui avait rapporté l'endroit où elle travaillait, mais il ne savait pas ce qu'elle faisait dans la vie. L'immeuble où son assistant l'avait laissée abritait plus de vingt sociétés différentes. Peut-être aurait-il dû demander à Oliver de se renseigner sur elle afin qu'il disposât d'un peu plus d'éléments que son simple charme pour passer la soirée. Et l'emmener au lit. Son lit.

Il savait qu'il devait faire attention puisqu'il avait tout gâché la veille au soir en se comportant comme un crétin. Peut-être une approche douce et charmante fonctionnerait-elle mieux avec elle. Il commencerait par là. Une conversation légère, beaucoup d'éclats de rire, rien de trop lourd. C'était un bon plan. Oui, il pouvait faire cela.

Le trajet était court, presque trop, pour que Samson pût rassembler ses esprits. Il arrêta Carl avant que celui-ci ne descendît de la voiture.

« Merci, Carl. Je vais la chercher moi-même. »

Samson pénétra dans la rue sombre, puis dans l'entrée de l'immeuble. Il adorait les mois d'hiver, car le soleil se couchait tôt, lui offrant des nuits plus longues et, donc, davantage d'opportunités de sortir.

Le concierge l'annonça au téléphone. Samson patienta, se préparant à devoir patienter au moins dix minutes. Il savait comment étaient les femmes. Les vampires l'avaient fait attendre plus d'une fois, comme si ne jamais être à l'heure était une règle universelle. Les humaines ne devaient pas être très différentes.

L'entrée était décorée d'une grande peinture murale. Samson admira le travail. Cela faisait un moment qu'il n'était pas venu ici. Sa société possédait quelques appartements dans l'immeuble. On les utilisait pour des associés extérieurs, mais lui-même n'en avait jamais visité aucun. C'était Amaury qui s'occupait de tout ce qui avait trait à l'immobilier.

« Samson. »

La voix de Delilah le fit se retourner. Elle avait eu besoin de moins de deux minutes pour descendre. Etait-ce vraiment elle ? Elle paraissait encore plus belle que dans ses souvenirs. La veille au soir, elle était trempée mais, à présent, ses longs cheveux noirs déferlaient telle une cascade de soie sur ses épaules. Son visage était clair et, si elle s'était maquillée, cela restait très discret. Ses yeux verts brillaient. Elle portait une jupe noire évasée et un top violet attaché sur le côté. Il avait hâte de défaire ce nœud et de la libérer de tout cela.

« Delilah. »

Il porta la main de Delilah à ses lèvres et y déposa un baiser.

« Je vous remercie d'avoir accepté mon invitation. »

Son parfum s'empara de lui et l'enveloppa comme dans un cocon.

Elle lui lança un sourire ravageur.

« Je suis ravie de vous voir. »

« Pouvons-nous y aller ? »

Il lui présenta son bras gauche et elle y plaça sa main. Désireux de la sentir plus proche encore, Samson mit sa propre main sur ses doigts et les pressa gentiment. Elle était douce et chaude. Ce soir, ces mêmes doigts toucheraient la moindre parcelle de son corps, tandis que les siens découvriraient chaque centimètre de sa peau.

« Qu'allons-nous voir ? »

Samson n'en avait aucune idée. Il avait chargé Oliver de se procurer les meilleures places pour ce qui était considéré comme le meilleur spectacle en ville, et il avait complètement oublié de lui demander de quoi il s'agissait. Il avait mis les billets dans sa veste sans même les regarder.

« C'est une surprise. »

« J'adore les surprises. »

Ce soir, elle en aurait plein en sa compagnie. Avec un peu de chance, que des bonnes.

Samson l'aida à monter dans la voiture et s'adressa à son chauffeur.

« Nous sommes prêts, Carl. »

Alors que la limousine tournait au coin de la rue, Samson ouvrit le bar en face de lui. Il en sortit un petit plateau avec des sushis et des hors-d'œuvre.

« J'ai pensé que vous n'auriez pas encore dîné. »

« Merci, c'est attentionné de votre part. »

Delilah rougit ; la couleur lui allait bien. Peut-être pourrait-il trouver d'autres façons de faire monter le sang à ses joues.

« Champagne ? »

Il était déjà en train d'ouvrir une bouteille et de servir deux verres, dont un qu'il lui tendit. Ils trinquèrent et Samson la regarda.

« A cette soirée qui, je l'espère, vous laissera une meilleure impression de moi qu'hier. »

Il soutint son regard.

« C'est déjà le cas. »

Son aveu était inattendu. Pouvait-il maintenant passer directement de doux et charmant à quelque chose de plus sexy, un regard de braise ? Une partie de son anatomie votait déjà par l'affirmative.

*On se calme, mon gars !*

Samson se mut sur son siège et désigna les canapés.

« Lequel aimeriez-vous ? »

Elle avança la main pour prendre un sushi, mais il secoua la tête, le prit lui-même et le dirigea vers les lèvres de Delilah.

« Ouvrez, » l'encouragea-t-il d'une voix suave.

Elle obéit instantanément, et il plaça doucement le sushi dans sa bouche. Ses doigts effleurèrent ses lèvres, brièvement, mais pas de manière accidentelle. Elle avala.

« Vous n'en voulez pas ? »

« Non, j'ai assisté à un repas d'affaire plus tôt, » mentit-il. « Qui plus est, je préfère vous nourrir. »

Non pas qu'il eût dit non à l'idée qu'elle le nourrît, mais les sushis n'étaient pas vraiment à l'ordre du jour. Pas de nourriture solide pour les vampires. Samson nota le désir grandissant dans les yeux de Delilah quand il regarda sa bouche. Il imagina ces lèvres sur sa peau nue. Comment sa peau réagirait-elle lorsque celles-ci l'effleureraient ?

« Puis-je en avoir un autre ? »

Sa voix était douce, calme et posée. Savait-elle qu'il s'agissait là de préliminaires ?

Il plaça un canapé dans sa bouche et, de manière provocante, laissa ses doigts s'attarder sur ses lèvres jusqu'à ce que Delilah répondît à son geste en les refermant sur ces derniers. Lentement, il retira ses doigts et les laissa glisser sur les lèvres closes.

Il pouvait déjà sentir son corps répondre à sa partenaire. Dix secondes de plus et elle lui causerait une autre érection carabinée.

« Appréciez-vous mon choix pour la nourriture ? »

Ce n'était pas de cela dont il voulait discuter.

« Je pourrais obtenir tout ce que vous voudrez. »

La question en elle-même était explicite. De préférence une partie de son corps. De préférence celle qui le suppliait, en ce moment même, de lui donner un peu plus d'espace dans son pantalon.

« Non, c'est parfait. »

Les yeux de Delilah parcoururent son corps, lui provoquant un frisson d'anticipation dans le bas-ventre.

« Encore un autre ? »

Combien d'heures encore serait-elle capable de tenir avant de s'effondrer dans ses bras, nue, en feu et épuisée ?

« J'ai assez faim aujourd'hui. »

Elle jouait le jeu, et il aimait ça. Elle n'avait rien de timide et lui montrait ce qu'elle voulait, sans la moindre gêne. Signe qu'elle était une femme forte. Il avait hâte de découvrir comment elle se comportait au lit, du moins, s'il parvenait à atteindre un lit avec elle, et s'il ne se contentait pas du premier endroit venu. Ce qui était parfaitement possible.

« Je crois qu'il va falloir que je continue à vous nourrir. Je ne voudrais pas que l'on pense que je ne donne pas à manger à mes invités. Personne ne prend congé de moi en ayant faim. Pour quoi que ce soit. »

Elle y répondit en léchant sa lèvre inférieure, certainement sans même s'en être rendu compte. Le regard de Samson atterrit involontairement sur ses seins, à l'instant même où sa vision périphérique observa un changement en eux : les tétons avaient durci et pressaient contre le tissu de son top. Sa verge y répondit et se dressa dans sa direction.

Alors qu'il lui donnait le canapé suivant, elle retint sa main et, dès qu'elle eut avalé la nourriture, elle ouvrit de nouveau les lèvres. Lentement et délibérément, elle attira un des doigts de Samson dans sa bouche, puis le lécha jusqu'à ce qu'il fût propre. Il en eut le souffle coupé. Elle suça son doigt doucement, le fixant du regard.

Elle fit de même avec le doigt suivant. Samson sentit son sexe se dresser vers elle, demandant à être le prochain sur la liste à sentir ses lèvres pulpeuses. Quand elle le relâcha, il parcourut ses lèvres de son doigt humide.

« Délicieux. »

Delilah bougea et croisa les jambes d'une autre manière, attirant dès lors les yeux de Samson vers ses doux mollets. Il admira ses belles courbes, sa peau parfaite.

Il ne voulait rien de moins que l'embrasser, mais devait cependant attendre. Pour le moment, il voulait faire monter la température du corps de Delilah au point d'ébullition et apprécier la vue de ses tétons durs. Malheureusement, c'était surtout la température de son propre corps qui montait. Peut-être devait-il demander à Carl d'enclencher la climatisation.

Le trajet jusqu'au théâtre fut trop court au goût de Samson. Il s'amusait beaucoup. Comment il arriverait à tenir pendant les deux heures que durait la représentation, cela, il n'en avait aucune idée. Il était vraiment d'humeur à donner les billets au premier passant et à ramener Delilah chez lui, immédiatement, mais il avait peur que son désir incontrôlable ne l'effrayât et qu'elle battît en retraite. Il ne pouvait prendre ce risque.

« Nous sommes arrivés, monsieur. »

Il entendit la voix de Carl, alors que la voiture s'arrêtait.

~ ~ ~

Delilah regarda Samson attentivement, tandis qu'il l'aidait à sortir de la voiture en parfait gentleman, presque comme si les quelques minutes de jeu érotique qui avaient précédé n'avaient jamais eu lieu. Il était terriblement sexy, et le contact de ses doigts avec ses lèvres l'avait excitée plus que ce qu'elle n'aurait voulu le dire. Si elle réagissait ainsi à un simple toucher, elle tomberait rapidement dans des profondeurs abyssales.

Elle pouvait à peine croire à quel point elle avait été audacieuse dans la voiture. D'habitude, elle n'était pas le genre de femmes à provoquer un homme, mais toutes ses inhibitions s'étaient envolées par la fenêtre dès qu'il lui avait donné le premier sushi. D'une certaine manière, la situation aurait pu être embarrassante, en particulier s'il avait retiré ses doigts. Mais il y avait pris part.

A l'affiche du théâtre, elle vit que la pièce qu'ils venaient voir était la comédie musicale *Wicked*. Elle en avait entendu du bien et avait pensé aller la voir de retour à New York.

Tout en la guidant à travers la foule, Samson plaça sa main, d'une manière protectrice, dans le creux de ses reins. Il s'agissait d'un geste communément accepté lors d'un rendez-vous mais, après ce qu'ils avaient vécu dans la voiture, la connotation sexuelle y était plus que sous-jacente. Et Delilah ne voulait rien y changer.

Leurs fauteuils d'orchestre étaient situés dans les rangées du milieu, avec une bonne vue sur la scène. Tandis qu'ils s'asseyaient, l'épaule de Samson effleura celle de Delilah. Il lui tendit son programme. Leurs mains se touchèrent lorsqu'elle le prit, envoyant une vague de feu dans les profondeurs de son ventre. Elle n'avait jamais rencontré quelqu'un qui pût lui procurer de telles sensations par un simple contact, et elle ne pouvait le regarder, de peur qu'il ne vît dans ses yeux à quel point elle était excitée.

« J'espère que ça vous plaira. »

Elle sentit son murmure, près de son oreille, et ne sut dire s'il parlait du spectacle. Ou était-elle la seule à avoir l'esprit aussi mal placé ? Elle se tourna vers lui pour essayer d'éclaircir ses doutes. Non, elle n'était pas la seule. La lueur lubrique qu'il avait dans les yeux le confirmait.

« Je crois que ce sera le cas. »

Sa bouche était à peine à quelques centimètres de la sienne. Comme il aurait été facile de l'embrasser.

« Je ferai en sorte que ce le soit. »

Elle prendrait sa promesse au mot.

Les lumières du théâtre s'éteignirent et, petit à petit, les conversations du public cessèrent. Tout devint silencieux, le spectacle étant sur le point de débuter. Delilah pouvait presque percevoir l'électricité crépiter entre eux deux quand, soudain, elle sentit sa main sur la sienne. L'homme le plus sexy qu'elle eût jamais rencontré lui tenait la main, dans la pénombre d'un théâtre. Le contact lui évoqua les images d'une relation ardente, et elle sentit la température de son corps augmenter d'un coup.

Samson lui tint la main tout au long du premier acte, ne la lâchant que pour applaudir si besoin était. A plusieurs reprises, elle remarqua qu'il la regardait, mais n'y répondit pas, trop inquiète que ses bonnes manières ne pussent l'abandonner, tels les rats qui quittent le navire. Elle risquait alors de lui sauter dessus sans attendre, en plein milieu du théâtre. Or, elle n'avait ni envie ni besoin d'un public pour lui faire ce qu'elle désirait.

Quand les lumières se rallumèrent pour l'entracte, Samson lui lâcha la main.

« Il fait chaud, ici. » Elle éventa son visage avec ses mains.

« Chaud, absolument. Voudriez-vous boire quelque chose ? »

Ce dont elle avait envie, c'était s'asperger le visage avec un peu d'eau avant de brûler vive. Ou peut-être d'une douche froide pour éteindre les flammes qui jaillissaient de son ventre.

« Avec plaisir. »

Ils se levèrent et se frayèrent un chemin à travers la foule jusqu'au bar. Samson était juste derrière elle, la main sur sa taille pour la guider vers l'avant. Ayant atteint un bouchon au niveau de la porte, Delilah s'arrêta brutalement, incapable d'avancer davantage. Samson lui rentra dedans sans prévenir. Sa poitrine était forte et ferme et sa main qui, jusqu'alors, était restée sur sa taille, glissa sur son ventre pour la tenir contre lui.

« Je crois que nous sommes bloqués ici pour un petit moment. »

Malgré son commentaire, il ne semblait pas se soucier de sa position. Sa main reposait contre son ventre, en toute intimité, ses doigts traçant tranquillement la ligne de son slip à travers la jupe. Subtilement, elle pressa son corps contre le sien et sentit le profil rigide de son érection contre sa chute de reins. La main de Samson sur son ventre la maintint en place et l'empêcha de se frotter davantage à lui. Avait-il remarqué ce qu'elle faisait ?

« Delilah, nous devrons être patients. »

Elle sentit son souffle chaud sur son cou et ses lèvres effleurant presque sa peau. Ses mots laissèrent entendre qu'il avait compris ses mouvements coquins, et qu'il savait exactement ce qu'elle essayait de faire. Pourquoi son comportement éhonté ne l'embarrassait-elle pas ?

« La patience est un peu surfaite, ne pensez-vous pas ? »

Sa réplique le fit glousser, mais il ne la libéra pas de son intime étreinte. Au contraire, il lui sembla qu'il l'attirait encore davantage vers lui. A moins que ce n'eût été son érection qui grandissait ? Ses doigts semblèrent glisser plus bas, se blottissant de manière provocante contre le haut de son pubis.

« Je suis désolé, vous avez trop chaud ? »

Sa voix sembla presque innocente, alors que ses doigts en étaient à mille lieux.

« J'aime que ce soit comme ça. »

Aucun des autres spectateurs ne fut témoin de la réponse faite à son aveu, mais Delilah la sentit.

~ ~ ~

De son pouce, Samson caressa doucement son sexe, le fin tissu de sa jupe servant à peine de barrière. Ses narines respirèrent son parfum : la douce senteur de son excitation. Elle le surprenait en le laissant aller si loin et, s'il n'y avait pas eu autant de témoins autour, il l'aurait prise instantanément, debout.

Il lui suffisait de relever sa jupe, de la débarrasser du slip, et elle serait sienne. Sans même la toucher, il savait qu'elle était déjà prête, assez pour qu'il pût glisser en elle, sans résistance. Et s'il la poussait sur le côté et trouvait un recoin sombre, quelque part dans le théâtre ? Serait-elle partante ?

Avant qu'il ne pût élaborer un plan, le bouchon se dissipa, et il dut la relâcher de leur intime étreinte. Ils se dirigèrent vers le bar.

« Qu'est-ce qui vous ferait plaisir ? »

Samson éprouva une certaine difficulté à retrouver sa voix normale. Dans ses oreilles, il ne pouvait entendre que la passion et le désir que son corps avait du mal à contenir.

« Juste un peu d'eau, merci. »

Tandis qu'il passait commande, Delilah s'excusa pour aller aux toilettes et le laissa au bar. Il la suivit du regard. Ses courbes étaient là où il fallait. Comment une telle femme pouvait-elle être encore sans attaches ? Tous les humains étaient-ils aveugles ? Si c'était le cas, au moins n'aurait-il pas à faire face à la concurrence. Elle serait sienne bientôt, très bientôt.

« On prend ses désirs pour des réalités. »

La voix dans son dos se trouva être celle qu'il aurait voulu ne plus jamais entendre. Pouvait-il l'ignorer et partir ?

« J'ai dit… » répéta-t-elle.

Samson se retourna.

« Je t'avais entendue la première fois, Ilona. »

Sa voix avait le tranchant d'une lame de rasoir, comme lorsqu'il était confronté à des ennemis. Il observa la belle amazone qui se tenait devant lui. Elle était sur son trente-et-un, ses longs cheveux roux drapant artistiquement ses épaules nues. Le corset serré de sa robe accentuait sa poitrine, et le vert sombre du vêtement mettait en valeur la couleur de ses cheveux ainsi que celle de sa peau. Elle était resplendissante, mais il ne se laisserait pas avoir. Plus maintenant.

« Alors comme ça, on est un peu tendu ? »

« Rien qui ne te regarde. Tu ne devrais pas être en route pour un bal costumé quelque part en Enfer ? »

Samson prit la bouteille d'eau que le serveur lui tendait et paya.

« Tendu, sans aucun doute. Alors, c'est vrai ? »

Il lui lança un regard aiguisé, ne désirant même pas savoir ce qu'elle insinuait.

« Va jouer avec quelqu'un d'autre. Tu devrais te rendre compte que je ne veux pas de toi. »

« Ce n'était pas le cas avant. En fait, tu avais littéralement un besoin maladif de me voir. Tu ne t'en souviens pas ? »

Oh si, il s'en souvenait.

« Je ne me souviens pas bien de cette époque, puisque j'avais momentanément perdu la raison. Alors pourquoi ne tournes-tu pas la page ? Il doit y avoir plein de gars riches en ville que tu n'as pas encore mis dans ton lit. A moins que tu n'aies déjà épuisé les réserves ? »

« Au moins, eux, ils peuvent la lever. »

Son ton léger masqua le venin de ses mots. Elle prit une gorgée de son vin, comme si de rien n'était.

Dans un souffle, Samson retint un cri. Oh combien il aurait aimé briser son petit cou. Il pouvait presque entendre le bruit que feraient ses os en se cassant.

« Tu devrais faire attention aux mensonges que tu colportes, » la prévint-il à voix basse. « Les mensonges peuvent tuer. Même les gens comme toi. »

« On n'appelle pas ça des mensonges lorsqu'il s'agit de la vérité. Alors, on dirait que c'est moi qui t'ai cassé. »

Bon sang, Holly ! Elle colportait les ragots plus vite que quiconque.

« Ne te flatte pas trop. Ce n'est pas toi. »

Il ne voulait plus qu'Ilona pût, un jour, le toucher à nouveau. Cette pensée même le répugnait. Comment il avait pu, ne fût-ce qu'apprécier ses mains diaboliques sur lui, demeurait un mystère.

« Si tu reviens vers moi, je peux arranger tout ça, » ronronna-t-elle, manifestement certaine de son pouvoir de séduction.

« Tu ne peux pas réparer ce qui n'est pas cassé. »

C'était vrai. La veille encore, il était cassé mais, à présent, grâce à Delilah, tout fonctionnait de nouveau parfaitement bien.

« Menteur. »

« Je ne te toucherais pas, même si tu étais la dernière femme sur Terre. Alors laisse-moi tranquille. »

Samson se retourna, et Ilona posa la main sur son bras. Il se retourna une nouvelle fois et, se dégageant de son emprise, lui jeta un regard empli de venin.

« Chéri, je suis désolée de t'avoir fait attendre si longtemps, » murmura la voix de Delilah à ses côtés.

Il sentit sa main chaude sur son bras, ce qui eut pour effet de le détendre, instantanément. Reconnaissant, il se tourna vers elle.

« Voilà ta bouteille d'eau, ma douce. »

Du coin de l'œil, il pouvait lire la surprise sur le visage d'Ilona. Elle restait là, immobile, à les regarder, alors qu'il plaçait sa main dans le dos de Delilah pour l'entraîner plus loin.

« Merci. »

Il continua à lui parler à voix basse, tandis qu'ils traversaient le bar.

« On aurait dit que vous cherchiez à vous éloigner d'elle. »

Une question tacite flotta dans sa voix.

« En effet. »

« Quelqu'un que vous connaissez ? »

Devait-il lui dire ? Cela ne pouvait pas faire de mal.

« Mon ex. »

« Oh. Elle est belle. »

Delilah sembla dépitée.

« Seulement en apparence. »

Samson savait ce qu'elle ressentait. Les femmes, qu'elles fussent humaines ou vampires, étaient au moins prévisibles sur une chose : la façon qu'elles avaient de toujours se comparer aux autres. Il devait faire en sorte qu'elle arrêtât de s'inquiéter à ce propos. Samson la poussa dans un coin et plongea ses yeux dans les siens.

« Vous êtes plus belle que n'importe quelle femme qu'il m'ait été donné de rencontrer. Et s'il n'y avait pas autant de monde ici, je vous montrerais sans attendre à quel point je vous trouve désirable. »

Ses doigts caressèrent doucement sa joue. Il voulait l'embrasser, mais pas ici, car il savait qu'il ne pourrait s'arrêter une fois qu'il serait lancé. Il porta plutôt la main de Delilah à ses lèvres et embrassa le bout de ses doigts. Sa peau était douce et chaude. Il mordilla son index, le plaça entre ses lèvres et referma celles-ci avant de jouer avec sa langue.

« Samson… »

Sa voix n'était plus qu'un murmure.

Il la regarda fermer les yeux et inspirer profondément jusqu'à ce qu'il libérât son doigt. Il était plus que satisfait de l'effet qu'il produisait sur elle. Elle répondait à chacune de ses approches de séduction sans qu'il n'eût à utiliser son pouvoir du contrôle de l'esprit. C'était cela, il ne l'utilisait pas ! Il ne s'en était même pas aperçu. Chaque interaction avec elle avait été, complètement et parfaitement, dépourvue du contrôle de l'esprit.

Les vampires utilisaient le contrôle de l'esprit pour introduire des pensées dans le cerveau de leurs victimes afin de pouvoir les approcher et se nourrir d'elles. Par la suite, ils effaçaient la mémoire de ces dernières, lesquelles n'en gardaient aucun souvenir.

Ne se nourrissant d'humains qu'en dernier recours, Samson avait rarement besoin de faire appel au contrôle de l'esprit. Il buvait du sang acheté via une banque de sang et en était satisfait. Ce n'était pas vraiment comme du sang chaud, du sang palpitant qui venait directement de la veine d'un humain, mais c'était suffisant pour assouvir sa faim et nourrir son corps.

Bien sûr, lorsqu'il avait rejoint le monde des vampires et que le concept même de banque de sang n'existait pas, il s'était directement approvisionné à la source. Parfois, il avait pris trop de sang et avait tué des humains. Avec le temps, il avait appris à mieux se contrôler et, lorsque le sang était devenu plus accessible sur le marché, il avait permuté.

Il n'avait pas fait appel au pouvoir du contrôle de l'esprit depuis un moment et, bien que désireux de faire l'amour à Delilah le soir même, il n'avait même pas pensé à l'utiliser sur elle. Quoique ce pouvoir le lui eût assuré.

Mais la réaction de la belle mortelle à son contact lui avait donné l'entière certitude qu'il n'avait pas besoin de pratiquer ses pouvoirs de vampire sur elle.

« Nous devrions retourner à nos places afin de ne pas manquer le deuxième acte. »

« Oui, ce serait dommage de manquer quoi que ce soit. »

Le ton rauque de sa voix lui laissa comprendre qu'elle ne parlait pas de la pièce. Samson sentit son pantalon se tendre immédiatement. Ce n'était pas le moment d'avoir une autre érection mais, malheureusement, il n'avait aucun contrôle là-dessus. Il valait mieux se cacher dans la pénombre du théâtre.

Il lui jeta un regard en coin, alors qu'ils assistaient silencieusement au deuxième acte. Il la voulait tellement que c'en était douloureux d'attendre. Dans le noir, il lui attrapa la main, et elle accepta immédiatement le contact. Il avait besoin de plus. C'était stupide de se sentir comme un écolier, à explorer dans l'obscurité, mais il ne pouvait s'en empêcher. Hésitant, il guida la main de Delilah vers sa cuisse et l'y abandonna. La retirerait-elle ?

Il ne pouvait suivre l'action sur scène, alors qu'un mystère bien plus excitant planait juste à ses côtés. Quand il la lâcha, son corps se contracta. C'était le moment où Delilah était libre de retirer sa main ou de la laisser où elle était, le brûlant à travers le tissu de son pantalon et envoyant des vagues de chaleur dans son corps.

Elle ne fit rien de tout ça. Elle ne retira pas sa main, mais ne la laissa pas non plus là où il l'avait mise. Elle la laissa plutôt glisser doucement le long de sa cuisse, de haut en bas ; le caressant, se dirigeant plus haut. Bon sang, elle était en train de le tuer ! Son érection poussait contre son pantalon et, dans cet espace restreint, il n'avait aucun moyen de bouger pour être plus à son aise.

La main chaude de la jeune femme remonta vers le sommet de ses cuisses. Il était presque prêt à jouir, juste là. Quand cette satanée pièce allait-elle enfin se terminer ? Samson retint son souffle jusqu'à ce qu'il remarquât le regard que Delilah lui lançait. Elle rit silencieusement. Qu'y avait-il de si drôle ?

Elle se pencha vers lui, et il sentit sa bouche près de son oreille.

« Vous ne devriez pas jouer avec le feu si vous ne supportez pas la chaleur. »

Bon sang, elle jouait avec lui comme une marionnette, malléable à souhait entre ses mains. Et elle ne le savait que trop bien. Samson s'était toujours vu comme le prédateur, mais elle avait retourné le jeu, échangé les rôles. Il avait hâte d'inverser à nouveau la tendance.

« Rira bien qui rira le dernier. »

Et il en profiterait jusqu'au bout.

« Chut ! » réprimanda une voix derrière.

Samson lui prit de nouveau la main, faisant cesser les caresses, mais il la garda sur sa cuisse. Il pouvait accepter cela, ou presque. Il ne s'était pas autant amusé avec une femme depuis son adolescence, lorsqu'il était encore humain. Depuis qu'il était devenu vampire, tout ce qui avait attrait au sexe avait été chaud et intense, mais sans véritable jeu ni plaisir. Certes, ce qui se passait à présent était également chaud et intense, mais c'était aussi empreint d'humour. Il se demanda si elle serait capable de réveiller son côté le plus léger et de le faire se sentir à nouveau insouciant et détendu.

Il ne pouvait se souvenir de la dernière fois où il s'était diverti avec une femme. Avec Delilah, tout paraissait si simple. Elle ne se prenait pas trop au sérieux, ce qui lui facilitait presque la tâche pour oublier qui il était. Elle le traitait comme un homme normal. Bien sûr. Elle n'avait aucune idée de qui il était. Ce soir, cela n'avait pas d'importance. Ce soir, il la posséderait dans son lit et serait juste un homme. Un homme qui la voulait. Il oublierait qu'il était un vampire.

# 5

Ilona rejeta les épaules en arrière et sortit du théâtre. Elle avait perdu tout intérêt pour le deuxième acte. Pouvait-on lui en vouloir ? Elle n'avait pas vu Samson depuis leur rupture, et tomber sur lui après un si long moment, en compagnie d'une humaine, ne pouvait que la sidérer ; d'autant qu'elle avait entendu dire qu'il souffrait de troubles de l'érection. Alors que faisait-il avec une humaine ? Comme si une simple mortelle pouvait satisfaire un homme tel que lui. Quelle idée ridicule !

Amie avec la réceptionniste du docteur Drake, Ilona était au courant des séances de Samson chez le psy. Non pas que cela lui importât qu'il pût la lever ou non : elle avait perdu tout intérêt pour lui, notamment depuis qu'il était clairement apparu qu'il ne mélangerait jamais son sang au sien.

Elle prit de court un couple qui hélait un taxi et ouvrit la porte côté passager.

« Excusez-nous, mais… »

Ilona ignora la plainte de l'homme et gronda en montrant les dents. Elle se sentit mieux lorsque celui-ci tressaillit et recula.

Elle se laissa ensuite tomber sur le siège arrière et, sans réfléchir, donna une adresse au chauffeur tout en claquant la portière.

Ce ne fut qu'une fois adossée au siège qu'elle réalisa que l'adresse qu'elle avait donnée n'était pas la sienne. Elle soupira. Etant donné l'humeur dans laquelle elle se trouvait, peut-être valait-il mieux ne pas rentrer à la maison. De toute façon, son inconscient semblait savoir ce dont elle avait besoin.

De distraction.

Moins de dix minutes plus tard et après avoir sonné à l'interphone, elle se tenait sur le seuil de l'appartement du dernier étage. Elle eut à peine le temps d'ajuster sa robe que la porte s'ouvrait déjà.

Amaury lui jeta un rapide coup d'œil. Comme toujours, il était diablement sexy, et c'était exactement ce qu'il lui fallait ce soir.

« Regardez ce que le chat a ramené, » dit-il d'une voix traînante.

Elle passa devant lui et entra directement dans ce grand espace ouvert qu'était le séjour.

« Je ne savais pas que tu donnais dans les clichés. »

~ ~ ~

Amaury haussa les épaules et laissa la porte se refermer. « On peut changer. Mais je vois que ce n'est pas ton cas. »

Non. Elle était toujours aussi belle et insensible. Certaines choses ne changeaient donc jamais.

Il la regarda, tandis qu'elle s'appuyait contre le bar. « Comment vas-tu, Amaury ? »

Haussant les sourcils, il ne prit pas la peine de répondre à sa question.

« Qu'est-ce que tu veux, Ilona ? Tu as cassé ton vibromasseur ? Sinon, tu ne serais pas là. »

Elle plissa les lèvres. « Tu es toujours aussi cru ? »

« Seulement avec toi, ma chère. Parce que c'est ça que tu aimes, non ? »

« Et ? » Elle fit une pause. « Est-ce que tu penses céder ? »

Amaury jeta un œil à sa montre. « J'ai une heure à tuer. C'est envisageable. »

Il pouvait s'envoyer en l'air. Il pouvait *toujours* s'envoyer en l'air.

« Si tu as seulement une heure alors, on ne devrait pas perdre de temps à discuter comme deux vieux amis. »

Elle entrouvrit la bouche, permettant à sa langue de faire une apparition tout en léchant sa lèvre inférieure. Amaury suivit le regard d'Ilona jusqu'à ce que celui-ci s'arrêtât sur son sexe.

Il savait ce qu'elle voyait : un vampire prêt à un peu d'action sous les draps. Il était toujours prêt. Le simple fait de parler de sexe pouvait l'exciter. C'était à la fois un don et une malédiction.

Ce ne serait pas la première fois qu'il mettrait Ilona dans son lit, et probablement pas la dernière non plus. Elle avait un joli corps et aimait baiser avec une certaine brutalité. Et la brutalité convenait à Amaury, surtout avec une femme comme elle.

« Pourquoi ce soir ? »

Il n'était pas décidé à la laisser atteindre son objectif aussi vite. Plus il la faisait attendre, plus elle serait chaude. Et une Ilona chaude promettait une partie de jambes en l'air mémorable.

« Qu'est-ce que ça peut te faire ? Je suis ici, non ? »

Il voyait bien qu'elle cachait quelque chose, en prétendant qu'il ne s'agissait là, pour elle, que d'une soirée comme les autres. En effet, il pouvait sentir sa frustration. Au plus profond d'elle-même. Quelque chose l'avait froissée. C'est pourquoi elle avait besoin de lui : pour libérer la tension. Et il savait de quelle façon.

Amaury s'avança vers elle et s'arrêta à quelques centimètres. « Tu portes quoi, sous cette robe ? »

« Rien. »

Exactement comme il le lui avait dit après leur première relation sexuelle. Amaury laissa échapper un grognement approbateur. Il préférait que ses partenaires vinssent à lui prêtes à l'emploi. Pas besoin de gaspiller du temps en s'opposant à ces sous-vêtements agaçants. Lui-même n'en portait jamais.

« Puisque nous savons tous les deux que tu n'aimes pas sucer, passons directement au plat principal, qu'en dis-tu ? »

Il ne lui laissa pas le temps de répondre. A la place, il la hissa sur ses épaules et l'emmena jusqu'au canapé. Elle ne montra aucune réticence, et il n'en attendait pas moins. Il la posa sur le ventre, contre les coussins moelleux de couleur crème.

Amaury s'y laissa tomber juste après et coinça Ilona sous son corps. Il serra ses parties génitales contre elle, son érection pressant contre sa cuisse.

« Ma queue t'a manquée, hein ? »

« Espèce de salaud arrogant, » siffla-t-elle en essayant de le dégager.

Il lui attrapa les poignets et la laissa se débattre un moment.

« Et pourtant, tu ne cesses de revenir. Je crois que tu attends quelque chose de moi. Et on sait tous les deux que ce n'est certainement pas mon charme. Il ne reste donc plus que ma queue. »

Il savait qu'il ne s'agissait que d'un jeu pour elle ; prétendre qu'elle ne voulait pas vraiment de tout cela. L'odeur de son excitation la trahissait. Amaury l'inhala, rendant le jeu manifeste.

« Tu le voudrais bestial à quel point, cette fois ? »

Il ne lui permit pas d'éviter son regard. Elle devait lui dire ce qu'elle voulait. Alors, il déciderait s'il acceptait ou pas. Peut-être, peut-être pas. Cela dépendrait de son humeur.

Ilona pinça les lèvres, et il ne put retenir un large sourire. Comme d'habitude, elle n'était pas disposée à demander. Bien.

« Je crois que j'ai ma réponse, alors. Peut-être qu'une claque sur les fesses te rendra ta langue. »

Une flamme pleine de curiosité anima ses yeux.

Exactement ce à quoi il s'attendait.

« Espèce de sauvage ! »

Selon lui, la voix d'Ilona n'était pas assez empreinte de colère que pour la considérer comme une plainte. En fait, il s'agissait davantage d'une sorte d'invitation. Non pas qu'il en eût besoin.

Une seconde plus tard, il roula sur le côté et la retourna sur le ventre. Retenant ses poignets d'une main, il souleva sa robe de l'autre.

« Voyons voir si tu m'as menti ou si, en effet, tu ne portes rien en-dessous. Tu sais comment je réagis aux mensonges. »

Trop de mensonges et il se transformerait en une bête déchaînée.

Elle répondit dans un souffle haletant. « Je sais. »

Provocante.

Amaury sut immédiatement ce qu'il trouverait sous la soie verte de la robe. Il se prépara alors à lui administrer sa punition.

Sa main souleva le tissu, d'abord au-dessus de ses genoux, puis de ses cuisses. Quand il atteignit ses fesses rebondies, il s'arrêta un instant. Ensuite, alors qu'il remontait le tissu plus haut que son postérieur et le serrait à la taille, il admira la vue. Une peau délicate, crémeuse. Pâle.

Presque nue, mais pas totalement. Le fait qu'elle portât un string la rendait, en soi, coupable d'un mensonge.

Doucement, il passa la main sur ses fesses. Son doigt attrapa le string et le souleva. Puis, il le laissa claquer sur sa peau.

« Tss… »

Dans l'expectative, Ilona soupira.

« Oups, j'avais oublié que je portais ça. »

Un autre mensonge.

Elle le voulait plus que tout. Et il accèderait à sa requête. Il n'était pas du genre à décevoir une femme au lit. En outre, il venait juste de se mettre d'humeur pour quelque chose de mal.

Sa main s'éleva au-dessus de la peau douce des fesses de la belle.

« Plus de mensonges pour ce soir. »

Il ponctua son ordre par une petite mais cinglante claque sur la fesse droite.

Elle étouffa un gémissement dans le coussin, tandis qu'il lui accordait une seconde de répit avant de répéter la fessée, cette fois sur l'autre fesse. L'empreinte de sa paume ne laisserait trace qu'un court instant, avant de s'effacer. Sur une humaine, elle serait restée plus longtemps, mais pas sur cette femme vampire qui se trouvait sous lui.

Il lui écarta les jambes à l'aide de son genou. Jugeant qu'elle ne s'exécutait pas assez vite, il la fessa une fois de plus. Gauche et droite. Encore. Instantanément, les cuisses d'Ilona se désserrèrent, mais le string obstruait la vue sur sa chatte. Il fallait s'en débarrasser. Après tout, Amaury était le genre de gars qui aimait le visuel.

« Plus de string. »

Il l'arracha, l'abandonnant sur le sol.

« Oui, » soupira-t-elle, sa voix teintée d'excitation, alors que ses sens étaient déjà en alerte.

Il dirigea sa main entre ses cuisses et plongea ses doigts dans son nectar. Elle eut un soubresaut lorsqu'il trouva son clitoris et le roula entre le pouce et l'index.

Mais il ne la laissa en profiter qu'une seconde avant de glisser un doigt en elle. Ce geste la fit presque se soulever du canapé.

« Tu en as salement besoin, » remarqua-t-il.

« Oui, vraiment salement. »

Elle semblait à bout de souffle.

« J'ai exactement le truc qu'il te faut. »

*Un très grand truc.*

La vélocité des vampires était une qualité à posséder lorsqu'il fallait rapidement libérer son sexe. Et, s'il y avait une situation dans laquelle cela se révélait utile, c'était bien celle-là. Son érection se dressa fièrement dès qu'il descendit la fermeture éclair de son pantalon. Il ne prit même pas la peine de l'enlever complètement.

Amaury savait qu'il était bien pourvu, qu'il se situait au-dessus de la moyenne parmi ses semblables. Beaucoup de femmes n'auraient pas été capables de s'accommoder à lui immédiatement, mais Ilona avait couché avec suffisamment d'hommes ; elle avait l'habitude qu'un membre aussi gros la dépannât. Service qu'il était prêt à lui rendre. Centimètre par centimètre.

Se plaçant derrière elle, il lui attrapa les hanches de ses deux mains et plongea dans sa tiédeur. Elle l'y accueillit avec facilité, chaleur et humidité. Il bougea, la pénétrant par à-coups et prenant ses gémissements pour ce qu'ils étaient : des encouragements.

« Plus fort, » cria-t-elle, presque en colère.

« Ne me donne pas d'ordre. »

Il se retira, puis plongea plus profondément, tout en la fessant. Une fois, deux fois. Il était maître à bord, et il le lui faisait comprendre.

« Oh bon dieu, oui ! »

Amaury sourit diaboliquement. Il savait exactement ce dont elle avait besoin. Et ce qu'il voulait lui-même.

« Je crois que tu as besoin d'être enculée pour comprendre qui est aux commandes dans mon lit. »

Ce qu'il était prêt à exécuter, sans attendre.

Il sentit ses muscles se contracter. Non, il ne la laisserait pas jouir, pas encore. Il se retira immédiatement et la délaissa.

« Bon sang, salaud ! Qu'est-ce que tu crois que tu es en train de faire ? Baise-moi, maintenant ! »

Telle une furie, comme un train lancé à pleine vitesse, elle le griffa, s'accrochant à lui.

« Oh, mais oui, je vais te baiser. Selon mes règles. »

Mais le sexe déjà bien rôdé d'Ilona ne suffisait pas à Amaury.

Il y plongea un doigt, l'enduit de son nectar, le retira, puis le glissa le long de la raie de son derrière jusqu'à ce qu'il trouvât l'autre trou. Elle s'immobilisa. Le doigt d'Amaury dessina le contour de ce trou plissé, en l'humectant de ses propres sécrétions.

Elle se détendit au bout de quelques secondes, et il la sentit se cambrer ; se poussant contre son doigt, elle tentait de le faire entrer. Amaury n'avait nullement besoin de cela. Son doigt se glissa à l'intérieur de cet étroit conduit, les muscles de ce dernier se contractant tout autour.

Abandonnant la hanche d'Ilona, il se pencha sous le canapé pour attraper le tube de lubrifiant qu'il laissait là pour des occasions similaires et s'en recouvrit les doigts. En étaler une grande quantité sur elle et la travailler de l'intérieur avec ses doigts était presque aussi bon que de la posséder.

Mais pas complètement.

Elle était déjà en train d'haleter, de gémir chaque fois que ses doigts entraient et sortaient. Deux doigts à présent, afin de lui donner plus de souplesse et de la préparer à son énorme verge.

« Maintenant, dis-moi ou je te laisse comme ça. Dis-moi ce que tu veux. »

Un moment d'hésitation. Il n'en attendait pas moins. Puis…

« Je suis venue pour que tu me la mettes dans le cul. Content ? »

Content ? Amaury n'était jamais content. Satisfait ? Oui. Satisfait, à la rigueur. Et il serait on ne peut plus satisfait dans quelques minutes.

« Alors tu as frappé à la bonne porte. »

Il retira ses doigts et plaça sa verge à l'entrée de ce sombre passage, poussant vers l'avant. L'anneau serré y gardant l'entrée se relâcha et le lubrifiant lui permit de se glisser à l'intérieur. Juste un centimètre. Puis un autre.

Le gémissement d'Ilona se transforma en cri.

« Oui ! »

Puis, il passa brusquement l'entrée, s'enfonçant plus profondément, sentant les muscles étroits se contracter autour de lui comme si elle l'empoignait. Amaury savait qu'elle n'avait pas mal puisqu'il ne ressentait que son plaisir. Bien. En aucun cas il n'aurait à se retirer. Pas maintenant que les muscles d'Ilona exerçaient sur lui la pression dont il avait précisément envie. Ce serait rapide, mais bon.

Il recula, puis replongea profondément et, de nouveau, trouva le rythme qui le rendait fou, celui qui lui promettait de le soulager.

« Ouais, tu aimes que je te prenne comme ça, hein ? »

Il la pressa d'avouer.

« C'est pour ça que tu es revenue. Parce que personne ne peut te faire ça. »

« Encore ! »

« Je peux encore. Bien plus encore. »

Et il pompa plus fort, conduisant son membre plus profondément, plus rapidement. Quelques à-coups plus francs, et il sut qu'il ne pourrait plus tenir. Le corps d'Ilona était trop étroit, trop chaud. C'en était trop.

« Tu as le cul le plus étroit que je me suis jamais fait. »

Amaury glissa la main vers sa chatte et y trouva immédiatement le clitoris. Un seul contact, et le corps ultra-sensibilisé d'Ilona explosa. Au moment où il sentit le spasme de ses muscles, il perdit le contrôle et la rejoignit dans son orgasme.

Son sperme gicla en elle par petits jets, en harmonie avec ses saccades. Quelques secondes plus tard, il s'écroula sur elle.

« Et n'essaye pas de me donner encore une fois des ordres. »

En toute sincérité, n'importe quelle excuse était la bienvenue pour pouvoir la fesser. Cela le rendait plus chaud que la braise.

« Du moment que j'obtiens ce que je veux… »

« Pas la peine de se voiler la face, Ilona. Aucun d'entre nous n'aura jamais ce qu'il veut. »

Elle prit la mouche. « Comme si tu savais ce que je voulais. »

« Tu n'es pas différente de moi, même si tu ne veux pas l'admettre. Mais, si tu crois que l'argent, le pouvoir et le sexe vont remplir ton cœur décharné, alors tu te fais plus d'illusions que moi. Ça ne réchauffera pas ton cœur de glace. Je sais de quoi je parle ; je suis un expert en la matière. »

Il en était un, sans le moindre doute. Amaury ferma les yeux, se rappelant la douleur, puis balaya son souvenir en déglutissant. Destiné à ressentir les émotions des autres, il était lui-même dépourvu de sentiments. La loyauté, l'amitié, la colère, la douleur, la luxure ou même la culpabilité : aucun problème. Mais l'amour ? Il n'y avait guère de place pour cela dans son cœur desséché.

« Tu te trompes. L'argent et le pouvoir m'amèneront loin, là où je veux aller. »

Amaury roula loin d'elle et haussa les épaules.

« Si tu veux te faire des illusions, je t'en prie. Ça ne change rien aux faits. »

Elle se retourna pour lui faire face.

« Tu crois que j'en ai quelque chose à foutre de ce que tu me dis ? »

Il laissa échapper un rire puissant.

« Bien sûr que non. Tout ce qui t'importe, c'est ma queue. Ce n'est pas moi qui me fais des idées. »

Elle alla pour le gifler, mais il attrapa son bras, sans effort.

« On dirait que quelqu'un a besoin d'une autre fessée. »

Et il la baisa à nouveau, en vitesse.

Amaury regarda sa montre. Il pouvait encore lui accorder vingt minutes avant de devoir se mettre au travail.

~ ~ ~

Alors que le rideau retombait enfin et que les applaudissements cessaient, Samson regarda son magnifique rendez-vous.

« Etes-vous en train d'essayer de causer quelques troubles dans le public ? » la taquina-t-il.

« Et comment le pourrais-je ? » demanda innocemment Delilah en le regardant de ses grands yeux.

« Me fixer de cette façon est un début. »

Si elle continuait, il l'attirerait derrière un rideau et la prendrait là.

Elle secoua la tête. « Non, soyons honnêtes. C'est vous qui avez commencé. »

« Vous ne m'avez pas arrêté. »

« Je ne suis qu'une faible femme. »

Il rit de bon cœur, attirant sur lui l'attention de plusieurs spectateurs.

« Oh, une femme, ça, c'est certain. Mais faible, je n'en ai pas l'impression. Je suis sûre que vous pouvez avoir tous les hommes à vos pieds. »

« Et qu'est-ce qui vous fait penser ça ? »

« Je suis l'exemple vivant du pouvoir que vous exercez sur les hommes. »

Il amena sa tête plus près de la sienne.

« Devrions-nous sortir avant que *vous* ne causiez quelque sorte de troubles ? »

Les éclats de rire de Delilah furent rafraîchissants.

Il rit aussi et la tira hors de son fauteuil. « Où voulez-vous allez ? »

« Pourquoi ne pas tout simplement suivre vos plans ? Vous aviez autre chose en tête, non ? » répliqua-t-elle.

La déshabiller dans le recoin sombre le plus proche, voilà quel était son plan. « Et si vous n'aimiez pas ce que j'ai prévu ? »

Il prenait plaisir à la taquiner. « Essayez donc. »

*Essayer d'y goûter ? Sans la moindre hésitation.*

Samson se lécha la lèvre inférieure. Il y avait toute une série de choses qu'il voulait essayer, et la goûter n'était que la première d'entre elles.

« Je pense que c'est ce que je vais faire. Non. Oubliez ce que je viens de dire. Je *sais* que c'est ce que je vais faire. »

Le bras autour de sa taille, il la guida vers le grand escalier. Le théâtre était presque vide à présent, et ils étaient les derniers à descendre les marches menant aux sorties. Le son émis par les talons hauts de Delilah résonna dans le hall silencieux.

Ils étaient seuls. Il pouvait la presser contre un mur et la prendre juste là, dans l'escalier. Ses gémissements feraient écho dans l'espace vide, se répercutant contre les murs, le son s'amplifiant. Mais ce serait trop vite fini. Non, il devait se distraire et la ramener chez lui, où il pourrait la garder toute la nuit.

« Pourquoi les femmes se torturent-elles en portant des talons hauts comme ça ? »

Samson était persuadé avoir la voix teintée de pur désir.

« Parce que les femmes n'aiment pas être petites. »

Il gloussa.

« On dit menues. Et les hommes aiment les femmes menues. Ça leur permet de se sentir protecteurs. »

Elle lui donna un coup de poing espiègle. Ses abdominaux étaient durs comme de la pierre. Il rit pour masquer ses véritables sentiments. Avait-elle la moindre idée de ce que son contact provoquait en lui, et à quel point il était près de craquer ?

« Si vous voulez vous battre, on peut s'arranger. Mais je dois vous prévenir, je n'abandonne pas facilement. »

*Et avec toi, c'est nu que je me battrai.*

« Moi non plus. »

« Ça pourrait donner un match intéressant. »

Le regard chaud qu'il lui lança ne laissa aucun doute quant à l'intérêt qu'il voyait dans une lutte les opposant l'un à l'autre, complètement nus. Ni de ce que le gagnant obtiendrait.

« Faites vos jeux. »

« Mon argent va pour la fille. »

« Et pourquoi ? » Elle semblait on ne peut plus surprise par son choix.

« Je connais la faiblesse de l'homme. » Il lui fit un clin d'œil.

Ils sortirent dans la rue. Les escaliers les avaient menés à une sortie latérale, dans une petite allée. Samson pouvait voir la rue principale, quelques mètres devant eux.

« Faites attention aux flaques d'eau, » la prévint-il tout en l'aidant à en contourner une, laissée par la pluie de la veille.

« Quoi ? Vous voulez dire que vous n'allez pas étendre votre manteau et me laisser marcher dessus ? »

Il aimait la façon dont elle le détendait avec ses blagues enjouées.

« Saville Row, ma douce. Je ne suis pas sûr que mon tailleur apprécie une telle chose s'il venait à l'apprendre. »

Samson la retourna vers lui et la prit dans ses bras.

« Alors, c'est ce que vous recherchez, le prince charmant traditionnel ? »

Delilah n'aurait pu dire ce qu'il avait de traditionnel, ni son âge d'ailleurs.

« Je ne sais pas ce que je recherche. »

Sa voix tremblait. Son visage était toujours rouge, mais Samson douta d'un quelconque rapport avec la chaleur du théâtre. Le sourire de Delilah s'effaça.

« Essayez pour voir. »

Lentement, il baissa la tête et s'approcha de sa bouche. Elle entrouvrit les lèvres en signe d'acceptation ; la promesse d'un plaisir que son corps désirait plus que tout. Il avait besoin de ce baiser, et il en avait besoin maintenant.

« Vous deux, contre le mur ! »

La voix menaçante d'un homme perça le silence et réduit le moment à néant. Quelqu'un devrait payer pour cela.

A la vitesse de la lumière, Samson rejeta la tête en arrière en direction de la voix et aperçut un malfrat, ainsi que la pointe d'un pistolet. Il sentit Delilah frissonner dans ses bras et, de manière protectrice, la serra plus près de lui. La chaleur de son corps filtra à travers le sien et, malgré la dangerosité de la situation, il s'accorda le droit d'apprécier leur soudaine proximité.

Samson savait qu'il devait agir vite, mais il ne pouvait utiliser ni sa vélocité de vampire ni ses canines pour battre l'assaillant. Il ne pouvait laisser quoi que ce soit gâcher la soirée qu'il avait prévue avec la femme qui se trouvait dans ses bras. Il ne pouvait prendre le risque de l'effrayer ou de la laisser se poser des questions sur son compte ; elle ne devait pas savoir qui il était réellement. Son secret devait être gardé.

« Vous n'avez pas entendu ce que j'ai dit ? Vous, contre le mur ! » répéta le voyou. « Je veux la fille, et maintenant ! »

Samson réalisa immédiatement que leur agresseur était un humain, et qu'il lui était donc facile de le contrôler. Delilah retint son souffle, et la main de Samson alla droit sur sa tête afin de lui enfoncer le visage dans sa poitrine.

*Tu ne tireras pas sur la détente.*

Il utilisa son unique arme à disposition, le contrôle de l'esprit.

*Tu ne tireras pas.*

« Delilah, s'il vous plaît. Faites ce que je vous dis. Placez-vous derrière moi. »

Il la poussa derrière sa large carrure. Il pouvait la sentir trembler.

« Oh mon dieu, non, » gémit-elle. « Il va vous tuer. »

Il y avait peu de chances. Tuer un vampire n'était pas chose aisée, et encore moins avec un simple pistolet. Même si le voyou lui tirait dessus et le touchait, son corps expulserait la balle et la blessure se refermerait très vite.

Seul un nombre restreint d'événements pouvaient tuer un vampire : un pieu dans la poitrine, l'exposition à la lumière du jour et des blessures graves sur le corps qui conduiraient à une perte de sang importante. Si un vampire se retrouvait dans une explosion, cela le tuerait probablement, tout comme un incendie. Mais l'homme n'avait qu'un pistolet, ce qui ne représentait pas le moindre danger pour Samson.

Cependant, il se devait de faire attention. Delilah était avec lui, et il ne pouvait risquer de la voir blessée.

« Hé, idiot. Je veux la fille. Tu me la donnes, et je te laisse la vie sauve. Pas besoin de jouer au héros. »

Par derrière, Samson attrapa le bras de Delilah afin de la calmer.

« Fermez les yeux, ma douce, et tout ira bien. »

Il conserva une voix calme et apaisante. Pas la peine de l'inquiéter plus qu'elle ne l'était déjà.

*Tu ne tireras pas. Tu ne nous attaqueras pas.*

Il savait qu'il pouvait le battre à tout instant, mais comment l'expliquer à Delilah ? Comment pouvait-il lui expliquer ses capacités surhumaines sans qu'elle ne se doutât de quoi que ce soit ? Il était dans le pétrin. Il pouvait contrôler le voyou pendant un certain temps et l'empêcher ainsi de tirer, mais même cela finirait par engendrer quelque suspicion.

L'homme le regarda attentivement et fit soudain quelques pas en avant. Samson pouvait clairement voir son visage à présent, y compris la cicatrice sur la joue et le petit tatouage sur le cou. Très peu commun, on ne peut plus distinctif. Sachant qu'il le reconnaîtrait s'il le voyait de nouveau, Samson élabora un plan. Il n'avait pas besoin de le tuer maintenant. Il suffisait de le repousser, et il s'occuperait de lui plus tard.

« Qu'est-ce que vous voulez ? » demanda Samson calmement.

« Vous êtes sourd ? La fille, » gronda la voix de l'homme.

« Ce n'est pas possible. »

« Alors je vais devoir vous tuer. »

Le malfrat semblait prêt à appuyer sur la détente, mais n'en fit rien. Samson profita de la confusion pour lui bondir dessus. D'un coup de la jambe droite, il dégagea l'arme de la main de l'homme. Ce dernier le regarda, surpris et choqué.

*Cours ! Cours maintenant et ne reviens pas !*

Tel un lapin effrayé, le voyou sortit de l'allée en courant. C'était fini.

Samson se retourna et parcourut la distance qui le séparait de Delilah en trois enjambées.

« Tout va bien, » lui assura-t-il en la prenant dans ses bras. « Il est parti. »

Elle tremblait comme une feuille. « Mais il ne vous a pas fait mal, si ? »

« Non, il n'en a pas eu l'occasion. »

« Où est-ce que vous avez appris à donner des coups comme ça ? »

Il la tint à distance de bras et la regarda dans les yeux. « Ne vous avais-je pas demandé de fermer les yeux ? »

« J'ai juste jeté un coup d'œil. » Elle enfouit la tête dans sa poitrine. « Vous n'auriez pas dû prendre un tel risque. Il avait un pistolet. »

« Je n'avais pas le choix. Il ne s'est rien passé. C'était juste un sale voyou. »

Delilah secoua la tête.

« Quoi ? »

« Je l'ai reconnu. C'est le même homme qui m'a agressée hier soir. »

La prise de conscience le percuta de plein fouet.

« Vous en êtes sûre ? » Samson plaça la main sous le menton de la jeune femme et la pressa de le regarder.

« Absolument certaine. »

Mince, il n'aurait pas dû le laisser s'enfuir. Qu'il se fût agi du même homme ne pouvait être une coïncidence. Quelque chose clochait. Quelque chose clochait vraiment.

Sans le moindre effort, il souleva Delilah dans ses bras et la porta hors de l'allée.

« Je peux marcher. »

« Je vous en prie. » Sentir son corps si près du sien le calma.

En sortant de l'allée, il vit tout de suite la limousine. Carl était appuyé contre la voiture et les attendait. Quand il les vit s'approcher, son regard se ferma, et il ouvrit immédiatement la porte.

« Un problème, monsieur ? »

Samson porta Delilah dans la voiture.

« On vient de se faire agresser. Ramenez-nous à la maison, Carl. Et vite, s'il vous plaît. »

Il se glissa sur le siège à côté de Delilah et prit sa main dans la sienne avant de sortir son téléphone de l'autre. La voiture était déjà en marche quand l'appel aboutit.

« Ricky, on vient de se faire agresser. »

Samson tenta de prendre une voix aussi calme que possible afin de ne pas inquiéter Delilah davantage.

« Qui a été agressé ? »

« Delilah et moi, à la sortie du théâtre. »

Ricky l'interrompit. « Tu avais un rendez-vous avec une humaine ? »

« Est-ce que tu vas écouter ? » reprit-t-il, ennuyé. « Delilah a reconnu le gars. C'est le même qui l'a agressée hier. Carl t'enverra un fax avec son portrait-robot plus tard. Il ne devrait pas être trop difficile à retrouver. Il a un tatouage sur le cou et une cicatrice sur la joue. Il est probablement membre d'un gang. Fais en sorte que les gars passent la ville au peigne fin dès que tu recevras son identification. »

Distraitement, il porta la main de Delilah à ses lèvres et embrassa ses doigts, tendrement. Il avait besoin d'être sûr qu'elle allât bien.

« C'était un vampire ? »

A présent, la voix de Ricky était plus posée. Il voulait davantage d'informations.

« Non, en aucun cas. »

« Un démon ? »

« Non, juste une crapule ordinaire. »

Avec un peu de chance, Ricky comprendrait que cela voulait dire que l'homme était humain. Il ne pouvait pas le dire clairement devant Delilah étant donné qu'elle était assise à ses côtés et pouvait écouter la conversation.

« Et tu l'as laissé partir ? »

Le ton accusateur de Ricky alla droit à son oreille.

« Qu'est-ce que tu crois ? Je ne pouvais pas prendre le risque que Delilah soit blessée. »

Ricky était drogué ou quoi ? Il savait très bien qu'il ne pouvait tuer l'homme devant elle sans s'exposer lui-même.

« Tu aurais pu effacer sa mémoire. Y as-tu même pensé ? »

Ricky gardait la voix basse afin que Delilah ne pût l'entendre. Il avait raison mais, quelque part, Samson n'avait pas le cœur à utiliser ses pouvoirs sur elle. Quelque chose l'en empêchait. Il ne voulait pas que quoi que ce soit vînt entacher sa relation avec elle.

*Relation ?*

Comment cette étrange pensée était-elle entrée dans son esprit ?

« Je ne veux pas en entendre plus. Fais ce que je te demande. Et autre chose : il a laissé tomber son pistolet dans l'allée à côté du théâtre. Va le chercher et retrace son historique. Carl te montrera où on était. »

Il était furieux et mit fin à la conversation.

« Qu'est-ce qui ne va pas ? » Delilah semblait soudainement inquiète.

Il réalisa immédiatement qu'il n'aurait pas dû être aussi rude au téléphone, mais qu'il aurait dû, au contraire, contrôler son tempérament. Il ne voulait pas qu'elle se sentît concernée. Doucement, il l'attira plus près de lui, mit un bras autour de ses épaules et lui prit la main.

« Rien. C'est juste Ricky. Il est un peu têtu parfois. Vous n'avez plus à vous soucier de ça, maintenant. Cet homme ne pourra plus vous faire de mal. »

~ ~ ~

Samson lui baisa la main. Delilah aimait la sensation de ses lèvres sur sa peau. Cela l'apaisait. Elle se blottit plus près de lui en espérant qu'il ne penserait pas qu'elle était trop en manque d'affection. Mais ce corps robuste la faisait se sentir en sécurité, et c'était ce dont elle avait besoin, pour le moment.

« Ne devrions-nous pas aller au commissariat ? »

« La police ne fait jamais rien en ce qui concerne ces choses-là. Laissons Ricky s'en occuper : il travaille dans la sécurité. Il sait ce qu'il doit faire. »

Sa voix était déterminée, comme s'il savait quelle était la meilleure marche à suivre. Un homme qui prenait les choses en main.

Elle leva les yeux vers lui. L'incident ne l'avait pas du tout décontenancé. Alors qu'elle avait tremblé comme un arbre au milieu d'un ouragan, il était resté calme et retenu, comme si ce genre d'altercations était son pain quotidien.

« Vous allez probablement penser que je suis fou, mais tant que ce malfrat n'aura pas été appréhendé, je veux que vous restiez chez moi. »

Elle lui lança un regard ahuri. « Chez vous ? »

« Je sais que cette suggestion doit probablement paraître… surtout après… Vous savez… Mais je ne veux pas que vous restiez seule. Quelqu'un en a manifestement après vous et, tant que nous ne saurons pas de qui il s'agit, ni les raisons qu'il a de vous en vouloir, je me sentirais mieux si vous étiez sous ma protection. »

Delilah se demanda s'il était soudainement embarrassé de mentionner les petits jeux érotiques auxquels ils s'étaient adonnés. Cet incident pouvait-il vraiment lui avoir coupé l'envie ? C'était tout à fait possible. Il semblait à présent se faire un devoir de la protéger. Non, elle voulait se retrouver coincée sous son corps sexy, son corps nu.

« Vous voulez me protéger ? »

« Bien sûr que je le veux. » Samson la regarda de travers.

« Et c'est tout ? »

Elle était certaine que sa déception transparaissait. Elle n'avait jamais été douée pour cacher ses sentiments. Alors qu'elle le regardait dans les yeux, elle put y détecter une flamme. Puis, soudain, il sourit.

Il secoua la tête. « Non, ce n'est pas tout. Si je voulais seulement vous protéger, alors vous iriez dans la chambre d'amis. »

Quelque chose dans son ventre fit un bond. Un sourire se forma sur ses lèvres.

« Et je ne reste pas dans la chambre d'amis ? »

Elle avait hâte d'entendre sa réponse et retint sa respiration.

« Vous pouvez toujours, si vous insistez. »

Samson lui caressa la mâchoire du pouce, les yeux demeurant rivés sur ses lèvres.

« Je ne voudrais, en aucun cas, vous forcer à faire quoi que ce soit que vous n'ayez envie de faire. Mais j'avais dans l'espoir que vous choisiriez mon lit à la place. »

Sa voix était sensuelle et emplie de désir. Aucun homme ne lui avait jamais parlé ainsi. Ses yeux parurent soudain plus sombres, alors qu'il inclinait la tête vers elle.

Son lit. Avait-il vraiment dit « son lit » ou était-elle en train d'halluciner ?

« Y serez-vous ? »

Elle se sentit chaude, insupportablement chaude à la pensée de partager son lit. Elle eut du mal à déglutir.

« Du moment que vous voulez que j'y sois. »

La main sur son menton, il l'attira plus près de son visage.

« La dernière fois que je vous ai embrassée, je vous ai forcée. Je ne veux pas que ce soit le cas ce soir. Alors je vous en prie, Delilah. Embrassez-moi. »

Alors qu'elle effleurait ses lèvres des siennes, elle le sentit clairement plonger dans son parfum et, à l'instant où ils se touchèrent, tout autour d'elle sembla disparaître et fondre au loin. Elle sentait à peine le mouvement de la voiture et le cuir des sièges. Les bras de Samson l'attirèrent dans une folle étreinte, tandis que ses lèvres lui octroyaient toute l'attention qu'elle désirait ; il les lui titillait, les suçait tout en détournant son baiser. Elle sentit sa langue glisser doucement, avec tant de retenue, qu'elle crut qu'il n'envahirait jamais sa bouche. Jusqu'à ce qu'il le fit d'un coup magistral. Sa langue enveloppa la sienne, l'exhortant à jouer avec lui, à danser avec lui.

Son baiser envoya des flammes incandescentes à travers son corps, si chaudes qu'elle crut se dissoudre de l'intérieur. Le feu brûlait au fond de ses entrailles, provoquant de la chaleur et l'écoulement d'une moiteur entre ses jambes. Une marre se forma dans son slip. Celui-ci serait trempé d'ici quelques secondes. Dans ses bras, elle n'était plus que confusion et tremblement. Elle frissonna violemment à chaque assaut passionné de sa langue dans sa bouche, incapable de contrôler sa réaction face à lui. Elle espéra qu'il ne remarquerait pas combien elle était perdue dans ses bras, combien elle était totalement et éperdument sous son charme. Il rompit le baiser d'une manière soudaine.

« Est-ce que ça va ? »

La voix de Samson était empreinte d'inquiétude, son souffle coupé et âpre.

« S'il vous plaît, n'arrêtez pas, » supplia-t-elle en pressant sa bouche contre la sienne.

Sans attendre davantage, il reprit là où il s'était arrêté.

Sa main glissa le long de son dos. Il la souleva et plaça l'une de ses jambes sur ses cuisses. Il caressa doucement ses fesses bien fermes avant de descendre sur sa cuisse en suivant la couture de sa jupe. Elle sentit comment il caressait sa peau nue, comment sa main se dirigeait sous sa jupe, vers le haut. Plus haut, encore plus haut. Ses doigts atteignirent le bord de son slip. Ils hésitèrent pendant une seconde, avant qu'elle ne gémît de manière presque inaudible. Comme s'il avait attendu qu'elle lui fît signe, il glissa alors la main sous le tissu et caressa sa peau nue en la pressant doucement.

Delilah savait que cet homme était plus ou moins un étranger pour elle, et qu'il n'était, normalement, pas acceptable de le laisser la toucher ainsi alors qu'elle ne savait que peu de choses de lui. Mais elle ne pouvait s'en empêcher. Elle ne voulait pas s'en empêcher. Son toucher l'excitait, et cela ne lui était pas arrivé depuis un long moment. Elle ne pouvait refuser à son corps le plaisir qu'il lui promettait. Alors que la main de Samson glissait plus bas, à la recherche de la chaleur et de la moiteur qui stagnaient entre ses jambes, elle lâcha un autre gémissement.

S'il continuait ainsi, elle aurait un orgasme dans la voiture. Elle devait se ressaisir, essayer de reprendre un peu de contrôle sur son corps. Mais comment ? Les mains de Samson lui promettaient un plaisir qu'elle n'avait pas ressenti depuis longtemps, et la réponse de son propre corps était automatique et incontrôlable. Même si elle avait voulu lui résister, elle n'en aurait pas trouvé la force. Pourquoi le laissait-elle la toucher de manière aussi intime ?

Un autre soupir s'échappa de sa bouche, juste quand il éloigna ses lèvres des siennes.

« Nous sommes arrivés. »

Sa voix était aussi haletante que la sienne et, lorsqu'elle les scruta, les pupilles de ses yeux noirs lui semblèrent complètement dilatées. Leur couleur noisette était partie.

Elle regarda autour d'eux. Carl tenait la porte ouverte. Elle n'avait même pas remarqué qu'ils s'étaient arrêtés et qu'on avait ouvert la portière. Elle avait perdu tous ses sens ; en un seul baiser.

<h1 style="text-align:center">6</h1>

Tandis que Carl attendait debout patiemment, Samson sortit un bloc-notes de l'antique secrétaire du salon et s'assit. Delilah le regarda dessiner sur le papier. Ses mouvements étaient rapides. Quelques minutes plus tard, le portrait d'un homme apparut sur la page. Samson leva la feuille pour qu'elle pût le voir.

« Est-ce suffisamment ressemblant ? »

Elle ne pouvait en croire ses yeux ! Le dessin était le portrait craché du criminel qui les avait attaqués. Outre le visage de l'homme, Samson avait dessiné le tatouage : deux cercles avec une croix au centre.

« On dirait que tu as pris une photo. Comment as-tu fait ? »

« J'ai une mémoire photographique, » expliqua Samson en tendant la feuille à Carl. « Faxez-ça à Ricky. Il l'attend. Et puis… »

Samson la regarda.

« Carl peut aller chercher quelques-unes de tes affaires et les apporter ici si tu lui dis ce dont tu as besoin pour les prochaines nuits. »

Les prochaines nuits ? Voilà quelque chose qu'elle aimait entendre.

« Ce serait bien. Prenez tout. »

Delilah chercha la clé dans son sac. Quand elle leva de nouveau la tête, elle vit le visage de Samson, sous le choc, les yeux grand ouverts. Sa pomme d'Adam bougea lorsqu'il déglutit.

« Tout, mademoiselle ? » demanda Carl poliment.

Mais elle l'ignora. Les yeux rivés sur son affable hôte, elle rit.

« Tu devrais te regarder dans un miroir pour voir la tête que tu fais! »

Elle se contrôla. « C'est vraiment drôle. »

Le choc qui se lisait sur son visage, à l'idée qu'elle emménageait, valait le détour. Mais elle ne pouvait le faire souffrir plus longtemps.

« Désolée, ce n'est pas ce que tu crois. Je suis ici à San Francisco en voyage d'affaire. Je n'ai qu'une petite valise et mon ordinateur portable, donc j'en ai déduit que Carl pouvait tout amener ici. Si ça ne pose pas de problème ? »

Samson parut visiblement soulagé.

« Tu m'as eu pendant une seconde, là. Je ne m'y attendais pas. »

Il semblait à présent détendu.

« Carl, auriez-vous l'obligeance de récupérer les affaires de mademoiselle Sheridan et de les déposer dans la chambre d'amis ? »

Delilah tendit la clé de l'appartement à Carl, lequel se retourna pour partir.

« Et Carl, pourriez-vous aussi vous arrêter au supermarché et acheter des provisions pour mademoiselle Sheridan ? Je crois que mon frigo n'est pas très rempli. »

« Qu'aimeriez-vous, mademoiselle ? »

« Delilah ? »

« Rien de plus que ce que tu manges d'habitude, » répondit-elle.

Elle ne voulait vraiment pas poser de problème. Quand il s'agissait de nourriture, elle n'était pas compliquée.

« Monsieur ? » Carl semblait un peu perdu.

« Prenez simplement des fruits, du lait, des céréales, des yaourts, du pain, enfin comme d'habitude, » ordonna-t-il. « Et merci, Carl. »

« Bonne nuit, monsieur. Bonne nuit, mademoiselle. »

Une seconde plus tard, Carl était parti. Delilah regardait toujours la porte quand les bras de Samson l'entourèrent par derrière pour la serrer contre lui.

« Etais-tu en train d'essayer de me choquer ? »

Il commença à mordiller le lobe de son oreille.

« Ça a marché ? »

« Qu'est-ce que tu crois ? »

Ses lèvres errèrent le long de son cou, effleurant doucement sa peau jusqu'à ce qu'elle eût la chair de poule.

« Froid ? »

Comment aurait-elle pu, alors que ces mains chaudes lui caressaient le ventre ?

« Chaud. »

*Et de plus en plus à chaque seconde.*

« C'est ce que je pensais. » Samson parut étrangement suffisant.

Il laissa une main autour de sa taille et porta l'autre plus haut, parcourant délibérément le milieu de sa poitrine à travers la vallée de ses seins, jusqu'à ce qu'il atteignît son décolleté.

« Qu'étais-tu en train d'essayer de me faire au théâtre ? »

Son doigt caressa la démarcation entre le vêtement et la peau. Delilah frissonna au contact.

« J'essayais de te faire réagir. »

Samson la serra plus fortement contre son corps, frottant sa verge contre le bas de son dos. Il avait une forte érection et ne s'en cachait pas.

« Ce genre de réaction ? »

Il voulait qu'elle remarquât son érection ? Elle pouvait faire bien mieux.

Delilah mit la main en arrière et la fit glisser le long de sa hanche tout en frottant ses fesses contre la dure silhouette de sa verge, provoquant un gémissement peu subtil de la part de Samson. C'était trop bon pour ne pas le faire de nouveau. Alors, elle recommença.

« Je voulais voir si tu aurais la même réaction que lorsque tu pensais que j'étais une strip-teaseuse. »

~ ~ ~

Delilah *s'était* donc aperçue de son érection quand il l'avait embrassée, la veille au soir. Et, malgré l'effet qu'elle savait avoir eu sur lui, elle avait accepté son invitation. Courageux.

« Satisfaite ? »

« Je crois que tu auras besoin d'en faire encore davantage pour me satisfaire. »

Samson accepta le challenge. Sa main suivit la ligne de son cou, puis passa doucement en-dessous de son top pour caresser ses seins. Il les prit dans le creux de ses mains au meilleur moment. Alors qu'ils ne pouvaient être plus réactifs.

« C'est un début. Samson ? »

« Hum ? » Sa main était occupée à titiller son téton afin que celui-ci se durcît.

« La strip-teaseuse, hier soir… »

Il la sentit hésiter. Sa question était tacite, mais il savait ce qu'elle voulait entendre.

« Je ne l'ai pas touchée. Je l'ai renvoyée. Je ne pouvais toucher une autre femme après t'avoir embrassée. Ça ne me semblait pas juste. »

Pas tout à fait exact, puisqu'il avait manifestement essayé. Mais le résultat était le même. Il n'avait pas touché la strip-teaseuse.

Delilah rejeta la tête en arrière, et il en profita pour plonger ses lèvres dans son cou exposé. Son cou tentant. Il pouvait sentir le sang chaud courir le long de la veine, juste en-dessous de sa peau claire. Si délicieux. Si confiant.

« Dès que tu es partie, je me suis demandé toute la nuit si tu m'autoriserais à t'embrasser et à te toucher. Ou si tu me repousserais de nouveau. »

Elle lui répondit en lui prenant la main qui était posée sur sa taille et la poussa doucement vers le bas. Il ne pouvait résister à l'invitation. D'un mouvement léger, il souleva sa jupe et glissa en-dessous. Il laissa son odeur le guider jusqu'à cette tiède humidité au sommet de ses cuisses, touchant des mains son slip mouillé.

« C'est ce que tu voulais ? »

« Oui. »

Elle gémit et écarquilla les yeux en le regardant. Sans effort, sa main se glissa dans son slip et parcourut les plis humides de sa chair qui démarquaient l'entrée de son corps.

« Tu es si mouillée. » Ses mots étaient teintés d'admiration.

« C'est de ta faute. » Sa voix le rendait bien plus fou que ce qu'elle ne pouvait imaginer.

« La nuit dernière, j'ai rêvé que j'étais en toi, que je sentais tes muscles se contracter autour de moi lorsque tu jouissais. Je ne pouvais penser à autre chose. J'ai difficilement pu attendre la fin de cette journée. »

Il avait à peine dormi. Il avait rêvé d'elle et des choses qu'il voulait lui faire.

« Je n'ai pas fait mieux après ce que tu m'as fait ressentir hier. »

L'invitant silencieusement, Delilah poussa son pelvis vers la main de Samson.

« Dis-moi, t'es-tu touchée en imaginant qu'il s'agissait de ma main ? »

Ses doigts jouèrent avec la chair chaude, écartant les lèvres charnues ; étalant son nectar. Elle gémit à nouveau, mais ne répondit pas.

« Est-ce que tu t'es donné du plaisir ? »

Il était enthousiaste à l'idée d'entendre sa réponse.

Delilah secoua la tête. « Non. »

« Pourquoi non ? »

Il introduisit un doigt en elle, suivant son invitation. Elle était si étroite qu'il était sûr qu'elle n'avait pas fait l'amour depuis un moment.

« Je voulais que tu le fasses. »

Et il le ferait.

« Comme ça ? »

Il utilisa son pouce pour trouver le clitoris et le caresser, alors que son doigt glissait doucement en elle ; faisant des allers-retours, de l'intérieur vers l'extérieur.

« Oh bon sang, exactement comme ça. »

Sa tête s'abandonna contre sa poitrine.

« Tu es si bon, encore mieux que ce que j'avais imaginé. »

« Hum. »

Son corps commença à se balancer avec lui en suivant un rythme excitant. Samson utilisa sa deuxième main pour écarter la chair et exposer, à ses doigts avides, ce petit bouton tout engorgé, tandis qu'il la pinçait légèrement pour provoquer plus de sensations à travers son corps. Les réactions de Delilah à chacun de ses gestes étaient si directes qu'il pouvait facilement la déchiffrer.

« Je ne m'arrêterai pas tant que tu n'auras pas joui, ici. »

Il souffla dans son oreille.

« Je veux sentir ton orgasme parcourir ton corps, et je veux en être la raison. »

La pensée de la faire jouir l'excitait comme jamais. A ce moment précis, il se préoccupait peu de son propre plaisir. Il voulait juste expérimenter le sien. Maintenant qu'il savait qu'il l'aurait, il pouvait attendre et apprécier l'anticipation.

« Est-ce que tu peux faire ça, jouir pour moi ? »

Son engin était fermement pressé contre le bas de son dos, et il savait que son érection serait toujours là plus tard. Elle ne faiblirait pas, pas avec le plaisir que Delilah lui procurait. A chaque mouvement, cette dernière se frottait contre lui, apparemment consciente des sensations qu'elle transmettait à travers son corps.

« Oh bon dieu, » gémit-elle à bout de souffle.

Il caressait son clitoris, suivant les mouvements de son corps, accélérant lorsqu'elle accélérait. A présent, deux de ses doigts étaient enfouis en elle et effectuaient des va-et-vient en cadence, la faisant soupirer plus fort. Un doigt pressait son bouton engorgé et remuait sans cesse. Ne freinant jamais. Jamais fatigué.

Samson observa un changement dans sa respiration, son corps se raidit, et les mouvements devinrent brusques et courts. Il savoura la façon dont son corps réagissait à son toucher. Ses doigts étaient imbibés de son nectar, tandis que l'odeur poussait sa verge, déjà dure, à ne désirer qu'une chose : être libérée.

« C'est ça, ma douce. Juste comme ça. »

Elle chevaucha ses doigts comme une cavalière hors pair. Sa peau était cramoisie, et son pouls avait accéléré. Il pouvait presque sentir le sang chaud courir dans ses veines, juste sous sa peau, à l'endroit où il avait refermé les lèvres, tandis qu'il la suçait doucement.

Mais il ne la mordrait pas. Non. C'était pour elle. Pour une mystérieuse raison, il voulait être le meilleur amant qu'elle eût jamais eu. Il voulait la remercier de ce qu'elle avait fait pour lui, de la manière dont elle l'avait excité.

« Oui, jouis pour moi. »

Ses mains bougèrent plus vite, collant à son rythme. Il pouvait sentir les frissons parcourir son corps, les vagues, puis ses muscles se contracter sur ses doigts en de courts spasmes, faisant jaillir plus de nectar sur sa main. C'est alors qu'elle jouît. Doucement, il s'immobilisa afin qu'elle pût profiter au maximum de son orgasme.

Samson retira ses doigts et les porta à sa bouche, léchant le produit de cette excitation, on ne peut plus conscient du fait qu'elle le regardait en retenant son souffle.

« Hmm… Tu es délicieuse. »

Il n'avait jamais rien goûté de meilleur dans sa vie. Et ce ne serait pas la dernière fois, ce soir-là, qu'il en ferait son festin.

« Oh mon dieu ! »

Sa voix sembla rauque, et ses jambes se dérobèrent sous elle. Il l'attrapa et, ensemble, ils se dirigèrent vers le canapé. Samson la retourna dans ses bras, pour la regarder. Elle paraissait toute rouge, sa peau brillait.

« Satisfaite à présent ? » Il sourit.

« Tu es extraordinaire. »

Elle plongea dans son regard et attira son visage vers le sien. Ses lèvres s'approchèrent des siennes et les capturèrent dans un baiser passionné.

« Est-ce que ça veut dire que tu partageras mon lit, ce soir ? »

« Je pensais qu'on s'était déjà mis d'accord sur ce point. »

« Je ne me souviens pas avoir eu de réponse définitive de ta part. Même si je pense pouvoir la deviner. »

« Je peux éventuellement te montrer ma réponse. »

Delilah alla droit sur la bosse dans le pantalon de Samson et la prit dans le creux de sa main. Il sentit ses doigts suivre la silhouette de son sexe dur ; depuis le bout jusque tout en haut, de manière répétitive. Il inspira d'un coup. Apparemment, sa propre initiative de lui faire plaisir allait payer.

« Je crois que j'ai une idée. »

« Faisons en sorte de mettre les choses encore plus au clair afin qu'il n'y ait aucun quiproquo par la suite. »

Delilah attrapa la fermeture éclair du pantalon et l'ouvrit doucement. Sa main se glissa facilement à l'intérieur. Samson sentit la peau douce de sa paume écarter son boxer afin d'y trouver son érection. Elle agrippa sa verge fermement. Une goutte avait déjà fait son apparition au bout. Avec son doigt, Delilah étala doucement le liquide séminal sur son gland, le massant en même temps. Il ne pouvait se souvenir d'avoir été touché avec autant de soin.

Elle serait une amante très attentive. A présent, il le savait. Elle serait exactement le médicament dont il avait besoin. Un médicament dont il pourrait facilement faire une overdose, s'il ne faisait pas attention. Le docteur Drake avait oublié de lui dire combien de fois il devait faire l'amour avec elle. Plus d'une, probablement ?

« Oh bon sang, ma douce, tu es en train de me torturer. »

Delilah émit un petit rire.

« Je ne crois pas que tu connaisses le sens du mot torture. »

Elle bougea sa main de haut en bas le long de son érection, gardant une prise ferme comme si elle savait ce qu'il aimait. Pas besoin de mode d'emploi.

« Maintenant, je le sais. »

Samson soupira.

« Amène-moi dans ton lit avant qu'on ne gêne Carl quand il reviendra. »

Il la prit dans ses bras et monta l'escalier. Cette fois, elle ne protesta pas qu'il la portât. Il aimait sentir son petit corps dans ses bras. Alors qu'il la menait dans la chambre, Samson remarqua qu'elle jetait un rapide coup d'œil tout autour. Le lit à baldaquin, les coussins de sol devant l'immense cheminée, les tableaux.

Il nota avec joie que rien ne capta longtemps son attention. Au contraire, ses yeux retournèrent vers lui, et elle lui lança un autre sourire magnifique. Elle ne semblait pas impressionnée par tout ce qu'il possédait. Il imagina que, même s'il l'avait emmenée dans une espèce de hutte minable, elle lui aurait souri avec le même désir d'anticipation dans les yeux, pourvu qu'il y eût un lit.

Samson la déposa sur le lit et lui enleva rapidement ses chaussures avant d'attraper la télécommande posée sur la table de nuit. Un clic et la cheminée s'éclaira d'un petit feu. Les lampes des deux tables de nuit étaient allumées et offraient à la chambre une lumière tamisée. Il laissa ses yeux glisser sur elle, savourant le moment.

« Magnifique. »

Il le pensait. Pour lui, elle était la plus belle créature qu'il eût jamais touchée. Et à présent, elle se trouvait dans son lit. Prête pour lui.

Quelques instants plus tard, il la rejoignit et la prit de nouveau dans ses bras robustes. Son corps y semblait en harmonie.

« J'ai oublié de te dire : bien que je garantisse ta sécurité ici, je ne peux t'assurer que tu dormiras ce soir. »

Il n'essaya pas de cacher le désir dans sa voix.

« En fait, je peux même t'assurer que ça n'arrivera pas. »

Pas une once de sommeil aussi longtemps qu'il lui resterait de l'énergie. Et en tant que créature de la nuit, il en avait à revendre.

Elle battit de ses longs cils en le regardant.

« Ne fais pas de promesses que tu ne pourras pas tenir. »

Il savait qu'elle le taquinait. Il sentit sa peau brûler au contact des doigts de Delilah quand elle parcourut sa chemise. Elle en défit un bouton et laissa sa main glisser en-dessous, pour le toucher. Comme ses mains étaient douces !

« Est-ce un défi ? »

Il était manifestement prêt à le relever, bien plus qu'elle ne pouvait le croire.

« Et qu'est-ce que tu vas faire? »

Il savait ce qu'*elle* allait en faire puisqu'il était celui qui recevait. Et il ne s'en plaignait pas non plus. Elle défit deux autres boutons et caressa sa poitrine à présent découverte. Il n'était pas prêt de l'arrêter.

« Ça. »

Il l'embrassa sur la joue.

« Et ça. »

Il l'embrassa dans le cou.

« Puis ça. »

Samson captura ses lèvres comme il l'avait déjà fait mais, cette fois, avec davantage d'intensité et de passion. A présent, rien ne pouvait plus l'arrêter. Elle était sienne et le voulait de son plein gré. Cette pensée le renforça et alimenta davantage la passion qu'il éprouvait pour elle.

Delilah répondait si volontiers et si entièrement, abandonnant son corps au sien, avec une confiance telle qu'il n'en avait encore jamais vue chez aucune autre femme auparavant. Il ne comprenait pas, mais il s'en accommodait. Elle cala son corps contre le sien dans une harmonie qu'il pouvait à peine comprendre. Même s'il était un parfait étranger à ses yeux, son corps lui faisait confiance. Il pouvait sentir combien celui-ci le réclamait, à corps et à cris, lorsqu'il se contorsionnait à son contact. Demandant toujours plus.

Samson interrompit leur baiser passionné et la regarda dans les yeux. Ils reflétaient autant le désir et la passion que les siens. Cette humaine brûlait de désir, bien plus que toutes les femmes vampires qu'il avait rencontrées dans sa vie.

« Je te veux, » murmura-t-il, reconnaissant à peine sa voix, si basse et sombre.

« Tu m'as. »

Le pensait-elle vraiment ? C'est ce qu'il allait vérifier.

Les mains de Delilah parcoururent sa poitrine. Elle le touchait à peine, mais parvenait pourtant à faire frissonner tout son corps sous la sensation électrique de ses caresses.

Il était temps de la déshabiller. Samson défit le nœud de son top en moins de deux secondes et le lui ôta. Delilah ne portait pas de soutien-gorge, cette fois-ci. Il retint son souffle à la vue de ses seins nus. Ils étaient ronds, fermes ; leurs pointes recouvertes de tétons roses et durs suppliaient qu'on les touchât à nouveau. Il accèderait à cette requête sans la moindre hésitation.

Ses mains pressèrent doucement les seins de Delilah, et ses doigts tirèrent sur ses tétons, la faisant visiblement frissonner.

« Oh, oui ! »

Sa voix était sans souffle ; presque un murmure.

Il baissa la tête en effleurant des lèvres sa peau sensible. Elle arqua le dos pour s'approcher de lui.

« Si impatiente. »

Il taquina sa peau, mais se savait aussi pressé qu'elle.

« S'il te plaît. »

Ses lèvres trouvèrent son téton, et il le suça doucement. Tandis qu'il léchait, elle se tortillait sous son emprise. Elle voulait plus. Il bougea vers l'autre sein et, avec sa langue humide, le lécha tout en le massant avec ses mains. Il la sentait bouger sous lui. Une douce torture. C'était une revanche sur ce qu'elle avait fait un peu plus tôt avec sa verge.

« Tu as assez bon goût pour qu'on te mange. »

« Je croyais que tu avais déjà dîné. »

Samson lui glissa un sourire en coin. « J'ai sauté le dessert. »

*Parce qu'à la place, je vais te dévorer.*

Elle gloussa doucement en signe d'approbation.

Ses seins reçurent l'attention qu'ils demandaient : il les suça plus fort, y découvrant chaque centimètre carré grâce à ses lèvres, sa langue et ses mains. Ses yeux les avaient déjà photographiés et enregistrés dans sa mémoire, pour toujours.

Son odeur l'enveloppa. Elle avait été là toute la soirée ; cette légère senteur de lavande sur sa peau, mêlée au parfum de son excitation. Il l'avait sentie au théâtre et l'avait repoussée du mieux qu'il avait pu. A présent, il cédait. Il était prêt à s'y plonger et à se laisser submerger par elle.

Ils se déshabillèrent l'un l'autre, désormais impatients, incapables d'attendre plus longtemps. Ils abandonnèrent leurs vêtements au sol, laissant leurs corps nus s'embrasser. Les courbes de Delilah correspondaient parfaitement à son corps. Du sur mesure.

Sa main toucha son sexe en érection, le caressant dans sa longueur ; douce comme du velours. Il était sur le point de jouir et avait besoin de se soulager.

« Je ne crois pas pouvoir attendre plus longtemps. »

Il se contrôla du mieux qu'il put.

« Surtout si tu me touches de cette manière. »

« Tu préférerais que je ne te touche pas ? »

Sa voix paraissait plus innocente qu'elle ne l'était, mise en exergue par le fait qu'elle continuait sa caresse diabolique sur lui.

« N'*ose* même pas arrêter. »

Ce n'était pas une menace : c'était une demande à laquelle il la savait plus qu'enthousiaste d'accéder.

« Où est-ce que tu gardes tes préservatifs ? »

« Des préservatifs ? »

Samson ne comprit pas immédiatement jusqu'à ce qu'il réalisât qu'elle pensait qu'il était humain. Les humains utilisaient des préservatifs. Il ne pouvait lui dire qu'elle n'avait pas besoin de s'inquiéter d'une quelconque maladie ou d'une grossesse. Alors, que faire à présent ?

« Je suis désolé, j'ai complètement oublié. Je n'avais pas vraiment prévu ça... »

C'était un mensonge suffisamment innocent.

Delilah sourit. « Et moi qui croyais que tu essayais de me séduire à la minute même où je suis montée dans ta voiture. »

« C'est ce que je faisais, mais je crois que je ne pensais pas vraiment réussir. »

Bien sûr qu'il avait pensé la mettre dans son lit. Et il avait su dès le départ qu'il ferait tout pour réussir. Même le contrôle de l'esprit ?

« Tu ne sembles pas être le genre de gars qui abandonne facilement. »

« Je ne le suis pas, mais ça ne veut pas dire que j'obtiens toujours tout. »

En fait, la plupart du temps, il obtenait ce qu'il voulait. Dernièrement, la situation avait simplement été différente.

« Ce soir, tu l'auras. J'ai apporté un préservatif. »

« Est-ce que ça veut dire que tu as toujours eu en tête de me mettre dans ton lit ? » répliqua-t-il avec une moue faussement choquée mais, en réalité, il était soulagé que leur soirée ne fût pas reportée à cause d'un manque de protection.

« Une fille doit essayer. »

Il l'embrassa. « Bon, alors où sont ces préservatifs ? »

« Dans mon sac. Je crois que je l'ai laissé dans le salon. »

« J'y vais. »

Samson se précipita en bas, heureux de cette courte interruption. Il avait soif et avait besoin de boire du sang s'il voulait être sûr que Delilah fût en sécurité avec lui pour le reste de la nuit. Il ne pouvait laisser sa soif s'interposer entre lui et sa satisfaction sexuelle. Il pressa le pas jusqu'à la cuisine et en descendit un grand verre. Alors qu'il refermait le frigo, il réalisa que Delilah y remarquerait le sang le lendemain matin. Il ne fallait pas qu'une telle chose se produisît. Rapidement, il écrivit une note à l'attention de Carl, la mit dans une enveloppe et la plaça sur la porte du frigo. Il la verrait quand il reviendrait avec la nourriture.

Samson trouva le sac, l'attrapa et remonta en avalant les marches de l'escalier deux par deux. Elle l'attendait. Elle sortit un préservatif de son sac, le lui tendit, et il ne put le mettre assez vite à son goût. Au lieu de la rejoindre sur le lit, il la tira par les chevilles, vers lui, jusqu'à ce que ses jambes pussent pendre sur le côté et que ses fesses pussent reposer sur le bord du matelas, là où il se trouvait.

Il la regarda alors qu'il lui écartait les jambes et se plaçait au milieu. Doucement. Délibérément. Il les leva et les posa sur ses épaules. Elle l'attendait, attendait qu'il fasse un pas. Sa verge se trouvait à l'entrée humide de son corps et la taquinait en accroissant la conscience de sa présence.

Samson inspira son odeur, puis poussa doucement vers l'avant, plongeant en elle.

Elle gémit bruyamment, se joignant à son grognement.

Il sentit ses muscles étroits se refermer autour de lui. Non, elle n'avait pas fait l'amour depuis un moment. Il lui ferait à présent l'honneur d'y remédier. Il se retira juste assez pour que le bout de sa verge demeurât en elle.

« Encore! » supplia-t-elle.

Samson poussa de nouveau en elle, plus profondément que la première fois. Et encore. Leurs corps s'assemblèrent ; fortement, profondément. Sa verge prit le contrôle, plongeant en elle et sortant dans un rythme qui, il le savait, l'emmènerait au paroxysme. Il avait besoin de se contrôler, de ralentir pour faire durer le plaisir.

Il se souvint de qui elle était : une humaine, une vulnérable mortelle avec du sang chaud bouillant dans ses veines. Delilah méritait mieux que d'être possédée comme une bête. Il reposa ses jambes et s'abaissa sur elle, la recouvrant. Immédiatement elle l'entoura de ses jambes et l'attira plus près d'elle.

Il baissa la tête et l'embrassa. Elle avait le goût d'une belle fleur dans un pré de lavande. Les images d'un chaud après-midi d'été lui vinrent à l'esprit. Il était en train de danser avec elle dans un pré de lavande, le soleil brillant sur lui, sans le brûler. Il sentait la chaleur des rayons du soleil sur sa peau, ne le blessant pas, mais le caressant. Que se passait-il ? Il pouvait clairement sentir le soleil, humer la lavande et voir le pré. Avait-il des hallucinations ? Il cligna des yeux, et l'image disparut aussi vite qu'elle était venue.

Son rythme ralentit et, avec toute la tendresse dont il se croyait capable, il bougea en elle, doucement et délibérément, s'imprégnant des sensations que leur intimité partagée lui procurait. Il regarda ses yeux verts et sentit la tendresse l'envahir.

« C'est merveilleux. »

Jamais le sexe n'avait été aussi tendre. Encore moins avait-il éveillé en lui de tels sentiments de tendresse, même lorsqu'il était humain. Cette femme le poussait à éprouver avec son cœur, et pas seulement avec son corps.

Samson retrouva sa bouche et goûta sa douce saveur. Instantanément, il fut de nouveau transporté au soleil, sous les rayons duquel il se prélassait. Que lui faisait-elle en lui provoquant ces visions étranges ? Ou était-ce son abstinence qui était à blâmer pour ces images dans sa tête ?

Même s'il n'avait aucune idée de ce qui se passait, il ne repoussa pas ces visons et se laissa porter au loin, jusqu'à ce qu'il sentît soudainement le spasme des muscles vaginaux pressant sur sa verge, tandis que Delilah jouissait.

« Non, pas encore. »

Mais c'était trop tard. Il ne put se retenir et jouit à son tour. Elle l'inonda du produit de sa jouissance jusqu'à la dernière seconde du coït.

« Delilah. »

Il reconnut sur son visage le sourire d'une femme satisfaite. Il ferait en sorte de le voir toute la nuit. Ses lèvres étaient toujours humides de leur dernier baiser. Doucement, il repoussa une mèche de cheveux de sa joue, puis l'embrassa au même endroit.

Elle répondit par un soupir de contentement.

« Samson. »

Il aurait pu rester sur elle toute la nuit mais, au lieu de cela, il se tourna sur le côté et se débarrassa du préservatif usagé. N'aimant pas la distance entre eux deux, il l'attira immédiatement dans ses bras. La recouvrant de son corps, il embrassa tendrement le sommet de son crâne. Il ne savait que dire. Pour une fois dans sa vie, il était sans voix.

Delilah leva la tête et le regarda mais, de même, aucun mot ne sortit de sa bouche. Elle s'enfouit dans le creux de son cou. Il caressa doucement ses cheveux. Aucune parole n'était nécessaire. Samson n'avait jamais ressenti le besoin de serrer une femme comme il le faisait à présent. Il n'avait jamais ressenti le besoin d'enlacer une femme après l'amour, alors pourquoi elle ? Il n'avait pas de réponse à sa question et, pour le moment, cela lui importait peu.

Samson mit la main sous le menton de Delilah et leva son visage vers lui. Sans un mot, ses lèvres trouvèrent les siennes, et il l'embrassa longuement. Il savait que le lendemain matin, ses lèvres, ainsi que le reste de son corps, lui feraient mal, mais il ne pouvait s'arrêter. Cet acte sexuel unique qu'il venait de connaître avec elle lui avait prouvé combien il la désirait encore. Il était bien loin d'être rassasié.

Pourquoi ? Peut-être parce qu'il était affamé de sexe. Ou bien était-ce ce corps qu'il trouvait si bon ? Quelle qu'en fût la raison, il ne s'en souciait guère à cet instant, il avait besoin de plus.

Samson sentit une nouvelle érection arriver et voulut mêler son corps au sien.

« Est-ce que tu peux me passer un autre préservatif, s'il te plaît ? » lui demanda-t-il en libérant ses lèvres.

« Je n'en ai amené qu'un. »

« Un ? » L'incrédulité de Samson supplanta sa panique soudaine. Il la regarda. « Tu pensais qu'un seul suffirait ? »

« Eh bien, je ne savais pas… »

Il vit son regard porté sur son sexe en garde-à-vous et, savoir qu'elle aimait ce qu'elle voyait, renforça sa fierté. Ce qui accentua son érection.

« Femme de peu de foi ! »

Il lui toucha le nez de son doigt et rit.

« Je ne vais pas pouvoir passer les six prochaines heures au lit avec toi sans te toucher. Je n'ai pas ce genre de retenue, crois-moi. »

« Alors qu'est-ce qu'on fait, maintenant ? »

« Aurais-tu la gentillesse de me passer le téléphone qui est sur la table de nuit, s'il te plaît ? »

Delilah attrapa le téléphone sans fil qui se trouvait de son côté du lit et le lui tendit.

« Qu'est-ce que tu vas faire ? »

Il composa un numéro. « Passer commande. »

Il attendit qu'on prît l'appel. « Carl, j'ai oublié quelque chose. »

Alors qu'il commençait, Delilah sembla réaliser ce qu'il était sur le point de demander et rougit. Il n'avait jamais rien vu d'aussi mignon que ses joues roses. Il sourit de toutes ses dents, honteusement.

« Pouvez-vous vous arrêter dans un night-shop et m'acheter une boîte de préservatifs ? »

Il fit une pause, ne sachant répondre à la question suivante de son majordome. « Je ne sais pas. »

Delilah le savait peut-être, elle. « Quelle taille ? »

« Extra-large. » Elle éclata de rire.

« Vous avez entendu, Carl ? Oui, prenez-en une douzaine et laissez-les simplement devant la porte de ma chambre quand vous rentrerez. Ce sera tout pour ce soir. Et pas de dérangement cette nuit. Je me fous qu'il y ait un tremblement de terre, je ne veux aucun appel, ni aucune visite. Faites-le savoir aux gars. Merci, Carl. »

Samson raccrocha le téléphone, écoutant à peine la réponse de son domestique.

« Extra-large, hum ? » Il sourit de toutes ses dents.

« Une douzaine ? »

Il haussa les épaules.

« Eh bien, je me suis dit que je pouvais toujours m'en procurer davantage pour demain soir, mais si tu penses qu'une douzaine ne suffira pas pour ce soir, je peux le rappeler. »

Il fit semblant de reprendre le combiné, mais elle l'arrêta en le chatouillant au niveau des côtes et sous les bras. Il rit et se retourna pour se venger. Il roula sur le lit avec elle. Alors qu'il commençait à la chatouiller aussi, les éclats de rire de Delilah gagnèrent en intensité et devinrent plus incontrôlables.

« Je n'arrive pas à croire que tu aies demandé à ton chauffeur d'acheter des préservatifs. »

« Il s'en remettra. »

Peut-être pensait-elle qu'il s'agissait là de quelque chose d'embarrassant, mais peu importait probablement à Carl qu'il lui fallût acheter du fil dentaire ou des préservatifs.

Elle se reprit une fois que ses éclats de rire eurent cessé, et Samson la serra dans ses bras.

« Embrasse-moi, » demanda-t-elle.

« Il va falloir attendre au moins une demi-heure avant que les préservatifs n'arrivent. Je ne suis pas sûr que ce soit une bonne idée de t'embrasser maintenant. Ça risque vraiment de rendre les choses plus dures pour moi. »

Elle désigna son sexe. « Je ne crois pas que ça puisse être plus dur. »

Il ne le pensait pas non plus. Comme pour prouver son argument, elle entoura de ses mains l'engin en érection et le caressa doucement.

« Je crois que j'ai perdu. »

Il lui jeta un sourire en coin et abdiqua.

~ ~ ~

Delilah aimait la façon dont Samson l'embrassait : tendrement, passionnément, comme un homme brûlant de désir. Sans retenue. Aucun homme ne l'avait jamais embrassée de cette façon ; il lui laissait penser qu'elle était la seule femme au monde. Elle frissonna à l'idée du pouvoir qu'il avait sur son corps et son esprit mais, en même temps, elle s'y abandonna sans regret.

Il lui avait procuré plus de plaisir en une heure qu'elle n'en avait eu l'année précédente et, si un homme pouvait l'emmener si haut, alors elle était incapable de se retenir. Elle s'attendait toujours à se réveiller et à se retrouver seule dans un appartement, en train de rêver. Il était incroyable qu'un homme, aussi beau et désirable, lui donnât de tels plaisirs jour et nuit. Mais tout semblait trop réel pour n'être qu'une chimère.

« Je crois qu'on devrait trouver autre chose à faire en attendant que Carl arrive ici, » suggéra-t-il soudainement, d'une voix teintée.

La déception la parcourut. Pourquoi n'avait-elle pas pris plus de préservatifs ?

« Ce n'est pas que je ne veux pas t'embrasser, mais je peux te dire à quoi ça va mener dans une minute ou deux. Et tu ne voudrais pas avoir à me repousser quand je ne pourrai plus me contrôler. »

« Je ne crois pas que je serai en mesure de te repousser. »

« Ce serait drôle si au moins tu essayais. » La perspective pouvait, en effet, être assez comique.

« Ah… Un homme qui aime chasser. » Elle lui jeta un regard entendu.

« Surtout lorsque les proies ont l'air aussi délicieuses. » Ses yeux lui dirent simplement combien il la trouvait exquise.

Delilah laissa son doigt courir le long des lèvres de Samson. « Vas-y. Essaye un peu de m'attraper, pour voir. »

Samson ferma la bouche avec espièglerie, mais elle retira son doigt.

« Pas assez rapide. »

Elle le laisserait l'attraper, mais pas tout de suite. Il devait travailler un peu d'abord.

« Donne-moi une autre chance. »

Son doigt retourna sur ses lèvres, le taquinant d'un contact léger. Elle le regarda intensément en essayant de deviner quand il fermerait la bouche. Mais son regard de marbre ne laissait transparaître aucune indication. La langue de Samson atteignit son doigt, doucement et sensuellement, en le léchant comme s'il n'avait aucune intention de bouger. Un autre tour de langue et, soudain, sa bouche se referma en avant, attrapant son doigt.

Samson retint son doigt en otage et le suça doucement avant de le relâcher.

« Tu t'es laissée distraire par ma langue, ça a causé ta perte, » lui expliqua-t-il en clignant des yeux. « Ne perds jamais le chasseur des yeux. On ne sait jamais quand il va frapper. »

Il l'amena contre sa poitrine.

« Un baiser pour le chasseur victorieux ? »

« Depuis quand la proie embrasse-t-elle le prédateur ? »

« Jamais entendu parler du Petit Chaperon Rouge ? »

« Elle n'embrasse pas le chasseur. »

Mais elle, elle embrasserait Samson. Il l'avait eue. Il méritait son prix.

« Mais elle embrasse le loup. Et si j'étais le loup, tu m'embrasserais ? »

« Quelle version du Petit Chaperon Rouge as-tu lu quand tu étais gamin ? »

« La version pour adultes, bien sûr ! »

Il la retourna sur le dos si vite qu'elle eut à peine le temps de comprendre ce qui se passait. Une seconde plus tard, elle était coincée sous son corps. Elle ne s'en plaignit pas : selon elle, c'était un bon endroit où se trouver.

« Puisque tu ne vas pas m'embrasser de ton plein gré, je n'ai pas d'autre choix que de te torturer. »

Il sauta en dehors du lit et la prit dans ses bras.

« On va où ? »

Quel genre de torture ?

« Dans la salle de bain pour une torture aquatique. »

Il sourit, puis cligna des yeux comme un voyou préparant un mauvais coup. La torture semblait être quelque chose qu'elle se devait d'essayer.

Sa salle de bain n'avait pas de fenêtre et était immense. En plus d'un comptoir avec deux lavabos, se trouvaient une baignoire à bulles et une immense douche à l'italienne. Les toilettes étaient isolées derrière un mur.

« J'ai plutôt hâte de découvrir cette torture aquatique que tu m'as promise. »

« Es-tu en train de me dire que rien de ce que je ferai ne pourra t'effrayer ? »

« En effet. Mais si tu veux que je fasse semblant… »

Elle pouvait prendre part à ce jeu-là, si ça l'excitait. Non pas qu'elle pensât en avoir besoin. Etre elle-même suffisait à exciter son partenaire.

Samson la déposa sur ses pieds et fit couler l'eau de la douche. Après avoir vérifié la température, il la poussa légèrement à l'intérieur.

« Après toi, ma douce. »

Delilah entra dans la douche et sentit la présence de son amant juste derrière elle. L'eau commença à couler le long de son torse, et elle s'imprégna de la chaleur.

« Ferme les yeux, » ordonna-t-il. « Je veux uniquement que tu fasses appel au toucher, rien d'autre. »

« Hum. »

Elle obéit, curieuse de savoir ce qu'il avait en tête.

Les mains de Samson touchèrent ses épaules et coururent méticuleusement le long de ses bras, s'arrêtant dans le creux de ses coudes, avant d'entrer en contact avec ses poignets. Il attrapa ces derniers, lui leva les bras, puis guida

Delilah vers le mur carrelé. Il l'y colla et y plaça ses mains, à plat, avant de la relâcher.

« Ne bouge pas. »

Il avait dit cela calmement, avec la confiance d'un homme qui avait l'habitude qu'on lui obéît. Et elle obéirait – du moment qu'elle appréciait ce qu'il faisait. Quelques secondes plus tard, elle serait certaine d'obéir aussi longtemps qu'il le désirerait.

Les mains de Samson remontèrent sur ses épaules avant de descendre derrière, vers ses omoplates, son dos et ses hanches, et de s'arrêter pile avant ses fesses rebondies. Il les laissa alors courir le long de ses cuisses. A son contact, des flammes ardentes jaillirent en elle. Le fait qu'elle ne pouvait voir ce qu'il faisait intensifiait les sensations.

Delilah l'entendit bouger derrière elle, puis elle sentit soudain deux mains dessiner des cercles sur ses fesses, avant de remonter à nouveau. Sa respiration devenait difficile.

« Plus bas. »

Elle ne désirait qu'une chose : apprécier de nouveau les mains de Samson sur ses fesses.

« J'ai bien peur que ce ne soit moi qui établisse les règles, ici. Es-tu prête à m'embrasser ou dois-je continuer à te torturer ? »

« Continue. »

Le choix était facile à faire. S'il s'agissait là d'une torture, qu'arriverait-il quand il déciderait de la doucher en lui faisant plaisir ?

Ses mains se dirigèrent sous les bras de Delilah et descendirent doucement le long de ses côtes, jusqu'à ses hanches, avant de migrer vers l'intérieur, par-dessous ses fesses. Elle gémit lorsqu'elle sentit sa main se poser entre ses jambes. Espérant qu'il ne s'en apercevrait pas, elle bascula son bassin en arrière pour le forcer à aller vers l'avant. Il la plaqua de nouveau contre le mur.

« Non, non. »

Quelques secondes plus tard, elle sentit quelque chose de tiède et de glissant sur ses fesses. La langue de son tortionnaire était en train d'en lécher chaque centimètre carré. Samson savait comment torturer une femme. Elle sentit un liquide chaud déferler sur sa chair déjà moite. Finalement, une main l'attrapa par en-dessous, testant son humidité.

De l'autre main, il attira ses cuisses vers lui et les écarta. Delilah le sentit se retourner et son visage se retrouva finalement sous elle, entre ses jambes. Il se positionna le dos contre le mur carrelé, ses jambes étirées devant lui, le visage droit sur sa féminité. Des deux mains, il lui donna une fessée et pressa son visage contre son sexe, laissant sa langue courir le long de la chair tiède.

« Oh, bon sang ! » cria-t-elle.

Il la tint fermement afin qu'elle ne pût s'échapper, tandis que sa langue jouait avec son clitoris. Ses coups étaient impérieux et implacables. Il savait qu'il n'arrêterait que lorsqu'elle jouirait. Et elle voulait jouir… dans sa bouche.

La langue de Samson était douée pour trouver le bon endroit, ainsi que la pression correcte à appliquer sur elle afin de la faire haleter à chacun de ses coups. Ses gémissements se mêlèrent aux siens, lui laissant comprendre combien il aimait lui donner du plaisir. Elle n'avait jamais rencontré un homme aussi altruiste en la matière.

Ses mains caressèrent doucement ses fesses et sa langue la titilla dans un rythme qui fit frissonner tout son corps. Elle sentait la température monter en elle, comme un volcan au bord de l'éruption. La lave en fusion dans ses entrailles bouillait à la surface et, dans une puissante explosion, son corps relâcha la tension, propulsant des vagues de plaisir dans chacune de ses cellules.

Delilah reprit son souffle contre le mur carrelé, les jambes tremblantes. Elle sentit qu'il se levait pour la prendre dans ses bras.

« Un baiser, maintenant ? »

Elle se retourna et ouvrit les yeux pour plonger son regard dans le sien. Les pupilles de Samson étaient passées d'une couleur noisette à un doré sombre.

« Tout ce que tu voudras. »

Elle le pensait. Il n'avait même pas besoin de demander.

Les lèvres de Samson fusionnèrent avec les siennes, et il la couvrit d'un long baiser passionné, tout en la serrant contre son corps nu. Elle pouvait sentir sa verge, dure, contre son ventre. Elle se demanda à quel point ce devait être difficile pour lui de la toucher ainsi tout en devant attendre que Carl revînt avec les préservatifs.

Il y avait quelque chose qu'elle pouvait faire pour le soulager. Delilah se dégagea de ses bras, ce qui lui valut un regard surpris en retour.

~ ~ ~

Il était sur le point de protester devant une telle interruption lorsqu'il sentit la main de Delilah attraper sa verge.

« Est-ce que je peux te torturer à mon tour ? »

« A une condition. Tu continues à m'embrasser. »

Il n'avait jamais ressenti cela avec personne auparavant. Alors qu'il était submergé par ce baiser, Delilah l'emmenait dans un autre monde, un monde fait de soleil et de chaleur. Il était en train de devenir accro. Les images étaient tellement vivantes qu'il pouvait presque sentir le soleil sur sa peau et humer le parfum des fleurs des prés. Il ignorait complètement la raison de telles visions quand il était en sa compagnie.

Il chercha de nouveau ses lèvres et fut immédiatement transporté au milieu du pré estival. Elle faisait glisser sa main de haut en bas sur sa verge en érection, la pressant plus fortement à chaque mouvement. Sa main était douce et chaude, et l'eau, s'écoulant en filet sur eux, rendait chaque mouvement plus suave encore.

Delilah savait comment l'exciter. Ses seins s'écrasant contre sa poitrine, ses lèvres sur les siennes et leurs langues se battant en duel l'excitaient plus que n'importe quelle femme vampire rencontrée dans sa vie. Quant au contact de sa main, il s'agissait là d'un don du ciel. La façon dont ses doigts le parcouraient, le serrant avec la pression adéquate, en exerçant des va-et-vient sur sa peau… C'était comme si elle pouvait lire dans son esprit, comme si elle savait instinctivement ce qu'il voulait, et comment le rapprocher toujours plus de son orgasme.

« Delilah. »

Sa main le serra de nouveau, plus vite et plus fort. Dans une tentative désespérée de se contenir, il plaqua ses mains sur les hanches de Delilah et pressa l'une de ses cuisses contre les siennes. Mais la hausse de sensations que sa caresse provoqua en lui fut trop importante. Sa respiration s'accéléra et son corps se contracta, alors qu'il sentait le jet de sa semence traverser sa verge pour, ensuite, éclabousser le ventre de Delilah.

Il reprit son souffle contre le mur derrière elle et enfouit sa tête dans le creux du cou de sa maîtresse, essayant de cacher le fait que ses jambes tremblaient comme celle d'un adolescent lors de sa première fois. Cette mortelle le rendait complètement fou.

« Je crois que je ne peux endurer plus de torture pour le moment. »

Ce n'était pas ce qu'il voulait dire. Ce qu'il voulait lui dire, c'était ce qu'il ressentait lorsqu'il était avec elle. Mais cela lui était impossible. Il la connaissait à peine. Elle penserait qu'il était fou. En outre, cela ne fonctionnerait jamais : il demeurait un vampire. Il n'aurait même pas dû ressentir ce genre de choses avec elle.

Samson tenta de se convaincre que sa soif de sexe était l'unique raison à ses sentiments. La nuit qui se profilait le rassasierait. Après quoi, elle n'aurait plus la moindre importance à ses yeux. Il en était sûr. Il n'y avait manifestement aucune bonne raison pour qu'il la désirât davantage. Au fond, il ne faisait que suivre les ordres de son médecin. Et qui, de son propre gré, continuait à prendre des médicaments une fois guéri ? Oui, qui ?

**7**

Dans la chambre de Samson, Delilah s'arrêta devant le tableau accroché au-dessus de la cheminée. La scène, une imposante maison entourée d'un grand terrain et d'un bassin, l'interpellait. Il y avait quelque chose d'étrangement familier dans le dessin. Elle avait presque l'impression de connaître l'endroit.

Elle sentit Samson s'arrêter derrière elle.

« Quand l'as-tu peint ? » lui demanda-t-elle sans réfléchir.

« Comment sais-tu que c'est moi qui l'ai peint ? »

Ils étaient tout aussi surpris l'un que l'autre. Pour une raison inexplicable, elle savait que c'était lui qui l'avait réalisé. Elle pouvait voir Samson se tenir devant le chevalet, le pinceau à la main, son t-shirt et son pantalon tachés de peinture à huile de diverses couleurs.

« Je ne sais pas. Mais en le voyant, j'ai su que c'était toi. »

La certitude dont ses mots étaient empreints la surprit elle-même.

« Je l'ai peint. C'est la maison de mes ancêtres. Ma famille venait d'Angleterre. »

« C'est beau. La maison appartient toujours à ta famille ? »

Il s'agissait davantage d'un château que d'une maison, mais la chaleur que Delilah ressentait en la regardant lui fit comprendre qu'il s'agissait d'un véritable foyer, empli d'amour et d'éclats de rire.

Elle se retourna et, pendant une seconde, avant qu'un sourire ne vînt éclairer ses lèvres, elle vit de la douleur dans les yeux de Samson.

« Plus maintenant. Ils ont tout perdu à la suite de mauvais investissements. La famille s'est retrouvée sans argent et a tout vendu. C'est ça qui m'a amené… euh… qui a amené mes ancêtres aux Etats-Unis. Leur fils unique est venu ici à la fin du dix-huitième siècle pour se faire un nom. »

« Et il y est arrivé ? Il s'est fait un nom ? » demanda Delilah avec intérêt.

Elle adorait l'histoire, surtout lorsque celle-ci était en lien avec quelqu'un qu'elle connaissait personnellement.

« Oui et non. Il a fini par réussir dans les affaires, mais il n'a jamais revu ses parents. Devoir les laisser derrière lui a été le plus gros regret de sa vie. Ne plus jamais embrasser sa mère, ne jamais discuter avec son père des choses qui lui importaient en tant que jeune homme. »

De la douleur transparaissait dans sa voix. Delilah sentit le poids de cette perte s'écraser dans sa poitrine.

« Tu en parles comme si c'était toi. C'était il y a plus de deux cents ans. »

Samson cligna des yeux, puis lui lança un autre sourire.

« J'aime penser que je le connaissais. C'est ce que j'aurais ressenti si j'avais été dans sa situation. Se remettre de la perte de sa famille est la chose la plus dure qui soit. »

Elle ne comprenait que trop bien. « Quand as-tu perdu la tienne ? »

« Il y a trop longtemps. »

Il la prit dans ses bras et déposa un baiser sur le sommet de son crâne. Elle ressentit son besoin de tendresse et se serra contre lui, l'enveloppant de ses bras.

« Viens, rejoins-moi dans mon coin préféré. »

~ ~ ~

Samson l'attira vers les grands coussins disposés sur le sol devant la cheminée. Delilah roula sur le ventre et jeta son regard dans les flammes. Des ombres créées par le feu dansaient sur sa peau nue. Ses longs cheveux noirs étaient défaits sur ses épaules, quelques mèches encore mouillées par la douche.

Quant à lui, il était tourné vers elle ; il s'était appuyé la tête sur la main et admirait la beauté de Delilah tout en jouant avec ses cheveux. Il aimait parcourir ses fesses nues, la caressant bien plus tendrement qu'il ne l'eût fait avec une autre femme auparavant. Sa peau était délicieusement douce et parfaite.

« Tu as dit que tu étais en voyage d'affaire. Tu restes combien de temps à San Francisco ? »

Samson baissa la tête pour embrasser sa chute de rein.

« Jusqu'à mercredi. Je prends un vol de nuit pour New York. »

Il sentit comme un coup de poignard lui transpercer la poitrine. Une indigestion ? Il y avait peu de chance, les vampires ne souffraient pas d'indigestion.

« New York ? J'y ai vécu. Dis-moi ce que tu fais là-bas. »

Il voulait qu'elle parlât pour lui permettre d'oublier ce qu'il désirait vraiment : la posséder, encore et encore. Peut-être que cela fonctionnerait s'il picorait de baisers les rondeurs de ses fesses. C'était ce qu'il allait faire, laissant ses lèvres effleurer sa peau délicate.

Un gémissement appréciateur fut la première réponse qu'il obtînt, avant que celle-ci ne parlât de nouveau.

« Je travaille en tant que consultante indépendante. Je voyage beaucoup pour le boulot. »

« Quel genre de consultante ? »

Il n'était pas vraiment intéressé, mais il n'avait toujours pas entendu Carl rentrer et avait du temps à tuer. Certes, il voulait de nouveau la posséder mais, cette fois-ci, il ne pensait pas pouvoir faire preuve d'assez de sang froid pour s'arrêter avant. Et il ne voulait pas risquer de l'énerver en couchant avec elle sans préservatif. Elle semblait être le genre de femmes à le laisser tomber s'il agissait sans son consentement.

Bien sûr, en tant que vampire, il pouvait toujours la forcer, mais il ne le voulait pas. Il voulait qu'elle vînt à lui de son plein gré. Il avait le sentiment que faire l'amour avec Delilah était bien plus satisfaisant lorsqu'elle le désirait. La culpabilité se fit ressentir à l'idée de devoir la forcer.

« Un truc dans la finance. Ce n'est pas vraiment intéressant. »

On aurait dit qu'elle ne voulait pas en parler. Le chasseur qui sommeillait en lui lui donna l'envie de relever le défi et d'obtenir une réponse.

« Essaye encore. » Pour l'encourager, il colla de doux baisers sur ses fesses sexys.

« Quoi ? » Elle tourna la tête vers lui et lui lança un regard curieux.

« Voyons voir. Tu ne veux pas me dire ce que tu fais ? »

Samson se releva. Elle eut un mouvement de recul.

« Parce que ce n'est vraiment pas intéressant. Et, une fois que je te l'aurai dit, tu penseras que je suis ennuyeuse à cause de mon travail. »

« Des paroles, toujours des paroles. Il n'y a pas moyen que je te regarde et que je pense une telle chose. »

Ses yeux étudièrent délibérément son dos nu et ses fesses. Non, ennuyeuse n'était vraiment pas l'adjectif approprié pour la décrire. Pulpeuse, chaude, sensuelle, d'accord, mais même ces mots ne pouvaient refléter ce qu'il voyait.

« Tu vas rire. »

« Tu as peu de foi en mes capacités à me contrôler. »

« Je suis audit. »

« Un audit ? »

Samson répéta les mots de Delilah et sentit un rire étouffé monter dans sa poitrine. Il essaya de réprimer un sourire, mais c'était déjà trop tard. Elle était inquiète qu'il la trouvât ennuyeuse du fait qu'elle était audit ? C'était trop drôle.

« Tu peux m'auditionner quand tu veux. »

« Je peux calculer et mesurer chacune de tes parties et m'assurer que tout est en place. »

« Tu ferais bien d'avoir un très long mètre sur toi, alors. »

Une seconde plus tard, un oreiller atterrit en plein dans le visage de Samson.

« Je le savais ! Vas-y, moque-toi du petit audit, mais ça manque d'originalité. J'ai déjà entendu toutes les blagues. »

Samson attrapa l'oreiller et le renvoya droit sur elle, déclarant ainsi la bataille. Il sut qu'elle ne lui en voulait pas quand il l'entendit rire. Elle roula sur le côté et le frappa avec un autre oreiller. Il s'appropria immédiatement ce dernier avant d'immobiliser Delilah en la coinçant sous lui. Elle haleta. Il l'embrassa avant de la relâcher.

« Qu'est-ce qui a fait que tu as voulu devenir audit ? »

« C'était simplement une chose pour laquelle je n'était pas mauvaise. »

Elle semblait réticente à l'idée de parler de son choix de carrière.

« Mais tu ne le savais pas avant de commencer. Il y a bien dû y avoir quelque chose qui t'a intéressée. »

« Ce n'était pas vraiment de l'intérêt pour le travail en lui-même. C'est juste… Je ne sais pas, le fait que je pouvais contrôler quelque chose. »

La réponse le surprit. Delilah ne lui semblait pas être quelqu'un qui voulait tout régenter.

« Je ne suis pas sûr de comprendre. Qu'est-ce que tu veux dire par contrôler ? Tu voulais être le boss ? »

Elle était une femme forte. Il pouvait sans difficulté l'imaginer comme leader dans un domaine précis.

Elle secoua la tête. « Non, rien de ce genre-là. Je voulais contrôler le risque, faire en sorte que rien n'aille mal. »

« Mais c'est vraiment ce que tu fais, maintenant ? Contrôler le risque ? »

Comme si elle avait peur de quelque chose. Mais de quoi ?

« D'une certaine façon, oui. Je m'assure d'arranger les choses quand elles vont mal. Je trouve le coupable et corrige la situation. Ça élimine un risque futur. »

« Pourquoi est-ce si important pour toi ? »

A présent, Samson était curieux. Pourquoi une si belle femme s'intéressait-elle à un domaine à première vue si prosaïque ? Ne devrait-elle pas se tourner vers quelque chose de plus féminin ?

« Parce que certains résultats peuvent blesser les gens. Si je peux réduire le risque, je réduis les mauvaises situations. »

Concept intéressant.

« Et les gens ne seront pas blessés ? »

Elle hocha la tête.

« Ne pouvais-tu plutôt mieux aider les gens en devenant médecin, par exemple ? »

Cela semblait être une voie plus directe pour venir en aide aux gens, si c'était ce qu'elle avait voulu faire.

Elle fit non de la main. « Oh que non ! J'ai la nausée à la vue du sang. Les chiffres, ça va, mais le sang je ne peux pas. »

Samson déglutit. Si elle ne pouvait se faire à la vue du sang, cela pourrait manifestement poser problème plus tard, quand… Mais bon sang, à quoi pensait-il ? Il n'y aurait pas de plus tard. Elle n'aurait jamais à faire face au sang. Il ne la mordrait pas.

Il était temps de changer de discussion. Vite.

Il la coinça sous lui une fois de plus, lui attrapant les poignets et baissant sa tête. Son souffle se mêla au sien.

« Tu es la femme la plus excitante que j'ai jamais rencontrée. »

Trop abrupt pour un changement de sujet ? Peut-être, mais elle ne sembla pas s'en offenser.

« C'est ce qui explique que tu aies de nouveau une érection ? »

Celle-ci, pressée contre sa cuisse, était difficile à manquer.

« Et la plus perspicace. Et si Carl ne se montre pas dans les dix prochaines minutes, je ne sais pas ce que je vais faire de toi. »

Il souligna sa remarque d'un soupir d'exaspération.

Delilah frotta sa cuisse contre son érection, le tentant davantage encore.

*Petite coquine !*

« Disons plutôt cinq minutes, » corrigea-t-il en gémissant.

Samson relâcha son emprise sur ses poignets, et elle libéra une de ses mains pour la placer derrière son cou.

« Je peux peut-être t'aider à passer le temps. »

Elle l'allongea et captura ses lèvres. Dès qu'il sentit sa peau douce puis, quelques secondes plus tard, sa langue humide se glisser dans sa bouche, il se retrouva complètement perdu. Pendant quelques instants, il s'abandonna à elle, lui retournant le baiser passionné, mais l'envie de la pénétrer devint trop grande. Avec toute la force qu'il lui restait, il se dégagea de ses bras et roula sur le dos.

Il s'assit et s'éloigna d'elle.

« D'accord, voilà ce qu'on va faire. Tu restes là. »

Il désigna un côté des coussins.

« Et moi, je vais me tenir ici. »

« Et ? »

« On va parler. Peut-être que je devrais te prêter une robe de chambre. »

« Une robe de chambre ? Alors ça y est, tu en as marre de me regarder ? »

« Loin de là. Mais ça pourrait être sympa de te l'arracher quand les préservatifs seront là. »

Il pouvait déjà imaginer la scène. Bon sang, son esprit était-il donc incapable de penser à autre chose qu'au sexe ? Ou, plus exactement, qu'au sexe avec Delilah ? Il eut la sensation qu'il lui faudrait plus d'une nuit pour surmonter tout cela.

~ ~ ~

Carl gara la limousine dans le garage, puis en sortit. En deux voyages, il apporta les courses ainsi que les affaires de Delilah dans le foyer. Il avait tout apporté, y compris les fleurs que Samson lui avait envoyées le matin même. La maison était silencieuse, hormis les voix basses qu'il pouvait entendre venir de l'étage. Son ouïe était aussi fine que celle de son patron. Dans la cuisine, il remarqua la note que ce dernier venait de lui laisser. Après l'avoir lue, il haussa les sourcils. Le maître de maison pensait vraiment à tout.

Sans hésitation, il transposa tout le sang du frigo principal dans le plus petit, situé dans le garde-manger, et ferma celui-ci à clé. Delilah ne trouverait rien qui sortît de l'ordinaire, et leur secret serait bien gardé. Il n'aimait pas l'idée que la femme restât dans la maison, mais il était la dernière personne à remettre en question les décisions de son patron.

Carl était entièrement dévoué à Samson. Sa loyauté était sans égale, et il lui aurait donné sa vie si besoin était. Après tout, Samson l'avait ramené du royaume des morts lorsqu'un gang de criminels lui avait volé son existence humaine. Il le payait cher en étant à présent un vampire mais, selon Carl, sa condition actuelle valait toujours mieux que d'être mort.

Il finit de remplir le frigo de provisions avant d'apporter les bagages de Delilah ainsi que le bouquet de roses dans la chambre d'amis. Il savait qu'elle n'y resterait pas : il pouvait les entendre dans la suite parentale.

Il s'arrêta devant la porte et, en y déposant la boîte de préservatifs, entendit Samson rire, ce qui n'était pas arrivé depuis très longtemps. Enfin, il était heureux, même si cela ne durerait peut-être pas. Et Carl était plus que certain que son bonheur ne ferait pas long feu. Ce qu'il avait trouvé dans les affaires de Delilah, en les emballant, l'inquiétait. Il devait trouver un moyen pour que Samson y prêtât attention.

Il leva la main pour frapper à la porte, mais hésita.

Il se souvint que ce dernier avait expressément ordonné qu'on ne le dérangeât pas ce soir-là et, malgré ses inquiétudes, Carl n'avait pas le cœur à enfreindre cet ordre. Samson avait besoin d'une nuit de plaisir et de jeux. Son intervention pouvait attendre.

Carl quitta la maison, sachant que son patron l'avait déjà entendu dans l'escalier. Il n'y avait pas besoin de lui dire qu'il avait tout fait correctement.

Dès qu'il remonta dans la voiture, il composa un numéro.

« Oui, Carl ? » répondit Ricky immédiatement.

« Il faut qu'on parle. C'est urgent. »

« Je suis avec Amaury. On est au Dog Patch, derrière le vieux moulin. »

Le Dog Patch, partie intégrante de Potrero Hill, était l'un des plus sombres quartiers de San Francisco et un lieu où les humains n'aimaient pas se rendre une fois la nuit tombée. Les vampires, au contraire, l'appréciaient justement pour cette raison.

« Quinze minutes. »

Carl appuya fortement sur l'accélérateur, et la voiture fusa en bas de la colline en direction de l'Embarcadero.

~ ~ ~

« Qu'est-ce que tu veux dire ? Il était armé ? »

John Reardon siffla dans le téléphone portable. Il traversait nerveusement et à grandes enjambées le patio, regardant constamment en direction de la maison, dans l'espoir que sa femme ne l'entendît pas.

« Je ne sais pas ce qui s'est passé, mais voilà ce que je peux te dire : j'abandonne. »

« Ce n'est pas ce qui était prévu, Billy. Je t'ai déjà payé. »

La voix de John était à présent empreinte de panique.

« Et j'ai mérité mon argent, mais cette salope continue à être secourue. Tu m'avais dit qu'elle ne connaissait personne, ici. Et soudain, elle se retrouve avec ce mec qui la défend en mettant sa propre vie en danger ? Je te le dis, il y avait un truc louche à propos de ce gars. Cherche pas d'embrouilles à cette fille. »

« Bon sang, essaye juste une dernière fois. Je la vois demain au bureau, et je vais me débrouiller pour savoir ce qu'elle fera dans la soirée. Je ferai en sorte qu'elle soit seule. S'il te plaît, aide-moi. »

Il entendit Billy inspirer profondément plusieurs fois avant de finalement parler.

« Si tu n'étais pas marié à ma sœur, on ne serait pas en train d'avoir cette conversation. Ok… » Il fit une pause. « Mais cette fois tu me racontes toute l'histoire. Après, je vois si je continue à t'aider. Je ne vais plus risquer aveuglément ma peau pour toi. On ne fait ça que pour la famille. »

« Il vaut mieux que tu n'en saches pas trop. »

Bien que John nécessitât l'aide de son beau-frère pour le sortir du pétrin dans lequel il se trouvait, il pensa qu'il était plus sûr pour ce dernier de ne pas tout savoir.

« Allez. Parle ou je me casse. »

Les divers démêlés de Billy avec la justice lui avaient conféré une attitude de *bad boy*.

« Promets-moi que tu ne diras rien de tout ça à Karen. »

John ne voulait pas que sa femme sût ce qu'il avait fait. Ils se disputaient suffisamment sans devoir en rajouter.

Billy grogna en guise d'acquiescement.

« J'ai falsifié les livres. C'était vraiment facile au début, juste quelques données de comptabilité. J'ai dévalorisé le matériel. Après ça, c'était facile de le vendre et d'empocher le bénéfice. Ça nous a aidés. On avait besoin de tunes après l'achat de la nouvelle maison. »

John savait que rien n'excusait le vol, mais il n'avait vraiment pas eu d'autre choix. Le taux d'intérêt de son emprunt avait décollé en flèche, et il n'avait plus pu assurer les paiements.

« Et c'est tout ? Désolé mais ce n'est pas une raison suffisante pour se débarrasser de l'audit, » déclina Billy platement. « Tu ne sais même pas si elle va trouver quelque chose. »

Si seulement Billy savait vraiment ce qui se passait… Mais John ne pouvait lui faire confiance : son beau-frère ne garderait pas le silence.

« Elle trouvera. C'est l'une des meilleures. Je me suis renseigné. »

« Bon, alors elle découvre le pot aux roses, et tu vas recevoir une tape sur la main. Et après ? »

« Je perdrai tout. »

John ne pouvait lui parler de l'homme qui le faisait chanter. Non. Il avait trop peur de lui pour, ne fût-ce que le mentionner devant Billy. Au cas où le maître-chanteur l'apprendrait.

« S'il te plaît, Billy. Fais-le pour Karen. »

S'ensuivit une longue pause durant laquelle John en vint presque à penser que Billy avait raccroché.

« Ok, mais c'est la dernière fois. Si elle s'échappe encore, tu te débrouilles tout seul. Et tu peux allonger 1000 dollars en plus. »

« Merci, Billy. »

John raccrocha le téléphone. Billy était le cadet de ses soucis. Au moins pouvait-il embarquer son beau-frère dans n'importe quel plan. Et avec un casier judiciaire plus long que son bras, Billy avait assez de ressources pour mener à bien sa mission. De plus, il avait toujours besoin d'argent.

John craignait de passer l'appel qu'il avait retardé toute la soirée.

Après avoir trafiqué les livres, il avait cru ses problèmes envolés, mais un jour, il avait reçu l'appel d'un homme qui savait ce qu'il faisait. Ce dernier avait commencé à le faire chanter. En échange de son silence, il lui avait demandé l'accès aux livres de la société. John n'avait jamais interrogé cet homme sur ses intentions, prétendant qu'il valait mieux ne pas trop en savoir.

Mais à présent, avec l'arrivée impromptue de l'audit de New York, il s'inquiétait qu'elle pût découvrir ce qu'il avait fait. Non seulement sa carrière serait alors finie mais, en plus, il serait considéré comme un criminel. Cependant, il y avait pire encore. L'homme lui avait dit de se débarrasser de l'audit. Dans le cas contraire, il se chargerait lui-même de John.

John ne l'avait jamais vu. Il ne lui parlait qu'au téléphone. Il ne connaissait même pas son nom. Mais il savait que ce dernier voulait parler business. Quoi que son maître-chanteur pût avoir en tête, c'était une fraude bien plus importante que les quelques milliers qu'il avait lui-même détournés. Pour quel autre motif aurait-il eu besoin de l'identifiant et du mot de passe de John sur les systèmes informatiques de la société ? Et pourquoi, alors, avoir émis une telle requête au sujet de l'audit ?

Tout en composant le numéro, John espérait secrètement tomber sur la messagerie, mais il savait qu'il y avait peu de chance. Peu importât l'heure de la nuit à laquelle il pouvait appeler, l'homme décrochait toujours. Alors que pendant la journée, John tombait souvent sur le répondeur.

« C'est pour quoi ? », répondit la voix masculine familière.

« Elle s'en est encore sortie. »

« Je sais. »

« Comment ça ? »

John n'était pas à son aise de savoir que l'homme fut au courant qu'il avait tout foutu en l'air.

« J'ai des yeux et des oreilles partout. Tu aurais dû l'avoir quand tu en avais la possibilité. Maintenant, elle est sous protection, et je vais devoir m'en occuper moi-même. Idiot ! »

« Je suis désolé. »

« Oh, tu le seras quand j'en aurai fini avec toi. J'ai besoin d'une semaine de plus et, si tu ne peux pas tenir cet audit-là à distance, ou un autre, alors je vais devoir trouver quelqu'un d'autre pour faire ton boulot. Pigé ? »

Sa voix était tranchante.

John frissonna. « Oui, il n'y aura plus de problème. Je vous le promets. »

« Bien. »

Un clic à l'autre bout et l'appel fut coupé. Rien n'allait. John le savait, intuitivement. Un de ces jours, tout allait lui revenir en pleine figure. Et ce ne serait pas beau à voir.

« John ! »

Il entendit la voix de sa femme derrière lui, alors qu'elle sortait dans le patio.

« Tu n'as pas payé la facture de la carte de crédit, le mois dernier ? »

Il se retourna juste pour la voir, la facture à la main. Elle semblait plus qu'ennuyée.

« Bien sûr que si. Je le fais toujours. »

Avait-il payé ? Il ne put se souvenir si, le mois précédent, il avait eu une somme suffisante pour ce faire.

« Alors, pourquoi nous facturent-ils des agios et des intérêts sur celle de ce mois-ci ? Il doit y avoir un problème. Je vais les appeler. »

John lui arracha la facture des mains.

« Je vais m'en occuper. Je suis sûr qu'il s'agit juste d'une erreur administrative. Je les appellerai demain à la première heure. »

« Bien, parce que je n'aime pas que ces compagnies de crédit trompent d'honnêtes gens comme nous. C'est révoltant ! »

Il la regarda retourner dans la maison, puis se passa la main dans les cheveux. Combien de temps encore pourrait-il tenir ? Il entendit son plus jeune fils piquer une colère. S'il n'avait pas à s'inquiéter des enfants, il quitterait la ville avec sa femme, sans attendre. Mais avec deux enfants à charge, jusqu'où pouvaient-ils aller ? Et puis, qui pouvait certifier que Karen le suivrait, si elle apprenait les problèmes dans lesquels il s'était mis ?

# 8

Samson sortit un préservatif de la boîte et le mit dans la poche de sa robe de chambre avant de se retourner face à Delilah.

« Tu veux que je fasse quoi ? »

Un grand sourire apparaissait déjà sur son visage. Il aimait sa suggestion. Il aimait même beaucoup.

« Attrape-moi et si tu y arrives, alors peut-être que je te laisserai m'enlever la robe de chambre. »

Elle rit et sauta par-dessus le lit pour passer de l'autre côté. Elle portait une longue robe de chambre vert bouteille qu'il lui avait prêtée. Elle était trop longue pour elle, ce qui risquait à tout moment de la faire trébucher. Non pas qu'il eût besoin de cet injuste avantage sur elle.

« La poursuite va être de courte durée, » la prévint Samson. « Et je gagne toujours. »

« Je suis rapide. »

Bon sang, qu'elle était mignonne. Et espiègle.

« Je suis plus rapide. »

Sans effort, il sauta sur le lit et la vit s'en aller derrière le fauteuil avant de se ruer sur les coussins posés sur le sol, devant la cheminée. Il emprunta un autre chemin en prenant son temps. Il ne voulait pas que la chasse se terminât trop tôt. Il fit en sorte de rester deux pas derrière elle, s'assurant qu'elle était presque à sa portée, mais lui laissant le sentiment qu'elle pouvait s'enfuir si elle le voulait.

Ses éclats de rire emplissaient la pièce qui, pendant trop longtemps, n'avait vu de tels sourires, ni entendu de tels rires et, encore moins, les échos enivrants de la voix de Delilah.

Celle-ci contourna de nouveau le fauteuil, et Samson s'arrêta juste en face d'elle. Elle feignit d'aller à droite, mais partit finalement à gauche et sauta par-dessus la méridienne, comme s'il s'agissait d'une haie. Il admira son agilité. La façon dont elle pouvait écarter les jambes allait bientôt trouver toute son utilité. Il imaginait plus d'une manière dont elle pourrait faire usage de sa souplesse : la façon dont ses longues jambes bien dessinées pourraient l'envelopper, et comment il pourrait les placer sur ses épaules. Son sexe devint rigide rien qu'à cette idée.

Samson se lécha les lèvres et la pourchassa, alors qu'elle se dirigeait vers le lit et sautait dessus. C'était exactement où il voulait qu'elle allât. Il attrapa ses chevilles et la fit tomber, face contre les doux oreillers, lui coupant presque le souffle.

« Je t'ai eue. »

Il sauta sur le lit comme un tigre capturant sa proie, la coinçant sous lui.

« Je viens réclamer mon prix. »

Il poussa ses cheveux sur le côté pour laisser apparaître son cou et son visage. Elle respirait bruyamment. Réalisant qu'il était probablement en train d'écraser son diaphragme sous son poids, il roula sur le côté sans la lâcher. Il plaça on ne peut mieux ses fesses contre sa verge et ajusta son dos à sa poitrine. Il aimait jouer avec elle. Pourtant, il n'avait jamais été très joueur. Jamais le corps d'une femme ne lui avait semblé si bon. Cette impression s'expliquait probablement par son abstinence prolongée.

« Je t'ai laissé gagner, » insista Delilah, à bout de souffle.

« J'ai gagné de manière on ne peut plus honnête. »

Samson lui jeta un sourire narquois tout en dégageant la robe de chambre en soie, libérant ses jambes. Comment une si petite femme pouvait-elle avoir de si longues jambes ? Il laissa sa main parcourir sa cuisse si douce, admirant ses formes parfaites.

« Qu'est-ce que tu veux ? »

C'était on ne peut plus simple. « Toi. »

« Tu m'as déjà. »

Réalisait-elle ce qu'elle venait de lui confier ?

Il fit glisser la robe de chambre sur ses épaules.

« Alors tout ça, c'est à moi ? »

Les mots « à moi » percutèrent avec perfection au plus profond de sa poitrine, alors qu'il pressait ses lèvres contre son épaule. Sans se servir de ses canines, ses autres dents mordillèrent la peau de sa douce. Il la sentit frissonner.

« Est-ce que tu savais que le lion mordait la lionne pendant l'accouplement, pour marquer son territoire ? »

Le fait de la posséder se répercutait dans son esprit comme une balle dans un espace confiné.

« Est-ce que c'est ce que tu es en train d'essayer de faire ? »

Elle ne le repoussa pas.

« Ne me tente pas ou je pourrais faire ce qu'un lion ferait. »

Samson devait arrêter de regarder son cou, là où l'artère palpitait sous la peau. L'unique façon d'oublier le sang qui affluait dans ces veines était de satisfaire une autre faim, une qui faisait pulser sa verge de manière incontrôlable.

« Qui a dit que je t'arrêterais ? »

Samson retint son souffle face à cette tentation, avant de faire glisser la robe de chambre en quelques secondes à peine. Il se débarrassa rapidement de la sienne et attira Delilah contre sa poitrine. Ses belles fesses se trouvaient en ligne directe avec son engin dur. S'il avait déjà vu une femme avec un derrière aussi parfait, ça n'avait pu être que Delilah. Le simple fait de la regarder, de savoir que, quelques secondes plus tard, il la possèderait tout en appréciant la vue de ces délicieuses fesses rebondies, l'emplit de désir.

Il attrapa un préservatif et le mit.

« Je n'ai jamais été aussi dur de ma vie qu'avec toi. » Toujours aussi dur, toujours aussi désireux.

« Je peux faire quelque chose pour toi ? »

Samson se plaça entre ses jambes, sentit l'entrée de son corps et la pénétra entièrement.

« Oui. » Il gémit bruyamment. « Tu peux me laisser te posséder jusqu'au lever du soleil. »

*Voire plus longtemps.*

Delilah leva les genoux plus haut afin de lui donner un meilleur accès, et il attrapa ses hanches pour pousser plus fort. Elle était si mouillée ; il se glissait en elle et hors d'elle, sans effort, malgré sa taille. De derrière, il avait un total contrôle sur elle. Elle était vulnérable, et tout ce qu'il pouvait entendre, c'était le son de son plaisir, les gémissements s'échappant de ses lèvres à chacun de ses mouvements. Ce n'était que musique à ses oreilles. Un concert de sons magiques qui apaisait son corps comme aucun autre son auparavant.

Son visage reflétait des signes d'extase ; sa respiration était courte et haletante, son corps malléable, réactif.

« Donne m'en plus. »

Plus ? Cette humaine voulait qu'il la possédât plus fortement ? Il la casserait. Il ne devait pas faire cela, c'était dangereux.

« Encore, » supplia-t-elle à nouveau jusqu'à ce qu'il ne pût se retenir plus longtemps.

Il sentit ses canines s'allonger et son corps se contracter. Son âme de vampire voulait la posséder. Bon sang, il s'était retenu tellement longtemps qu'il n'avait ni la volonté ni le sang froid pour stopper la métamorphose. Elle voulait qu'il la possédât complètement. Qu'attendait-il ? Une autre invitation ?

Mais il ne pouvait pas la laisser le voir ainsi, non. Pas avec ses canines allongées et ses yeux d'un rouge flamboyant. Elle aurait peur de lui si elle le voyait ainsi. Sa main chercha la ceinture en soie de la robe de chambre. Il la trouva et la prit.

« Ferme les yeux et je réaliserai chacun de tes souhaits. »

Il essaya de contrôler sa voix et plaça la ceinture sur ses yeux. Elle parut d'abord surprise, mais le laissa faire un nœud.

« Je te promets que je ne te ferai aucun mal. »

« Je sais. »

La raison pour laquelle Delilah lui faisait confiance était incompréhensible. Mais il savait qu'elle était sincère. Il pouvait le sentir.

Samson donna un dernier coup par derrière avant de se retirer. Puis, il la retourna sur le dos et s'abaissa sur elle, se plaçant en son centre.

« Delilah, ma douce. Mets tes jambes autour de moi. »

Il plongea en elle et la posséda fortement, plus fort qu'il ne l'avait fait auparavant, plus fort qu'il n'aurait dû le faire avec une humaine. Que diable, il n'aurait déjà pas dû commencer à avoir des relations sexuelles avec une humaine. Trop tard. Il était déjà trop profondément dedans, au sens propre comme au sens figuré. Et il n'allait pas s'arrêter là, non. S'arrêter maintenant, alors qu'il avait tout ce qu'il voulait, n'était pas envisageable. Et abandonner au moment où il la faisait vibrer de plaisir, tout comme lui-même, par la même occasion ? Non. Aucun homme ne le pouvait, encore moins un vampire. Ses désirs le contrôlaient, et il était à présent plus proche de l'animal que de l'homme.

Ses canines avaient faim de son cou et du sang promis sous sa peau pâle. Une peau si vulnérable, si fragile, si délicieuse. Il s'imprégna de son odeur de lavande et sut que, ce dont il avait besoin, il ne pourrait l'obtenir. Il ne pouvait l'embrasser, pas maintenant que ses canines s'étaient allongées. Bon sang !

Les muscles de Delilah étaient si contractés autour de sa verge qu'il savait qu'elle jouirait bientôt, tout comme il savait qu'il avait réduit le préservatif en pièces. Mais cela lui importait peu. Il n'avait plus de retenue.

« Oh bon sang, oui ! »

Delilah répondait à chacun de ses mouvements avec la même intensité, leurs corps s'entrechoquant tellement qu'il crut qu'il allait la briser en morceaux. Mais il continua à la posséder, son sexe dur emplissant parfaitement cette gaine étroite.

Puis, soudain, les muscles vaginaux se resserrèrent sur lui. Elle atteignait son orgasme de manière trop inattendue pour qu'il pût retenir le sien. Il pouvait littéralement sentir les vagues déferler dans son corps. L'effet de répercussion provoqué s'apparentait à de la dynamite dans ses cellules, le faisant exploser avec la force d'une bombe atomique. Sa tête se dirigea droit sur son cou, ses canines prêtes à arracher la peau de sa douce et à boire son sang.

*Prends-la ! Elle t'appartient !*

Au dernier moment, il détourna la tête et enfonça ses canines dans un oreiller, avant de s'écrouler sur elle.

Samson inspira profondément ; une, deux, puis trois fois. Il l'avait presque mordue, presque. Cela devenait trop dangereux pour elle. Et, en même temps, il savait qu'il ne pouvait s'arrêter. Il avait encore plus besoin d'elle, et la nuit serait trop courte pour qu'il satisfît son besoin.

Il sentit qu'elle retirait le bandeau et tournait la tête, mais il garda la sienne plongée dans l'oreiller. Doucement, ses canines se rétractèrent dans ses gencives, et il put sentir la tension dans sa mâchoire se relâcher.

« Alors, tu m'avais caché des choses la première fois, » dit-elle en haletant aussi fort que lui.

Une fois les canines rentrées et le rouge des yeux dilué, Samson leva la tête. Il apparaissait de nouveau normal ou, tout du moins, aussi normal qu'il le *pouvait* après avoir eu, à en croire ses souvenirs, l'orgasme le plus hallucinant de sa vie. Il était certain d'afficher un sourire béat. Le genre de sourire qu'un garçon de seize ans afficherait après sa première fois.

« Tu vas me maudire demain, quand tu verras les bleus que je t'aurai laissés. Tu es si fragile. »

« Je ne suis pas plus fragile qu'une autre. »

*Mais bien plus fragile qu'une femme vampire.*

*Et bien plus délicieuse.*

Elle lui fit un signe des lèvres, et il ne put résister. Il l'embrassa tendrement, capturant sa lèvre supérieure en la léchant doucement dans sa bouche.

« Tu me stupéfies. On dirait que tu as deux personnalités. Une sauvage et une tendre. »

« Hmm… »

Elle ne se doutait pas combien sa remarque pouvait être juste mais, au lieu de lui répondre, Samson décida de lui montrer son côté tendre en continuant à l'embrasser.

Quand, finalement, il se retira, il réalisa qu'il avait eu raison.

« J'ai bien peur que le préservatif n'ait pas tenu le coup. »

Il se débarrassa de l'objet usagé.

Delilah frémit. « Oh non ! »

Il mit sa main sous son menton et l'invita à le regarder.

« Ma douce, je ne veux pas que tu t'inquiètes à propos de ça. Tu ne peux pas tomber enceinte, et je te garantis que je suis on ne peut plus sain. »

La réaction qui s'ensuivit le surprit.

« Tu ne peux pas avoir d'enfants ? »

Il crut détecter de la déception dans sa voix, mais il pouvait se tromper.

« Oh. » Elle s'appuya contre sa poitrine.

« Tu es fatiguée ? » Il avait soudain l'envie pressante de changer de sujet.

« Pas vraiment. Je n'arrive pas à bien dormir, en ce moment. J'ai des insomnies depuis que je suis arrivée à San Francisco. »

« Des insomnies ? »

« Oui, c'est bizarre. Je ne suis pas parvenue à bien dormir la nuit et, le jour, je suis complètement crevée. »

« Ça t'est déjà arrivé, avant ? »

Samson caressa doucement ses cheveux.

« Non, je suis le genre de personnes qui peut dormir n'importe où. Mets-moi sur le siège arrière d'une voiture, démarre et je m'endors. »

« Alors qu'est-ce qui te tient éveillée ? Trop de travail ? »

Delilah secoua la tête avant de la reposer contre sa poitrine.

« Non, le boulot est normal. Comme d'habitude. Juste quelques cauchemars, rien d'important. »

Samson se demanda quel genre de cauchemars une femme comme elle pouvait faire.

« Des monstres ? »

« Rien d'important. Juste des trucs bizarres. J'aurais juré avoir rêvé de cette maison avant que je ne te rencontre. Mais ce n'est probablement rien. Je veux dire, il y a tellement de maisons victoriennes dans la ville et, de nuit, elles se ressemblent toutes. »

Il appréciait la main de Delilah sur son ventre, le caressant distraitement. De manière intime, personnelle, agréable.

« Tu crois que tu as rêvé de cette maison ? Et c'était un cauchemar ? En tant qu'homme, ce n'est pas quelque chose que je veux entendre de la part de la femme qui se trouve dans mes bras. Qu'est-ce qui se passait dans ce cauchemar ? J'espère que je n'y étais pas. »

Elle lui tapota le bras.

« Bien sûr que non. Ce n'était probablement même pas ta maison. Ça aurait pu être n'importe quelle demeure victorienne. »

« Et que s'y passait-il ? »

Il était curieux à propos de son rêve.

« Je n'étais pas à l'intérieur. Je courais dehors, car quelqu'un me poursuivait. »

« Comme l'autre nuit ? » Il la sentit retenir son souffle pendant quelques secondes.

« Oui, comme l'autre nuit. »

Delilah s'arrêta un instant. « Je suis sûre que ce n'est rien, juste le lit qui ne m'est pas familier. »

Elle haussa les épaules.

Il n'insista pas. « Eh bien, puisque ce lit-ci est également un lit qui ne t'est pas familier, je pense que je vais devoir continuer à t'occuper. »

Samson sourit. « Je peux peut-être même te fatiguer suffisamment pour que tu arrives enfin à t'endormir. »

« Je devrais te laisser souffler un peu. »

Il prit sa main et la dirigea vers son érection. « Pas besoin. »

Elle leva la tête en s'appuyant sur son bras et le regarda.

« Je ne comprends pas. Comment peux-tu, de nouveau, avoir une érection ? Ça fait à peine deux minutes qu'on a fait l'amour. »

Il leva les mains au ciel. « Crois-moi, c'est nouveau pour moi aussi. »

Peut-être pas totalement nouveau. En tant que vampire, il avait bien plus d'endurance qu'un humain. Ceci dit, cela ne lui arrivait pas souvent.

« Il me suffit d'être dans la même pièce que toi et j'ai une érection. Ce n'est pas vraiment quelque chose que je peux contrôler. »

Il retint le fait qu'elle avait dit « faire l'amour » et non pas « coucher ensemble». Etait-ce ce qu'elle avait ressenti ? Qu'il lui avait fait l'amour ?

Etait-il capable de faire l'amour ? Cela impliquait plus que le simple fait d'unir leurs deux corps : cela sous-entendait l'existence de sentiments.

« Je ne me plains pas. Je suis juste surprise. »

Delilah sourit, alors qu'elle laissait ses doigts courir le long de la verge de son partenaire.

« Tout ce que je sais, c'est que tu m'as ensorcelé. »

Il plongea ses yeux dans les siens et essaya de comprendre pourquoi son corps réagissait ainsi. Pourquoi il n'en avait jamais assez d'elle et la voulait toujours aussitôt.

Plusieurs heures de câlins plus tard, Delilah parut finalement fatiguée.

« Ma douce, quand tu te réveilleras demain matin, je ne serai pas là. »

« Pourquoi ? »

Elle semblait déçue qu'il ne se réveillât pas avec elle. Quant à lui, il aurait aimé pouvoir le faire.

« J'ai des rendez-vous toute la journée, et je dois partir tôt, » mentit Samson.

« Mais je te verrai quand tu reviendras le soir. Je demanderai à Oliver de prendre soin de toi demain. »

« Prendre soin de moi ? »

« Il sera ton garde du corps pour la journée. »

« Je n'ai pas besoin de garde du corps, » protesta-t-elle en bâillant.

« C'est vraiment exagéré. »

« Tu as été agressée deux fois. Je crois que tu ne peux être assez prudente. »

« Je ne suis pas une sorte de star qui a besoin d'un garde du corps. Je peux prendre soin de moi toute seule. »

Sa voix avait adopté un ton plus dur que ce que Samson avait entendu jusqu'ici. Pourquoi résistait-elle à son offre ?

« Je ne peux pas être avec toi pendant la journée, et je serai incapable de me concentrer sur quoi que ce soit si je ne suis pas sûr que tu es en sécurité. Ce malfrat court toujours, et il essayera encore, s'il a une chance. »

« Samson, tu ne peux pas t'emparer de ma vie comme ça. J'ai été capable de prendre soin de moi jusqu'à il y a deux jours. Je n'ai vraiment pas besoin de ça. »

Elle ne reviendrait pas sur son refus. Et voilà que ce problème de contrôle se manifestait à nouveau. En tant qu'audit, elle voulait contrôler tous les aspects de sa vie. Excepté le sexe, peut-être. Là, elle lui avait laissé le contrôle, et il s'était jeté dessus comme un homme affamé.

Mais pour ce qui était du reste, elle ne semblait pas disposée à lâcher prise et, se disputer avec elle, ne mènerait à rien.

« S'il te plaît, Delilah. Fais-le pour moi. »

« Samson, c'est ridicule. Je n'ai pas besoin d'un garde du corps. »

Delilah n'aurait pas le dernier mot, du moins, pas s'il estimait être en droit de prendre cette décision. Oliver la protègerait demain, même s'il devait la forcer à accepter en utilisant le contrôle de l'esprit afin d'y parvenir. Mais il préférait ne pas devoir faire appel à une mesure aussi drastique.

« Et si les rôles étaient inversés ? »

Elle écarquilla les yeux. « Ce n'est pas juste. »

« Qui a dit que je parlais de justice ? Et si c'était moi qui étais en danger ? J'espérerais que tu voudrais me savoir en sécurité ; sauf, bien sûr, si tu ne te soucies guère de ce qui peut m'arriver. »

Lorsque Samson la regarda et vit qu'elle fronçait les sourcils, il sut qu'il avait gagné.

« D'accord, mais je dois aller travailler. »

Il accueillit sa concession d'un baiser. « Tu ne remarqueras même pas sa présence. »

« Ouais, d'accord. »

Quelques instants plus tard, elle se blottit contre sa poitrine et ferma les paupières. Samson ne pouvait pas encore dormir. Son corps n'était pas assez fatigué malgré l'exercice physique qu'il avait pratiqué. Il jeta un œil à la boîte de préservatifs, à moitié vide. Il avait continué à les utiliser malgré le fait que l'un d'entre eux eût cédé et qu'il lui eût expliqué qu'elle n'avait pas à s'inquiéter à son propos.

Il aurait préféré y aller de façon *plus naturelle* afin de ressentir, plus intensément encore, les sensations du corps de sa belle mortelle. Peut-être le lendemain soir. Il savait qu'il devait y avoir une autre nuit. Il était loin d'en avoir fini avec elle. Le docteur Drake s'était trompé quand il avait pensé qu'avoir des relations sexuelles avec elle le ferait redevenir normal. Cela n'avait pas marché. Oui, son trouble de l'érection était parti mais, à présent, il était confronté à un nouveau problème : il devenait accro à elle.

Tandis qu'il regardait le corps endormi de Delilah, il ressentit le besoin de capturer cette image : les cheveux bruns étendus sur l'oreiller, la paume de sa main tournée vers le haut, la veine palpitante de son poignet, ses seins se soulevant à chaque respiration.

Il sortit son calepin du bureau et commença à dessiner.

Samson aimait dessiner depuis qu'il était tout petit. Il avait eu le privilège de naître dans une des maisons les plus raffinées d'Angleterre. Ses parents étaient mécènes et l'avaient encouragé, dès son plus jeune âge, à suivre ses passions.

Il avait toujours pensé devenir artiste mais, malheureusement, son père avait fait de mauvais investissements, et la famille s'était soudain retrouvée sans le sou. Qu'est-ce qu'un jeune homme pourvu d'une éducation artistique pouvait bien faire pour gagner de l'argent ? Rien. Sa seule chance avait été de réunir tout ce qu'il avait pu et de monter à bord d'un navire en direction du Nouveau Monde. On disait alors que de jeunes hommes entreprenants pouvaient faire fortune en Amérique et Samson, quant à lui, n'avait rien à perdre.

Laisser ses parents derrière lui avait brisé le cœur, mais il avait gardé l'espoir de revenir, riche, et de pouvoir alors prendre soin d'eux comme ils avaient pris soin de lui lorsqu'il était enfant. Il n'avait jamais imaginé que la dernière fois qu'il les verrait serait lorsqu'il leur dirait au revoir, en embarquant sur le bateau.

Doté d'aucune compétence particulière, il lui semblait difficile de trouver un travail. Jusqu'à ce que la femme d'un officier britannique, qui s'ennuyait éperdument, l'embauchât en tant que précepteur pour ses enfants. Ce n'était pas la seule chose qu'elle attendît de lui. Dès que le mari partait, elle se faufilait dans la chambre de Samson et lui demandait des faveurs sexuelles. Il n'était alors qu'un jeune homme relativement peu expérimenté, et il appréciait les leçons de l'art de la chair que cette femme était enthousiaste à l'idée de lui donner. Il s'était révélé être un très bon élève.

Avec un appétit sexuel aussi sain, il ne lui semblait pas y avoir quoi que ce soit de mal dans ce qu'il faisait. Bientôt, la rumeur s'était propagée parmi les femmes des alentours qui se mouraient d'ennui, et les offres d'emploi avaient commencé à affluer. Soudain, elles voulaient toutes que leurs enfants apprissent l'art et que leurs propres besoins sexuels fussent satisfaits le soir.

Samson n'avait eu aucun scrupule et avait finalement eu le choix entre diverses opportunités. Jusqu'au jour où il ne lui était plus resté qu'une décision à prendre dans sa vie. Elle s'appelait Elizabeth…

*Le jour où il se rendit compte qu'il était amoureux d'elle, la pluie arriva, rafraîchissant enfin l'air lourd. Samson ouvrit la porte de l'étable pour se protéger, lui et son cheval, de l'averse.*

*Il secoua l'eau de ses cheveux et laissa ses yeux s'habituer à la faible lumière de la grange. Un léger gémissement le fit se retourner. Là, recroquevillée dans un coin, se tenait Elizabeth, la jolie fille de son employeur, âgée de dix-sept ans.*

*« Elizabeth ? Que faites-vous dehors par ce temps ? »*

*Il abandonna les rênes du cheval et se dirigea vers elle. Lorsqu'elle leva les yeux vers lui, il réalisa qu'elle était en train de pleurer. Instinctivement, il s'agenouilla et la prit dans ses bras.*

*« Qu'est-ce qui ne va pas ? »*

*« Oh, Samson, » gémit-elle, « on me marie dans quinze jours ! »*

*Non ! Pas Elizabeth ; pas la femme qu'il voulait pour lui.*

*« Qui a dit ça ? »*

*« Père l'a annoncé aujourd'hui. Il a choisi Fitzwilliam Herman pour moi. Samson, s'il vous plaît, aidez-moi. Je ne peux épouser cet homme. Il est vieux, laid, il sent mauvais. Je ne l'aime pas. »*

*Il caressa ses cheveux de lin, puis mit la main sous son menton pour qu'elle le regardât. Ses yeux étaient gonflés, rouges des larmes qui avaient coulé des heures durant.*

*« Elizabeth, me faites-vous confiance ? »*

*Elle hocha la tête.*

*« Je sais que ce n'est pas de cette façon que vous aviez imaginé ce jour. Et ce n'est pas le bon endroit pour. » Il regarda l'étable. « Mais je n'ai d'autre choix. Je ne peux vous laisser épouser Herman. Car je vous aime. »*

*Elle écarquilla les yeux.*

*« Et je ne le permettrai pas. Epousez-moi, je vous prie. Nous nous en irons ce soir. Nous nous cacherons. Nous trouverons un endroit où nous pourrons être ensemble. »*

*Sa réponse fut immédiate. « Oh oui, Samson. Emmenez-moi loin d'ici. »*

*Puis, il l'embrassa. Pour la première fois, il embrassait une femme qu'il avait désirée secrètement des mois durant. Cette femme dont il était éperdument amoureux. Eperdument, car il savait que ses parents ne l'approuveraient pas. Mais, peu lui importait à présent, il fallait agir. La perdre au profit d'un autre homme n'était pas envisageable.*

*Ses lèvres étaient douces, suaves. Son Elizabeth était pure, décente, pas comme toutes ces femmes mariées qu'il avait mises dans son lit.*

*« Nous partirons ce soir. Prenez uniquement ce qu'un cheval peut porter. Je vous attendrai ici à minuit. Soyez prudente, » la prévint-il. « Ne le dites à personne. »*

*Il l'embrassa à nouveau, incapable de se rassasier de sa douce saveur.*

*« Je serai là. »*

*Elle se dirigea vers la porte de l'étable, puis se retourna une dernière fois.*

*« Je vous aime. »*

*Les heures précédant minuit parurent plus longues qu'elles n'auraient dû l'être. Samson était nerveux. Et si elle changeait d'avis ? S'en aller avec lui, un homme sans le sou, sans les perspectives qu'une riche héritière comme elle souhaitait.*

*Lorsque la cloche de l'église voisine sonna les douze coups de minuit, il était prêt à rejoindre sa chambre. Elizabeth ne viendrait pas. Elle dormirait dans son lit chaud, en pleurant peut-être, mais elle resterait là où ses parents voulaient qu'elle soit.*

*Un bruit le fit se retourner. Elle était vêtue d'une cape sombre et tenait un petit cartable à la main. Elizabeth. Elle était sienne. Samson l'attira dans ses bras et l'embrassa. Ses lèvres effacèrent ses doutes. Leur futur était incertain, mais sa vie était parfaite. La femme qu'il aimait était prête à tout abandonner pour lui.*

*Les chevaux étaient sellés et prêts. Ils étaient partis depuis à peine une heure lorsqu'on les attaqua. Trois hommes leur tombèrent dessus, sortant de nulle part. Tout se passa si vite qu'ils n'eurent pas le temps de s'échapper.*

*Le cheval de Samson tomba le premier, gorge béante. Il n'avait même pas vu le coup venir, ni ce que celui-ci avait atteint. Alors qu'il se libérait de son cheval afin de ne pas être écrasé sous lui, il entendit les cris horrifiés d'Elizabeth.*

*Il ne put croire ce qui arrivait. Ce n'était pas réel. Impossible ! Un des hommes buvait à même sa gorge. Son sang. Ses dents étaient plantées dans la gorge de la fille.*

*Samson se battit contre les deux autres, mais n'eut pas la moindre chance. Il ne pouvait atteindre Elizabeth, il ne pouvait l'aider. Il avait promis de la protéger. Il avait échoué.*

*S'il ne pouvait la sauver, alors, au moins, mourrait-il en la vengeant. Avec une férocité qu'il n'avait jamais pensé posséder, il se battit, griffa, mordit.*

*Il sentit les canines dans son bras, sentit le sang s'écouler hors de lui. Mais il n'abandonna pas. Il jeta un dernier regard au corps sans vie d'Elizabeth, puis mordit l'oreille de l'homme et l'arracha avant de la recracher. Le goût du sang de son attaquant était métallique. Ce fut la dernière chose dont il se souvint.*

*Il se réveilla dans un hangar, le jour suivant, sans la moindre idée de la façon dont il était arrivé là. A sa grande surprise, les blessures que l'homme lui avait infligées avaient disparu, mais lorsqu'il ouvrit la porte et qu'un rayon de soleil lui toucha le bras, une sensation de brûlure le fit reculer, et il entra de nouveau.*

*Ce fut à ce moment qu'il comprit qu'il avait été condamné à une vie de vampire ; rien d'autre ne pouvait expliquer ce qui s'était passé.*

*Un de ces mauvais hommes.*

*Puni pour ses péchés d'adultère et de débauche.*

*Au-delà de la rédemption.*

Samson termina son dessin. Au fil des années, il avait utilisé ses talents artistiques pour donner des informations à ses associés afin de les aider à appréhender de dangereux individus. Son art avait pris un autre chemin, mais dessiner Delilah lui rappela ce qu'il aimait faire. Elle était la muse parfaite. Il contempla sa beauté endormie et déposa de petits baisers sur son cou et ses épaules. Ses yeux regardèrent l'horloge : le soleil se lèverait dans quelques minutes.

« Je dois y aller, ma douce, » murmura-t-il.

Mais elle ne se réveilla pas. Il remit son calepin dans son bureau.

Samson récupéra sa robe de chambre, l'enfila, puis quitta doucement la chambre. D'habitude, il dormait avec les volets fermés mais, comme elle était là, il ne pouvait prendre le risque qu'elle trouvât cela bizarre en se réveillant. Pour une fois, il serait difficile, voire impossible, de le réveiller une fois qu'il serait endormi. Et si elle tirait les rideaux pour laisser entrer la lumière, alors sa peau frirait.

Il se rendit au rez-de-chaussée. Il avait fait construire à l'arrière de la maison, derrière le garage, une chambre où il se retirait en cas d'urgence. La pièce était équipée de tout ce dont il avait besoin : assez de sang pour tenir quelques jours, un lit et des moyens de communication.

Samson ferma la porte de l'intérieur et se laissa tomber sur le lit. Il envoya rapidement un message à Carl pour lui dire où il se trouvait et à Oliver pour lui demander de prendre soin de Delilah durant la journée. Il ignora le message de

Ricky qui lui disait qu'ils avaient besoin de parler. Cela pouvait attendre. Sa tête toucha l'oreiller et le sommeil s'empara de lui.

# 9

Les gouttes de sang s'écoulaient en continu de son doigt.

*Plic, ploc.*

Une petite marre se forma sur le carrelage. Quelqu'un la regardait, mais elle ne pouvait tourner la tête. Au lieu de cela, elle fixait sa main.

*Plic, ploc.*

Elle vit une tête noire se pencher par-dessus. Elle ne pouvait discerner son visage, mais entendit l'individu inspirer profondément. Reniflait-il sa main ?

Elle essaya de se dégager, mais se sentit comme paralysée. Elle vit la langue rose avant de le sentir… la lécher. Lécher le sang de sa main. La chatouillant agréablement.

Delilah ouvrit les yeux brusquement et laissa échapper quelques souffles saccadés.

Un autre rêve étrange.

Elle le chassa pour faire place à de meilleurs souvenirs.

Se blottissant entre les draps, elle s'imprégna de l'odeur ; si masculine et sexy. Samson était parti, comme il l'avait dit, mais elle pouvait toujours sentir sa peau contre lui, son goût, son parfum. Elle n'avait jamais vécu une telle nuit auparavant.

Sans aucun regret, elle lui avait donné le contrôle, à lui, un parfait étranger, et en avait aimé chaque seconde. En fait, ne pas avoir le contrôle et se laisser prendre avaient été libérateur. Il la rattraperait toujours.

Elle s'assit et jeta un œil autour d'elle. De chaque côté, des rideaux sombres ainsi que d'épais drapés obstruaient la vue derrière les fenêtres. Delilah sourit. Quelqu'un n'était pas du matin.

Elle se glissa hors du lit et ouvrit les volets. Il faisait beau dehors. Elle tourna la tête et regarda l'antique horloge sur le napperon : onze heures trente ? Comment avait-elle pu dormir jusqu'à onze heures trente ? Qu'elle eût fait l'amour sauvagement et passionnément avec Samson, au moins une demi-douzaine de fois et ce, pendant une grande partie de la nuit, devait y être pour quelque chose.

Elle avait manifestement besoin d'un sommeil réparateur. De toute façon, en tant indépendante, elle pouvait fixer ses propres horaires. Elle devrait simplement travailler un peu plus tard ce soir pour équilibrer.

Rapidement, Delilah se dirigea vers la salle de bain et se glissa sous la douche. Même lorsqu'elle prit le savon pour s'en recouvrir la peau, elle ne put s'arrêter de penser aux événements de la veille. Tout semblait si irréel ! Elle n'avait jamais rencontré un homme si passionné et si tendre à la fois ; complètement et parfaitement insatiable. Elle avait ressenti sa faim et avait très vite développé la sienne, tellement elle avait envie de lui.

Elle n'avait jamais autant ri avec un homme au lit et avait découvert combien il était espiègle. Alors qu'elle n'avait toujours aucune idée de qui il était ni de ce qu'il faisait dans la vie, elle avait su exactement ce qu'il aimait, ce qui l'excitait et ce qui le rendait complètement fou. Il lui avait dit qu'il avait des rendez-vous toute la journée ; elle supposait donc qu'il était une sorte de manager d'entreprise ou directeur. Peu importait. Du moment qu'aucune autre femme ne sortait d'on ne sait trop où, cela lui était égal.

Delilah savait qu'elle ne devait pas fouiner, mais une fois séchée et enveloppée dans une robe de chambre, elle décida qu'une petite exploration des lieux ne pouvait pas faire de mal. S'il l'avait laissée seule chez lui, il ne possédait sûrement aucun squelette qu'il souhaitait qu'elle trouvât, caché dans un placard. Samson l'avait presque invitée à faire comme chez elle. Et c'était exactement ce qu'elle allait faire.

Quelle meilleure façon de se sentir chez soi que d'ouvrir quelques tiroirs et placards ? S'il y avait quelque chose qu'il ne voulait pas qu'elle découvrît, ce devait être sous clé quelque part, de toute façon. Il n'y avait donc pas de mal. S'étant suffisamment justifiée de ses actions, elle déambula dans la chambre.

Le généreux dressing était plein de vêtements typiquement masculins, excepté pour le choix des couleurs. Là où la plupart des hommes auraient eu des costumes gris, bleu marine et marron, la majorité des pantalons et chemises de Samson étaient noirs. Delilah passa sa main sur la pile de t-shirts parfaitement pliés. Elle était sûre, qu'en noir, il était à tomber par terre. Elle referma la porte du dressing en soupirant.

Les tables de nuit ne révélèrent aucune information à propos de Samson. Elle jeta un coup d'œil au bureau, dans un coin de la chambre. Du matériel pour écrire, des vieux livres et un bloc-notes se trouvaient dessus.

Delilah déplaça le bloc-notes pour regarder la couverture des livres, lorsqu'une feuille de papier glissa de ce qu'elle reconnut comme étant un calepin. Fascinée, elle le tira complètement. C'était l'esquisse d'une femme, d'une femme nue dans un lit. Elle cligna des yeux et se reconnut. Il l'avait dessinée, alors qu'elle dormait !

Le dessin était beau. Elle savait qu'elle n'était pas aussi belle. Il avait dissimulé ses hanches un peu fortes et les quelques kilos en trop qu'elle avait au ventre. Et il n'y avait pas moyen que ses cuisses fussent si minces. Mais la femme sur le dessin était bel et bien elle. Il l'avait parfaitement dessinée. Etait-ce ainsi que Samson la voyait ? Ou qu'il voulait qu'elle fût ?

Un soupçon d'insécurité s'empara d'elle. Dessinait-il toutes les femmes avec lesquelles il couchait ? Elle n'était pas assez naïve pour croire qu'elle était la seule. Elle feuilleta le calepin, mais n'y vit aucun autre dessin. Peut-être les jetait-il une fois qu'il en avait fini avec une femme. Mieux valait ne pas y penser.

Delilah remit le dessin où elle l'avait trouvé et se retourna. Son regard s'arrêta sur la peinture qu'elle avait admirée la veille au soir. Une image passa en flash devant ses yeux. Un garçon avec des cheveux noirs, une feuille de papier blanc à la main, levant celle-ci et la tendant à une femme élégante qu'il appela « Maman ». L'illusion disparut aussi vite qu'elle était apparue.

Delilah secoua la tête. Elle n'avait manifestement pas assez dormi. Mais elle ne pouvait lambiner plus longtemps.

Après s'être enfin habillée, elle descendit les escaliers. L'odeur de café imprégnait la maison, et elle la suivit jusque dans la cuisine. Etait-il revenu ? Instinctivement, elle se sentit coupable d'avoir fouillé sa chambre.

« Samson ? » appela-t-elle en entrant.

La personne qui se tenait face à l'évier se retourna. C'était le même jeune homme que Samson avait envoyé pour les fleurs et l'invitation au théâtre ; Oliver.

« Bonjour, mademoiselle Sheridan. »

Elle ravala sa déception et lui sourit. « Je vous en prie, appelez-moi Delilah. »

Il hocha la tête et lui sourit timidement. « Je vous ai préparé du café. De la crème, du sucre ? »

« Juste du lait, merci, Oliver. »

Delilah accepta avec reconnaissance le mug qu'il lui tendit et s'assit derrière le bar de la cuisine. Elle sirota son café en le regardant. Il avait la trentaine et semblait très à son aise dans son rôle. Avait-il l'habitude de s'occuper des maîtresses de Samson ? La pensée d'autres femmes s'étant retrouvées à sa place la mit mal à l'aise.

« Depuis combien de temps travaillez-vous pour Samson ? »

Elle avait besoin de savoir si elle n'était qu'une parmi d'autres. Maintenant qu'elle y pensait, il avait eu un comportement trop doux pour qu'elle eût été l'exception.

« Trois ans. C'est un bon patron. »

Si Oliver travaillait pour Samson depuis si longtemps, alors il devait certainement savoir pour les autres femmes. Mais comment pouvait-elle l'interroger sans paraître trop intrusive ?

« Carl m'a dit ce qui s'était passé la nuit dernière, à la sortie du théâtre. Vous avez eu de la chance d'être avec Monsieur Woodford. »

« Il n'aurait pas dû prendre un tel risque. L'homme était armé. »

Elle frissonnait toujours à l'idée que Samson eût pu se mettre en danger.

« Il peut prendre soin de lui-même. Vous n'avez jamais été en danger. »

Il n'avait pas assisté à la scène, mais semblait pourtant certain de ce qu'il avançait.

« Mais il aurait pu être blessé. »

Delilah avait toujours du mal à effacer cette image de son esprit.

Oliver sourit. « Vous l'aimez bien. »

De la chaleur s'empara de ses joues, et elle cacha son visage derrière son mug.

« C'est un homme très gentil. »

Au lieu de lui soutirer des informations, c'était Oliver qui en avait obtenu de sa part. Les choses ne se passaient pas vraiment comme elle l'avait prévu.

« Alors, vous vous occupez des affaires personnelles de Monsieur Woodford ? »

Oliver la regarda bizarrement, puis lui sourit à nouveau.

« Je suis son assistant personnel et son chauffeur. Et aujourd'hui, je serai votre garde du corps. »

« Etes-vous également celui de Samson ? »

« Il n'en a pas besoin. Mais ne vous inquiétez pas, je suis on ne peut plus entraîné. Je vous protégerai. »

« Avez-vous l'habitude de protéger des femmes pour Samson ? »

Elle prit une autre gorgée de café et tenta de paraître désinvolte, alors qu'à l'intérieur, elle bouillait en anticipant la réponse tant redoutée à sa question.

« Il n'y a pas d'autres femmes dans la vie de Monsieur Woodford. »

Ou il était on ne peut plus loyal et discret, ou il disait la vérité. Elle essaya de déchiffrer son visage, mais n'arriva pas à dire s'il mentait.

« Il vous aime bien. Il ne m'aurait pas demandé de vous protéger, sinon. »

Delilah ne sut que répondre. Elle se sentait embarrassée face à la transparence dont elle avait fait preuve.

« Voudriez-vous manger quelque chose ? Carl a fait les courses, hier soir. »

Oliver traversa la pièce jusqu'au frigo et l'ouvrit. Il était plein de nourriture, de haut en bas.

« Peut-être juste un fruit. »

Il fallait qu'elle mangeât quelque chose, elle avait à peine dîné la veille, et c'était déjà l'heure du déjeuner.

« Et un peu de pain avec de la confiture. » Soudain, Delilah sentit son estomac crier famine.

« Des œufs, du bacon ? »

« Je ne devrais pas. Trop de calories. »

Elle lui fit non des mains. Comme si elle avait besoin de quelques kilos en plus sur ses hanches !

« Je suis sûr que vous les éliminerez en moins de temps qu'il n'en faut pour le dire. »

Dès qu'il eût prononcé ces mots, elle lui jeta un regard surpris. Tout le monde savait-il donc ce qu'elle avait fait toute la nuit ? Manifestement, Carl était au courant et l'avait dit à Oliver.

« Je suis désolé, ce n'est pas ce que je voulais dire. Je me disais juste que vous étiez mince, et que vous ne prendriez donc pas de poids, » balbutia-t-il soudain nerveusement. « Vous ne le répéterez pas à Monsieur Woodford, n'est-ce pas ? »

Avait-il peur de son patron ?

« Pourquoi le ferais-je ? Allons-y pour ces œufs alors, et quelques tranches de bacon, d'accord ? » Elle sourit pour le détendre à nouveau.

« Merci. » Il lui jeta un regard reconnaissant et commença à préparer son petit déjeuner. « Parfois je ferais mieux de me taire. »

« Il n'y a pas de mal. »

Mais peut-être pouvait-elle à présent essayer d'en savoir plus sur Samson. Il lui en était redevable.

« Dites m'en plus sur lui. »

Oliver hésita. « Monsieur Woodford est quelqu'un de très discret sur sa vie privée. »

« Je vois. »

Il semblait qu'Oliver demeurerait bouche cousue quant à son employeur.

Il lui servit le petit-déjeuner, et elle commença à manger en silence. La nourriture était exactement ce qu'il lui fallait pour retrouver de l'énergie.

« C'est quelqu'un de bien. Vous lui ferez du bien ; il a besoin de quelqu'un comme vous. »

Ses oreilles se dressèrent. « Que voulez-vous dire ? »

Oliver ne la connaissait pas. Comment pouvait-il savoir qu'elle ferait du bien à Samson ?

« Désolé, j'en ai déjà trop dit. »

Il retourna nettoyer le comptoir en silence. Delilah remarqua la grande fêlure dans le granit, comme si quelqu'un l'avait tapé à coups de marteau.

« Qu'est-ce qui s'est passé, ici ? »

Oliver frémit. « Matériel défectueux. Il s'est fêlé à la suite d'un petit tremblement de terre. J'ai déjà demandé à ce qu'on le remplace. »

Une demi-heure plus tard, Delilah s'assit à l'arrière de la limousine pour qu'Oliver la conduisît dans le quartier des entreprises. Alors qu'ils approchaient de l'immeuble où elle travaillait, il se retourna.

« Je dois trouver une place de parking. Pour quelle société travaillez-vous ? »

« Scanguards. C'est au vingtième étage. Je peux vous y retrouver si vous avez besoin de chercher où vous garer. »

Oliver leva les sourcils, puis continua directement vers le parking de l'immeuble. « Ce ne sera pas nécessaire. »

On le laissa passer lorsqu'il montra ses papiers au vigile. Ce dernier maugréa quelque chose que Delilah ne put comprendre et désigna un emplacement vide. Oliver gara la voiture à l'endroit où était écrit « Scanguards ».

« Bonjour, mademoiselle Sheridan. »

« Bonjour Kathy. »

Oliver voulut la suivre, mais Kathy l'arrêta.

« Excusez-moi, qui venez-vous voir ici ? »

Oliver se retourna. « Je suis avec mademoiselle Sheridan. »

Kathy regarda Delilah.

« Oui, il est avec moi. »

« Voulez-vous signer, je vous prie ? »

Kathy désigna la main courante ainsi qu'un stylo, et Oliver s'y plia. Elle lui sourit lorsqu'il lui rendit le stylo, après avoir signé.

« C'est par ici. »

Delilah marcha jusqu'au bureau que lui avait attitré la société. Dès qu'elle l'atteignit, Oliver la suivant de près, elle croisa le regard de John. Il la regardait à travers la vitre de son bureau privé, paraissant surpris de la voir. Il sortit immédiatement pour aller à sa rencontre.

« Je me demandais ce qui s'était passé. » Le ton de John était accusateur.

« Je ne me sentais pas bien ce matin, » mentit Delilah. « Mais ça va mieux, maintenant. »

Elle s'assit et alluma son ordinateur.

Ce ne fut qu'à cet instant que John remarqua Oliver. « Je peux vous aider ? »

Son ton était encore plus tranchant que celui qu'il avait employé avec Delilah. Celle-ci se demanda s'il ne s'était pas levé du mauvais pied.

Oliver secoua la tête. « Je suis ici avec mademoiselle Sheridan. »

Il n'était pas disposé à donner davantage d'informations.

« Qui est-ce, Delilah ? »

Elle leva les yeux depuis son bureau.

« Il m'accompagne. »

« Pardon ? On ne peut tout simplement pas avoir des étrangers qui entrent et sortent comme ça du bureau. J'ai bien peur que votre petit ami ne doive attendre dehors. »

Delilah se mordit la lèvre. Manifestement, Samson n'avait pas pensé à cela. Oliver ne pouvait rester à ses côtés toute la journée, alors qu'elle travaillait. A quoi avait-il donc pensé ?

« Je m'en occupe, » proposa Oliver.

~ ~ ~

Il sortit un badge d'identification et le montra à John. Dès que ce dernier le vit, il devint livide et jeta un regard abasourdi à Oliver.

« Bien. »

Ce fut tout ce qu'il réussit à sortir.

Elle avait donc appelé la cavalerie en renfort et avait obtenu une protection des plus hautes instances. Un garde du corps de chez Scanguards ! Et l'un des mieux placés. Cela voulait dire qu'il pouvait avoir accès à tout au sein de la société. Comment avait-elle réussi à obtenir ce genre de faveurs ? Elle n'était qu'audit. Aucun des audits qui l'avaient précédée n'avait eu de garde du corps. Ce n'était pas bon.

Lorsque Delilah ne s'était pas montrée au travail à la première heure, John s'en était léché les babines d'avance, célébrant le fait que l'homme, envers lequel il était redevable, s'était probablement occupé d'elle après leur conversation téléphonique. Mais apparemment, il n'en était rien. Etait-ce si compliqué de se débarrasser d'un petit audit ?

John savait que ce serait désormais presque impossible. Si elle était protégée par un garde du corps de chez Scanguards, il ne pouvait rien faire. Ces derniers étaient les mieux entraînés du pays. La rumeur disait qu'ils étaient encore plus efficaces que les services secrets. John eut un mouvement de recul en pensant qu'il devrait dire à l'homme qui, à présent, contrôlait sa vie, que Delilah avait déniché un garde du corps. Il ne serait pas content. Il serait furieux, et personne ne savait de quoi il serait alors capable.

Sauf s'il le savait déjà.

Tandis que John se retournait pour rejoindre son bureau, il entendit la voix de Delilah derrière lui.

« Avez-vous reçu les boîtes de l'entrepôt ? »

« Oui, » aboya-t-il. « Ils sont au quai de chargement. Je les ferai monter dans une minute. »

Il manquait de temps. Une fois qu'elle aurait vérifié tous les documents relatifs aux transactions contenus dans les boîtes, elle n'aurait plus aucun doute quant à son implication dans la fraude envers la société.

~ ~ ~

Delilah ne prêta pas attention au comportement peu amical de John et s'identifia sur le serveur de l'ordinateur qu'on lui avait prêté. Même la mauvaise humeur de son collègue n'aurait pu la troubler ce jour-là. Elle se sentait bien. Elle avait eu la meilleure relation de toute sa vie, et même le manque de sommeil ne pouvait entacher son sentiment d'euphorie.

Elle avait remarqué quelques bleus sur ses cuisses lorsqu'elle s'était levée, mais estimait qu'ils en valaient la peine. Samson était un homme passionné. Elle réalisa combien il avait soif de sexe avec elle et combien il lui était difficile de contenir ce besoin de la posséder, de quelque manière que ce fût.

Lorsqu'elle ferma les yeux, elle réalisa qu'elle sentait encore les mains de son amant sur son corps, son engin infaillible se mouvant en elle. Oh bon sang, oui. Le sexe de Delilah se sentait délicieusement délicat ce matin : un souvenir bienvenu de l'attention qu'il avait reçue des mains, de la bouche et de la verge de Samson.

Elle avait ressenti sa force sauvage lorsqu'il lui avait bandé les yeux et, même si elle n'avait pas l'habitude de s'adonner à ce genre de choses perverses, il l'avait rendue complètement dingue. Aucun de ses précédents amants ne l'avait attachée, et elle n'aurait d'ailleurs cédé à aucun d'entre eux, mais avec lui, quelque chose l'intriguait et la poussait à en vouloir plus. Trouverait-il davantage de jeux sexys qu'il serait enthousiaste à l'idée de lui faire découvrir ?

Delilah regarda sa montre. Il n'était pas encore quatorze heures, et elle avait hâte de le retrouver.

~ ~ ~

Samson se réveilla d'un sommeil profond dès que le soleil se coucha au-dessus de l'océan Pacifique. Il regarda le réveil, mais n'était pas pressé de se lever. Pour la première fois depuis des années, il avait rêvé, ou plus précisément *rêvé* dans son sommeil. Ses chimères avaient ressemblé à de douces répliques de sa nuit avec Delilah, le replongeant dans la passion qu'il avait vécue avec elle.

Elle avait fait forte impression sur son corps assoiffé de sexe, et il la voulait de nouveau. Il avait besoin de soulager la douleur qu'il sentait dans son bas-ventre. Sans attendre.

Il consulta ses messages avant de remonter dans la maison. Celui de Ricky semblait plus urgent que la veille au soir.

« *Samson, il faut qu'on parle. Dès que tu es debout.* »

Alors qu'il entrait dans sa chambre, il composa le numéro de son ami.

« Qu'est-ce qu'il y a d'aussi urgent ? Tu as trouvé le gars qui nous a agressés ? »

« Thomas est sur le coup. Mais il y a autre chose. »

« Crache. »

« Pas au téléphone. Il faut qu'on se parle de vive voix. »

Samson jeta un œil à sa chambre déserte. Delilah était probablement encore au bureau.

« Bien. Viens ici, mais fais vite. Delilah devrait revenir bientôt, et j'ai des projets pour ce soir. »

Des projets qui l'incluaient, elle, nue dans ses bras, et peut-être quelques-unes de ses meilleures cravates en soie.

Samson raccrocha et jeta le téléphone sur le fauteuil. Dans la salle de bain, il enleva les vêtements dans lesquels il avait dormi, son boxer mis à part, et attrapa sa brosse à dent.

Il pouvait toujours sentir Delilah sur sa peau. Bon sang, elle lui avait fait désirer son corps ardemment. Lui-même n'en revint pas quand il réalisa qu'il l'avait possédée plus d'une demi-douzaine de fois. Il n'aurait jamais imaginé en être capable mais, à chaque fois qu'il s'était cru rassasié, un simple regard sur le corps séduisant et sur le joli visage de cette belle mortelle, et son sexe se redressait aussi vite qu'un diable sortant de sa boîte.

Même avec une femme vampire, il n'avait jamais été aussi actif en une nuit. Cette humaine pouvait tenir la cadence. Le feu et la passion qu'il avait vus en Delilah entraient en concurrence avec les siens, quand bien même c'eût été possible.

Samson se demanda combien de temps il garderait un intérêt pour elle, combien de temps elle le maintiendrait en captivité de cette façon. Oui, il avait la sensation qu'elle avait une emprise sur lui, comme si une force invisible l'attirait vers elle, et qu'il ne pouvait y résister. Il en déduisit qu'il s'agissait d'un effet secondaire dû à sa longue abstinence sexuelle et en conclut que cela passerait. Cela devait passer. Il ne pouvait continuer avec une mortelle.

Il n'était pas comme Amaury, lequel n'avait aucun scrupule à coucher avec des humaines.

Samson se retourna lorsqu'il entendit la porte de la chambre s'ouvrir. C'était rapide, même pour Ricky. Il sortit de la salle de bain et afficha un large sourire en voyant son visiteur.

« Delilah. »

En quelques enjambées, il traversa la pièce et la prit dans ses bras. Sa bouche se trouvait à moins d'un centimètre de ses lèvres tentantes.

« Comment s'est passée ta journée ? »

« Ne me demande pas. »

Elle semblait épuisée. Il savait comment y remédier.

Samson effleura ses lèvres d'un doux baiser.

« Tu m'as manquée. »

Et c'était vrai, malgré le fait qu'il ne se fût levé que quelques minutes plus tôt.

« Hmm… C'est mieux, » murmura-t-elle, alors qu'il cherchait de nouveau ses lèvres. Les mains de Delilah l'enlacèrent et descendirent doucement le long de son dos. Il les sentit passer sous son boxer, touchant ses fesses fermes. Ah, comme ses mains étaient douces.

« Tu n'es pas habillé. »

« Tu as remarqué, hein ? » Il rit. « J'étais sur le point de prendre une douche. »

Mais pourquoi se doucher seul puisqu'elle était de retour ?

« Ça te dit de me rejoindre ? »

Pouvait-il la hisser sur ses épaules sans passer pour un homme des cavernes ? Femme. Sexe. C'était tout ce à quoi il pouvait penser.

Samson n'attendit pas sa réponse et baissa la fermeture de sa jupe avant de laisser le vêtement tomber au sol. Sa chemise suivit quelques secondes plus tard. Delilah n'y montra aucune objection.

« J'ai dû dire oui. »

Elle lui jeta un sourire narquois tout en enlevant ses chaussures.

« C'est bien ce que j'ai entendu. »

Lorsqu'il la défit de son soutien-gorge et de son slip, elle lui retourna la faveur et laissa tomber son boxer au sol. Son érection se dressa fièrement et pointa dans sa direction. Samson prit sa belle dans ses bras et l'emmena dans la salle de bain.

Il l'assit par terre avant de tourner le robinet de la douche, tout en gardant un bras autour de sa taille. Sa peau était trop tentante pour qu'il la lâchât.

« J'ai eu du mal à me coiffer ici, ce matin. Je n'ai pas trouvé un seul miroir. »

Samson tressaillit. Bon sang, elle l'avait remarqué. Comme les vampires ne se reflétaient pas dans les miroirs, il n'avait jamais ressenti le besoin d'en installer un dans sa salle de bain. Que pouvait-elle avoir remarqué d'autre ?

« Je suis désolé. On doit le remplacer. Je n'avais pas prévu d'invité pour la nuit. »

Il lui sourit, puis l'embrassa rapidement avant qu'elle ne notât quoi que ce fût d'autre d'étrange. Son baiser la fit taire, comme il le voulait. Il la poussa sous la douche sans se défaire de ses lèvres.

Son désir pour elle avait tout simplement doublé. N'était-ce que la nuit dernière qu'ils avaient couché ensemble pour la première fois ? Il lui semblait connaître son corps bien plus intimement. Chaque courbe lui était à la fois familière et excitante. Il savait qu'il reconnaîtrait son toucher même s'il devenait aveugle. A la façon dont ses mains taquinaient sa peau, dont ses doigts déclenchaient la passion qu'il avait pour elle, il saurait toujours que c'était elle.

« Pourquoi ne m'aides-tu pas à me laver ? »

Sans attendre une réponse, Samson versa un peu de gel douche dans la main de Delilah. Alors qu'elle lui étalait le savon sur la peau, il ferma les yeux. Jamais il ne s'était senti aussi détendu que lorsqu'il était avec elle. Il inspira profondément lorsqu'il sentit ses mains sur son membre et ses bourses. Doucement et délibérément, elle bougea de haut en bas, la mousse rendant le mouvement plus suave.

« C'est bon ? »

Sa petite diablesse d'humaine était clairement décidée à le rendre fou, et elle faisait du très bon boulot.

« Tu n'as pas idée. »

Il soupira et s'autorisa à se laisser aller à son toucher. Ses mains la cherchèrent, puis il la serra contre lui.

« Rince-moi. Je ne veux pas être plein de savon quand je me glisserai en toi. »

Cela semblait on ne peut plus naturel qu'il la voulût, et il lui laissa entendre ses intentions. Il n'y avait pas de chichis entre eux.

Il la vit sourire, alors qu'elle rinçait le savon sur sa peau. Elle pouvait l'exciter en quelques secondes. Samson baissa la tête vers sa bouche, couvrant celle-ci d'un baiser passionné.

Leurs langues s'entremêlèrent, emplissant la bouche de Delilah exactement comme il voulait emplir le reste de son corps. Elle avait le goût d'une belle soirée d'été, comme la pluie après un jour de chaleur. Son parfum seul suffisait à le déconcentrer mais, mêlé à son goût suave et à la douceur de sa peau contre la sienne, celui-ci le ramena à la veille. Il n'y avait qu'un seul remède à son désir pour elle. Il devait plonger en elle et ne pouvait, pour cela, attendre une minute de plus.

Son sexe pulsait presque douloureusement quand il se baissa de quelques centimètres pour se laisser guider entre les cuisses de Delilah afin que ses pétales de roses humides pussent se coller à lui. Samson glissa d'avant en arrière sans la pénétrer, la laissant chevaucher son érection.

« Tu es si bon. »

Elle gémit. Exactement ce qu'il pensait. Non. Pas bon. Incroyable ! Sa chair douce était chaude, sa moiteur le trempait.

Il changea d'angle, et son engin la taquina à l'entrée de son corps. Elle respira bruyamment.

« On devrait prendre un préservatif, » murmura-t-elle.

Mais son corps était pressé contre sa verge. Savait-elle ce qu'elle faisait ou était-elle aussi perdue dans ses sensations que lui-même ne l'était ?

« On devrait. »

Mais au lieu de cela, il la pénétra juste d'un centimètre. Il irait chercher un préservatif dans sa chambre si elle insistait.

« J'y vais. »

Mais il ne bougea pas, et les mains de Delilah le retinrent par le bras. Ses muscles étaient contractés autour de lui, comme pour l'attirer encore plus près.

« Samson, ne pars pas. »

Sa voix était rauque, mais insistante. Elle poussa vers lui, permettant une meilleure pénétration. Il était à mi-chemin en elle et sentait ses muscles l'émoustiller. Bon sang, il était en feu.

« Tu me veux comme ça, maintenant ? »

Samson attendit un signe de protestation qui ne vint pas. En un long mouvement, il s'avança de plus en plus profondément en elle tout en fixant ses yeux. Si belle, si passionnée et entièrement sienne.

« Je ne veux rien d'autre. »

Son baiser était tendre et aimant, tandis qu'ils se balançaient au rythme des battements de leurs cœurs. Il leva l'une de ses jambes et la plaça autour de sa hanche, la pénétrant plus profondément. Ses bras supportaient son poids. Les lèvres de Delilah le ramenèrent dans le champ de lavande et lui firent sentir le soleil dans son dos, tout comme la nuit précédente. Samson se perdit dans la sensation, alors qu'elle l'emmenait loin.

Ses ongles s'enfoncèrent dans ses fesses, alors qu'elle se tenait à lui, le pressant d'aller plus profondément en elle. Jamais il ne s'était trouvé avec une femme qui montrait autant de passion et qui était aussi enthousiaste à l'idée de tout concéder à sa puissance.

Les gémissements de Delilah agissaient comme une drogue sur lui, ses baisers comme le vin le plus exquis et son corps, comme l'extase ultime. Il n'aurait jamais besoin d'autre chose, seulement d'elle ; de cette manière, immédiatement.

Il entendit trop tard la porte de la chambre s'ouvrir, et des pas lourds venir en direction de la salle de bain.

« Samson, tu ne vas pas aimer ça… »

La voix de Ricky pénétra sa béatitude.

A la vitesse de la lumière, Samson se retourna pour cacher Delilah de la vue de son ami.

« Fous le camp, Richard ! » grogna-t-il d'une voix sombre et basse.

Même à ses propres oreilles, il sembla plus proche de l'animal que de l'homme. Ricky ne savait que trop bien que lorsque Samson l'appelait par son vrai prénom, il parlait sérieusement. Aussi fit-il bien de ressortir immédiatement.

« Je suis désolé, ma douce, » murmura-t-il à Delilah, certain que sa voix était redevenue suave.

Elle était complètement figée dans ses bras, manifestement choquée par l'interruption. Il ne pouvait lui en vouloir.

« Je vais avoir une discussion sérieuse avec lui. »

~ ~ ~

Delilah leva les yeux vers lui. Ses pupilles avaient retrouvé leur couleur noisette, mais lorsqu'il avait crié sur Ricky, elle les avait vues devenir rouge. Comme une alarme. Comme un feu rouge. Elle avait davantage été choquée par cela que par l'irruption de son ami. Toujours perdue dans ses pensées au sujet de l'étrangeté de ses yeux, elle se raidit dans ses bras. Ce n'était pas normal. Comment les yeux de quelqu'un pouvaient-ils changer de couleur ainsi ?

Elle était contente que Samson ne fût pas en train de la regarder car, si sa joue n'avait pas été pressée contre la sienne, elle n'aurait pas été sûre de pouvoir cacher l'expression alarmée de son visage.

« Donne-moi quelques minutes. Je vais me débarrasser de lui. Et après, je serai tout à toi. »

Il embrassa sa joue doucement et se défit de ses bras.

« Pas de problème. »

Soudain, elle eut froid. Et se sentit seule.

Delilah le regarda attraper une serviette et sortir de la douche. Elle se retourna et laissa l'eau l'envelopper, feignant d'apprécier le moment. En réalité, elle essayait de se calmer les nerfs. Quand elle regarda derrière elle une seconde plus tard, Samson avait déjà quitté la salle de bain. Elle reprit son souffle contre le mur carrelé.

Etait-ce une hallucination ? Elle avait clairement vu de la fureur dans ses yeux et, considérant la violation de leur intimité, elle pouvait comprendre qu'il fût en colère contre Ricky, mais cela n'expliquait pas le rouge de ses pupilles. Avait-il fait éclater un vaisseau ? Non, impossible. Quelques secondes plus tard, la couleur noisette était revenue, et tout le rouge avait disparu.

Elle pressa sa main contre son sexe. Elle pouvait toujours y sentir son engin palpitant. Quelque chose clochait. Il y avait quelque chose de différent chez Samson et soudain, cela l'effraya.

~ ~ ~

Samson descendit au rez-de-chaussée en n'ayant enfilé qu'un jean, pas de t-shirt. Il trouva Ricky dans la cuisine, appuyé contre le bar, et il se dirigea droit sur lui en l'attrapant par le col.

« Est-ce que tu as la moindre idée de combien j'aimerais t'arracher la tête, là ? »

La pensée que Ricky eût vu le corps nu de Delilah le rendait furieux. Personne n'avait le droit de la voir ainsi, personne à part lui.

Ricky se pencha en arrière autant qu'il le pût pour se dégager.

« Je suis désolé, je ne savais pas qu'elle était là. »

Samson laissa échapper un rugissement bas, menaçant.

« Tu as intérêt à me dire que tu ne l'as pas vue nue. »

Ricky leva les bras en signe de capitulation.

« Je ne l'ai pas vue. Je le jure. »

« Si jamais je te chope en train de la reluquer, tu peux tirer un trait sur notre amitié ainsi que sur ton boulot. C'est clair ? »

Il était sérieux. Il n'avait aucun problème avec l'idée que ses amis pussent le voir nu sous la douche. Ce n'était certainement pas la première fois. Mais débarquer quand il était avec Delilah était une chose qu'il ne pouvait tolérer. Aucun autre homme ni aucun autre vampire n'avait le droit de la regarder ainsi. Delilah lui appartenait. A lui et à lui seul.

*A lui seul ?*

« On ne peut plus clair. »

Samson relâcha enfin sa prise. Ricky se redressa et se racla la gorge.

« Tu ne vas probablement pas aimer ce que je vais te dire, surtout si on considère combien tu t'es entiché d'elle... »

Le grognement de Samson l'interrompit une seconde. Il n'était pas d'humeur à écouter les observations de Ricky quant à sa relation avec Delilah. Surtout qu'il ne savait pas qu'en penser lui-même.

« Mais il faut que tu saches ce que Carl a trouvé. »

Samson le regarda avec un intérêt moindre.

« Vas-y. »

« Tu as envoyé Carl rassembler ses affaires hier soir. »

« Ne me dis pas ce que je sais déjà. »

Ricky n'avait pas l'habitude de tourner autour du pot. Son hésitation mettait Samson mal à l'aise.

« Il a trouvé des dossiers dans ses affaires. »

« Quel genre de dossiers ? »

« Des dossiers de Scanguards. »

Samson le dévisagea, bouche bée.

« De Scanguards ? »

Ricky hocha gravement la tête.

« Des enregistrements financiers, des déclarations d'actifs, des trucs internes. Je ne le sens pas très bien. Pourquoi aurait-elle des dossiers confidentiels de Scanguards ? Tu ne trouves pas ça bizarre ? Elle se pointe ici il y a deux nuits et trimballe des dossiers concernant ta société dans ses bagages ? »

Samson n'aimait pas cela non plus. Cela ne pouvait être une coïncidence. Il n'y avait aucune raison que quiconque eût des documents internes à sa société. Encore moins Delilah. Que préparait-elle ?

« C'est quoi, ta théorie ? »

« Elle pourrait être une espionne industrielle, » devina Ricky, mais il ne semblait pas convaincu.

« Qui ferait quoi ? Qui vendrait à nos clients la liste de nos concurrents ? »

Son ami haussa les épaules.

« Il n'y a pas grand-chose à gagner de ce côté. Tous nos concurrents sont cuits. Personne n'a la capacité ou l'entraînement nécessaire pour nous voler nos clients. »

Samson hocha la tête.

« Est-ce qu'il y a eu des problèmes d'ordre opérationnel, dernièrement, dont je n'aurais pas eu connaissance ?»

Ricky secoua la tête.

« Tout marche comme sur des roulettes. En tout cas, du côté des vampires. Du côté des humains, je ne sais pas, mais je n'ai pas reçu d'alerte. »

Ricky était en charge du recrutement et de l'entraînement des vampires.

« Alors c'est personnel. »

« Ça pourrait. »

Ricky évita son regard.

« Tu penses à quoi ? »

Samson n'était pas vraiment sûr de vouloir connaître la seconde possibilité.

« Et si c'était toi qu'elle cherchait ? »

« Une meurtrière ? »

« Non. Il n'y a pas de signe de ça dans ses affaires. Mais je peux voir tous les autres. Elle te mène par le bout du nez. »

Samson voulut l'interrompre et réfuter son argument, mais Ricky leva la main.

« Je peux le voir rien qu'à la façon dont tu viens de réagir. Elle est humaine. Tu sais ce que les humaines veulent des mecs riches comme toi ? »

Samson fixa son ami. Longtemps et intensément.

« Elle en veut à mon argent… »

Sa voix s'étrangla. Il sentit comme un coup de poignard dans son plexus. Une indigestion ? Manifestement pas, cette fois-ci. Des souvenirs de trahison remontèrent en lui. Des souvenirs récents. Il reprit son souffle contre l'ilot de la cuisine.

La sonnette de la porte d'entrée lui offrit un moment de répit. Levant les yeux, il interrogea Ricky du regard.

« Amaury a probablement encore oublié ses clés. Je vais ouvrir. »

Tandis que Ricky quittait la cuisine, Samson resta seul, perdu dans ses pensées. Cela pouvait-il être vrai ? Delilah pouvait-elle n'être qu'une femme de plus en voulant à son argent ? Une autre qui se foutait pas mal de lui ? Il espéra que l'autre suggestion de Ricky fût la bonne, que Delilah fût une espionne industrielle. Cela, il pouvait l'accepter, mais pas le fait qu'elle courût après son argent. Pas elle. Par pitié, pas elle.

Tous ses baisers n'étaient-ils que mensonges ? Et quand elle s'était donnée à lui à corps perdu, était-ce juste pour l'embobiner ? La pensée faisait mal comme une piqûre, bien plus qu'il ne voulait se l'admettre à lui-même. Pas étonnant qu'elle fût si consentante. La façon dont elle lui avait répondu dans la voiture puis, par la suite, au théâtre, n'était pas celle d'une femme qui ne connaissait pas un homme.

Il se souvint du moment où ils avaient été bloqués au niveau de la porte, alors qu'ils se rendaient au bar. La façon dont Delilah avait pressé son corps contre le sien, de manière presque provocante en le touchant aussi intimement, ressemblait à présent à un acte calculé de sa part. Pendant tout ce temps, elle avait joué avec lui. Une vraie Mata Hari !

Ce n'était pas bon, surtout que ce qu'il avait pris pour une indigestion, si les vampires avaient pu souffrir d'indigestion, ressemblait désormais à quelque chose de plus sérieux. C'était tellement clair pour lui, à présent.

Et en même temps, impossible. Comment cela avait-il pu arriver ? Tout ce qu'il avait voulu, c'était résoudre ses problèmes d'érection, et il avait suivi le conseil du docteur Drake à la lettre. Il n'avait fait que ce que le bon médecin lui avait ordonné. Il avait couché avec elle, encore et encore, tout comme il l'avait fait avec d'autres femmes auparavant. Des femmes vampires. Il n'avait rien fait de différent avec Delilah, alors pourquoi le résultat l'était-il, lui ?

Au lieu d'étancher sa soif après une nuit de sexe avec elle, tout s'était accru. Il avait commencé à la désirer, elle, seulement elle. Soudain, la simple pensée de toucher une autre femme le dégoûta. Tout ce qu'il voulait, c'était Delilah. Et, même s'il ne comprenait pas le reste, Samson savait pourquoi, à présent.

Il était en train de tomber amoureux d'elle, de tomber amoureux d'une mortelle.

# 10

Samson ne se rappelait que trop bien la dernière trahison qu'il avait vécue, un souvenir qu'il avait banni de sa mémoire. Mais, à présent, tout lui revenait dans les moindres détails, de manière brûlante…

*Samson ferma la porte d'entrée derrière lui en silence et écouta le moindre bruit provenant du premier. Il entendit la voix d'Ilona, à peine audible, et l'eau qui s'écoulait. Elle prenait un bain.*

*Pour la centième fois ce soir-là, il ouvrit la petite boîte qu'il tenait dans sa main et regarda l'énorme diamant déposé sur un coussin de velours vert. L'éblouissante bague faisait trois carats ; un diamant rond, brillant, de la plus grande clarté. Le joaillier lui avait assuré qu'il s'agissait du meilleur diamant qu'il eût pu acheter.*

*Le cœur battant la chamade, Samson se dirigea au premier en faisant attention de ne pas faire craquer les marches. Il voulait la surprendre. Elle pensait qu'il était dehors, pour affaires, toute la nuit.*

*Il ouvrit la porte de la chambre en silence. Les vêtements d'Ilona étaient négligemment éparpillés sur le lit.*

*« C'est ce qu'il croit. Hmm hmm. »*

*Elle était au téléphone, probablement en train de parler avec une amie.*

*« Attends qu'on soit liés par le sang, et les choses changeront. »*

*Ilona fit une pause. Avait-elle déjà deviné que c'était justement la proposition qu'il s'apprêtait à lui faire ? Il se sentit déçu, abattu. En silence, il s'approcha de la porte de la salle de bain restée entrouverte.*

*« Si je dois le sucer une fois de plus, je vais vomir ! »*

*Samson s'arrêta net, ces mots le transperçant. Il ne pouvait avoir bien entendu.*

*« Bien sûr, c'est facile pour toi de dire ça. Tu aimes sucer ! »*

*Samson inspira profondément. Il sentait comme une main glacée attraper son cœur et le serrer fortement. Il se débattit, à la recherche d'un peu d'air.*

*« Je me fous de qui le sucera quand on sera liés par le sang, mais ce ne sera sûrement pas moi. Je n'en peux plus de ses mains, partout sur mon corps… »*

*Samson s'appuya contre le mur, sentant une vague de nausées l'envahir. Cela ne dura qu'une seconde.*

*« Tu sais ce que tu dois faire une fois que j'aurai accès à ses actifs. »*

*Son argent. C'était tout ce qu'elle cherchait. C'était la raison pour laquelle elle était avec lui : uniquement son argent. Samson eut la sensation d'être frappé à l'estomac.*

*Il l'entendit soupirer de frustration.*

*« Tu sais très bien qu'une fois que je serai liée par le sang à Samson, je devrai faire attention à surveiller mon esprit. Il sera capable de lire dans mes pensées. Je ne pourrai plus être prise sur le fait, en train de penser à ça, tu comprends ? C'est pour ça que je dois le faire... Oui, cette partie du mélange des sangs est nulle. Pourquoi quelqu'un voudrait être constamment dans la tête de l'autre personne ? »*

*Samson en avait assez entendu. Plus qu'assez. Avec des envies de meurtre, il ouvrit brusquement la porte et entra dans la salle de bain, d'un pas lent, mais déterminé. Ilona tourna la tête et laissa instantanément le téléphone tomber dans l'eau.*

*« Samson, » ronronna-t-elle.*

*Elle lui lança un faux sourire, un de ceux qu'il avait déjà vus mille fois. C'était seulement maintenant qu'il le reconnaissait pour ce qu'il était réellement : du faux-semblant. Elle avait fait semblant depuis le début. En prétendant l'aimer... Quand l'unique chose à laquelle elle voulait avoir accès était sa fortune.*

*En deux enjambées, il se trouva au niveau de la baignoire. Il agrippa volotairement le cou d'Ilona. Elle le griffa immédiatement. De l'eau déborda de la baignoire, se répandant sur le sol en marbre.*

*« Espèce de clocharde sans cœur. Je devrais te tuer. Ici et maintenant. »*

*Il la sortit de l'eau en la tenant par la gorge, alors qu'elle se débattait de son emprise de fer. Peu importait. Il était plus fort qu'elle, et son ire ne faisait qu'intensifier sa force.*

*Samson jeta un œil à ce corps nu. Son propre corps ne montrait plus aucune réaction face aux courbes sensuelles d'Ilona. Pas d'érection ni de désir de la toucher. Rien.*

*Il perçut un éclair de peur dans ses yeux avant qu'il ne la relâchât dans la baignoire, sans cérémonie. L'eau éclaboussa tout autour d'eux.*

*« Dégage ! Je n'aurais jamais mêlé mon sang avec quelqu'un comme toi. Tu n'es que du fumier, tu n'es rien. Tu as de la chance d'être encore en vie.*

*Mais reste sur tes gardes. Si tu croises mon chemin encore une fois, tu risques de te retrouver avec un pieu dans le cœur. »*

*Elle l'avait utilisé. Tout ce qu'elle voulait, c'était mêler son sang au sien afin d'avoir un droit sur ce qu'il possédait. Toute sa fortune, tout son pouvoir. Comment avait-il pu être aussi aveugle ?*

Après l'avoir jetée hors de chez lui et de sa vie cette nuit-là, il s'était renfermé. Il n'avait plus voulu voir personne. Il savait que lui faire confiance avait été une erreur.

C'était là que tous ses problèmes avaient commencé. D'abord, son appétit sexuel avait décru puis, lorsqu'il avait pensé qu'il devait se laisser tenter par des plaisirs charnels pour se distraire, il avait été incapable d'y arriver. Il n'avait plus pu avoir d'érection.

Jusqu'à…

Jusqu'à ce que Delilah entrât dans sa vie. Et maintenant ? L'avait-elle aussi trahi ? En voulait-elle également à sa fortune ? Cette pensée le rendit malade.

« Tu n'as pas l'air bien. »

Amaury entra dans la cuisine derrière Ricky.

S'appuyant contre le comptoir, Samson leur jeta ce qu'il savait être un regard torturé.

« Et tu crois que je devrais me sentir comment ? »

« Tu ne peux pas l'avoir dans la peau comme ça après une nuit. »

Samson perçut de l'incrédulité dans la voix d'Amaury. Il ignora la remarque de son ami.

« On a besoin d'élucider ça et vite. »

« Je peux me pencher sur son profil, voir qui elle est vraiment, » proposa Ricky.

Samson hocha la tête.

« Fais ça. Amaury, parle à Carl et trouve ce qu'il a noté d'autre dans ses affaires qui pourrait être étrange. Il est allé là où elle est descendue et, si ce qu'elle dit est vrai, alors, elle est de New York. L'appartement ne lui appartient probablement pas. Trouve à qui il est. Puis, passe en revue avec Oliver ce qu'elle a fait aujourd'hui. Il a passé toute la journée avec elle. »

Le téléphone de Ricky sonna, et il décrocha immédiatement.

« Où ? »

Il fit signe à Samson et Amaury.

« D'accord, on sera là dans moins d'une demi-heure. »

Il raccrocha.

« C'était Thomas. Ils ont attrapé le gars qui vous a agressés, Delilah et toi. »

Samson se redressa, soulagé d'avoir quelque chose de productif à faire.

« Toi et moi, on va y aller. Amaury, trouve ce que tu peux sur elle. Fais vite. Carl t'aidera. Ricky, on prend ta voiture. »

Samson se dirigea vers la porte.

« Hmm… Tu ne veux pas d'abord t'habiller ? » demanda Ricky.

Samson baissa la tête et réalisa qu'il ne portait qu'un jean. Pas de chaussures ni de t-shirt.

« Donne-moi une minute. »

Il avala les marches deux par deux et entra dans la chambre. Delilah avait fini de se doucher et avait enfilé un jean et un simple t-shirt blanc. Il lui jeta un regard innocent, puis hésita lorsqu'il la vit. A peine quelques minutes auparavant, il s'était retrouvé en elle ; emporté par la joie intense que ses baisers lui procuraient. Mais à présent, il était en proie au doute. Qui était-elle ? Que voulait-elle ?

« Quelque chose ne va pas ? »

Sa voix était tremblante. Soupçonnait-elle quelque chose ? Pouvait-elle ressentir ses doutes ?

« Juste une urgence au boulot. J'ai une affaire à régler. »

Samson alla dans son dressing et en sortit un t-shirt noir. Il s'habilla rapidement, tandis qu'elle le regardait.

« Je devrais être de retour dans deux heures alors, si tu as faim, tu sais où se trouve la cuisine. »

Il était sur le point de sortir de la chambre tout aussi précipitamment qu'il y était entré, lorsqu'il se rendit compte qu'elle devait probablement trouver son comportement étrange. Quelques minutes plus tôt, il avait été un amant sensuel, incapable d'étancher son désir pour elle. S'il agissait soudainement avec autant de distance, Delilah aurait des doutes. Il était important de continuer à lui faire croire que tout allait bien, qu'il ne s'était pas encore aperçu de son jeu.

Alors qu'il s'approchait d'elle, il pensa percevoir un mouvement de recul de sa part, mais sans toutefois en être certain non plus. Il déposa un léger baiser sur sa joue.

« Amaury et Carl doivent être quelque part dans le coin, alors ne t'étonne pas si tu les vois en bas. »

Il attendit de lire une réaction sur son visage qui lui dirait qu'elle trouvait son départ précipité étrange, et il nota que ses lèvres se retroussaient légèrement. Ce n'était pas un sourire, mais à peine un signe comme quoi elle l'avait bien entendu.

« Bien sûr, à plus tard. »

~ ~ ~

Tandis que la porte se refermait derrière lui, Delilah inspira profondément. Il avait paru normal, un peu distrait peut-être, mais il semblait que l'urgence professionnelle dont il avait parlé le préoccupait. Elle réalisa qu'elle ne le connaissait vraiment pas. Elle avait passé une nuit entière à faire l'amour avec lui, alors qu'elle ne savait même pas de quelle façon il gagnait sa vie et qu'elle n'avait pas la moindre idée de quels pouvaient être ses hobbies ou la nourriture qu'il aimait.

C'était ce dont les gens normaux parlaient lors de leur premier rendez-vous. Avait-elle été folle de passer tout ce temps-là dans ses bras sans lui poser les questions de base ? Cela faisait si longtemps qu'elle n'était pas sortie avec quelqu'un qu'elle en avait complètement oublié comment se comporter. Samson en avait-il profité ? L'avait-il vue comme complètement naïve et en avait-il tiré la conclusion qu'il pourrait la mettre dans son lit aussi vite ?

Cela n'expliquait toujours pas l'incident de la douche. Bon sang, la douche. Elle l'avait laissé la pénétrer sans préservatif. Et s'il n'était pas aussi sain qu'il l'avait dit ? Et si le truc étrange qu'elle avait vu dans ses yeux était une sorte de maladie bizarre qu'il avait ? Pouvait-il la contaminer ?

Puis, elle repensa au préservatif qu'il avait déchiré la veille. Il pouvait déjà l'avoir infectée avec Dieu sait quoi. Elle agrippa son ventre, une vague de nausées s'emparant d'elle. Oh bon sang, *non* !

Delilah sentit sa gorge se nouer, la privant d'air. Sa poitrine se souleva pour compenser, et sa peau devint soudainement moite.

Elle se sentait stupide de s'être laissé endormir par sa tendresse et sa passion. Elle avait remarqué combien il avait été doux dans sa séduction, comme s'il avait eu le temps de pratiquer. Pour autant qu'elle sût, il pouvait en faire autant chaque semaine, et cette semaine-là, elle avait été sa victime. Avait-elle eu tort de lui faire confiance ?

~ ~ ~

« Moi je dis qu'on devrait le tuer maintenant. Pas la peine de gaspiller le temps de Samson avec lui, » aboya Milo en regardant Thomas.

Son amant lui jeta un regard mécontent.

« N'aie pas soif de sang comme ça. Samson a clairement fait comprendre qu'il voulait interroger l'enfoiré lui-même, alors ne lui gâche pas son plaisir. »

Ils se tenaient dans un grand entrepôt faiblement éclairé, tous les deux vêtus de cuir noir. L'endroit était plein à craquer de containers, et l'odeur de renfermé rappelait celle de chaussettes usées, de moisissure, de poussière et de transpiration. Le lieu était étrangement silencieux malgré le léger son des gouttes de pluie tombant sur le toit.

« Qu'est-ce que vous allez faire de moi ? »

La voix venait d'un homme qu'ils avaient attaché à une chaise.

« Oh, ferme-la, » répliquèrent-ils à l'unisson.

« Hé, tu veux aller dans un club après ? Il est encore tôt, » demanda Thomas.

Son amant secoua la tête.

« Désolé, pas ce soir. J'ai quelques trucs à faire. »

« Qu'est-ce qui est si important pour que tu ne puisses sortir avec moi ? »

« Des trucs pour le boulot, » répondit Milo d'un geste dédaigneux de la main. « Certains d'entre nous travaillent pour d'autres gens que Samson, alors je ne peux pas passer la nuit avec toi. »

« Ça craint. Tu veux que je te trouve un boulot chez Scanguards ? Je pourrais le faire, tu sais. »

« Pas moyen. Je ne veux pas entendre tout le monde dire que la seule raison pour laquelle j'ai eu ce boulot, c'est parce que mon petit ami a échangé quelques mots sur moi avec le grand patron. Oublie. C'est juste trop humiliant. »

« Hé, vous deux, » les interrompit l'homme.

Thomas lui jeta un regard vénéneux.

« Tu ne vois pas qu'on est occupés, là ? »

« Si vous me laissez partir, je peux vous brancher sur quelques bons holdups qui vont avoir lieu. »

« Pas intéressé. »

Thomas n'était pas du genre à marchander. D'autre part, il n'avait pas besoin d'argent.

« Est-ce qu'on a l'air de vouloir de l'argent ? »

Milo sauta sur l'homme attaché et montra ses canines. Immédiatement, celui-ci tenta de se dégager en jetant la tête en arrière, mais les cordes auxquelles il était attaché l'en empêchèrent.

« Et si tu interromps notre conversation une fois de plus, je te mords, » souffla Milo à quelques centimètres de son visage.

Dès que l'homme se crispa, les muscles du visage tendus, Milo retourna auprès de Thomas.

« Tu sais qu'il faudra qu'on efface son esprit, après ça. »

Milo haussa simplement les épaules.

« Peu importe. »

Thomas mit les mains sur la taille de son amant et l'attira plus près de lui. Il baissa la voix afin que seul Milo pût l'entendre.

« Tu sais qu'on n'a pas passé beaucoup de temps ensemble, ces derniers temps. Et pourquoi pas un petit quelque chose maintenant ? Samson ne sera pas là avant encore dix minutes. »

Un coup rapide lui conviendrait. Mais Milo se dégagea de ses bras.

« Pas maintenant. Ça pue, ici. »

« Tu m'envoies promener ? »

« Oh allez, ne recommence pas avec ça. Je ne suis pas d'humeur, c'est tout. »

Thomas le regarda, le doute s'installant au fond de lui.

« Si je ne te connaissais pas mieux, je dirais que tu vois quelqu'un d'autre. »

« C'est des conneries, et tu le sais. Si seulement tu pouvais arrêter avec cette putain de jalousie. »

« Bien. »

Thomas croisa les bras sur sa poitrine. Il aperçut le malfrat qui les regardait.

« Qu'est-ce que tu regardes ? »

L'homme tressaillit face au violent éclat de colère, mais resta silencieux et baissa les yeux.

Cela faisait quelque temps que Milo était distant, et Thomas en avait conclu que leur relation touchait à sa fin. Alors qu'il était en apparence le plus timide des deux, surtout avec Samson et la bande, Milo s'était révélé être un partenaire dominant, rôle qu'endossait traditionnellement Thomas.

Ils faisaient toujours l'amour, et souvent, mais leurs ébats n'étaient plus aussi passionnés qu'au début de leur relation. Thomas voulait faire perdurer les choses, mais il savait instinctivement que leur histoire finirait par s'éteindre. Des pensées amères remontèrent à la surface. Le silence de Milo sur ce qu'il faisait quand ils n'étaient pas ensemble l'irritait. Il savait que sa jalousie était probablement déplacée mais il ne pouvait malgré tout s'en empêcher.

Thomas avait toujours été du genre jaloux. Devenir un vampire n'avait rien changé. Il s'en était aperçu un peu plus de cent ans auparavant. Passer dans le monde de la nuit ne modifiait pas le caractère. Au contraire, cela l'amplifiait. Un homme mauvais serait un mauvais vampire, et un homme bon serait un bon vampire. C'était aussi simple que cela.

Il ne regrettait pas le choix qu'il avait fait lorsqu'il y avait été confronté un siècle plus tôt ; cela lui avait finalement permis de vivre sa sexualité dans une ère où il n'avait pas à se cacher et, pour cela, il en était reconnaissant. A l'époque où il avait grandi, les hommes, dont l'homosexualité était découverte, étaient flagellés, voire même tués. Non pas qu'il n'aimât pas une bonne flagellation de temps en temps, à la condition qu'elle fût suivie par une partie de jambes en l'air encore meilleure. Mais c'était une autre histoire. La vie était meilleure au vingt-et-unième siècle.

Il jeta un coup d'œil en biais à son amant. Les traits de Milo étaient délicats, même si, en tant que vampire, il était quasiment indestructible. Il n'y avait pas un gramme de graisse dans son corps et, malgré sa petite taille, il était fort. Et terriblement sexy. Observant ces fesses fermes, Thomas sentit son pantalon en cuir qui commençait à se tendre. Le simple fait de regarder Milo l'excitait.

« Voyons voir un peu ce con. »

La voix de Samson tonitrua dans l'entrepôt.

Les pants de son manteau volant, Samson débóula à l'intérieur, Ricky à ses côtés, et il se dirigea droit vers le captif. Il se planta juste devant lui. Le maître était arrivé, ressemblant, en tout point, à l'ange noir vengeur qu'il pouvait être lorsqu'on le provoquait.

~ ~ ~

Samson pensait intimider le malfrat. Cela lui ferait gagner du temps pour lui soutirer toutes les informations dont il avait besoin. Il utilisait rarement la torture et trouvait que la suggestion de la douleur fonctionnait souvent bien mieux que la douleur elle-même.

« Tu me reconnais ? » demanda-t-il d'une voix calme, mais dangereuse, tout en se plaçant devant l'homme attaché.

Ce dernier hocha silencieusement la tête en guise de réponse.

« Bien. C'est quoi, ton nom ? »

« Billy. »

« Bien, Billy. Maintenant que les présentations sont faites, ayons une petite discussion. Je ne prends pas à la légère qu'on m'agresse. Ça a à voir avec la défense du territoire, et c'est quelque chose que je ne peux pas pardonner. Je peux me défendre. Mais tu sais ce qui m'énerve encore plus ? »

Samson le regarda, mettant Billy au défi de lui répondre. L'homme était assez malin pour ne pas ouvrir la bouche face à cette question rhétorique.

« Quand ma femme se fait agresser. Je n'ai aucune pitié. Tu comprends ? »

Il se pencha vers Billy, sa voix proche du grognement. Des yeux effrayés le regardèrent. Le corps de Billy se mit à trembler.

« Tu m'as mis dans une situation compliquée, Billy. Un homme se doit de protéger ceux qu'il aime, quoi qu'il se passe. Alors qu'est-ce que je vais faire de toi ? »

Il pencha la tête sur le côté et montra ses canines. Samson n'avait mordu personne depuis des années, mais ses canines étaient cependant en parfaite condition ; le fil dentaire et le dentifrice étaient primordiaux  pour tout vampire.

Billy cria.

« Je ne voulais pas le faire. »

C'était trop facile. L'homme n'était manifestement pas le criminel professionnel que Samson avait pensé qu'il était.

« Mais tu l'as fait. Et maintenant, tu vas m'expliquer, ainsi qu'à mes amis, pourquoi tu en voulais à ma femme. C'est une petite ville, mais être agressé deux fois par le même type, ce n'est pas une coïncidence. On le sait tous les deux. »

Il laissa échapper un autre grognement à travers sa mâchoire fermée et approcha sa tête plus près de Billy. Il pouvait sentir l'odeur de la peur sur lui, une puanteur qu'il détestait.

« On m'a payé pour le faire. »

Samson se redressa.

« Qui ? »

Pendant une fraction de seconde, il se demanda si Delilah n'avait pas tout manigancé elle-même. Peut-être s'agissait-il d'un complot pour gagner sa confiance et pénétrer chez lui, ainsi que dans son cœur. Cela avait du sens. De cette façon, Delilah avait eu une excuse pour l'approcher, lui réveiller son instinct protecteur et le séduire par la même occasion. Bon sang, elle l'avait complètement séduit avec tout ce qu'elle possédait : sa voix, son corps, son toucher, ses baisers… Son rire. Il devait connaître la vérité, même si la réponse était douloureuse à entendre.

« Qui t'a payé ? »

« Mon beau-frère. Il voulait qu'elle dégage, » lâcha soudainement Billy.

Une vague de soulagement envahit Samson. Ce n'était donc pas elle, merci, mon Dieu.

« Comment s'appelle-t-il ? »

« John. »

Billy commença à trembler.

« Je vais avoir besoin d'un peu plus que ça, si tu n'y vois pas d'inconvénient. »

« John Reardon. »

Le nom lui était familier, mais Samson n'arrivait pas à mettre le doigt dessus.

« Et il habite où, ce John Reardon ? »

Billy donna une adresse dans le Sunset District.

« Pourquoi veut-il qu'elle dégage ? »

Samson continuait de le questionner lorsqu'il remarqua que la pupille de Billy s'écarquillait soudainement.

« Je… Je… sais pas. »

D'où venait ce bégaiement soudain ? Au même moment, il nota un tremblement qui remontait des jambes de l'homme jusqu'à son torse.

Samson le chercha du regard.

« Tu mens. »

Billy trembla comme une feuille, puis ses yeux commencèrent à se révulser.

« Arrêtez ! » cria-t-il. « Arrêtez ! »

Ses poings se contractèrent et, tandis qu'il essayait de les lever, il se retrouva bloqué face à la restriction imposée par la corde.

« Non ! »

Une seconde plus tard, sa tête roula en avant. Il s'était évanoui.

Samson se retourna vers ses amis.

« C'est l'un de vous qui a fait ça ? »

Il serait en colère si quelqu'un avait utilisé le contrôle de l'esprit pour faire peur à Billy avant qu'on ne lui eût soutiré les informations nécessaires.

Milo et Thomas levèrent les mains en signe d'incompréhension, tandis que Ricky secouait la tête.

« Faites le tour du voisinage afin d'être sûrs qu'il n'y a pas d'autre vampire qui soit en train d'interférer. »

Samson regarda de nouveau Thomas et Milo.

« Ensuite, allez à Sunset et cueillez ce John Reardon. Celui-ci reste là jusqu'à ce qu'on ait son beau-frère. Faites en sorte qu'il ne bouge pas. Je n'ai pas encore décidé ce que j'allais faire de lui. Appelez-moi quand vous avez son beau-frère. Je veux lui parler personnellement. »

« Moi, je file. J'ai des trucs à faire, » protesta Milo.

Samson haussa un sourcil, mais n'insista pas. Milo ne travaillait pas pour lui.

« Ricky, tu vas avec Thomas. Je prendrai ta voiture pour retourner à la maison. »

Ricky jeta les clés à Samson, lequel les attrapa sans même regarder. Dès qu'il se trouva dans la voiture de Ricky et qu'il fit démarrer le moteur, il vit Milo sortir de l'immeuble. Téléphone à l'oreille, il se dirigeait vers sa moto.

# 11

« Tu as dit Clay Hall ? »

Amaury regarda Carl avec surprise. Ils se tenaient face à face, chacun d'un côté de l'îlot de la cuisine.

« Oui, vers Taylor. C'est un grand immeuble résidentiel. J'ai pris toutes ses affaires. Elle n'avait pas grand-chose : juste quelques fringues, son ordinateur et ces dossiers. »

« C'est une étrange coïncidence, » marmonna Amaury. Il ne croyait pas au hasard.

« Quelle coïncidence ? »

« Tu ne sais pas, hein ? »

Carl secoua la tête, confus.

« Savoir quoi ? »

« Que Scanguards possède quelques appartements à Clay Hall. Je suis bien placé pour le savoir. C'est moi qui les ai achetés pour la société. »

L'activité principale d'Amaury, en tant qu'employé de Samson, était de s'occuper des investissements immobiliers, qu'il s'agît des biens personnels de son ami ou bien de ceux de la société. Il possédait une licence californienne en immobilier et agissait en qualité d'agent particulier de Samson. Heureusement, la rumeur médiévale voulant que les vampires dussent être invités dans une maison était complètement infondée. Travailler en tant qu'agent immobilier leur était donc possible.

« Ça ne veut pas forcément dire quelque chose. Elle a dit qu'elle venait de New York et qu'elle était en voyage d'affaire. »

« Ça va être facile à vérifier. Quel était le numéro de l'appartement ? »

Carl lui lança un regard vide.

« Ben, c'était en haut. »

Il semblait essayer de se souvenir du couloir qu'il avait traversé et de l'étage où il s'était arrêté avant de trouver la bonne porte.

« Huit cent douze. »

« *Voilà*. C'est le nôtre. La seule façon pour elle d'avoir accès à notre appartement est de travailler pour nous. Samson a dit qu'Oliver avait été avec elle toute la journée. »

Carl hocha la tête.

« Téléphone-lui, qu'on voie où il l'a emmenée. »

Carl composa le numéro d'Oliver, puis mit le haut-parleur.

« Salut Oliver, c'est moi. »

« Carl, ça a intérêt à être important. Je suis crevé. »

La voix endormie d'Oliver leur parvint à travers le téléphone. Amaury regarda l'horloge du four. Il était à peine vingt et une heures passées. Il secoua la tête, incrédule. Les humains !

« Hé, Oliver. C'est Amaury. Désolé de te déranger. J'espère qu'on ne t'a pas réveillé. »

« Pas de problème, Amaury. »

Oliver semblait se reprendre.

« Qu'est-ce que je peux faire pour toi ? »

« Tu as passé toute la journée avec Delilah ? »

« Oui, Monsieur Woodford m'a demandé de la protéger. »

« Tu l'as emmenée où ? »

« Au centre-ville, dans les bureaux de Scanguards. »

Carl et Amaury se regardèrent. Amaury siffla entre ses dents.

« Tu ne saurais pas ce qu'elle y a fait par hasard ? »

« Elle y a travaillé. »

« Travaillé ? »

« Oui, elle y a travaillé. C'est une sorte de, je ne sais pas, comptable ou audit. Ou un truc comme ça, je crois. »

« Tu es sûr ? »

« Ouais, je suis sûr. Ils la connaissaient et l'attendaient. Elle avait même un ordinateur et tout à disposition. »

« Merci, Oliver. »

Amaury raccrocha.

« Je crois que c'est une bonne nouvelle. Une grosse coïncidence mais, au moins, elle ne semble pas être une espionne industrielle. »

« Ça n'explique toujours pas ce qu'elle fait avec lui, » répliqua Carl.

Amaury pouvait ressentir les émotions de Carl. Ce dernier était protecteur envers son patron et  ne voulait pas que celui-ci fût de nouveau blessé, encore moins par une femme.

« Tu crois qu'elle sait qui il est ? »

Avant qu'Amaury ne pût répondre, la porte de la cuisine s'ouvrit, et Samson entra tel un ouragan.

« On parle de qui ? » demanda-t-il.

« De toi, » répondit Amaury. « On se demandait si Delilah savait qui tu étais. »

~ ~ ~

« Si seulement je pouvais le savoir. »

C'était la vérité. Il se sentirait bien mieux s'il apprenait ce qu'elle savait à son sujet. Et si elle en voulait à son argent ou bien si elle était vraiment là pour lui, sans quelque autre motivation.

« Où est-elle ? »

Amaury désigna le premier étage d'un mouvement de la tête.

« Elle est descendue tout à l'heure, a pris un yaourt et est remontée. »

Il fit une pause.

« Au moins, maintenant, on sait qui elle est. »

Samson regarda son ami, attendant une réponse.

« Elle est une sorte de comptable pour Scanguards. »

Samson fit un pas en arrière. Il ne s'était pas attendu à ça.

« Elle travaille pour moi ? »

Il couchait avec l'une de ses employées ? Bien, il courait le risque de faire face à des poursuites pour harcèlement sexuel.

« On dirait bien. Oliver a passé toute la journée avec elle dans les bureaux de Scanguards installés dans le centre-ville, et l'appartement où tu es allé la chercher nous appartient. »

Samson se frotta le front avec la paume de sa main.

« Alors c'est vrai. Elle m'a dit la nuit dernière qu'elle était audit. »

Amaury sourit de toutes ses dents.

« Vous avez eu le temps de parler ? »

Son ami pouvait parler ! Le regard désapprobateur de Samson l'arrêta net dans ses insinuations. Son vieil ami ressemblait à un maniaque du sexe. Bien sûr qu'ils avaient parlé, plaisanté, taquiné et ri, et ce, même après que Carl eût apporté les préservatifs. Comme si la seule chose qu'il savait faire pour divertir une femme était le sexe !

« Elle a dit qu'elle venait de New York, et qu'elle était ici en tant audit. Tu as fait des recherches ? »

« Non, pas encore. On venait juste d'en arriver à notre conclusion quand tu es entré. »

« Carl, appelle Gabriel Giles. »

Gabriel était le directeur des opérations au siège de New York et, comme il était lui-même un vampire, il serait joignable même s'il était plus de minuit sur la Côte Est.

« Tu as intérêt à avoir raison. »

Samson regarda Amaury, une lueur d'espoir germant dans sa poitrine.

La voix de Gabriel retentit à travers le haut-parleur quelques secondes plus tard.

« Hé Samson, comment ça va ? »

Il s'apparentait plus à un Tony Soprano qu'à un vampire. New York pouvait faire cet effet à n'importe qui.

« Ça fait plaisir d'entendre ta voix, Gabriel. Ecoute, je ne veux pas te retenir longtemps, mais j'ai besoin que tu vérifies quelque chose pour moi. Est-ce que vous avez envoyé un audit ici, dans les bureaux de San Francisco ? »

« Laisse-moi regarder. »

On pouvait entendre Gabriel taper quelque chose sur un clavier.

« Oui, en effet. La mission a commencé lundi. Il y a un problème ? »

« Quel est le nom de l'audit ? »

« Delilah Sheridan. »

~ ~ ~

Delilah s'arrêta net derrière la porte de la cuisine qu'elle était sur le point d'ouvrir quand elle entendit son nom dans un haut-parleur. Elle retint son souffle. Pourquoi étaient-ils en train de parler d'elle ?

« Est-ce que tu as vérifié son profil ? »

C'était la voix de Samson qu'elle entendait. Des recherches sur ses antécédents ? Sur elle ? Que cherchait-il ? Elle retint son souffle, ne voulant pas trahir sa présence de l'autre côté de la porte.

« Oui, » répondit l'autre voix. « Elle n'a rien à se reprocher. Rien d'anormal. Célibataire, fille unique, le père est placé et la mère est décédée il y a deux ans. Qu'est-ce que tu veux savoir ? »

« Elle sait qui je suis ? »

La voix de Samson semblait étrangement teintée.

Delilah avait entendu la question, mais elle ne comprenait pas ce qu'il voulait dire.

« J'en doute, » répondit la voix. « On ne lui a certainement fourni que les informations strictement nécessaires. Tu connais notre politique mieux que quiconque. Et puisque tout dépend de la confiance, elle n'aurait pu voir ton nom sur aucun des documents. »

Quels documents ? Bon sang, mais de quoi l'homme était-il en train de parler ?

Elle en avait assez entendu. Samson se renseignait sur elle pour une raison qu'elle ignorait. Elle se sentait violée. En colère, elle ouvrit la porte de la cuisine. Trois paires d'yeux atterrirent directement sur elle. Trois paires d'yeux surpris : ceux de Samson, d'Amaury et de Carl. Il s'étaient tous retournés vers elle.

« Autre chose ? » répéta la voix dans le haut-parleur.

« Merci, Gabriel. »

Tout en raccrochant, Samson ne quitta pas Delilah des yeux.

Celle-ci le dévisagea, incapable de parler pendant plusieurs secondes. Aucun des gars n'osait prononcer un mot, craignant qu'elle ne laissât éclater sa colère. Elle leur en ferait subir une.

« Tu as fait vérifier mes antécédents ? »

Elle tenta de garder une voix normale, ne fût-ce que pour masquer la douleur qu'elle ressentait.

« Delilah, je suis désolé. Je peux t'expliquer. »

Samson ne prenait même pas la peine de nier son accusation. Cela la confirmait donc.

Elle secoua la tête.

« Je vais t'épargner cet effort. Je pars. »

Elle tourna les talons et sortit comme une furie. Avalant les marches deux par deux, elle monta au premier. Les larmes lui brûlaient les yeux, mais elle les refoula. Il n'en valait pas la peine. S'il avait voulu savoir quoi que ce fût à son sujet, il n'aurait eu qu'à demander. Elle lui aurait tout dit, jusqu'au moindre détail de sa vie.

Mais il n'avait pas demandé. Au lieu de cela, il avait fait des recherches dans son dos, comme si elle était une criminelle. Après la magnifique nuit de passion qu'ils avaient partagée, il avait ressenti le besoin de se renseigner sur elle ? Et que s'était-il attendu à découvrir ?

~ ~ ~

Après avoir enfermé Billy dans l'un des containers avec, néanmoins, de l'eau et une couverture, Ricky et Thomas quittèrent l'entrepôt. Ils n'étaient pas des sauvages. Si Samson voulait traiter avec civisme l'homme qui les avait agressés, Delilah et lui, ils n'avaient alors aucune raison de ne pas le faire.

« Tu as entendu ce que Samson a dit à propos d'elle ? » demanda Ricky.

« Tu veux dire la tirade sur *ma femme* ? »

« Exactement. Tu crois qu'il voulait dire quoi ? »

Thomas haussa les épaules.

« A toi de me le dire. En ce qui vous concerne, les hétéros, je ne sais jamais vraiment quand quelqu'un s'entiche de quelqu'un d'autre. Trop de cachotteries dans vos sentiments et tout ce baratin. »

« Crois-moi, je n'en sais pas plus que toi. Mais c'est la première fois que je l'entends parler comme ça. J'espère qu'il ne l'a pas dans la peau. C'est le genre de trucs qui peut mal finir. »

Ricky attrapa le casque que Thomas lui tendait et passa une jambe par-dessus la moto afin de prendre place derrière lui.

« Il aurait dû me laisser ma voiture et prendre ta moto au lieu de nous laisser nous entasser dessus. »

« Quoi, t'as peur de te tenir à moi ? » rit Thomas. « Depuis quand es-tu homophobe ? »

« Je ne suis pas homophobe. Je suis inquiet pour ma voiture, c'est tout. Il était prêt à me tuer aujourd'hui. J'espère qu'il n'est pas en train de se venger sur ma toute nouvelle bagnole. »

Thomas tourna la tête.

« Te tuer ? Pourquoi voudrait-il faire ça ? »

« Je l'ai surpris, alors qu'il se tapait Delilah dans la douche. »

« Tu plaisantes. C'est pour ça qu'il voulait te tuer ? »

La réaction de Thomas n'avait rien d'étrange. Le sexe n'était pas toujours considéré comme une affaire d'ordre privé chez les vampires, sauf s'il s'agissait de deux personnes ayant mélangé leur sang. Samson n'avait donc aucune raison de sortir de ses gonds pour avoir été surpris durant ses ébats avec Delilah.

« C'est ce que je te dis. Il m'a tout simplement fait comprendre que je pouvais dire adieu à notre amitié et à mon boulot s'il me voyait la regarder à nouveau. »

« Plutôt possessif, je trouve. »

« Ouais. »

« Tu penses ce que je pense ? »

« Ouais. »

« Oh, bon sang. »

Ricky passa ses bras autour de la taille de Thomas, et la moto démarra. Il bruinait toujours un peu. Thomas les guida d'une main experte au milieu d'une circulation assez fluide. Il connaissait la ville comme sa poche et avait un œil avisé pour repérer à l'avance les obstacles, ce qui l'aidait quotidiennement à être à l'heure à ses rendez-vous.

Ils conduisirent en direction du Sunset District, passant devant des maisons datant des années quarante et cinquante, des jardins souvent non entretenus et des magasins de pacotille établis au bord de la route. Ce n'était pas un quartier qu'ils appréciaient particulièrement. D'un point de vue architectural, c'était plutôt plat et inintéressant.

L'adresse que Billy leur avait donnée était celle d'une maison d'angle qui paraissait plus imposante que les autres dans le pâté et qui semblait avoir été entièrement rénovée. Elle se détachait de ce qui l'entourait et devait sans doute être la maison la plus chère du quartier. De la lumière perçait à travers plusieurs fenêtres.

Thomas gara la moto au coin de la rue.

« Tu veux qu'on s'y prenne comment ? »

« Direct. On sonne à la porte, » répondit Ricky.

Leurs pas ne firent presque aucun bruit quand ils marchèrent sur le trottoir. Thomas huma l'air, tandis qu'ils s'approchaient de la maison. Il inspira. Une odeur étrangement familière envahit ses narines, mais il fut soudainement distrait par un cri provenant de la maison.

Ricky et lui se regardèrent pendant une fraction de seconde avant de courir jusqu'à la porte d'entrée et de pénétrer à l'intérieur.

Le cri était celui d'une femme hystérique, hurlant à pleins poumons depuis l'arrière de la maison. Puis, les pleurs d'un petit enfant se mêlèrent aux cris de la femme, lesquels glaçaient le sang.

Dès qu'ils s'approchèrent d'elle, ils comprirent. Ils ne pouvaient plus rien faire. Ils arrivaient trop tard.

Cela ne faisait aucun doute dans l'esprit de Thomas que John avait été tué par un vampire. Il pouvait toujours ressentir les traces d'énergie laissées par l'assaillant. Le corps de John semblait presque tranquille, si l'on passait outre l'horreur absolue gravée dans ses yeux. Il avait vu son meurtrier quelques secondes avant que celui-ci ne frappât.

Le corps de John gisait sur le sol de la salle de séjour. Son cou avait été brisé. Tout en ignorant les cris de la femme, Thomas se baissa et ferma les paupières du mort. Il était inutile que sa femme continuât à regarder l'expression horrifiée de son mari décédé.

Ils ne pouvaient rester consoler la femme, mais ils pouvaient effacer sa mémoire. Thomas pressa la paume de sa main contre son front. Ses cris diminuèrent, puis elle se tut. Il n'effaça pas seulement sa mémoire pour qu'elle les oubliât, Ricky et lui, mais également afin qu'elle ne se souvînt pas des yeux de son mari. Il valait mieux qu'elle ne sût pas combien il avait été terrifié au cours des secondes qui avaient précédé sa mort. Etre frappée par le deuil serait suffisamment difficile comme ça.

~ ~ ~

Delilah jeta ses vêtements dans sa valise, ne prenant même pas la peine de les plier. Quelqu'un avait amené ses affaires dans la chambre de Samson pendant la journée et, de ce fait, elle ne pouvait sortir de cette pièce aussi vite qu'elle le souhaitait. Etre avec un homme qui ne lui faisait pas confiance était inenvisageable. Bon sang, il n'avait même pas essayé de la connaître. Au lieu de cela, il avait fait ses recherches dans son dos. Elle ne pouvait tolérer ce genre de trahison.

Elle entendit la porte s'ouvrir, puis se refermer et sut que Samson l'avait suivie. Elle n'en attendait pas moins. Elle pouvait sentir sa présence, mais elle ne voulait pas lui montrer qu'elle l'avait remarqué. Il ne le méritait pas.

« Je suis désolé, Delilah. »

Sa voix était plus proche que ce à quoi elle s'attendait. Il ne devait pas se tenir à plus d'un mètre d'elle. Elle ne voulait pas qu'il fût si proche. Plus désormais.

« Je serai partie dans deux minutes, ne t'inquiète pas. Je ne te pique rien. »

Sa voix était glaciale. Elle ne lui donnerait pas la satisfaction de savoir combien il l'avait blessée. Ce n'était pas la première fois qu'un homme la décevait, et ce ne serait pas la dernière. *Il* ne serait pas le dernier homme dans sa vie. Elle en avait plus que l'habitude, elle sortait toujours avec le mauvais gars. C'était peut-être la raison pour laquelle elle avait tout simplement arrêté de sortir. Un chat ou un chien serait probablement une meilleure option pour elle.

« Je le mérite. »

La voix de Samson était calme.

« S'il te plaît, donne-moi une chance de t'expliquer. »

Il avait probablement un discours type tout prêt pour ce genre de situation. Sinon, comment pouvait-il demeurer aussi inflexible ?

Elle sentit ses mains sur ses épaules, mais s'en dégagea.

« D'accord. Je ne te toucherai pas. »

Il semblait résigné.

La colère se déversa en elle. Elle pouvait la sentir bouillir dans son ventre et remonter dans sa poitrine. C'était trop à contenir.

« Comment as-tu pu ? Comment as-tu pu me faire ça dans mon dos ? »

Delilah se retourna pour lui faire face.

« Tu pouvais tout simplement me demander ce que tu voulais savoir. »

Et pourquoi était-il toujours aussi séduisant, aussi sexy, alors qu'elle avait besoin d'être en colère contre lui ? Dans son jean et son t-shirt noir, il était aussi beau que nu. Même si elle préférait le voir nu.

Elle avait fait une erreur en se retournant. Elle aurait dû se contenter de sortir, sans même le regarder.

Ses biceps fléchirent et, une fois de plus, elle se rendit compte de sa force et de sa beauté physique. La façon dont ses yeux noisette cherchaient les siens, comme s'il essayait de lire dans son âme pour que ses jambes finissent par se dérober sous elle. Elle devait se concentrer sur autre chose si elle voulait sortir de cette chambre.

« Ce n'était pas bien, mais j'avais besoin de savoir qui tu étais. »

Se tenir à seulement quelques centimètres de lui ne faisait que perturber davantage son esprit.

« Je t'ai dit qui j'étais. Tu t'attendais à quoi ? »

Elle laissa sa déception et sa douleur percer dans sa voix.

« Après tout ce qu'on a fait… Tu ne pouvais pas juste me demander ? Non. Il fallait que tu fouilles dans mon passé comme un vulgaire criminel. »

« Ma douce, ne… »

Samson leva la main comme s'il voulait lui toucher le visage, mais s'arrêta dès qu'elle répliqua.

« Ne m'appelle pas 'ma douce' ! »

Elle avait aimé qu'il l'appelât ainsi la nuit précédente, quand ils avaient fait l'amour, mais plus maintenant. Elle se retourna et ferma sa valise d'un coup sec.

« Delilah, je suis désolé. Si seulement j'avais fait davantage confiance à mon intuition, mais ça n'a pas été le cas. Quand Carl a emballé tes affaires, il a trouvé quelque chose qui a attiré mon attention. J'aurais dû aller te le demander directement, mais je… Je ne savais pas si je pouvais… »

Sa voix se brisa.

Ses yeux noisette regardèrent les siens en essayant de la forcer à écouter.

« Tu as des dossiers de Scanguards en ta possession. »

« Et alors ? Je travaille pour eux. Carl n'a pas le droit de fouiller dans mes affaires. »

Samson hocha la tête.

« Non, mais il les a vus. Et je comprends maintenant que tu aies tous les droits d'avoir ces dossiers sur toi. Je le sais maintenant. Parce que maintenant, je sais que tu travailles pour moi. »

Confuse, elle le regarda.

« Je ne travaille pas pour toi. Je travaille pour Scanguards, » insista-t-elle en attrapant sa valise. « En plus, qu'est-ce que ça peut te faire pour qui je travaille ? Je ne pensais pas que tu étais aussi intéressé par ce que je fais. »

Elle essaya de le pousser pour atteindre la porte, mais il l'en empêcha.

« Tu travailles pour moi. Je *suis* Scanguards. Ça m'appartient. »

~ ~ ~

Delilah s'arrêta net, et Samson réalisa qu'elle venait d'apprendre quelque chose de nouveau. Elle ne savait pas qu'il était à la tête de Scanguards, qu'il valait plusieurs centaines de millions de dollars. Son cœur fit un bond lorsqu'il s'en rendit compte et comprit que sa peur avait été infondée. Elle n'en voulait pas à son argent, car elle ne savait pas à quel point il était riche.

Samson pouvait voir qu'elle essayait de donner un sens à ses paroles. Mais une sorte de nuage noir finit par recouvrir son visage. Elle le dévisagea, bouche bée.

« Tu as cru que j'en voulais à ton argent ? Oh mon dieu ! Tu as cru que j'avais couché avec toi parce que… Oh mon dieu ! »

La douleur qu'il vit dans ses yeux lui fit mal au plus profond de sa poitrine. S'il croyait que lui révéler son identité lui ferait comprendre pourquoi il avait agi de cette façon, il se trompait. Au contraire, cela ne faisait qu'empirer les choses. Vraiment.

« Je ne me suis jamais sentie aussi nulle et aussi sale de toute ma vie. Je me sentais mieux quand tu me croyais strip-teaseuse. Mais tu as cru… Tu as cru que… Non, non… »

Elle se précipita vers la porte, mais il se glissa devant elle et l'arrêta. Il voulait la prendre dans ses bras et éloigner la douleur d'un baiser, s'excuser avec son corps pour tout ce qu'il avait fait. Mais il savait qu'elle le repousserait. Il l'avait blessée, sa belle mortelle, et cela lui faisait plus de mal que s'il avait lui-même été touché. A cet instant-là, il aurait fait n'importe quoi pour que la douleur s'effaçât.

« S'il te plaît, dis-moi ce que tu veux que je fasse pour que tout s'arrange. »

Elle le regarda de ses yeux brillants de larmes qu'elle retenait.

« Tu crois que tu peux m'acheter ? Tu ne m'as pas déjà assez humiliée ? Garde ton foutu argent et dégage ! »

« S'il te plaît, attends une minute. Et écoute-moi. »

« Pourquoi ? Tu ne sais pas déjà tout ce que tu voulais savoir ? Ce n'est pas pour ça que tu m'as assigné un *garde du corps* aujourd'hui ? Afin que tu puisses m'épier ? Tu contrôles toutes tes femmes comme ça ? »

« Delilah, c'était pour ta propre sécurité. Je n'ai jamais voulu te faire de mal, crois-moi. Mais tu m'as fait peur. »

Il avait vraiment peur, peur de ce qu'elle pouvait faire à son cœur. Peut-être valait-il mieux lui avouer directement ce qu'elle lui avait fait.

« Te faire peur ? Comment ? Parce que tu t'es bien amusé avec un pauvre petit audit ? Ouais, c'est vraiment effrayant, » siffla-t-elle, pleine de sarcasme.

« Ne dis pas ça. Ce sont les choses que je ressens quand je suis avec toi… qui me font peur. »

« Arrête de me mentir. »

Elle le dépassa rapidement et ouvrit grand la porte. Valise en main, elle se précipita en bas des escaliers. Samson était juste derrière elle, décidé à ne pas la laisser partir.

La porte d'entrée s'ouvrit une seconde avant qu'elle ne l'atteignît. Un soudain courant d'air froid pénétra à l'intérieur au moment où Ricky et

Thomas entrèrent. Ricky dévisagea Delilah, puis Samson qui se tenait un pas derrière elle.

« Je ne crois pas que tu devrais la laisser partir, Samson. »

Il claqua la porte avant qu'elle ne pût s'en aller. Samson entendit le soupir de frustration de Delilah, alors que celle-ci essayait de passer derrière Ricky.

« Je ne la laisse pas partir. »

« Bien. Parce que quelqu'un a tué John Reardon, et elle pourrait être la prochaine. »

« John ? »

La voix de Delilah n'était qu'un murmure rauque. Elle lâcha sa valise qui atterrit bruyamment sur le sol.

Samson échangea un regard surpris avec ses deux amis. Le connaissait-elle ?

Delilah reprit son souffle contre le placard. Une demi-seconde plus tard, Samson était à ses côtés, la prenant dans ses bras pour la conduire au salon. Il ne la laisserait pas partir, pas maintenant. Jamais.

Il l'assit doucement sur le canapé et resta à ses côtés. Tout en gardant ses bras autour d'elle, il se sentit soulagé qu'elle ne le repoussât pas.

« Ricky, sers un Brandy à Delilah, d'accord ? »

Son ami s'exécuta volontiers et lui tendit le verre quelques minutes plus tard. Samson porta le Brandy aux lèvres de sa chère et tendre pour qu'elle en bût quelques gorgées, et il dégagea une mèche de cheveux de son visage.

« Voilà, ma douce. »

Sa voix adopta un ton rassurant, tandis qu'il lui caressait tendrement le bras. Elle ne protesta pas. Il savait qu'elle ne lui avait pas encore pardonné mais, pour le moment, elle était sous le choc, et il ferait tout pour qu'elle se sentît mieux. Plus tard, il chercherait à obtenir son pardon. Il y aurait ensuite un autre obstacle à franchir, mais elle n'était pas encore prête pour cela.

Durant les secondes au cours desquelles il l'avait suivie dans les escaliers, il avait pris sa décision. Il ne la laisserait pas repartir à New York. Et peu importe le fait qu'elle fût humaine. Elle était sienne. Il avait besoin d'elle et pouvait la rendre heureuse. Il le savait au plus profond de son cœur.

Il surprit Ricky échangeant un regard avec Thomas qui hochait la tête. Aucun des deux ne l'avait jamais vu aussi tendre avec une femme. Samson déposa un doux baiser sur le haut du crâne de Delilah, sans se soucier de ce que ses amis pussent en penser.

« Delilah, dis-moi ce que tu sais à propos de cet homme. C'est lui qui avait embauché le gars qui t'a agressée. »

Soudain, elle le dévisagea, les yeux écarquillés d'incrédulité.

« John ? John a fait appel à ce voyou ? »

Elle leva les yeux vers Thomas et Ricky, lesquels hochaient la tête.

« Oui, c'était lui. Qui était-il ? » demanda de nouveau Samson.

« Tu devrais savoir qui il est. Il travaille pour toi. »

« Pour moi ? »

« Il est comptable chez Scanguards, » annonça-t-elle, son regard ne cessant de passer de Samson à ses amis.

# 12

Samson envoya Ricky et Thomas enquêter sur le meurtre du comptable. Ils passeraient également en revue les antécédents de John et de tous ceux qui travaillaient avec lui chez Scanguards. Amaury resta à la maison avec Delilah et Samson.

« Ça me paraît plutôt évident que John n'avait pas l'intention de te faire du mal. Il travaillait manifestement pour quelqu'un d'autre, et cette personne l'a tué, » déclara Samson.

« Mais pourquoi voudrait-on me faire du mal ? Je ne l'ai rencontré qu'il y a une semaine et  ne connais personne d'autre à San Francisco. Je n'ai pas d'ennemis, » protesta Delilah.

« Et cette personne savait qu'on était sur ses traces, n'oublie pas ça, » ajouta Amaury. « Et il s'est rendu chez John avant que nous ne puissions y arriver. On ne peut rien en déduire ? »

Samson hocha la tête.

« C'est vrai. Qui que ce soit, il ne voulait pas que nous interrogions John et que nous trouvions qui est derrière tout ça, ni pourquoi. Est-ce que tu as une idée de la raison pour laquelle lui ou quelqu'un d'autre te voudrait du mal ? »

La pensée que quelqu'un fût là, dehors, voulant faire du mal à la femme qu'il désirait profondément toucha sa corde sensible. Si quelqu'un effleurait, ne fût-ce qu'un seul de ses cheveux, il ou elle devrait affronter  sa colère. Et ce serait terrible.

« Je ne suis ici qu'en tant qu'audit, rien d'autre. J'ai l'habitude des personnes qui ne sont pas contentes de me voir, mais ce n'est pas pour ça qu'elles me veulent du mal. »

« Alors, ça a à voir avec ton travail. C'est ton unique lien avec John et San Francisco. C'est la seule explication. Est-ce que l'audit a mis quelque chose en évidence ? »

Samson était curieux.

Elle haussa les épaules.

« Rien d'inattendu, en tout cas, pas pour le moment. J'ai eu quelques difficultés pour obtenir des documents supplémentaires en rapport avec les problèmes que j'analyse, mais j'ai encore jusqu'à mercredi, alors je suis sûre de trouver ce qui ne va pas. »

Delilah semblait on ne peut plus confiante quant à son travail.

« J'ai toujours trouvé ce qui n'allait pas. »

« C'est ta réputation ? C'est pour ça que New York t'a embauchée ? »

Les yeux de Samson étudièrent son corps frêle. Etait-elle une sorte de super détective ? Découvrirait-elle aussi bientôt le pot aux roses le concernant, lui ? Combien de temps lui restait-il avant qu'elle ne découvrît son secret ? Combien de temps avant qu'elle ne s'enfuît de chez lui en criant ?

« Je ne fais que ça. Je ne pratique pas d'audits traditionnels. Je travaille uniquement sur des enquêtes spéciales. Si quelqu'un trafique les comptes, je le trouve. J'ai déjà trouvé quelques indications comme quoi quelqu'un serait en train de frauder la société. Il ne me reste plus qu'à confirmer de qui il s'agit. »

Elle dégageait une certaine confiance, presque de la fierté. Il la crut immédiatement. Si elle disait qu'elle trouverait, alors elle le ferait. Bien sûr, cela voulait aussi dire qu'il devait faire attention et élaborer rapidement une stratégie pour lui annoncer ce qu'il était. Il devait lui dire qu'il était un vampire parce qu'il n'avait pas l'intention de la laisser partir.

« Prends tout ton temps, je prolonge ton contrat pour une durée indéterminée. »

Cela la soulagerait d'une certaine pression. Mercredi arriverait trop tôt.

« Tu peux faire ça ? »

Delilah le regarda, lui d'abord, puis Amaury.

« Il peut faire ça ? »

Amaury lui jeta un sourire en coin.

« C'est le patron. Ce qu'il dit, on le fait. »

« Tu me fais passer pour un tyran. »

Samson jeta un regard de réprimande à son ami.

« Je t'assure que je ne suis pas du tout comme ça. Mais être le patron a ses avantages. »

Il lui sourit.

« Tu peux travailler là-dessus d'ici. Mon bureau est à ta disposition. Tu auras un accès total à tous les dossiers de la branche de San Francisco ainsi qu'à ceux de toutes les autres branches. Quelle que soit l'information dont tu as besoin, je peux te l'avoir. »

« Ce ne sera pas nécessaire. Je peux travailler dans les bureaux du centre-ville. En plus, j'ai besoin de la boîte que j'avais demandée à John, celle contenant les documents des transactions. Je n'ai pas encore fini. Elle est toujours au bureau. »

Samson secoua la tête.

« Je vais la faire apporter ici. Je ne te perds pas de vue. Si quelqu'un a été capable d'aller trouver John et de le tuer, il essayera de faire pareil avec toi. Je ne peux pas courir ce risque. »

Un frisson glacé parcourut sa colonne vertébrale à la simple pensée que quelqu'un pût lui faire du mal.

« Est-ce que tu obtiens toujours ce que tu veux ? »

La voix de Delilah avait quelque chose de tendu, et il comprenait pourquoi. Elle était toujours en colère qu'il eût fait des recherches sur son profil.

« Non, mais cette fois, ce sera le cas. Fin de la discussion. Tu travailleras ici. Et un de nous sera toujours avec toi. »

Il fit un signe de tête à Amaury, demandant implicitement à son ami de l'aider. Pour le moment, Delilah semblait encline à l'écouter, lui plus que quiconque.

« Il a raison, Delilah. Si quelqu'un a pensé que c'était si important de se débarrasser de toi, alors il ne va pas s'arrêter juste parce qu'on est remonté jusqu'à John et son beau-frère. »

~ ~ ~

Bien, à présent, ils étaient donc deux à s'allier contre elle. Peut-être était-elle encore sous le choc, mais ses pensées, elles étaient claires. Delilah était toujours furieuse que Samson ne lui eût pas fait confiance. Elle était perdue face aux différents signaux qu'elle recevait de lui et était effrayée à l'idée qu'on lui voulût du mal. Si tout s'était bien passé entre Samson et elle, elle n'aurait eu aucune objection quant aux mesures prises pour sa sécurité mais, pour le moment, les choses étaient différentes. S'il pensait qu'en la faisant rester chez lui, il la mettrait de nouveau dans son lit, alors il risquait d'être déçu.

Elle allait le lui dire sans plus attendre afin qu'il sût à quoi s'en tenir.

« Bien. Je resterai ici pour finir l'audit. Mais je ne fréquente pas mes clients. »

A sa réaction, elle put deviner qu'il ne s'était pas attendu à une telle déclaration. Il resta bouche bée pendant quelques secondes, avant de finalement se reprendre.

« On en parlera plus tard, en privé. »

Au diable cette conversation en privé ! Moins elle se trouverait seule avec lui, mieux ce serait. Delilah se souvint du moment où Ricky leur avait annoncé la mort de John, et comment Samson en avait profité pour la prendre dans ses bras. Elle n'avait pas eu la force de protester à ce moment-là mais, à présent, elle se sentait mieux. Elle ne lui donnerait pas une autre opportunité de regagner son cœur pour la blesser une nouvelle fois. Elle devait le maintenir à distance. Ceci n'était qu'un job, rien d'autre. Et, dorénavant, c'était exactement de cette manière qu'elle traiterait cette relation.

« Je ferais bien de me mettre au boulot. »

« Maintenant ? »

Samson haussa un sourcil.

« De toute façon, je n'arriverai pas à dormir. »

Delilah savait qu'avec tout ce qui s'était passé, il lui serait impossible de fermer les yeux.

« Tu n'as pas à rester avec moi. Montre-moi juste ton bureau et donne-moi accès aux dossiers. »

Le bureau de Samson était plus grand que ce à quoi Delilah s'était attendue. Il était lambrissé d'un riche bois sombre, et l'un des murs servait de bibliothèque. Celle-ci était pleine à craquer de livres, de haut en bas. Il y avait un immense bureau avec plusieurs ordinateurs, un canapé, quelques fauteuils et une table basse.

Elle s'attendait simplement à ce qu'il lui montrât comment tout fonctionnait avant de partir mais, au lieu de cela, Amaury et lui restèrent et commencèrent à travailler avec elle, l'assistant dans la relecture des dossiers, retraçant les transactions et passant des coups de téléphone à New York pour vérifier les informations. Apparemment, au siège, les gens travaillaient même au milieu de la nuit. Avec un accès direct à tous les dossiers de la société, son travail s'en trouvait facilité. Personne ne lui mettait plus de barrières en travers de sa route.

Delilah trouva étrange que Samson lui fît soudainement confiance de cette manière. Il lui fit apporter, par un membre de son personnel, la boîte dans laquelle étaient rangés les dossiers sur lesquels elle avait travaillé pendant la journée au bureau. A présent, Amaury et lui étaient submergés d'informations étalées sur la table basse, tandis qu'elle était confortablement assise sur la chaise de bureau et faisait défiler les dossiers informatiques.

Samson lui avait donné son identifiant ainsi que son mot de passe, et elle avait carte blanche. Si elle l'avait voulu, elle aurait pu se rendre dans ses dossiers personnels et regarder ce qu'il faisait. Mais elle ne le fit pas. Elle ne fouillerait pas. Elle ne tomberait pas si bas en lui faisant ce qu'il lui avait fait. Cette fois-ci, il ne s'agissait plus d'ouvrir quelques tiroirs dans sa chambre.

Delilah regarda Samson, la tête enfouie dans les papiers et parlant tranquillement à Amaury. Ses longs cils étaient aussi noirs que ses cheveux en broussaille dans lesquels elle s'était laissé aller la veille, en y passant sauvagement ses mains et en l'attirant plus près d'elle. Même à présent, alors qu'il l'avait vraiment blessée, elle le trouvait encore plus désirable que n'importe quel homme qu'elle avait rencontré.

Comme s'il avait senti son regard sur lui, il leva soudainement les yeux et la regarda. Prise en flagrant délit ! Il lui lança le plus léger des sourires, et elle sentit la chaleur lui monter aux joues. Dieu, que cet homme pouvait la troubler ! Elle retourna rapidement sur l'ordinateur. Elle devait garder la tête froide. Dans quelques jours, son travail serait terminé, surtout si elle travaillait pendant le week-end. Alors serait-elle libre de partir, et tout cela ne serait plus qu'un lointain souvenir.

Les heures passèrent et, à sa grande surprise, les deux hommes ne semblaient pas fatigués. Samson avait pourtant peu dormi la nuit précédente, puisqu'ils avaient… Peu importe. Puis, il s'était rendu à des réunions d'affaire toute la journée. Cela ne la regardait pas, de toute façon. Il était grand. S'il pensait qu'il n'avait pas besoin de dormir, alors elle n'allait pas s'en soucier. Et puis, le lendemain, c'était le week-end, et personne n'aurait à se lever trop tôt.

Elle retint soudain un bâillement et regarda l'horloge.

« Wow, il est presque six heures. »

Samson et Amaury se regardèrent.

« Mince, » s'exclama Amaury.

Samson lui dit quelque chose que Delilah ne put entendre, et Amaury hocha la tête.

« Je ferais bien de dormir un peu. Bonne nuit, » dit-elle en se levant et en éteignant l'ordinateur.

Samson se leva et la suivit hors de la pièce.

« Bonne nuit, Amaury. »

« Bonne nuit. »

Dans le couloir, sa valise était toujours là où elle l'avait lâchée quelques heures plus tôt. Avant qu'elle n'eût le temps de l'attraper, Samson prit celle-ci et la monta à l'étage. Fatiguée, Delilah le suivit.

« Amaury et toi, vous n'aviez pas à rester debout pour m'aider aussi longtemps. Je pouvais faire ça moi-même. »

« Ne t'inquiète pas pour ça. On a l'habitude de rester debout tard. Et puis, c'est ma société. J'ai un intérêt particulier à découvrir qui essaye de nous rouler dans la farine. »

Alors qu'ils atteignaient le haut de l'escalier, il se dirigea vers sa chambre, tandis qu'elle allait vers celle réservée aux invités. Elle s'arrêta quand elle vit où il allait, sa valise en main.

« J'ai besoin de ma valise. »

Delilah tendit la main, attendant qu'il la lui rendît.

« C'est pour ça que je l'ai montée. Viens. »

Il ouvrit la porte et se retourna, attendant qu'elle le rejoignît.

« Je ne crois pas que tu aies compris : quand je t'ai dit que je ne fréquentais pas mes clients, je ne plaisantais pas. »

« Dans ce cas, j'ai bien peur que je ne doive te virer. »

« Ne sois pas ridicule. »

« Je ne suis pas ridicule. Je suis pragmatique. »

Il resta un moment devant la porte.

Delilah croisa les bras sur sa poitrine, se mettant ouvertement sur la défensive. Elle avait besoin de toutes les forces qu'elle pût rassembler.

« Même si tu me vires, je ne dormirai pas dans ta chambre. Je resterai dans la chambre d'amis. »

Elle tourna les talons et s'en alla.

« Je ne ferais pas ça, si j'étais toi. »

Il n'y avait aucune méchanceté dans sa voix, juste une détermination de fer.

« Eh bien regarde. »

Elle le mettait clairement au défi. S'il croyait vraiment qu'il pouvait la reprendre aussi facilement, alors il était complètement dingue.

« Je détesterais avoir à taper sur Amaury. »

« Quoi ? »

Elle se retourna. Qu'est-ce qu'Amaury avait à faire là-dedans ? Cela n'avait aucun sens à ses yeux. Si c'était son plan pour la troubler, il avait réussi. Elle était tout ouïe.

« Je détesterais vous trouver tous les deux dans la chambre d'amis. Il reste ici. Alors, à moins que tu ne veuilles être à l'origine d'une bagarre entre deux bons amis, je te suggère de rester avec moi. »

Alors, c'était ce que les deux s'étaient chuchotés dans le bureau. Il lui avait tendu un piège.

« Tu avais tout prévu, n'est-ce pas ? Tu sais quoi ? Je peux dormir sur le canapé du salon. »

Samson secoua la tête et la regarda de ses yeux empreints de douceur et de chaleur. Ce n'était pas juste.

« Je t'en veux toujours. »

Elle n'avait pas voulu le dire, mais c'était sorti tout seul.

« Ça, je sais. Tu as ma parole : je ne te toucherai pas. Je sais reconnaître quand j'ai fait une erreur, et je sais quand m'excuser. Mais s'il te plaît, donne-moi une chance de t'expliquer afin que tu puisses peut-être me pardonner. »

Son ton était suppliant.

« Je ne veux pas que ça s'arrête. »

Delilah rencontra son regard.

« Quoi ? »

« Nous. »

Il tendit sa main.

« S'il te plaît, parle-moi. »

Hésitante, elle se dirigea vers lui, ses pieds ne voulant obéir à son cerveau qui lui disait de ne pas tomber de nouveau sous son charme. Quelques secondes plus tard, elle était dans sa chambre, et il fermait la porte derrière elle. Elle était seule avec lui. Elle avait besoin d'un sérieux coup de fouet. Ne s'était-elle pas promis cinq minutes plus tôt de garder ses distances ?

Samson alluma la cheminée et s'assit devant en regardant les flammes.

« Je n'ai jamais voulu te faire du mal. »

« Eh bien tu l'as quand même fait. »

Elle ne lui faciliterait pas la tâche. S'il voulait obtenir son pardon, il faudrait qu'il y travaillât dur. Très dur. Le simple fait d'être si irrésistible ne lui permettrait pas de se sortir de ce bourbier.

*Bien sûr, dis ça à ton corps ! Oh, tais-toi !*

« Et j'en suis vraiment désolé. Je sais que je ne peux pas retirer ce que j'ai dit, mais j'aimerais que tu entendes également ma version. Tu es arrivée ici, chez moi, si séduisante et de manière tellement inattendue. Et puis, dès le départ, tu m'as mené par le bout du nez… »

« Certainement pas. »

Delilah protesta, mais ne put s'empêcher de sourire intérieurement. Il pensait vraiment qu'elle l'avait mené par le bout du nez ? Aucun homme n'avait jamais dit cela d'elle auparavant. Elle n'était pas séductrice. Elle ne l'avait jamais été, et ce n'était pas près d'arriver. Elle n'aurait même pas su par où commencer.

Il lui sourit.

« Si. Et tu as volontiers partagé mon lit. Crois-moi, aucun homme ne peut être aussi chanceux. »

Delilah le regarda. Le pensait-il vraiment ? S'était-il regardé dans un miroir, dernièrement ? Les hommes comme lui *avaient* cette chance. Tout le temps.

« Ce n'est pas une raison valable pour faire des choses derrière mon dos. »

« Non, mais la peur de la trahison en est une. Quel est le dicton ? Chat échaudé craint l'eau froide ? »

« Trahison ? »

Maintenant, elle était curieuse.

~ ~ ~

« Il y avait une femme. »

Samson la regarda pour observer sa réaction. Devait-il lui raconter toute l'histoire ? Cela l'aiderait à comprendre pourquoi il avait eu si peur. Pourquoi le fait de penser qu'elle le trahissait l'avait entraîné dans une telle dégringolade.

« La rousse. »

Sa remarque l'abasourdit. Comment avait-elle deviné ?

« Tu semblais si tendu, en rage, quand tu lui parlais. »

Il tendit la main pour lui signifier de s'asseoir avec lui. Delilah accepta et prit place sur les coussins à ses côtés. Il voulait la sentir proche de lui lorsqu'il lui dirait ce qui s'était passé. Même ses amis ne connaissaient pas les détails qu'il était prêt à partager avec elle. Tout ce qu'ils savaient, c'était qu'elle en avait voulu à son argent. Il ne leur avait jamais dit les choses horribles qu'il l'avait entendu dire au téléphone.

« Je l'ai rencontrée grâce à une connaissance commune. Ilona était nouvelle en ville. On a commencé à sortir ensemble, et elle m'a fait croire que j'avais un tant soit peu d'importance à ses yeux. J'étais à un point de ma vie où je ne voulais plus être seul. »

« Est-ce que tu l'aimais ? »

La voix de Delilah était basse, presque comme si elle n'avait pas voulu poser la question. Aucune femme ne voulait entendre un homme confesser qu'il en avait aimé une autre. Et cela, il le savait.

« Je le croyais, à l'époque. Tout le monde nous disait quel beau couple nous formions, alors j'en avais déduis que, si tout le monde le voyait, eh bien, c'était vrai. Le soir où j'avais prévu de la demander en mariage, je l'ai surprise alors qu'elle ne m'attendait pas. Je l'ai entendue parler à l'une de ses amies au téléphone. Les choses qu'elle a dites… »

Samson sentit la main douce et chaude de Delilah sur son avant-bras, le caressant doucement. C'était si bon de sentir sa belle mortelle le frôler. Il n'osa pas la toucher de peur qu'elle arrêtât. Ses doigts étaient réconfortants et apaisants.

« Elle disait qu'elle détestait que je la touche, qu'elle ne supportait pas de me faire l'amour et, qu'une fois qu'on aurait mél… qu'on serait mariés, elle se foutait pas mal de qui satisferait mes besoins sexuels, mais que ce ne serait pas elle. Qu'elle vomirait si elle devait encore m'embrasser. »

Même à présent, il ne pouvait répéter ses mots exacts.

Delilah le regarda, choquée.

« Tout ce qu'elle voulait, c'était mon argent. »

Et une fois qu'elle l'aurait eu, elle se serait débarrassée de lui. Il ne pouvait le prouver, mais il le soupçonnait.

« Mais tu n'allais pas avoir de contrat prénuptial ? Tout le monde en a un en Californie. »

Il secoua la tête.

« Ce n'est pas comme ça que ça fonctionne avec moi. Pas de contrat. La femme avec laquelle je me marierai aura des droits communs sur tout ce que je possède. Elle sera ma partenaire, dans ma vie et professionnellement. Une fois que je m'engage avec quelqu'un, c'est sans réserve. »

Le mélange de sangs allait au-delà du mariage. Le mélange se faisait sans contrat, sans divorce. C'était véritablement jusqu'à ce que la mort séparât les deux personnes. Il devrait lui expliquer, un jour. Bientôt.

« Oh. »

« Mais ce n'est pas tout. Une fois que j'ai rompu avec elle, je n'ai plus réussi à faire confiance à une autre femme. Je ne voulais plus voir personne. Personne ne m'intéressait. »

« C'est normal après une telle rupture, » dit-elle doucement, de la compassion transparaissant clairement sur son visage.

Samson secoua la tête.

« Ce n'est pas normal pour un homme de ne plus avoir aucun appétit sexuel. Et ce n'est pas normal *du tout* de ne pas avoir d'érection pendant neuf mois. »

Elle resta bouche bée face à sa confession.

« C'est vrai. »

Il hocha la tête en la regardant.

« Tes amis sont au courant ? »

« Juste les grandes lignes. Je ne leur ai jamais vraiment dit ce qui s'était passé ni ce qu'elle avait dit. Tu es la seule personne à le savoir. »

Il lui faisait confiance, à elle et à elle seule. Il la sentit s'approcher de lui.

« Donc, tes amis essayaient de t'aider, et ils ont déniché une strip-teaseuse… »

Delilah laissa la phrase en suspens.

« Et à la place, tu es arrivée, et tout est revenu à la vie. Je ne pouvais pas croire ce qui arrivait au début, mais quand je t'ai embrassée la première fois et que tu te débattais, ça m'a excité… Soudain, tout ce qui avait plongé dans un profond sommeil pendant si longtemps se réveillait. »

Les joues de Delilah se colorèrent d'une magnifique nuance de rose.

« Est-ce que tu peux imaginer combien j'étais effrayé quand Carl a trouvé ces dossiers dans tes bagages, et que j'ai pensé que notre rencontre n'était pas une coïncidence ? Que tu avais joué avec moi ? Que tu ne me voulais pas, moi, mais mon argent ? J'avais juste recommencé à ressentir quelque chose et puis, soudain, j'ai cru que tu… »

C'était douloureux d'en parler, même à présent.

« Pardonne-moi, s'il te plaît. J'aurais dû te parler dès le début et te demander pour ces dossiers. J'aurais pu nous épargner tout ça. »

~ ~ ~

Delilah plaça un doigt sur ses lèvres.

« Chut. »

Comment pouvait-elle continuer à lui en vouloir, alors qu'il s'était ouvert à elle de la sorte ? Quel homme admettait avoir des problèmes d'érection, surtout à la femme qu'il voulait mettre dans son lit ? Cela pouvait être un tour de bas étage. Elle regarda dans ses yeux, cherchant un signe qui lui aurait prouvé qu'elle se trompait, qu'elle ne pouvait pas lui faire confiance. Mais il n'y en avait pas. Personne ne pouvait tomber aussi bas pour obtenir quelque chose. Et lui, le pouvait-il ? Non. Sa voix, son visage. Tout respirait l'honnêteté. La franchise. Il lui avait tout dit.

Mais il restait une dernière question en suspens. Elle ne voulait pas la lui poser, mais il le fallait. Elle se le devait à elle-même. Au moins saurait-elle à quoi s'en tenir.

« Je suis désolée, mais il faut que je te le demande. Est-ce que ça veut dire que tu cherches juste à avoir des relations sexuelles ? Je veux dire, c'est ok, » ajouta-t-elle précipitamment.

Elle ne voulait pas paraître prude ou trop en besoin d'affection.

« Si c'est ce que tu veux, je peux comprendre, vu les circonstances. Je veux dire, quel homme ne voudrait pas se rattraper, hein ? Neuf mois, c'est long pour un homme. Et on est tous les deux des adultes consentants. Je veux dire, c'est juste une aventure. De toute façon, je n'habite pas ici. Je dois retourner à New York… »

Elle bafouillait. Elle savait qu'il n'y avait aucun avenir dans tout cela. Au moins connaissait-elle maintenant la raison pour laquelle il était aussi assoiffé de sexe. C'était plutôt compréhensible. Ils étaient adultes. Elle pouvait faire avec, non ? Non ?

Samson porta la main à son visage, son pouce caressant sa mâchoire. Son regard alla de ses lèvres tremblantes à ses yeux. Elle frissonna sans pourtant avoir froid.

« Je veux plus. »

« Plus de sexe ? »

Sa voix était tremblante, et elle évita son regard.

« Plus de tout. Plus de toi, pas juste du sexe. Il ne s'agit plus uniquement de ça, désormais. Et je vais te le prouver. Ce soir… »

« C'est déjà le matin. »

« Ce matin, tout ce que je veux, c'est que tu dormes dans mes bras. Pas de sexe : je veux juste te sentir près de moi. Tu n'as même pas besoin d'être nue. En fait, c'est probablement mieux que tu ne le sois pas. Je ne m'attends pas à ce que tu me pardonnes tout de suite, je sais que tu es toujours en colère contre moi, mais j'ai besoin de te sentir proche. J'ai besoin de sentir ta respiration à mes côtés, j'ai besoin de ta chaleur. S'il te plaît. »

~ ~ ~

Samson avait beau avoir soif de son corps et ne désirer qu'être en elle, il lui devait bien cela. Il devait lui prouver qu'il ne la voulait pas uniquement pour satisfaire ses besoins sexuels et qu'il respectait ses décisions. S'il pouvait contenir ses envies pour le reste de la journée, alors il lui prouverait qu'il avait besoin d'elle pour autre chose que le sexe. Il aurait donc sa chance avec elle. Cela en valait la peine. *Elle* en valait la peine.

« Tu veux juste que je reste là, avec toi ? Tu ne m'embrasseras pas ? »

Il regarda ses lèvres, légèrement entrouvertes et humides. Bien sûr qu'il voulait l'embrasser, mais comment pourrait-il s'arrêter ensuite ? Il prit Delilah dans ses bras et lui plaça la tête contre sa poitrine, lui passant la main dans ses cheveux.

« Je t'ai promis quand tu es entrée ici ce soir que je ne te toucherais pas. Je vais m'y tenir. »

« Tu me touches, là. »

« Tu sais ce que je veux dire, alors ne cherche pas la petite bête avec moi. »

Il rit doucement, sachant que, si elle le taquinait, elle ne devait plus être aussi en colère que ça contre lui.

Samson la laissa se changer dans la salle de bain, tandis qu'il se déshabillait dans la chambre pour ne garder que son boxer. Il utilisa la salle d'eau située au fond du couloir pour se préparer à aller se coucher, conscient qu'en tant que femme, Delilah utiliserait la salle de bain de la chambre plus longtemps qu'il ne pouvait supporter de rester debout. Le soleil s'était déjà levé et il avait besoin de sommeil. Il était physiquement épuisé, et son énergie baissait à vue d'œil.

Il s'allongea dans le lit, tirant les couvertures sur lui. Quelques minutes plus tard, il entendit la porte de la salle de bain s'ouvrir, puis il la vit. Sa fatigue s'envola. Avait-elle en tête de le séduire ?

Delilah portait la plus sexy des nuisettes qu'il eût jamais vues- la seule qu'il eût vue -dont le tissu était trop fin pour laisser une quelconque place à l'imagination. Quoiqu'il n'eût pas à imaginer quoi que ce fût. Il avait une photographie mentale du moindre centimètre de son corps, conservée précieusement dans sa mémoire.

Elle se glissa sous les couvertures et se réfugia sans attendre dans ses bras, calant son corps élastique au sien. Samson était certain qu'elle avait remarqué le regard affamé avec lequel il la dévorait. Il espéra que le sommeil s'emparerait vite de lui afin qu'il pût tenir sa promesse, mais il savait instinctivement que celui-ci ne viendrait pas assez vite.

« Tu as dit que tu voulais que je dorme dans tes bras, c'est ça ? »

« Oui, mais j'ai aussi dit que tu ne devais pas être nue. »

Ses mains l'encerclèrent, la serrant plus près de lui. Il pouvait sentir le moindre muscle de son corps.

« Je ne suis pas nue. »

« C'est discutable. »

Elle lui semblait nue. Sa réponse fut immédiate. Le sang surgit dans ses parties comme si quelqu'un avait ouvert les barrières d'un barrage. Du Hoover Dam, si ça se trouvait.

Elle approcha la tête, le tentant avec son parfum suave.

« Je n'ai pas droit à un dernier baiser ? »

« Il ne vaut mieux pas. »

A présent, il pouvait à peine parler. Il essayait de contenir son envie de la prendre. Des images inondèrent son esprit. Celles de sa peau brillante contre la sienne, de leurs corps qui se mouvaient en parfaite synchronisation, de son sexe dur qui l'empalait, pompant avec frénésie et claquant contre elle. Il sentait des perles de sueur apparaître au niveau de ses sourcils, la chaleur s'emparant soudainement de son corps, alors qu'il tentait de combattre sa propre nature.

« Tu ne me trouves plus séduisante ? »

Elle savait exactement ce qu'elle faisait, encore plus lorsqu'il sentit sa main descendre le long de sa poitrine, de son ventre et de son boxer. Il ne pouvait l'arrêter, non pas que la force physique lui manquât, mais parce que toute pensée rationnelle avait quitté son esprit. Dès que la main de Delilah eut enveloppé son érection, il sut qu'il avait perdu la bataille. Il fit néanmoins une dernière tentative pour tenir sa promesse.

« Tu devrais arrêter. J'ai fait une promesse. »

Il lui était difficile de parler. Tout ce à quoi son cerveau pouvait penser était la douce paume de cette main se mouvant de haut en bas sur sa verge.

« Mais pas moi, ce qui veut dire que je peux te toucher autant que je le veux. »

Il ne pouvait en croire ses oreilles. Regagner sa confiance et obtenir son pardon étaient les deux raisons pour lesquelles il lui avait promis de ne pas la toucher. Et elle, que faisait-elle ? Elle le séduisait, sans vergogne.

« Tu n'es pas sérieuse. Tu es en colère contre moi, tu te souviens ? »

Delilah leva les yeux vers lui et secoua la tête.

« Plus maintenant. Si j'étais toujours en colère contre toi, je ne serais pas dans ton lit en ce moment. Et je ne te toucherais pas de la façon dont je te touche. »

Sa main resserra davantage son emprise sur son membre, alors qu'elle parcourait celui-ci, dur comme l'acier, sur toute sa longueur.

« Alors, aurais-tu l'obligeance d'arrêter de faire le difficile et de m'embrasser ? »

« Difficile ? Je ne crois pas qu'on m'ait déjà appelé ainsi. »

Soudain, il la sentit bouger et, en moins de quelques secondes, elle était sur lui, à califourchon. D'un mouvement rapide, elle passa sa nuisette par-dessus la tête et la jeta en-dehors du lit. Il la parcourut des yeux : sa nudité parfaite, sa peau de satin, ses courbes. Il regarda ses seins, bien ronds, lesquels s'ajusteraient parfaitement dans le creux de ses mains.

Doucement, Samson lui prit le visage entre les mains et l'attira vers lui.

« J'aurais tenu parole, mais tu ne me laisses pas le choix. »

Il captura ses lèvres, les dévorant. Il était affamé, affamé de sa saveur. Il s'arrêta une seconde et s'écarta.

« Et je veux que tu saches qu'il n'y a plus de rapport sexuel entre nous : à partir de maintenant, on fait l'amour. »

C'était important pour lui de faire cette distinction. Il en avait assez du sexe bestial. Il voulait une autre sorte d'intimité avec elle. Tout ce qu'il désirait à présent, c'était lui montrer ce qu'il ressentait, gagner son cœur et sa confiance, afin qu'il pût bientôt lui avouer le dernier de ses secrets et lui révéler sa véritable identité.

Les lèvres de Samson retournèrent à son baiser et, si Delilah avait eu un quelconque doute, il fut définitivement balayé. Cet homme s'était ouvert à elle comme aucun autre ne l'avait fait auparavant et, même si elle avait mis à mal les efforts de ce dernier à honorer sa promesse de ne pas la toucher, elle avait vu de la sincérité dans sa volonté à y parvenir. C'était tout ce qu'elle avait besoin de savoir. Ils n'avaient pas besoin de gâcher la nuit, ou plutôt le jour, sans se toucher. Il n'y avait qu'un endroit où elle le désirait à présent, et c'était en elle, capturé entre ses cuisses. Pour aussi longtemps qu'elle voudrait l'y garder.

Son baiser était plus tendre que tous ceux qu'il lui avait donnés jusqu'à présent. De ce baiser, elle pouvait ressentir son désir et son besoin ; à peine maîtrisé, prêt à remonter à la surface. Mais il la submergeait malgré tout de sa tendresse, de l'intime caresse de sa langue dans sa bouche. Les doigts de son amant lui enveloppaient la figure, caressant doucement sa peau et titillant son cou sensible comme s'il ne pouvait supporter de relâcher son visage.

Il y avait un grand désir et de la promesse dans ce baiser, comme s'il ouvrait son cœur et l'invitait à y entrer. Et quelque chose d'autre aussi, quelque chose qu'elle n'avait jamais ressenti avant : la sensation qu'il avait besoin d'elle, pour satisfaire un besoin, non pas charnel, mais émotionnel. Elle lui répondit à sa manière, avec passion et besoin. Sa tête était pleine d'images de béatitude. Elle se voyait dansant avec lui, au soleil, dans une mer de fleurs.

Samson se dégagea et lui donna soudain un court temps de répit pour respirer.

« Je ne me lasse pas de toi. Ne pars pas, mercredi. »

« Mais je dois repartir une fois l'audit terminé. »

Sa protestation était faible. Elle ne voulait pas partir, mais ne pouvait rester non plus. Elle avait une vie, à New York. Enfin, elle avait un appartement.

« Je n'ai aucune raison de… »

Un appartement loué. Un simple endroit où elle gardait ses affaires, rien de plus. Un petit endroit, quelque chose que ses ancêtres allemands appelleraient un *Wohnklo*, un petit studio avec une salle de bain tout aussi minuscule.

« Je peux te donner une centaine de raisons de rester. »

Il prit sa lèvre supérieure entre les siennes et la suça doucement.

« C'en est une. »

Sa langue balaya ses lèvres.

« En voilà une autre. On en parlera ce soir. Mais pour l'instant… »

Il la retourna d'une main experte et la plaça sous lui, plongeant dans ses yeux pour un long moment.

Samson prit ce qui lui appartenait, et Delilah s'abandonna à sa bouche, sa langue, ses mains et son corps. La façon dont il lui faisait l'amour était plus tendre que tout ce dont il pensait pouvoir un jour être capable. Il n'y avait aucune urgence à joindre son corps au sien. Ils auraient tout le temps pour s'explorer l'un l'autre.

Cette fois-ci, tout ce qu'il voulait, c'était la sentir, expérimenter la chaleur de son corps, percevoir le rythme excitant des battements de son cœur contre ses lèvres. La sentir renaître sous ses mains et sa bouche, épanouie.

Delilah se cambrait vers lui à chaque fois que ses mains la caressaient, du cou jusqu'au nombril. Comme Magellan, il fit le tour de ses seins, navigua vers le Sud avant de faire un détour pour finalement atteindre le Pôle sud. Il navigua sur le petit canal entre ses seins, tel le Bosphore, incapable de décider s'il devait d'abord porter son attention sur l'Europe ou bien sur l'Asie. Les deux semblaient aussi séduisants l'un que l'autre.

Quelles montagnes parfaites aux sommets durs comme le roc ! Sa langue lapa leurs bouts engorgés, ce qui provoqua un gémissement étouffé dans la gorge de Delilah.

« Ma douce, je n'ai même pas encore commencé. »

Elle reprit son souffle.

« Oh, pitié. »

La pitié n'était pas ce qu'il avait en tête. Non, il se dirigeait vers la canopée luxuriante, plus au Sud, laquelle abritait un trésor par-dessous, un trésor qu'il était déterminé à reconquérir.

Ses doigts s'aventurèrent et trouvèrent le bouton encapuchonné. Il l'effleura. Le bassin de Delilah se rua contre lui, instantanément, poussant sa main dans les pétales humides. Incapable de résister, il glissa un doigt à l'intérieur de cette gaine accueillante.

« Je te veux maintenant. »

Samson n'avait jamais entendu sa voix prendre un ton aussi rauque.

« Tu m'as. »

Il souligna sa déclaration en plongeant un doigt profondément en elle. Elle n'avait aucune idée de combien elle le possédait, corps et âme. Bientôt, il le lui dirait.

Le désir de son corps devenait plus intense, ses hanches bougeant en synchronisation avec la main de Samson, le chevauchant de la même manière qu'il la savait désireuse de le faire avec sa verge. Et elle pourrait le chevaucher quand elle le voudrait : il ne serait jamais capable de le lui refuser.

Par de lents mouvements, Samson se plaça au-dessus d'elle, centrant sa verge douloureuse. Et, centimètre par centimètre, il descendit jusqu'à ce qu'il fût profondément ancré en elle. Chaque mouvement rendait leur osmose plus profonde, connectait leurs corps davantage encore, jusqu'à ce qu'ils ne fussent plus qu'un.

Cette érection qui empalait ce corps n'était pas leur unique point de connexion. Alors que leurs jambes s'entremêlaient, leurs bras s'entrelacèrent et leurs lèvres fusionnèrent. Le corps de Delilah convenait parfaitement au sien, comme si quelqu'un au Paradis l'avait précisément moulée pour lui.

Samson ne s'était jamais senti aussi proche d'une femme qu'il ne l'était de Delilah à cet instant. Il pouvait sentir son excitation monter, alors que son bassin commençait à pousser contre le sien de manière plus pressante. Il y répondit de la même manière, bougeant selon le rythme qu'elle sollicitait, réalisant à quel point la contenter le remplissait de joie.

Il se retint, juste à la limite, refusant son propre soulagement avant qu'il n'eût acquis la certitude que Delilah fût proche du sien. Son urgence à elle prit le dessus, demandant à ce qu'il bougeât plus fort et plus profondément, et il s'exécuta malgré la force qu'il lui en coûtait de retenir son propre orgasme.

« Ne t'arrête pas. »

Ses désirs étaient des ordres.

« Ça n'arrivera pas. »

Les talons de Delilah sur ses fesses l'attiraient plus profondément en elle, et ses ongles dans son dos l'auraient fait saigner, s'il avait eu la peau fragile d'un humain. Puis, l'orgasme de sa belle mortelle le percuta de plein fouet, comme si le corps de celle-ci se cassait en mille morceaux. Ce même orgasme atteignit Samson telle une rangée de dominos, l'emportant dans le plaisir de sa compagne et déclenchant en lui son propre soulagement, le faisant répandre sa semence en elle.

Mais ce n'était pas fini. Il continua à bouger en elle, d'avant en arrière, embrassant ses lèvres et la serrant jusqu'à l'estompement de son dernier spasme.

Alors qu'il plongeait ses yeux dans les siens, il se trouva sans voix. Et il ne voulait briser le moment magique d'une totale et absolue béatitude. Tout en la tenant, il roula sur le côté, incapable de relâcher son étreinte, peu disposé à quitter son corps.

Lorsqu'il parla enfin, sa voix fit écho dans ses oreilles. Elle était rauque, teintée de passion et de désir, ainsi que de quelque chose qu'il n'avait pas ressenti depuis longtemps : de l'affection.

« Je peux te donner un million de raisons de ne pas partir. »

Et il lui énumérerait chacune d'entre elles, une par une, pour la convaincre de rester.

# 13

Il arrivait souvent qu'Amaury passât du temps dans un lit qui n'était pas le sien, mais généralement, les raisons en étaient tout autres. Au moment où Samson et lui avaient sorti la tête des dossiers dont Delilah était en charge, le lever du soleil était trop proche pour qu'il se risquât à rentrer chez lui. Il avait beau détester s'immiscer entre deux amants, il n'avait eu d'autre choix que de rester dans la chambre d'amis.

Chambre qui, à son grand désespoir, avait un mur en commun avec la suite parentale.

Sa fine ouïe lui avait permis d'entendre plus que ce qu'il n'en aurait voulu. Il avait donc confectionné des boules Quiès faites maison avec du coton trouvé dans la salle de bain. Cela aidait quelque peu. Cependant, il avait beau ne plus entendre leurs voix, il ne pouvait en dire autant de leurs émotions. Elles l'empêchaient presque de s'endormir. Apparemment, les réconciliations sur l'oreiller avaient du bon.

Depuis qu'il était vampire, il n'avait jamais rencontré de femme qui l'eût émoussé à la mesure de l'effet que Delilah produisait sur Samson. Amaury était un peu plus âgé que son ami, de près de deux cents ans, et il avait essayé toutes les femmes. Il ne savait pas précisément comment il était parvenu à survivre aussi longtemps. D'autant que ses ennemis étaient nombreux, chez les humains comme chez les vampires.

Il avait vécu des temps difficiles aux seizième et dix-septième siècles, dans sa France natale, avant de ressentir le besoin de prendre un nouveau départ sur un autre continent, où sa réputation de canaille et de coureur de jupons ne le précédait pas. En outre, il avait possédé toutes les femmes âgées entre quinze et cinquante ans et, doucement mais sûrement, il commençait à manquer de partenaires consentantes. Il était plus prolifique que Don Juan ou Casanova, même si son nom n'était jamais vraiment entré dans l'Histoire. Mais ce n'était pas plus mal, il n'avait pas besoin de publicité.

La chambre d'amis était relativement confortable, mais ses cauchemars le réveillèrent trop tôt. Une heure avant le coucher du soleil. Malgré le travail amorcé avec le docteur Drake sur le sentiment de culpabilité qui l'habitait, il ne pouvait se débarrasser des images qui tourmentaient son sommeil chaque soir.

Rester au lit ne servirait à rien s'il ne pouvait se rendormir. Une douche rapide le rafraîchit, ainsi que le sang qu'il trouva dans le réfrigérateur du garde-manger dont il connaissait le code. Il était assez souvent resté chez Samson pour s'être familiarisé avec le contenu des placards et, pour le moment, il n'avait pas le temps d'aller chercher un repas frais. Mais que Samson pût vivre de ces trucs empaquetés le dépassait.

Amaury préférait le liquide chaud et goûteux s'écoulant directement d'un humain qui respirait. Et d'une femme, de préférence, avec laquelle il pouvait satisfaire un ou deux désirs, par la même occasion. Autant faire d'une pierre deux coups. Et, en toute honnêteté, ses désirs charnels auraient besoin d'être assouvis bientôt. Il passait rarement une nuit sans.

Amaury n'était avec aucune femme en particulier. Il prenait, au contraire, ce qu'il pouvait obtenir de n'importe quelle femme disponible. Grâce à son physique, il y avait toujours assez de prétendantes intéressées pour se rouler dans le foin avec lui. Bon, désormais, il n'était plus réellement question de foin : il préférait un matelas souple en fibre de coton égyptien. Suivre la tendance s'avérait un luxe.

Il s'empara du journal qu'Oliver avait apporté plus tôt dans la journée. Il n'y avait aucun signe de lui dans la maison et, bientôt, après le coucher du soleil, Carl viendrait le remplacer.

Quelques minutes après s'être plongé dans le journal, il entendit des pas dans l'escalier. Ils n'avaient pas la lourdeur de ceux de Samson, mais bien la légèreté de ceux de Delilah qui s'approchait. Elle apparut dans la cuisine quelques secondes plus tard, une aura de chaleur l'encerclant.

« Bonjour, » l'accueillit-elle avec un sourire.

« Bonsoir, Delilah. Samson est déjà levé ? »

« Non. Je l'ai laissé dormir. Il avait l'air épuisé. »

Amaury sourit de toutes ses dents.

« Pas surprenant. »

La maison avait pratiquement chancelé, comme secouée par un tremblement de terre dont l'épicentre se serait trouvé dans la chambre parentale. A moins que ce fût la sensibilité d'Amaury face aux émotions, son don particulier et atrocement douloureux, qui lui avait laissé entendre que San Francisco était sur le point de vivre un nouveau séisme.

La façon dont Delilah devint écarlate aurait fait rougir de honte une tomate mûre. Elle s'y habituerait. S'il avait su lire correctement leurs émotions la nuit précédente, alors cette mortelle allait devenir une pièce centrale du foyer.

« Je suis affamée. Est-ce que tu veux que je te prépare un sandwich tant que j'y suis ? »

Delilah ouvrit le frigidaire et commença à sortir du pain, quelques restes et les différents ingrédients pour préparer une salade.

« Non, merci. La nourriture solide ne me réussit pas quand je viens de me lever. »

Ce n'était pas un mensonge. La nourriture solide ne lui réussissait vraiment pas, mais pas uniquement au petit-déjeuner. Quoiqu'un steak bien saignant aurait été à son goût. En tant que Français, la perte de la bonne chair après être devenu vampire l'avait particulièrement affecté.

Delilah alla rincer quelques tomates.

« Tu sais, j'ai trouvé des choses dans les transactions, hier soir. »

« Je t'écoute. »

Amaury avait de bonnes bases en comptabilité, et c'était un excellent partenaire quand il s'agissait de rebondir sur des idées.

« Ok, alors imagine que tu veuilles échapper aux contrôles internes pour sortir des actifs de valeur hors de la société. Que ferais-tu ? »

Il haussa les épaules.

« Je ne suis pas sûr de comprendre où tu veux en venir. Tu ne peux pas déplacer des actifs hors de la société sans la signature préalable de personnes plus haut placées que John ne l'était. Je suis certain que tu le sais aussi bien que moi. »

« En effet, mais John avait autorité pour signer d'autres choses. Par exemple, s'il voulait démonter un vieil ordinateur, il signait l'accord et allait le porter à un vendeur qui recyclerait du matériel électronique usagé, » expliqua-t-elle en beurrant une tranche de pain.

« Bien sûr, mais tu devrais démonter beaucoup de petites pièces pour en obtenir quelque chose. En plus, quoi que ce soit que tu démontes, cela a peu de valeur en fin de compte, alors, quel est l'intérêt ? Je ne vois pas comment tu peux déplacer un important montant d'actifs hors de la société comme ça. Ça te prendrait des années. »

Amaury repoussa l'idée.

« C'est ce que j'ai d'abord pensé aussi. Mais si la véritable valeur de l'actif n'était pas juste égale à un peu de ferraille, mais à bien plus ? »

« Qu'est-ce que tu veux dire ? »

« Une dépréciation. »

« Une dépréciation ? »

Amaury ne comprenait pas vraiment. Bien sûr, il connaissait le concept de dépréciation d'un actif, et son utilité pour refléter une véritable valeur dans les livres et réclamer la dépense du compte de pertes et profits de la société. Mais ses connaissances en la matière s'arrêtaient là.

« Oui. John était autorisé à dépecer de vieux actifs en-dessous d'une valeur de 2500$ sans avoir besoin de la signature du siège. Il accélérait la dépréciation en réduisant la valeur de ces actifs en-dessous du seuil pour lequel il était autorisé à signer et il échappait ainsi aux contrôles internes. »

Cette hypothèse tenait bien la route. Il devait l'admettre.

« Et après ? »

« Après, il transférait l'actif à une personne externe à la société qui, à son tour, le vendait à sa juste valeur. Il redonnait la valeur de base à la société et gardait la différence pour lui. »

Elle mordit dans son sandwich et mâcha.

« Mais combien d'argent aurait-il pu voler comme ça ? Des sommes de l'ordre de cinquante à cent mille dollars ? Ce n'est rien. Ce n'est pas une raison suffisante pour envoyer quelqu'un vous tuer. Tu l'as vu toi-même, dans les enregistrements qu'on a regardés hier, que ça n'a lieu que depuis à peu près un an. »

« Mais ça ne change pas le fait qu'il fraudait clairement la société. Les documents des transactions le désignent, lui. Sa signature est sur chacun d'eux. Il est à l'origine des transactions et les a autorisées. Oui, ce n'était pas la plus sophistiquée des fraudes, ni une grande nouveauté non plus, mais peut-être que cet argent représentait davantage pour lui. Et peut-être qu'il n'essayait pas de me tuer, juste de me faire peur pour que je parte. »

« Pour quoi faire ? L'audit suivant serait arrivé et aurait continué là où tu te serais arrêtée. Au mieux, ça aurait caché sa fraude un peu plus longtemps. »

« Un peu plus longtemps ? Hmm… »

Elle réfléchissait à ce qu'il venait d'avancer.

« Peut-être qu'il avait autre chose en tête. »

Elle haussa un sourcil.

« Tu veux dire une plus grande fraude ? »

« Pourquoi pas ? Au bout d'un moment, les criminels deviennent avares. Crois-moi, j'ai vu beaucoup d'exemples d'avarice dans ma vie. »

Amaury n'exagérait pas. Il en avait vu plus que sa part au cours de son existence.

« Avarice… Hmm… Ça me rappelle quelque chose que mon professeur nous avait enseigné en cours. Si tu veux faire un détournement, alors il faut voir les choses en grand. Prends tout ce qu'il te faut en une seule fois et dégage. Les détournements sur du long terme ne fonctionnent jamais. »

« En voilà un professeur intéressant. Quel genre d'école as-tu fréquentée ? »

Amaury lui jeta un sourire amusé.

« C'était mon professeur de comptabilité à l'université. Crois-moi si tu veux, mais les comptables et les audits ont besoin d'apprendre comment détourner de l'argent pour repérer une fraude dans les livres. »

« Comme un spécialiste de la sécurité doit être entré par effraction dans des endroits sûrs, hein ? »

« Exactement. C'est comme ça que Scanguards forme ses employés ? »

Il lui jeta un regard de travers. Elle ignorait probablement combien elle était proche de la vérité. Non seulement Scanguards employait majoritairement des vampires, certains plus contenus que d'autres, mais de plus, une large part de leur personnel humain était composée de criminels repentis.

« J'ai bien peur de ne pouvoir évoquer nos méthodes de… »

Elle l'interrompit.

« Amaury, c'était une question de rhétorique. »

Il laissa échapper un rire nerveux et changea de sujet.

« Tu sais ce qui me surprend à propos de John ? Il s'est plongé dans ce plan compliqué pour voler un peu d'argent, alors qu'il aurait probablement été plus facile d'avoir accès aux liquidités de Scanguards. Tu connais notre bilan annuel. On a très peu d'actifs fixes, nombre d'immeubles depuis lesquels nous opérons sont loués et, en général, nos véhicules sont en leasing. Mais on a beaucoup d'argent liquide. Alors pourquoi pas ça ? Ça n'aurait pas été plus facile ? »

Delilah pinça les lèvres.

« Vos contrôles internes de l'argent liquide sont plutôt solides. Le moindre transfert a besoin d'un processus de double approbation. J'ai lu le manuel de procédure à ce sujet. Il n'aurait pas pu le faire lui-même. »

Elle mit les plats dans l'évier et commença à les nettoyer.

« Je crois qu'on tient quelque chose. Examinons les faits. Tu auditionnes la société. John devient nerveux parce qu'il a fraudé. Il embauche son beau-frère pour te tuer ou… »

« Ou m'effrayer. »

« Ou t'effrayer. Et juste au moment où on l'attrape, il se fait tuer. Ce n'était pas son beau-frère puisqu'on l'avait déjà arrêté. Ce n'était pas un meurtre fortuit. C'était délibéré. Donc, qu'est-ce que John nous aurait dit si on l'avait trouvé plus tôt ? Aurait-il avoué qu'il nous fraudait ? Peut-être. Mais cela n'aurait porté préjudice qu'à lui. »

« Quelqu'un ne voulait pas qu'on le confronte, c'est évident. John connaissait cette personne et savait ce qu'elle faisait ou bien ce qu'elle lui ferait. »

« Exact, parce que John l'avait aidée. La seule raison de vouloir la mort de quelqu'un est quand on pense qu'il vendra la mèche sur ce qu'on a fait. Et ça a à voir avec quelque chose de plus gros qu'une accélération de la dépréciation et la vente de petits actifs. Quelque chose de bien plus gros. »

Delilah se retourna pour le regarder, une lueur d'intérêt scintillant dans ses yeux. Apparemment inconsciente du fait qu'elle tenait un couteau aiguisé dans la main, elle fit un geste animé. Le couvert lui échappa. Elle fit un effort pour le retenir, mais attrapa seulement le bout pointu entre ses doigts. La lame coupa aisément la tendre chair de ses doigts avant d'atterrir au sol. Le sang coula immédiatement.

« Mince ! »

« Oh merde ! » s'exclama Amaury.

L'odeur de sang frais sur un ventre presque vide. Il ne lui en fallait pas plus.

« Laisse-moi t'aider à le panser. »

Plus vite il refermerait la plaie, mieux ce serait, pour tous.

Il ouvrit un tiroir et en sortit une serviette de table propre.

« Laisse-moi voir. »

Elle pressa sa main contre son ventre.

« Oh mon dieu, je ne peux pas regarder. »

« C'est juste un peu de sang, » tenta-t-il de la rassurer. Mais il ne put s'empêcher de remarquer qu'elle était devenue livide.

Amaury prit sa main pour regarder la profondeur de l'entaille tout en plaçant la serviette en-dessous pour empêcher le sang de couler au sol ;

retenant sa respiration afin que cette odeur, horriblement tentante ne s'emparât de lui.

~ ~ ~

Samson sentit l'odeur du sang dès qu'il sortit de sa chambre, fraîchement douché et habillé. Il n'avait aucun doute quant à la personne à laquelle il appartenait ni quant à sa provenance. Ses narines reniflèrent, et son corps se crispa.

Delilah !

Il connaissait l'amour d'Amaury pour le sang chaud mieux que quiconque et se maudissait de l'avoir laissé rester, alors que Delilah était avec lui.

Le temps qu'il dévalât les escaliers et fît irruption dans la cuisine, il était prêt à se battre pour éloigner sa femme de son meilleur ami. Si Amaury l'avait mordue, il le tuerait. Une vague de furie s'empara de lui lorsque ses yeux s'arrêtèrent sur la scène : Amaury, penché sur la main en sang de Delilah.

Sans réfléchir, Samson bondit sur son meilleur ami et, dans un bruit sourd, ils s'effondrèrent tous les deux sur le sol dur de la cuisine.

« Noooooooooooon ! »

Le cri de Samson fit écho dans la cuisine. Il sortit ses canines et grogna, coinçant Amaury sous lui, alors qu'il le martelait de coups. Le bras de ce dernier se leva pour se défendre en essayant de protéger son visage.

« Arrête ! »

Mais la voix d'Amaury fut noyée par le rugissement farouche de Samson. Son poing entra une nouvelle fois en contact avec la mâchoire de son ami. Evitant le coup suivant, Amaury lui attrapa la main.

« Samson ! »

La voix de Delilah pénétra finalement son esprit.

« Je n'ai rien fait, » siffla Amaury.

« Samson ! Mais qu'est-ce qui se passe ? »

Il repoussa la tête en arrière et, lorsqu'il observa sa réaction, il sut instantanément qu'il n'aurait pas dû se retourner. Dans le feu de l'action, il avait tout oublié et n'avait pas réalisé ce qu'elle verrait : son côté vampire.

Delilah hurla, les yeux écarquillés, bouche bée, sa main s'agrippant au comptoir, tandis qu'elle faisait un pas en arrière pour s'éloigner d'eux.

« Oh mon dieu ! »

Sa poitrine se souleva comme si elle manquait d'air.

« Oh mon dieu, mais qu'est-ce que tu es ? »

Ce n'était pas une question à proprement parler. Plus une sorte de déclaration.

Il était foutu.

~ ~ ~

Les yeux de Samson étaient rouges. Pulsant d'un rouge affreux !

Ils étaient semblables à ceux qu'elle avait vus dans la douche quand Ricky les avait interrompus. Elle ne s'était pas trompée, même si elle avait cherché à y trouver une explication rationnelle. Mais il n'y avait pas d'explication rationnelle à cela, et encore moins quand on voyait sa bouche dans laquelle deux dents étaient à présent protubérantes.

Pas des dents.

Des crocs !

Des canines pointues, aussi acérées que celles d'un animal. Que celles d'un tigre à dents de sabre.

Elle ne pouvait y penser, non, parce que le penser inscrirait tout dans la réalité. Et ça ne pouvait pas être réel. Ça n'existait pas. Il n'existait pas, pas comme ça.

Etait-ce encore un de ses rêves étranges ? Quand se réveillerait-elle de ce cauchemar ? Quand ? Delilah agrippa le comptoir derrière elle encore plus fort pour contrebalancer ses jambes qui se dérobaient, et elle sentit la douleur dans ses doigts coupés. Non, ce n'était pas un cauchemar. C'était bien la réalité. Une réalité bizarre.

Elle regarda Samson se relever, relâchant Amaury de son emprise et se dirigeant doucement vers elle.

« Non ! »

Sa respiration était bloquée dans sa poitrine.

*Besoin d'air. Besoin d'air maintenant.*

« Delilah, tout va bien. »

Sa voix était aussi douce qu'elle l'avait été la nuit précédente.

« Ne m'approche pas. »

Elle recula jusqu'à heurter le mur derrière elle. Elle n'avait nulle part où aller. Elle avait réussi à se mettre dans un coin. Et il s'approchait d'elle, doucement, mais sûrement. *Oh doux Jésus !* Sa gorge était sèche. Ses cordes vocales s'étaient glacées. Elle devait faire face aux faits, à présent. Elle ne pouvait le nier plus longtemps.

Elle avait fait l'amour avec un vampire. Encore et encore.

Dracula. Un vampire.

Samson était un vampire, un vampire dont la bouche l'avait dévorée, dont les canines s'étaient trouvées si près de sa jugulaire. Il aurait pu la tuer en une seule morsure.

« Je ne vais pas te faire de mal. »

Elle laissa échapper un rire hystérique.

« Non, tu vas juste me mordre. C'est ce que tu veux, non ? Oh bon sang, comment j'ai pu être aussi stupide ? »

Vraiment, comment avait-elle pu être aussi bête ? Pourquoi ne l'avait-elle pas vu venir ? Elle se sentait comme l'une de ces héroïnes ridicules dans un film de série B, se précipitant en haut des escaliers en chemise de nuit, le meurtrier sur ses talons.

Delilah regarda désespérément autour d'elle, à la recherche de la moindre chose qui pourrait lui servir d'arme.

« Amaury, laisse-nous seuls un moment, » demanda Samson.

« Tu crois vraiment que c'est une bonne idée ? »

Amaury frotta sa mâchoire.

« Je veux qu'Amaury reste, » dit Delilah rapidement en espérant qu'il lui servirait au moins de protection contre Samson.

Samson lui jeta un regard surpris.

« Alors tu crois qu'avoir deux vampires dans la pièce, c'est plus sûr ? »

Ce fut à ce moment-là qu'elle prit conscience de la situation. Elle inspira. Ils étaient tous les deux dangereux, ils étaient tous les deux des vampires. Amaury ne montrait pas ses canines et, maintenant qu'elle regardait de nouveau Samson, les siennes s'étaient rétractées aussi. Ses yeux avaient leur couleur noisette habituelle. Avait-elle halluciné ? Etait-elle au moins éveillée ?

« Samson, je ne l'attaquais pas. Je l'aidais à panser sa blessure. »

Ils se regardèrent avant de finalement hocher la tête.

« Je suis désolé, je me suis trompé, mais je ne pouvais prendre le risque que quelqu'un lui fasse du mal. La situation… »

« Je n'ai pas aussi soif de sang que ce que tu penses, et je ne toucherais jamais ta femme. »

Amaury semblait un tant soit peu blessé. Un vampire blessé par les mots d'un autre ?

*Reviens sur Terre ! Tu es sérieusement en train de perdre la raison.*

Delilah se mut doucement le long du mur, alors que les deux vampires étaient en train de discuter. Elle les écoutait à peine, se glissant le long du mur vers la porte de la cuisine. Encore quelques pas, et elle l'atteindrait.

« Tu vas où, Delilah ? »

Elle s'arrêta net. Tellement d'efforts pour s'enfuir. Elle se mordit la lèvre.

« Bandons ta main en premier lieu, avant que l'odeur du sang ne fasse perdre le contrôle à l'un d'entre nous. »

Sa voix semblait calme, mais cela pouvait être un piège, et la dernière chose qu'elle savait encore, c'était qu'il lui sucerait le sang jusqu'à ce que sécheresse s'ensuivît, dès qu'il verrait les gouttes pourpres sur ses doigts.

Samson fit quelques pas vers elle, et elle se pressa davantage contre le mur. Mais il n'y avait nulle part où aller. A présent, il se trouvait à peine à quelques centimètres d'elle.

« S'il te plaît. Je suis désolé que tu l'apprennes de cette façon. Je pensais te le dire… »

« Quand ? Avant ou après m'avoir mordue ? »

Elle ne devait pas lui montrer sa peur, cela la rendait encore plus vulnérable. Mais elle ne savait comment la cacher. Or, les animaux comme lui bondissaient à l'odeur de la peur, non ? Le ferait-il ? L'attaquerait-il quand il se rendrait compte qu'elle était morte de trouille ?

Elle pouvait sentir son souffle sur son visage. Cela lui rappela la façon dont il l'embrassait, lui faisait l'amour, la touchait. Comment pouvait-il être le même homme ? Non, ce n'était pas un homme. C'était un vampire.

*Réveille-toi et inhale le sang !*

« Je ne te blesserai jamais, ma douce. J'essayais de te protéger. J'ai senti le sang, et j'ai cru qu'Amaury t'avait attaquée. »

Devait-il être aussi sexy, alors qu'il se tenait à quelques centimètres d'elle ? Ce n'était pas juste.

Elle sentit sa main attraper la sienne. Elle essaya de se dégager, mais il la retint.

« Amaury, les pansements sont dans le tiroir du haut à côté de la cuisinière. »

Quelques secondes plus tard, son ami lui tendit la boîte. Samson porta sa main à sa bouche. Delilah cria. Il allait boire son sang. Elle le savait ! C'était exactement comme dans son cauchemar.

Ses mots confirmèrent son regard effrayé.

« Je vais lécher ta plaie. Ma salive la refermera, et tu arrêteras de saigner. Fais-moi confiance. »

Lui faire confiance ? Etait-il en train de plaisanter ?

Il n'y avait pas moyen qu'elle lui fît confiance. Mais il tenait sa main trop fermement pour qu'elle pût se libérer. Sans pouvoir faire quoi que ce soit, Delilah le regarda lécher doucement les coupures, lapant le sang. Elle sentit un picotement chaud dans ses doigts et nota que le sang avait cessé de couler instantanément. Samson mit les pansements sur les coupures cicatrisées. Lorsqu'il ferma la bouche, elle le vit avaler et inspirer profondément.

Ses yeux plongèrent soudain dans les siens.

« Oh bon dieu, même ton sang a le goût de la lavande. »

Elle le regarda abaisser sa bouche, mais ne put l'arrêter. Ses lèvres effleurèrent les siennes légèrement, avant qu'il ne la prît et ne la capturât pleinement. Ce fut à ce moment-là qu'elle sut avec certitude qu'elle n'était pas en train de rêver. Elle connaissait son toucher, son goût, son odeur. Il était réel, et vampire.

Elle ne pouvait prévenir la réaction de son corps face à lui, réaction identique à celle de la nuit précédente. Ainsi permit-elle à sa langue d'entrer et de la caresser.

Mais ce n'était pas comme la nuit précédente, il n'était pas le même. Il était un vampire et non l'homme qu'elle avait cru qu'il était. Elle devait s'échapper.


Samson était si plongé dans son baiser que le coup qu'il reçut entre ses jambes le heurta de plein fouet. Immédiatement, il la lâcha et se plia en deux. Bon sang, personne ne l'avait jamais frappé dans les parties. Pile là où cela faisait le plus mal. La nausée l'envahit. En tant que vampire, il pouvait supporter la douleur, mais même pour lui, il s'agissait de l'endroit le plus sensible.

Lorsqu'il leva la tête, il vit Delilah se ruer hors de la cuisine. Incapable de lui courir après, tandis qu'il contrait sa nausée, il donna un ordre à son ami.

« Ramène-la. »

Le temps qu'Amaury revînt avec elle, Samson s'était remis de la douleur et pouvait de nouveau se tenir droit. Amaury la tenait, trop près de lui au goût de Samson. Une pointe de jalousie le toucha. Ce n'était pas bon.

« Ma douce, il faut que tu arrêtes de me taper. Je suis sûr qu'on peut trouver un autre moyen pour que tu me prouves ton affection. »

Il devait le lui accorder. Elle avait beaucoup de cran, et l'apprivoiser serait très drôle, bien qu'épuisant et, par moments, probablement douloureux.

« Je ne suis pas ta douce ! »

Ah, c'était davantage cela. Il n'aimait pas le regard craintif qu'elle lui avait lancé plus tôt. Il préférait de loin la voir en tant que battante. Chose sur laquelle il pouvait travailler.

« Est-ce qu'Amaury peut te lâcher maintenant ou tu vas encore détaler ? »

Delilah secoua le bras d'Amaury pour qu'il la lâchât, tandis que Samson hochait la tête. Elle croisa immédiatement les bras sur sa poitrine. Définitivement prête pour la bataille. Non pas qu'elle gagnerait. Mais il la laisserait essayer.

« Est-ce qu'on peut parler, maintenant ? »

Delilah ne répondit pas mais, au contraire, pinça encore plus les lèvres. Il savait parfaitement comment faire pour les ouvrir, mais il valait peut-être mieux ne pas essayer tant qu'elle lui en voulait toujours. Il n'apprécierait pas un autre coup dans les parties.

« Est-ce que je devrais vous laisser seuls, tous les deux ? »

Une fois qu'il en fut ainsi, Samson la regarda. Son expression n'avait pas changé. Il pouvait percevoir la tension dans son corps et son visage, la détermination farouche de ne pas le laisser la toucher. Elle n'était pas disposée à l'écouter, il le savait. Mais il devait cependant essayer.

« Delilah, je suis toujours le même homme. »

Elle secoua la tête sans dire un mot. Ah, la méthode du silence. Une prérogative chez les femmes.

« Ce qu'on a ensemble… »

« On n'a rien, ensemble, » l'interrompit-elle. « Tu m'as menti. »

Au moins parlait-elle, à présent. C'était un début.

« Je voulais te le dire. Mais ce n'est pas la chose la plus facile à expliquer. Qu'est-ce que j'aurais dû dire ? 'Hé, chérie, laisse-moi t'amener dîner et oh, au fait, je suis un vampire, alors commande ce que tu veux pendant que je bois un verre de sang'. »

« Tu n'as jamais eu l'intention de me le dire. Tout ce que tu voulais, c'était un petit sextoy. »

« Ce n'est pas vrai, et tu le sais. Je t'ai dit la nuit dernière… »

Elle l'interrompit.

« Des mensonges. Voilà ce que tu m'as dit. Je suis même tombée la tête la première dans ta jolie petite histoire de problème d'érection. C'est ce que tu dis aux autres aussi ? »

Delilah décroisa les bras et serra les poings sur sa taille.

« Il n'y a que toi. Et ce que je t'ai dit la nuit dernière est vrai. »

« Des conneries. C'est pour ça que la rousse t'a laissé tomber ? Elle a découvert que tu étais un vampire ? »

« D'abord, elle est également un vampire. Ensuite, c'est moi qui l'ai laissée tomber. »

Il regarda fixement la mine choquée qu'elle arborait. Elle ne s'était apparemment pas attendue au fait qu'Ilona pût être un vampire, mais elle rebondit immédiatement.

« Alors quoi, tu n'avais plus de femmes vampires sous la main, alors tu t'es tapé une humaine ? »

« Ce n'était pas une question de sexe, du moins pas après la première nuit. »

« Menteur. »

« Tu te répètes. »

« Parce que tu continues à balancer les mêmes histoires. »

« Parce qu'elles sont vraies. Je reconnais que la première nuit était purement sexuelle, mais après ça, bon sang, ça ne l'était plus. Je te voulais, et pas juste pour un plaisir physique. Tu ne peux pas me dire que tu ne l'as pas ressenti quand on a fait l'amour. »

Delilah l'avait ressenti, mais cela ne pouvait être qu'une illusion. Il l'avait piégée. Elle avait couché avec un vampire, l'avait autorisé à pénétrer en elle, pas juste son corps, mais également son cœur. Les gens comme lui ne devraient même pas exister. Il y avait quelque chose qui ne tournait pas rond dans ce monde.

« Tu es un vampire. Tu es un vampire. »

Comme si en le disant, tout disparaîtrait. Mais cela ne fonctionna pas. Samson était un vampire, et il se tenait dans sa cuisine à la regarder, lui donnant l'impression qu'elle s'était cognée la tête et était sonnée. Mais elle ne s'était pas cogné la tête. Il était réel.

« J'ai couché avec un vampire. »

Elle laissa tomber ses bras le long de son corps, tandis que ses épaules s'effondraient.

Samson hocha la tête.

« Et tu as aimé ça autant que moi. »

« Non. »

Elle devait le nier pour garder la tête froide. Qu'arriverait-il à son monde si, soudain, elle admettait qu'elle avait aimé, non, *adoré* coucher avec un vampire ? Tout s'écroulerait autour d'elle. Les créatures comme lui ne devaient, ne pouvaient pas exister. Les vampires étaient un mythe, du folklore, des histoires qu'on racontait autour d'un feu de camp pour effrayer les gens. Ils n'existaient que dans les films, pas dans la vraie vie. Tous les enfants le savaient ! Tout comme ils savaient que les Cloches de Pâques n'existaient pas. Cela ne pouvait arriver. Rien de tout cela ne pouvait être vrai. La négation était la seule voie possible.

« Je dois partir. Je dois retourner à New York, maintenant. »

Il secoua doucement la tête et s'approcha d'elle.

« Non. Tu ne pars pas. »

De ses doigts, il lui caressa doucement la joue.

« J'ai besoin de toi. »

« Tu es un vampire. »

« Tu crois que je ne le sais pas ? Ça ne change rien à ce que j'éprouve pour toi. »

« Va-t-en. »

Elle utilisa toute sa force pour le repousser, alors que son corps était attiré par lui. Il avait toujours le même pouvoir sur elle depuis qu'elle l'avait rencontré. Elle le désirait toujours, voulait toujours lécher de sa langue chaque centimètre de sa peau. Elle voulait sentir son corps ferme serré contre le sien, le sentir l'empaler quand tout ce qu'elle aurait dû vouloir était l'empaler *lui*, sur un pieu en bois ; enfoncé droit dans le cœur. Si tant était qu'il en eût un.

« Ne me touche pas ! »

Son accès de colère le fit retirer sa main immédiatement, comme si elle l'avait giflé. Elle pouvait voir la colère monter en lui, ses yeux devenant soudainement rouges. Le contrôle de son ire semblait requérir toute sa force.

« Amaury ! Viens ici. »

La voix de Samson était tranchante. Elle recula. Lui crierait-il dessus ? La frapperait-il ? La mordrait-il ?

Son ami apparut immédiatement.

« Surveille-la, » ordonna-t-il avant de bondir hors de la cuisine.

Elle le suivit du regard avant de revenir à Amaury qui se tenait appuyé contre l'ilot de la cuisine et arborait un air détaché, comme si de rien n'était.

« Il voulait me tuer, n'est-ce pas ? »

Amaury hocha la tête.

« Oui, et il le fera. Entre les draps, encore et encore. »

Il sourit de toutes ses dents, diaboliquement.

Elle lui lança un regard indigné.

« Hé, ne jette pas la faute sur moi. Je lis juste ses émotions. »

Lire ses émotions ? Bon sang, mais de quoi parlait Amaury ? Son regard parut probablement on ne peut plus confus, car il leva les mains.

« Un don particulier. Plutôt chiant. »

Puis, il fit un clin d'œil.

« Et ne t'inquiète pas. Je ne vais pas lui dire ce que tu ressens. Il devra réussir à tirer cela de toi par ses propres moyens. »

Elle entendit des pas au-dessus d'elle. Samson était en train de faire de longues enjambées.

« Ne t'inquiète pas pour lui. Il se calmera. Alors, pour reprendre notre conversation où on l'avait laissée avant qu'on ne soit aussi rudement interrompu… As-tu… »

« Tu veux parler de l'audit comme s'il ne s'était rien passé ? »

« Bien sûr, on doit toujours résoudre ce problème. Que tu saches maintenant qu'on est des vampires ne change rien au fait que quelqu'un est en train de chercher des embrouilles à la société de Samson et veut te faire du mal. »

Delilah secoua la tête.

« Mais vous *êtes* quoi, vous deux ? Comment peux-tu penser au travail maintenant ? Tu ne devrais pas plutôt être en train de me mordre et de boire mon sang ? »

« Merci pour la proposition mais, si je le faisais, Samson me botterait les fesses et me réduirait probablement en miettes. Alors non merci. Tu es en sécurité avec moi. »

« Ce n'était pas une proposition… »

Etait-elle vraiment en sécurité avec Amaury ? Il semblait trop détendu, appuyé contre le comptoir de la cuisine, pour être prêt à l'attaquer.

« Je sais, ça. Quoi qu'il en soit, alors que Samson et toi étiez en plein milieu de votre querelle d'amoureux, j'ai réfléchi. Est-ce que tu as regardé ce que John faisait, en plus de ces entrées de moins-values ? »

S'il voulait parler de l'audit, très bien. Au moins cela ramènerait-il un peu de normalité dans sa vie anéantie.

« Qu'est-ce que tu veux dire ? »

« Quelles autres transactions a-t-il autorisées ? A quelles informations avait-il accès ? Je crois qu'il faut qu'on regarde tout ce qu'il a fait. »

Delilah avait une idée derrière la tête.

« Est-ce que le système de l'ordinateur suit la trace de l'identifiant qui a accès à certains dossiers ? »

« Bien sûr. »

Amaury hocha la tête, comprenant manifestement où elle voulait en venir.

« Alors voyons ce qui se tramait. »

# 14

Ses tapis anciens allaient finir par laisser apparaître l'usure marquée par ses pas lourds, mais Samson s'en souciait peu. Il était foutu. Il n'était pas en colère contre Delilah, mais plutôt contre lui-même, pour ne pas avoir la situation en main, de manière sûre. Depuis qu'il avait trahi sa confiance en enquêtant sur ses antécédents et avait été pris la main dans le sac, elle ne faisait plus preuve d'indulgence envers lui.

Il ne pouvait lui en vouloir réellement. Devoir accepter le fait qu'elle avait couché avec un vampire, et qu'elle avait aimé ça, était probablement trop à avaler d'un coup. Mais il devait le lui faire accepter. De plus, il devait faire en sorte qu'elle l'embrassât, tant lui que la situation, parce qu'il savait qu'il ne pouvait la laisser partir. Dès qu'il avait senti son sang, il avait réalisé qu'il était perdu, mais quand il l'avait goûté, il avait su qu'il n'y avait qu'une seule décision acceptable face à leur situation : le mélange des sangs.

Même si le docteur Drake ne l'avait aidé à résoudre le moindre de ses problèmes auparavant, il avait néanmoins eu raison sur une chose : un vampire pouvait ressentir le lien l'unissant à la personne qui était faite pour lui, avant même que le rituel ne fût accompli.

Samson ressentait cette relation particulière avec Delilah. Il ne pouvait décrire cette sensation, mais savait simplement que c'était de cela qu'il s'agissait. De manière presque… *Instinctive*… C'était le mot qui lui venait à l'esprit. Dès qu'il se plongeait dans ses yeux, il s'y perdait et savait qu'elle devait ressentir la même chose. Il y avait eu tant de compréhension dans son regard, la nuit précédente, qu'il était certain de ne pas se tromper.

Mais même s'il essayait de lui expliquer tout cela, il ne pensait pas qu'elle l'écouterait. Pas dans l'immédiat. Cependant, peut-être écouterait-elle un professionnel. Il devait essayer.

Amaury et Delilah n'étaient plus dans la cuisine. Samson dressa l'oreille et put entendre des voix basses provenant de son bureau. Qu'étaient-ils en train de faire ? Il la trouva assise dans son fauteuil derrière la table de travail, son ami penché au-dessus d'elle, alors qu'ils regardaient tous deux l'écran de l'ordinateur.

Même s'il savait qu'Amaury ne ferait jamais d'avances à sa femme, Samson n'aima pas la façon dont le corps de ce dernier était proche d'elle. Son ventre se contracta inconfortablement. Serait-il toujours aussi jaloux lorsqu'un autre homme se trouverait près d'elle ? Etait-ce ce qu'aimer signifiait ?

Il s'arrêta au niveau de la porte sans faire de bruit.

« Je ne vois pas pourquoi il aurait accédé à ce fichier, » dit Amaury.

« Ça ne faisait pas partie de son travail ? »

« Pas vraiment. »

« Est-ce que tu peux vérifier quelles autres transactions codées il a soumises ? »

« Bien sûr. Ça ne va pas être facile, cela dit. Je devrais probablement demander à Thomas de nous aider. C'est lui l'expert en informatique, pas moi. »

*Delilah, ma douce.*

Elle leva la tête comme si elle avait entendu sa voix et ce, bien qu'il n'eût pas parlé. Ses yeux rencontrèrent les siens. Oui, elle sentait la connexion également, probablement sans savoir de quoi il s'agissait.

« Vous travaillez sur quoi ? »

Samson entra dans le bureau.

« On regarde les dossiers auxquels John a eu accès récemment, » répondit Amaury.

Delilah était devenue muette dès qu'elle l'avait vu entrer.

Samson haussa un sourcil.

« Bonne idée, Amaury. »

« Ce n'est pas la mienne, mais celle de Delilah. »

Samson la regarda avec approbation.

« Encore mieux. Vérifie donc. Mais j'ai besoin de te l'emprunter maintenant. Il faut qu'on parle. »

Il la regarda, mais elle ne fit aucun mouvement pour se lever.

« Il n'y a rien à dire. Je finis l'audit et je m'en vais. Le plus tôt sera le mieux… »

Elle avait de nouveau ce ton dur, inflexible dans la voix.

« On a plein de choses à évoquer. Il est temps de résoudre nos problèmes de couple. »

Il fit le tour du bureau, tandis qu'Amaury se dégageait.

Delilah le dévisagea, une lueur de défi dans les yeux.

« Nous n'avons aucun problème de couple puisque nous ne sommes pas un couple. Je ne sors pas avec un vampire. »

« Crois-moi, tu vas faire bien plus que juste sortir avec ce vampire. Partons. Le docteur Drake nous attend. »

Il lui attrapa le bras et l'extirpa du siège. Elle essaya de se dégager, mais il la tint fermement.

« Oh mon dieu, tu essayes de me transformer en vampire ! Qu'est-ce qu'il est, une sorte de chirurgien diabolique qui transforme les gens en vampires ? » Elle lui cria dessus, la panique clairement affichée sur son visage.

« Delilah, je ne te transformerai jamais en vampire ! Comment peux-tu penser une telle chose de moi ? Tu crois vraiment que c'est ce que je souhaiterais à quelqu'un pour qui j'ai de l'affection ? »

La pensée même dégoûtait Samson.

« Le docteur Drake est mon psychiatre. »


Delilah, le souffle coupé, essaya de digérer ses mots.

« Tu as un psy ? »

Depuis quand les vampires s'allongeaient-ils sur un divan ? Un cercueil semblait plus plausible. C'était vraiment trop étrange. D'abord, les vampires ne devaient tout simplement pas exister. Ils appartenaient au folklore, au mythe. Peu importe comment les gens appelaient cela. Ensuite, les vampires n'avaient pas des vies normales, comme les humains, avec des séances chez le *psy* !

« Oui, je vois un psy même si je suis sûr qu'il préfère qu'on l'appelle psychiatre. »

Un petit sourire apparut sur ses lèvres.

« C'est un bon médecin, même si ses méthodes ne sont pas très orthodoxes, » remarqua Amaury derrière elle.

« Tu le vois aussi ? »

Elle ne put réprimer son choc. Ils étaient tous les deux *zinzins*.

« Hé, chacun a ses problèmes. Ce n'est pas facile, la vie de vampire. »

Amaury leva les mains en l'air.

« Dans quel genre d'univers parallèle j'ai atterri ? Vous êtes tous les deux cinglés, c'est ça ? »

Elle était coincée dans une maison avec deux… aspirants vampires tarés.

« Je peux t'assurer que je suis parfaitement sain. Non pas que je puisse en dire autant de mon ami ici présent. »

Samson laissa transparaître un petit sourire narquois.

*D'accord, alors peut-être un aspirant vampire taré. Ouais, bien sûr !*

Au lieu de répondre, Amaury secoua simplement la tête et leva les yeux au ciel.

« Partons. Je ne veux pas être en retard pour notre séance de thérapie de couple. »

Samson la tira hors de la pièce et l'amena jusqu'au garage. A sa grande surprise, Carl n'était pas là pour les y conduire. Il ouvrit la porte-passager d'une Audi gris métallisé et noire, une R8. La voiture semblait davantage avoir sa place sur un circuit automobile que dans les rues de San Francisco.

Samson s'installa sur le siège conducteur après avoir fermé la porte-passager derrière elle, en parfait gentleman. Alors qu'il sortait en trombe du garage quelques secondes plus tard, elle lui lança un regard de côté.

Ce qu'elle venait d'apprendre n'avait aucun sens. S'il était vampire, pourquoi ne la mordait-il pas ? N'était-ce pas ce que faisaient tous les vampires ? Lui et Amaury n'auraient-ils pas dû être suspendus à son cou en train de boire son sang ?

Et d'ailleurs, à ce propos, pourquoi diable n'était-il pas froid ? Les vampires étaient morts, non ? Ou revenus du royaume des morts. Mais quoi qu'il en fût, il n'était pas sensé avoir la température d'un corps normal, si ? Parfois, il était même terriblement *chaud*. Elle secoua la tête pour faire disparaître les images de Samson sur elle, derrière elle, sous elle, son membre l'empalant, poussant en elle. Bon sang ! C'en était assez de *ces* pensées. De toute façon, ce n'était qu'une question parmi le million d'autres qui l'assaillaient en ce moment.

Le fait que Samson dirigeât une entreprise de sécurité n'était pas très logique non plus. Ne devrait-il pas, en tant que vampire, attaquer les gens plutôt que les protéger ? Et pourquoi ne vivait-il pas dans une grotte avec des chauves-souris ? D'accord, ça, c'était peut-être Batman. Pas le bon super-héros.

Non, pas super-héros. Monstre. Voilà ce qu'il était, un monstre.

Et, allôôôôôô… : depuis quand les monstres étaient-ils aussi beaux et sexys ? Lorsqu'il l'avait traînée derrière lui dans les escaliers menant au garage, elle avait été incapable de détourner les yeux de ses fesses. Et plus encore, elle avait voulu y plonger les mains, voire le mordre. Aimerait-il ça ?

*Arrête !*

Fini de penser ainsi. Au moins savait-elle maintenant qu'elle n'avait pas peur de lui. Il ne semblait pas vouloir l'attaquer. Il avait même paru dégoûté quand elle l'avait accusé de vouloir la transformer en vampire. Comme s'il s'agissait de la dernière chose à laquelle il pensait.

Delilah regarda sa main. Les pansements étaient toujours sur ses doigts, mais elle savait que les coupures s'étaient refermées quand il l'avait léchée. La sensation de picotement qu'elle avait sentie avait irradié tout son corps, pas uniquement sa main. Le simple souvenir lui donna la chair de poule.

Samson mit le chauffage en marche.

« Il fera meilleur dans une seconde. Désolé, j'aurais dû t'amener un pull. »

Sa prévenance envers elle était évidente. Sa main effleura légèrement la sienne avant qu'il ne la replaçât sur le volant. L'instant avait été si bref qu'elle aurait pu l'avoir simplement rêvé, mais le picotement persistant et plaisant sur sa peau lui confirma le contraire. Son toucher était aussi réel que lui.

Son instinct avait été juste, dans la douche, lorsqu'elle avait vu ses yeux devenir rouge. Et elle comprenait à présent pourquoi il n'y avait pas de miroir dans la salle de bain. S'il était vrai que les vampires ne s'y reflétaient pas, alors il n'en n'avait pas besoin. De plus, pas étonnant qu'il n'eût pu rester avec elle durant la journée. S'il était un vrai vampire, il ne pouvait supporter la lumière du soleil sans être réduit en cendres.

Enfin, quand lui et Amaury étaient restés debout avec elle toute la nuit, ils n'avaient pas été fatigués. Tout était tellement clair, à présent. Même quand il avait envoyé Carl acheter quelques provisions pour elle, elle aurait pu jurer, qu'au préalable, il n'y avait rien de comestible dans le frigidaire. Les petits signes avaient été là, mais elle ne les avait pas vus ou n'avait pas voulu les voir. Même la force incroyable dont il avait fait preuve, quand il avait envoyé valser le pistolet des mains du voyou, était probablement due au fait qu'il était un vampire.

Et dès qu'il la portait, il lui semblait qu'il n'avait pas du tout besoin de forcer, comme si elle était aussi légère qu'une plume, ce qu'elle savait qu'elle n'était pas. Il y avait ces quelques kilos autour de sa taille dont elle n'arrivait jamais vraiment à se débarrasser.

*Tu ne peux pas tomber enceinte de moi.*

Soudain, Delilah se souvint de ses mots lorsqu'il s'était rendu compte que le préservatif s'était déchiré. Alors, c'était vrai : en tant que vampire, Samson ne pouvait avoir de descendance. Pourquoi cela ne la soulageait-il pas ? Ne devrait-elle pas plutôt être contente de ne pas porter la crevette d'un vampire ? Bizarrement, elle éprouva plus de regret que de soulagement à cette pensée.

Elle se souvint brusquement des rêves étranges qu'elle avait faits. La maison qu'elle y avait vue était celle de Samson, elle en était certaine, à présent. Et son rêve dans lequel on la mordait dans le cou ? Avait-ce été un avertissement pour ce qui allait suivre ? La mordrait-il une nuit dans son sommeil jusqu'à assèchement ? Si elle était intelligente, elle ferait bien d'y prêter attention.

Quand la voiture s'arrêta à un feu rouge, Delilah se demanda si elle ne devait pas en profiter pour s'enfuir. Elle pouvait facilement ouvrir la portière et bondir au-dehors. Il n'aurait pas le temps de comprendre. Elle était rapide et pouvait s'enfuir. Ce serait facile. Elle regarda la poignée de la porte et tendit la main.

« S'il te plaît, ne t'enfuis pas. »

La voix de Samson ne reflétait pas un ordre, mais une requête. Elle le regarda dans les yeux et remarqua que ses pupilles brillaient d'un éclat doré, comme lorsqu'il lui avait fait l'amour dans la matinée. Delilah remit sa main sur ses genoux et détourna les yeux. Il ne devait pas la regarder ainsi. C'était extrêmement déroutant. Elle espérait qu'il montrerait de nouveau ses canines afin qu'elle eût le courage de courir, mais quand il la regardait ainsi, les choses n'avaient pas de sens. Rien n'avait de sens. La logique reprendrait-elle le dessus ?

Lorsqu'il gara finalement la voiture à la hauteur d'une maison de style édouardien, elle sut qu'ils avaient atteint leur destination. Il ne la mena pas jusqu'à l'entrée principale, mais lui montra une porte latérale menant au niveau inférieur de l'immeuble. Elle hésita à proximité de l'entrée.

« Personne ne te fera de mal, » lui murmura-t-il derrière elle. « Je t'en donne ma parole. »

La parole d'un vampire. Elle était folle de le croire après tous les mensonges qu'il lui avait sortis.

La bimbo blonde à la réception la regarda à peine et se focalisa directement sur Samson.

« Il termine avec son dernier patient. Il en aura pour quelques minutes. »

Elle désigna le canapé. Delilah ne démontra aucune volonté d'aller s'asseoir, et Samson demeura à ses côtés. Elle observa la salle d'attente. Plusieurs chaises confortables, une table basse avec des journaux… Etait-elle en train d'halluciner ? *SF Vampire Chronicle* disait l'un des papiers. Ils avaient leur propre journal ? Elle jeta un regard curieux à Samson et remarqua qu'il l'observait.

« On lit, tu sais. »

*Petit malin !*

Elle lui tourna le dos et continua l'exploration de la pièce, pas d'humeur à engager une quelconque conversation. Son regard s'arrêta sur le distributeur. Soudain, elle avait soif. Peut-être pourrait-elle prendre une bouteille d'eau ou un jus de fruit. Alors qu'elle faisait un pas vers la machine, elle sentit la main de Samson sur son bras. Elle lui adressa un regard énervé, mais il secoua simplement la tête, lentement.

« Je te donnerai quelque chose à boire quand on sera à la maison, » déclara-t-il.

« J'en veux maintenant. »

Elle savait qu'elle se comportait comme une enfant gâtée, mais elle s'en souciait peu.

« Je ne crois pas que tu vas aimer ce qu'ils proposent. »

Delilah regarda de nouveau le distributeur et se concentra sur les bouteilles disposées derrière la vitre. Des bouteilles, des petites bouteilles en plastique remplies de jus rouge. Du jus de tomate ?

Elle s'approcha en faisant un pas. Oh non. Ça ne pouvait pas être ce à quoi ça ressemblait réellement. Les étiquettes sur les bouteilles annonçaient simplement *A, B, AB* et *O*.

Son estomac en prit un coup. Du sang. Du sang dans un distributeur !

Elle lança un regard ahuri à Samson. Il haussa simplement les épaules.

Avant qu'elle ne pût dire quoi que ce soit, la porte s'ouvrit et un homme sortit. Il sembla reconnaître Samson et lui jeta un bref sourire.

« Comment vas-tu, Samson ? »

Ils se serrèrent la main.

« Tu ne feras pas allusion à… »

Il fit un geste en direction du cabinet du médecin.

Samson secoua la tête.

« Ça va de soi. Ça fait plaisir de te voir, G. »

L'homme qui paraissait étrangement familier à Delilah passa à côté d'elle, s'arrêta soudainement et inspira profondément avant de se retourner vers Samson et de lui sourire de toutes ses dents.

« Une mortelle ? Toi, de toutes les personnes que je connais ? »

Il la regarda de haut en bas en émettant un son approbateur. Instantanément, Samson plaça un bras protecteur autour de la taille de Delilah et l'attira plus près de lui.

« Ne t'inquiète pas, mon vieil ami. Je peux faire bien plus que toucher ce qui t'appartient. Mais si tu me faisais l'honneur, je serais plus qu'heureux de… »

Samson hocha la tête, mais ne relâcha pas Delilah.

« Il se peut que je te prenne au mot. »

L'homme partit, et Delilah se souvint enfin où elle l'avait vu auparavant.

« Est-ce que c'était… »

« Le maire de San Francisco, oui. »

Elle lui jeta un regard interrogateur.

« Il est aussi… »

Samson hocha la tête.

« Oui, c'en est un. »

« Qu'est-ce qu'il voulait dire par 'me faire l'honneur' ? »

« Je t'expliquerai plus tard. »

« Le docteur Drake peut vous recevoir, » les interrompit la bimbo. « Entrez. »

« Dis-moi maintenant. »

« Plus tard. »

Si Delilah n'avait pas trop su à quoi s'attendre en entrant dans le cabinet du docteur Drake, le canapé-cercueil la surprit manifestement. Si Samson ne l'avait pas poussée à l'intérieur de la pièce en lui bloquant la sortie, elle aurait tourné les talons et en aurait profité pour s'enfuir.

Elle était toujours en train de digérer l'idée que le maire de San Francisco fût un vampire. Le fait que Samson l'eût immédiatement attirée de manière si possessive vers lui, lorsque le politique lui avait témoigné un intérêt plus que furtif, ne lui avait pas échappé non plus. Elle avait presque ressenti sa jalousie, physiquement parlant, et un frisson l'avait parcourue avec la même intensité. Elle avait compris qu'il n'aurait pas été malin de se dégager de ses bras à ce moment-là. Aussi l'avait-elle laissé faire.

Au moins Samson ne semblait-il pas vouloir lui faire de mal physiquement. Ni la partager. Mieux valait-il connaître le vampire…

Et si elle était vraiment honnête avec elle-même, elle devrait admettre qu'elle s'était sentie réconfortée par son toucher. Mais elle n'était pas prête à cela. Ni avec le psy, quand bien même il s'agissait d'un vrai médecin. Delilah regarda l'homme. Il semblait ordinaire et humain, même si elle était sûre que ce n'était pas le cas. Elle le vit inspirer profondément. Non, il n'était clairement pas humain. Allaient-ils donc tous la renifler comme des chiens ?

« Ah, l'humaine, je suppose ? Delilah ? »

Elle était surprise qu'il connût son nom. Que lui avait déjà dit Samson ?

« Oui, c'est Delilah. »

Il y avait quelque chose dans la voix de Samson qu'elle n'avait jamais entendu auparavant. De la fierté ?

Celui-ci la mena jusqu'à un fauteuil dans lequel elle s'assit, tandis qu'il s'appuyait contre une armoire de rangement à côté d'elle.

Le docteur renifla à nouveau, puis haussa les sourcils.

« En quoi puis-je vous aider, cette fois ? »

« Cette question impliquerait que vous m'ayez aidé la fois précédente, » répliqua Samson d'un ton sarcastique.

Le docteur ne sembla pas offensé.

« Je sais que mon conseil a manifestement fonctionné. Je peux toujours sentir votre odeur sur elle. En fait, elle empeste votre parfum. »

« Doc, j'apprécierais que vous gardiez ce genre de commentaires pour vous. Delilah et moi sommes ici, car nous avons besoin d'aide en ce qui concerne notre relation. »

« Relation ? » demanda le psy.

« Il n'y a aucune relation qui tienne ! » protesta Delilah.

Il valait mieux mettre les choses au clair dès le départ.

« Ah, je crois que je vois où est le problème, » percuta rapidement le médecin.

« Non, vous ne voyez pas. Vous m'avez juste dit d'y aller et de coucher avec elle et que tout redeviendrait normal. »

« Eh bien, avez-vous eu une érection ? Avez-vous été capable de tenir ? »

Delilah se sentit embarrassée face à l'échange franc auquel elle assistait, et elle sentit la chaleur lui monter aux joues. Alors c'était vrai. Il avait vu le psy pour remédier à ses problèmes d'érection. Au moins n'avait-il pas menti à ce propos.

« Oui. »

« Alors je ne vois pas où est le problème. »

« Le problème c'est que je ne me lasse jamais d'elle. Chaque fois que je la regarde, je veux plus. Dès que je la touche, je ne peux plus m'arrêter. Quand je suis loin d'elle, elle me manque. Quand un autre homme la regarde, je pourrais le tuer. Vous voyez le tableau ? »

« Vous ne pouvez pas me poursuivre pour ça. Je vous ai dit de coucher avec elle une fois, puis de passer à autre chose. »

Le médecin leva les mains en signe d'impuissance.

« Oh, taisez-vous, le charlatan ! » l'interrompit-elle. « Quel genre de médecin dit à ses patients de coucher avec quelqu'un ? Où avez-vous étudié la médecine ? Dans un bordel ? »

Si tant était qu'il eût étudié la médecine, ce envers quoi elle émettait une certaine réserve.

Drake voulut protester, mais elle poursuivit.

« Quoi ? Je suis trop proche de la vérité ? Ne prenez pas la peine de répondre parce que je me fous pas mal de ce que vous avez à dire. Vous ne pouviez pas lui prescrire un peu de Viagra, à la place ? Non, vous deviez lui dire de coucher avec une humaine. »

« Le Viagra ne fonctionne pas sur les vampires, » lança Samson.

« Je comprends pourquoi elle vous plaît. »

Le médecin jeta un regard entendu à Samson.

« Elle vous ressemble beaucoup. »

« Je ne suis pas du tout comme lui ! »

« Vous êtes en tous points comme lui, au contraire. Aussi têtue et insolente. Ça ne me surprend pas que vous soyez attirés l'un par l'autre. »

« Je ne suis pas attirée par lui. Je ne veux pas d'une relation avec un vampire. Bon sang, il m'a traînée ici de force. »

Le médecin secoua la tête.

« C'est ce que vous dit votre tête, mais votre corps parle plus fort. Comment êtes-vous arrivée ici ? »

« Qu'est-ce que ça a à voir avec ça ? »

En signe de défi, Delilah croisa les bras sur sa poitrine. S'il essayait de lui jouer un tour, elle se tiendrait sur ses gardes.

« Comment êtes-vous venue jusqu'ici ? »

« Avec ma voiture, » répondit Samson à sa place.

« De votre plein gré, donc. »

« Non. »

« Vous l'avez attachée ? »

Etaient-ils obligés de parler comme si elle n'était pas dans la pièce ?

Samson secoua la tête.

« Delilah a eu plein d'opportunités de s'enfuir. »

« Et pourtant, vous ne l'avez pas fait, car vous n'avez pas envie de vous échapper. Ni de lui, ni de cette relation. »

« Ce n'est pas vrai ! » lui cria-t-elle.

« Crier plus fort ne rendra pas les choses plus vraies. Qui êtes-vous en train d'essayer de convaincre ? Moi ? Samson ? Ou peut-être vous-même ? »

Delilah ne répondit pas. Elle détestait quand les gens mettaient le doigt sur ses points faibles et appuyaient dessus.

« Revenons-en donc au début. Quand vous avez couché ensemble, je suppose que vous ne saviez pas que Samson n'était pas humain ? »

« Ça, c'est sûr. »

Jamais elle n'aurait couché avec lui si elle l'avait su. N'est-ce pas ?

« Eh bien, avez-vous ressenti que quelque chose n'allait pas quand vous avez couché avec lui ? »

« Que quelque chose n'allait pas ? Non, rien ne clochait. »

Leur façon de faire l'amour était parfaite.

« C'était parfait, » répondit calmement Samson.

Elle le regarda, ne sachant si elle devait répondre.

« Je n'ai jamais rien ressenti de meilleur de ma vie. »

C'était comme si Samson allait lui puiser les pensées directement dans la tête.

Ses joues rougirent face à la confession de ce dernier, et elle se retourna. Ce n'était pas juste qu'il la fît se sentir bouillonner à l'intérieur.

« Donc, vous avez couché ensemble, et après ? Que s'est-il passé ? »

Le médecin se pencha en avant.

« On a encore couché ensemble, et encore. Dois-je vraiment continuer ? » sourit Samson d'un air narquois.

Prenait-il réellement plaisir à cette séance ?

Le médecin lui fit signe que non.

« Je crois que j'ai compris. »

« Vous oubliez quelque chose d'important, » répliqua-t-elle. « Tout simplement que tu as fait des recherches sur moi, car tu ne me faisais pas confiance. Tu croyais que j'en voulais après ton foutu argent. En fin de compte, on dirait que c'est moi qui aurais dû enquêter sur *toi*. »

« Je t'ai expliqué pourquoi, et je me suis excusé. »

« Puis, tu t'es retourné et  as continué à me mentir quant à ta véritable identité ! »

« Qu'est-ce que tu voulais que je fasse ? Pour la première fois de ma vie, je rencontre une femme qui me fait ressentir des choses que je n'ai jamais ressenties avant, qui me transporte autre part quand elle m'embrasse, qui me fait sentir le soleil sur ma peau... Et après ça, je suis sensé lui dire la seule chose qui va la faire s'enfuir ? J'espérais que si tu m'aimais d'abord, eh bien, j'aurais une chance que tu restes avec moi, même après t'avoir tout dit. J'avais besoin de plus de temps. J'allais te le dire. »

La voix de Samson était suppliante, la pressant de l'écouter. Elle ne sut que répondre.

« Dites m'en plus concernant le soleil sur votre peau, » demanda le psy. « Je suis curieux. »

Samson regarda Delilah tout en répondant à la question.

« Quand tu m'embrasses, tu me transportes dans un champ de lavande. Je peux sentir le soleil briller sur ma peau, mais ça ne fait pas mal. Ma peau ne pèle pas. Je sens la chaleur et je peux humer l'odeur de la lavande dans l'air, comme si j'y étais véritablement, marchant sur l'herbe douce. »

Delilah reconnut la description qu'il était en train de faire à travers chacun de ses mots. C'était un endroit réel qu'elle connaissait. Un endroit où elle était allée. Rien n'expliquait comment il aurait pu savoir. Ce n'était pas possible.

« Comment as-tu découvert cet endroit ? »

Elle devait savoir si la recherche sur ses antécédents l'avait mis à jour ; aussi impossible que cela pût lui sembler. Personne ne savait ce que ce champ représentait pour elle. C'est tout ce qu'elle avait conservé de son enfance. Les seuls bons souvenirs qu'elle avait gardés de son petit frère avant que l'impensable n'arrivât.

Elle doutait même que ses propres parents eussent eu connaissance de cet endroit dont elle parlait. Un endroit où elle se sentait en paix avec le monde. Heureuse.

Samson lui jeta un regard incrédule.

« Tu veux dire que cet endroit existe ? »

« Bien sûr ! Comment l'as-tu trouvé ? Ce sont les recherches sur moi ? »

Il secoua la tête.

« Non, je te l'ai dit. Quand tu m'embrasses, tu m'y transportes. Je le sens. C'est comme si tu m'y téléportais. Je peux le ressentir grâce à tous mes sens. Je peux le sentir, je peux le toucher, je peux entendre les bruits, voir le soleil. Tout ça. »

« C'est impossible. Tu mens. »

Le psy l'interrompit.

« Parlez-nous davantage de cet endroit. Quelle est sa signification ? »

« Je ne partage mes souvenirs avec personne. C'est privé. »

Elle baissa les yeux.

Samson s'approcha d'elle et s'accroupit devant sa chaise en levant les yeux vers elle.

« Tu l'as déjà partagé avec moi avant. Tu m'y as déjà emmené. Est-ce que ça ne veut pas dire que tu voulais me le montrer ? »

Elle secoua la tête. La proximité était trop dangereuse. Si elle le laissait s'approcher si près, il la blesserait.

« Ne me tiens pas à distance, s'il te plaît. »

« Qu'est-ce que tu veux de moi ? » lança Delilah depuis sa chaise. « Tu ne peux pas te trouver un autre sextoy ? »

« Je ne joue pas avec toi. Et tout ça n'a rien avoir avec le sexe. »

« Ce n'est pas une question de sexe ? » interrompit le médecin.

« Qu'est-ce qui vous fait penser que c'en est une ? »

Samson jeta un regard frustré à son psy.

« Est-ce que quelqu'un ici a écouté un mot de ce que j'ai dit ? Bon sang, mais je vous paye pour quoi ? Je dois l'épeler à voix haute, aussi ? C'est à propos de moi et du fait que je veuille mélanger mon sang avec celui de Delilah. »

# 15

Ilona arpentait son appartement du huitième étage, le téléphone collé à l'oreille. Sans le moindre intérêt, elle jeta un œil à travers la baie vitrée, les lumières de la ville brillant à ses pieds. Ce soir-là, elle n'était pas d'humeur à admirer la vue époustouflante qui s'offrait à elle.

« Non, tu m'écoutes, maintenant. J'en ai assez, espèce de crétin incompétent ! »

D'une voix irritée, elle laissa échapper un soupir de frustration.

« Si on avait fait comme je l'avais dit dès le départ, on ne serait pas dans cette situation délicate. Mais non, tu as pensé que tu t'en occuperais mieux. N'essaye même pas de m'interrompre. »

Elle s'arrêta brièvement, mais son interlocuteur à l'autre bout de la ligne s'était finalement décidé à l'écouter. Aussi ne pipa-t-il mot.

« Bien. Voilà ce que tu vas faire, et je me fous vraiment de quelle façon, du moment que tu le fais ce soir. Je veux qu'elle s'en aille. Non seulement elle va découvrir ce qu'on fait avec Scanguards, mais maintenant ils sont même amants. Tu sais combien ça fait mal ? Tu le sais ? »

Il n'y eut aucune réponse.

« Je te parle. »

Elle était furieuse. Pas étonnant que tout fût en train de s'écrouler si elle devait se reposer sur la famille.

« Je croyais que tu ne voulais plus que je dise quoi que ce soit, » dit finalement son frère à l'autre bout de la ligne.

Avaient-ils vraiment de l'ADN en commun ? C'était difficile à croire.

« Idiot ! Je n'arrive pas à croire qu'on soit apparentés. »

« Hé, je ne suis pas aussi stupide que tu le laisses entendre. Je t'ai obtenu toutes les informations internes que tu voulais. N'oublie pas ça. Au moins, moi, je peux garder la bouche fermée, pas comme toi. »

« Ne pense même pas à remettre ça sur le tapis ! »

Son propre échec faisait encore mal, même après neuf mois. Elle avait été si proche du but ! Elle avait presque pu goûter à la victoire.

Son frère s'emporta.

« Je vais me gêner. Si tu avais continué à le sucer jusqu'à ce que vous soyez liés par le sang, tout son argent serait à toi, et tu aurais pu me laisser le tuer, mais non, ma grande sœur ne peut pas avaler, hein ? »

« Peut-être que tu aurais dû le sucer toi-même ! »

« Je ne suis pas son genre. Alors ne va pas prétendre que c'est moi qui ai merdé. C'est toi qui t'es fourrée dans cette situation. Est-ce que tu as la moindre idée de ce que je dois faire pour régler tout ça, et juste pour toi ? Non, tu crois que c'est facile. »

Ilona tapa du pied, non pas pour que son frère l'eût entendu, mais elle avait besoin de trouver un exutoire pour évacuer sa frustration. Cela faisait trop longtemps qu'elle travaillait là-dessus et, enfin, le prix était de nouveau à sa portée. Encore quelques jours, et tout l'argent de Samson serait à elle.

« Oh, arrête de geindre. Une fois que tout ça sera fini, tu nageras dans le fric. Tu as bientôt terminé le téléchargement ? »

« Je travaille sur les codages. Encore quelques heures de travail, et je pourrai initier l'autorisation. On y est presque. »

Ilona laissa échapper un soupir de soulagement.

« Bien. Mais on doit toujours s'occuper d'elle. On ne peut pas prendre le risque qu'elle découvre ce que l'on fait et  nous arrête juste avant qu'on ne franchisse la ligne d'arrivée. »

« Je vais me débarrasser d'elle. Alors qu'il vient juste d'en faire sa maîtresse. Samson sera tellement dévasté qu'il ne remarquera même pas ce qui arrivera à sa société. On a les cartes en mains. »

De quoi son frère était-il en train de parler ?

« Dévasté ? Il ne fait que la baiser. »

« Il ne fait que la baiser ? Dans tes rêves. Il est amoureux d'elle et l'appelle 'sa femme'. On dirait qu'il a finalement tourné la page de votre histoire. Ça lui aura pris assez longtemps. Je t'appellerai quand j'aurai fini. »

« Attends. »

Elle essaya de l'arrêter, mais il avait déjà raccroché.

Samson était amoureux de cette petite salope ? Elle n'avait vraiment rien à faire de la vie sentimentale de ce dernier mais, être remplacée par une humaine ? A présent, c'était cela qui faisait mal. Enfoiré !

Ilona balança le téléphone sur le canapé et abandonna ses talons hauts. Sur le chemin de sa chambre, elle enleva sa robe et la laissa tomber au sol. Son personnel passerait derrière plus tard. Elle avait des choses plus importantes à faire.

~ ~ ~

Amaury composa le numéro du téléphone portable de Thomas, lequel répondit immédiatement.

« J'ai besoin de ton expertise. »

« A propos de quoi ? »

Thomas semblait distrait. A l'arrière, Amaury pouvait entendre la voix de quelqu'un d'autre.

« J'ai besoin que tu étudies quelques dossiers pour moi. Tu es meilleur que moi en informatique. »

C'était vrai. Thomas était l'expert permanent en informatique de Scanguards. Quoi qu'il fallût faire, Thomas savait le faire.

« Maintenant ? Je suis au milieu de quelque chose. »

Amaury leva les yeux au ciel.

« Arrête de te taper Milo et bouge-toi le cul. J'ai trouvé quelque chose qui me laisse penser que John Reardon était impliqué dans quelque chose de bien plus gros que le détournement de quelques milliers de dollars. Il a téléchargé des dossiers codés en provenance du siège, et j'ai besoin de savoir ce qu'ils contiennent. »

« Tu n'as pas besoin de moi pour ça. Je sais que tu es capable de décrypter les codes toi-même, » répliqua Thomas.

« Je sais que je peux le faire. C'est juste que ça va me prendre plus longtemps que si c'est toi qui t'en charges. Alors fais-le. »

Manifestement hésitant, Thomas finit malgré tout par céder.

« Bien. Je vais me pencher dessus. Quelle est la localisation des dossiers ? »

Amaury l'informa de la localisation du serveur et du code grâce auquel il pourrait identifier les dossiers de John.

« On va se partager le travail. Je vais commencer par le bas, en remontant. Et toi tu prends le haut. Appelle-moi quand tu trouves quelque chose. »

Amaury lui donna les instructions, puis raccrocha. C'était une bonne chose qu'il fût le supérieur de Thomas. Quand besoin se faisait sentir, Amaury gagnait en général la bataille. Le fait qu'il fût le plus proche et le plus vieil ami de Samson aidait aussi.

Il avait passé l'heure précédente à explorer l'historique du travail de John sur les derniers mois, en portant une attention particulière aux dossiers auxquels il avait accès. La suggestion de Delilah de regarder tout ce à quoi John avait accédé grâce à son identifiant s'était révélée efficace. Le comptable était allé partout, mettant son nez dans des dossiers qui ne concernaient en rien son travail, des dossiers que d'autres employés auraient dû étudier, pas lui.

Carl passa la tête par la porte du bureau.

« Amaury, monsieur Woodford est avec toi ? »

Il secoua la tête.

« Tu peux l'appeler Samson, tu sais. Je sais qu'il te l'a suggéré de nombreuses fois déjà. »

« Je préfère pas. »

« Il est sorti avec Delilah. Tu as besoin de quoi ? »

« Je me suis souvenu de quelque chose qui m'embêtait. »

Carl trépignait.

Amaury indiqua le fauteuil de l'autre côté du bureau, invitant silencieusement Carl à y prendre place.

« C'est à propos de mademoiselle Ilona. »

« Ilona ? »

Amaury ne put cacher sa surprise. Personne n'avait mentionné son nom dans la maison depuis plus de neuf mois. Excepté quand Samson n'était pas là. Et avec un peu de chance, il ne reviendrait pas avant au moins cinq minutes. S'il entendait quelqu'un prononcer son nom dans sa maison, sa réaction irait sans dire.

« Elle a passé beaucoup de temps ici. Je sais qu'elle ne m'a jamais aimé, donc je suis resté en dehors de son chemin le plus possible. Je ne voulais pas décevoir monsieur Woodford, et une fois qu'elle est partie, il n'y avait pas vraiment de bonnes raisons d'en parler. Monsieur Woodford a été inapprochable pendant un bon moment. »

Amaury s'en souvenait bien. Son ami s'était renfermé et avait préféré sa propre compagnie à celle de ses amis. Il avait accumulé en lui une immense colère qui s'était elle-même transformée en dépression, jusqu'à ce qu'il redevînt finalement lui-même. Si l'on laissait de côté le fait qu'il avait fui la compagnie des femmes à la suite de cela.

« Et après, j'ai juste oublié, pensant que ce n'était pas important. »

« Carl, tu bavasses. »

Amaury avait hâte de retourner à l'analyse des dossiers codés.

« Désolé, Amaury. C'est juste que je ne sais pas si c'est vraiment important. »

Amaury lui lança un regard sans ambiguïté. Parler ou quitter la pièce.

« Mademoiselle Ilona. Je l'ai vue devant l'ordinateur de monsieur Woodford, un jour, alors qu'il était sorti. Je ne suis pas sûr qu'elle ait été capable de s'identifier, mais quand elle m'a vu, elle a prétendu chercher un stylo et du papier. Plus tard, dans la même soirée, monsieur Woodford l'a jetée dehors. Quand j'ai vu mademoiselle Delilah assise face à l'ordinateur, la nuit dernière, j'y ai repensé. »

« Je n'avais pas remarqué que tu étais revenu ici, la nuit dernière. »

« Vous étiez tous tellement plongés dans votre travail que vous ne m'avez pas entendu. Je ne voulais pas déranger. »

Amaury hocha la tête. C'était vrai ; ils avaient été tellement absorbés par leur tâche qu'ils en avaient oublié l'heure et avait raté le lever du soleil.

« Ne mentionne pas Ilona devant monsieur Woodford. Ça le bouleverserait. Je crois que nous devrions garder ça pour nous. Je me renseignerai et verrai ce que je peux trouver. »

Carl se leva.

« Merci, Amaury. Je suis sûr que ce n'est rien. C'était juste étrange, surtout qu'il ne laisse personne toucher à ses ordinateurs. Hormis toi et, maintenant, mademoiselle Delilah. »

Amaury sourit.

« Je crois que nous devons tous nous préparer à bien plus à propos de ce qu'il laissera Delilah faire. »

« Tu crois qu'elle va devenir maîtresse des lieux ? »

« Maîtresse ? Je crois que c'est une description qui se tient, comme tout autre. Il lui mange très certainement dans la main. Mais elle ne doit même pas s'en rendre compte. »

Amaury secoua la tête et sourit. Le fait qu'une femme eût pu être aussi inconsciente de l'effet qu'elle avait sur un homme le dépassait.

« Ce ne sera pas facile de cacher qui nous sommes si elle reste. »

Amaury jeta un regard surpris à Carl avant de se taper la main contre le front.

« Oh, c'est vrai. Tu ne sais pas encore. »

« Je ne sais pas encore quoi ? »

« Elle a tout découvert il y a quelques heures. »

C'était à présent au tour de Carl d'afficher un regard ahuri.

« Et elle est toujours avec lui ? »

Un gros bruit sourd leur fit comprendre que quelqu'un venait de refermer la porte. Quelques secondes plus tard, la porte s'ouvrit et claqua une seconde fois.

« On n'a pas fini de parler ! »

Ils entendirent la voix furieuse de Samson.

« Oh que si. Je ne me marie pas avec un vampire ! » rétorqua Delilah dans un cri.

Carl et Amaury échangèrent un sourire.

« Je parie cent dollars qu'elle ne l'épousera pas, » suggéra Carl.

Amaury secoua la tête.

« Tu as beaucoup à apprendre au sujet des femmes. Non seulement elle l'épousera, mais en plus, ils se plieront au mélange des sangs. »

Il tendit la main pour sceller le pari, et Carl accepta.

« Et tu as encore à apprendre au sujet de monsieur Woodford. Il n'y a rien qu'il n'aime davantage que sa paix et sa quiétude à la maison. A en juger par ce qu'on entend, elle n'est pas prête de les lui apporter. »

Amaury éclata de rire. Carl avait peut-être passé plus de temps que lui avec Samson au cours des dix-huit années précédentes, mais Amaury était le seul qui connaissait réellement son ami. Et la paix et la quiétude n'étaient pas ce que Samson préférait avoir chez lui. Loin de là.

Il y avait une chose dont son ami mourait d'envie plus que tout, quelque chose qu'il n'avait jamais eu depuis qu'il était devenu un vampire et ce, malgré les amitiés formées : une famille. Mais Carl ne pouvait le savoir. Son ami n'avait jamais exprimé clairement son désir le plus profond, mais Amaury, quant à lui, l'avait toujours ressenti.

Une autre porte claqua, et il sut que Delilah venait d'entrer dans la chambre de Samson.


Pour la deuxième fois en deux jours, Delilah mit sa valise sur le lit et y jeta les quelques affaires qu'elle avait sorties peu de temps auparavant. Elle essaya d'éviter de regarder les draps froissés sur le lit, témoins de leur nuit de passion.

Comment cela avait-il pu se produire ? Elle était dans la maison d'un vampire. Elle avait couché avec lui de manière époustouflante, et il l'avait traînée chez le psy où il lui avait annoncé qu'il voulait l'épouser. Et pas seulement cela. Faire un mélange des sangs avec elle, quoi que cela voulût dire. Elle n'avait pas attendu d'explications.

Non pas qu'une fille n'eût pas aimé une demande en mariage de temps à autre, mais… par un vampire ? Dans le cabinet d'un psy ? Cela ne pouvait être plus étrange. Samson avait-il vraiment cru qu'elle sauterait de joie à cette idée ?

Elle ne pouvait établir de rapport entre l'homme avec qui elle avait fait l'amour et le vampire qui lui avait léché le sang des mains. Il s'agissait de deux personnes différentes. Une dont elle savait qu'elle en tombait amoureuse, et l'autre qu'elle ne connaissait même pas.

La douleur qui envahit sa poitrine à l'idée de devoir le quitter lui parut insupportable. Mais elle devait le faire, maintenant. Cet homme n'avait cessé de lui mentir. A présent, elle ne serait jamais certaine d'où se trouverait la vérité.

« Ne me tiens pas à distance. »

La voix de Samson lui parvint de derrière.

Elle ne l'avait pas entendu entrer.

« Delilah, s'il te plaît. Parle-moi. »

Sa voix la taquina dans le cou.

Elle secoua la tête.

« De quoi as-tu peur ? Je sais que tu n'as pas peur de moi. Je peux le sentir. »

Samson lui toucha la main et entremêla ses doigts aux siens.

Ce toucher était le dernier effort que sa psyché put supporter.

« Laisse-moi partir, s'il te plaît. Je ne peux être avec toi. »

« Je ne peux pas te laisser partir. Je suis lié à toi. Et tu es liée à moi. Tu ne le ressens pas ? Je ne me suis jamais senti aussi proche de quelqu'un. Je peux ressentir les choses qui te concernent… Le champ de lavande… C'est comme si j'étais dans ta tête… »

« Non, s'il te plaît. »

« Il y a plus. Je peux ressentir ta peine, mais je ne la comprends pas. Elle est là quand tu penses au champ. Comme s'il y était associé. Delilah, laisse-moi entrer… »

Comment pouvait-il savoir pour cette douleur, quand elle-même avait essayé de l'enfouir au plus profond de sa mémoire ?

« Je ne peux pas. »

« Ma douce, j'ai besoin de te comprendre. J'ai besoin de savoir. »

« Tu ne peux pas savoir. Personne ne peut savoir comment c'était. Ce que j'ai fait ! »

« Je suis là pour toi. S'il te plaît, dis-moi ce qui te cause cette peine. Je peux la sentir, ici. »

Il pressa sa main contre son cœur.

Elle ne pouvait expliquer le fait qu'il en sût autant sur son passé, mais elle-même avait d'étranges visions le concernant.

« Le champ, » commença-t-elle, « se trouve près d'un petit village en France. »

Elle regarda le visage de Samson, mais ne le vit pas. Tout ce qu'elle put voir, ce fut le champ. Et elle-même, petite fille à l'âge de huit ans…

*Delilah prit délicatement son petit frère dans ses bras.*

*« Attention, » dit sa mère. « Il est fragile. Tiens sa tête avec ton bras. »*

*« Je sais, maman. Ne t'inquiète pas. Je suis une grande fille. Tu vois ? »*

*Elle montra à sa mère qu'elle savait comment tenir le petit Peter.*

*« Il est si petit. J'étais aussi petite ? »*

*Avec de grands yeux, elle regarda sa mère qui lui rendait un sourire chaleureux.*

*« Aussi petite. Et tout aussi mignonne que lui. »*

*Sa mère déposa un baiser sur le dessus de son crâne.*

*« Ah, voilà mes deux filles préférées ! »*

*La voix de son père fit soudain écho depuis le chemin qui menait au champ de lavande, alors qu'il s'approchait d'elles.*

*Presque chaque après-midi, quand il avait fini d'enseigner, il les retrouvait avec grand plaisir dans le champ, profitant des longues journées de l'été. Ils y passaient leurs après-midis à rire, à jouer et à parler : la famille parfaite. Une mère aimante, un père et un petit frère encore bébé. C'était tout ce qu'elle avait toujours voulu.*

*L'enfance de Delilah était parfaite. Elle se souciait peu d'habiter dans un pays dont elle parlait à peine la langue ou de devoir se faire de nouveaux amis à l'école. Toutes ses difficultés s'étaient envolées quand son petit frère était né. Il avait fait de sa famille une famille parfaite.*

*Il était comme une petite poupée avec laquelle elle pouvait jouer toute la journée. Et elle ne se lassait jamais de lui. Elle aimait son frère plus que tous ses jouets réunis.*

*Ses parents lui faisaient confiance quand elle était avec lui. Un soir, à la fin de l'été, ses parents voulurent célébrer leur anniversaire de mariage en allant dîner dehors, dans un restaurant local. C'était à peine à un pâté de maisons de chez eux, alors ils la laissèrent s'occuper de son frère.*

*Ils avaient prévu de dîner tôt et de ne pas rester plus d'une heure. Peter était endormi lorsqu'ils partirent. Il avait été nourri et mis au lit, repu. Delilah devait appeler la vieille dame qui vivait en-dessous dès que son frère se réveillerait, et elle, en retour, irait chercher ses parents au restaurant.*

*Tout devint calme dès que ces derniers furent partis. Delilah joua avec ses poupées. Elle alla voir son frère afin de s'assurer qu'il était bien recouvert par sa couverture. Ce fut à ce moment-là qu'elle se rendit compte de quelque chose.*

*Peter était trop silencieux. Elle n'entendait rien. Il était juste allongé là, dans son berceau, encerclé par le silence. Elle le secoua.*

*« Peter, réveille-toi. »*

*Il ne se réveilla pas comme il le faisait d'ordinaire dès qu'il entendait des voix. Elle le secoua à nouveau, mais il ne répondit pas. Peut-être était-il simplement profondément endormi. Peut-être était-il si fatigué qu'il ne pouvait l'entendre.*

*Mais il n'était ni fatigué ni endormi. La peur la paralysa sur place, tandis qu'elle regardait ce petit corps tout silencieux. Aucune respiration ni aucun mouvement de sa part. Et Delilah restait là, incapable de bouger, incapable de prendre une décision. Elle n'était pas préparée à cela. Elle restait là, tout simplement.*

*Delilah n'avait pas bougé et était toujours près du berceau quand ses parents rentrèrent, vingt minutes plus tard. Elle entendit à peine les cris de sa mère quand son père leva, de son petit lit, le corps sans vie de Peter.*

*Il était parti parce qu'elle avait hésité. C'était de sa faute. Elle en était responsable et elle avait laissé tomber ses parents, détruit sa famille.*

*Après la mort de Peter, ils retournèrent aux Etats-Unis. Ses parents n'avaient jamais vraiment jeté la faute sur elle, mais elle savait qu'elle était responsable. Elle ne vit jamais sa mère rire de nouveau. Quant à son père, il essaya tout pour surmonter la perte et aider sa femme autant qu'il le pouvait, mais la mort de son fils fut trop éprouvante pour lui aussi, et la joie sembla l'abandonner.*

Delilah cligna des yeux pour ravaler ses larmes quand elle sentit les bras de Samson l'envelopper.

« Tu avais huit ans. »

« Ça ne change rien. J'ai paniqué. Je n'ai rien fait quand j'aurais pu le sauver. »

Il secoua la tête.

« Non, ma douce. Ça n'aurait jamais dû être ta responsabilité. »

« Si, ça l'était. »

Son étreinte lui faisait du bien, mais elle savait que ce n'était que temporaire. Elle voulait tout absorber avant de le quitter.

« Chut… Pense au champ. Pense à combien tu étais heureuse à ce moment-là. J'y étais avec toi. »

Elle leva les yeux.

« Mais comment ? Ce n'est pas possible. »

« Chaque fois que tu m'embrasses, tu m'y emmènes. Parce que c'est là que tu étais heureuse, et c'est ce que tu veux me montrer. Un endroit où l'on peut être heureux. Emmène-moi là-bas maintenant, Delilah. »

Samson plaça sa main sous son menton et lui releva la tête. Ses lèvres trouvèrent les siennes pour un contact doux puis, une connexion plus profonde, avant qu'elle ne s'écartât de lui brutalement.

« Je ne peux pas. Je ne peux pas rester avec toi. »

« Mais pourquoi ? »

« Je ne te connais pas. Tu m'as menti tellement de fois. Ce n'est pas le fondement d'une relation. »

« Je m'en suis excusé et  t'ai expliqué pourquoi je l'avais fait. »

Delilah secoua la tête et se défit de sa main.

« Tu me demandes l'éternité. Je ne peux pas faire ça. Je ne sais même pas ce que je ressentirai demain ou dans une semaine. »

« Je sais que c'est difficile d'accepter ce que je suis, mais tu sais que je ne te ferai jamais de mal… »

« Ce n'est pas la question. Tu veux que je prenne une décision qui affectera le reste de ma vie. Ça fait à peine trois jours que je te connais. Comment peux-tu vouloir un engagement à vie avec moi, après si peu de temps ? Comment peux-tu même être certain de tes sentiments ? »

Elle vit un sourire se former sur ses lèvres. Son visage était doux et gentil.

« Je ressens la connexion entre nous. Je sais que tu es la bonne. C'est quelque chose que je n'ai jamais ressenti, ni avec Ilona ni avec quiconque avant elle. Je sais que nous sommes faits l'un pour l'autre. Pour être liés par le sang. »

« Tu en parles avec une telle certitude. Ce n'est pas mon cas. Et liés par le sang ? Je ne sais même pas ce que ça veut dire. Je ne sais rien de ta vie. Comment peux-tu me faire choisir entre mon ancienne vie et une nouvelle, quand je ne sais même pas ce que je choisis ? »

Delilah se sentait confuse. Rien n'avait de sens. Ce que Samson voulait d'elle était trop dévorant. C'était quelque chose qu'elle ne pouvait contrôler.

« Le lien du sang est une connexion unique entre deux personnes qui s'aiment. Ça nous liera pour l'éternité. On appartiendra l'un à l'autre. Tout ce qui m'appartient sera à toi. »

« Je ne veux pas de ton argent. Je ne veux rien. Je ne sais pas ce que je veux. Tu ne comprends pas ? C'est tôt, trop tôt… »

Elle sentit les larmes lui monter aux yeux.

« Comment peux-tu même être sûr que tu m'aimes ? Tu ne sais rien de moi. »

Samson secoua la tête.

« Je sais tout de toi. »

Il plaça sa main à l'emplacement de son cœur.

« Je peux te sentir à l'intérieur de moi. Quand tu souffres, je ressens ta douleur. Quand tu es heureuse, je prends part à ton bonheur. »

« Ce n'est pas possible. Tu me veux juste parce que tu étais assoiffé de sexe et que tu en avais besoin comme une drogue pour résoudre ton 'problème'. Ce que tu ressens maintenant disparaîtra, et après ? Qu'est-ce que tu feras ? Tu me jetteras ? Non, je ne peux pas faire ça. »

« Delilah, ce que je ressens pour toi est vrai. Ça ne partira pas. Et puis quoi, si on ne se connaît que depuis trois jours ? Tu n'as jamais entendu parler du coup de foudre ? Je suis tombé amoureux de toi dès le moment où tu es tombée dans mes bras, quand j'ai ouvert la porte. Je ne le savais pas à ce moment-là. Quand je suis avec toi, mon monde est parfait. Les choses que tu me fais ressentir… Je n'ai jamais été un homme tendre, mais avec toi, je ne désire qu'être doux et aimant. Tu fais ressortir le meilleur de moi. Tu m'apaises, tu réchauffes mon cœur. Je sais que j'ai fait des erreurs, mais je recommencerai tout pour toi. Je te donnerai tout ce que tu désires. Je ferai n'importe quoi pour te rendre heureuse. »

Ses mots la touchaient. Elle ne pouvait le nier. Mais elle n'était pas prête à prendre une telle décision, une décision sur laquelle elle ne pourrait revenir. L'éternité était un concept bien trop étranger.

« Samson, je ne peux pas… »

Un coup sourd contre la porte les interrompit.

« Samson ! »

C'était Amaury.

« Pas maintenant ! » répondit Samson. « S'il te plaît, Delilah. Reste avec moi. Sois mienne. Laisse-moi être tien. »

« Il y a un traître parmi nous ! »

La voix d'Amaury était insistante.

Samson ouvrit la porte en grand.

« Je crois que c'est Thomas. C'est lui qui est derrière tout ça. »

Le visage de Samson se pétrifia.

« Oh bon dieu, non. »

Il regarda par-dessus son épaule.

« On parlera plus tard, Delilah. Tu es ma raison de vivre maintenant, que tu le veuilles ou non. »

Delilah ne savait pas si elle devait le croire ou pas, mais Samson ne pouvait attendre plus longtemps. Les larmes apparues dans ses yeux lui fendirent le cœur, et il voulut la prendre dans ses bras plus que tout au monde, mais il devait s'occuper de ce problème en priorité. Thomas, de toutes les personnes qu'il connaissait… Il ne pouvait le croire.

Il se précipita en bas dans son bureau, suivi d'Amaury.

« Montre-moi. »

Amaury afficha les écrans de transactions et expliqua ce qui se passait.

« Ici, tu vois. Thomas est connecté à l'heure où on parle et il est en train d'autoriser toutes les transactions codées de John Reardon. »

L'écran était envahi de fenêtres qui ne cessaient de s'ouvrir pour confirmer les approbations.

« C'est quoi ? »

Samson scanna l'écran du regard.

« Des transferts d'argent. Il est en train de transférer tout notre argent liquide sur des comptes offshore. »

« Tout ? »

« Oui, tout ce sur quoi il peut mettre la main. Des millions. Si on ne l'arrête pas, tu devras déposer le bilan demain. On ne pourra même pas payer les employés la semaine prochaine. »

Les nouvelles étaient dévastatrices. Thomas, son ami de plusieurs centaines d'années était en train de le trahir en le volant. Mais ce n'était pas tout : c'était lui qui avait essayé de faire du mal à Delilah. Aussi longue que fût la durée de leur amitié, il n'y avait plus qu'une chose à faire à présent.

« Allons-y, » ordonna-t-il à Amaury. « Carl ? » appela-t-il depuis le couloir, tandis qu'ils se ruèrent dehors.

Carl surgit de nulle part.

« Oui, monsieur ? »

« Protégez Delilah. »

« Bien, monsieur. »

Ils sautèrent dans la Porsche d'Amaury qui était garée dans la rue et se précipitèrent vers la maison de Thomas. Samson sortit son téléphone portable et donna l'instruction à Ricky de les y retrouver et d'amener deux de ses hommes. Ils avaient besoin de toute l'aide possible. Un vampire hors de contrôle était un animal dangereux. Ils devaient être prêts à faire face à toute éventualité.

« Ce truc ne peut pas aller plus vite ? »

Samson ne pouvait contenir son impatience.

« Je vais aussi vite que je le peux sans tuer personne. Je suis juste aussi en colère que toi, » confessa Amaury.

« Je sais. »

Samson regarda par la vitre, se remémorant ce que Delilah lui avait dit.

« Tu l'aimes ? »

La question d'Amaury était inattendue.

Samson lui jeta un regard de côté.

« Plus que ma propre vie. Mais elle ne comprend pas ce que ça signifie. Elle résiste. Je ne crois pas qu'elle m'ait pardonné de lui avoir caché des choses. »

« Elle sait que tu ne lui feras jamais de mal ? »

Il hocha la tête.

« Et je lui ai dit que je lui donnerai tout ce qu'elle veut. Je lui ai expliqué qu'elle aurait un droit sur tout ce qui m'appartient. »

Amaury secoua la tête.

« Parfois, tu es tellement lourd que ça n'en est même pas drôle. »

Mais de quoi son ami parlait-il ?

« Je ne suis pas lourd. »

« Si, tu l'es. Une femme comme Delilah ne veut ni argent ni biens matériels. Elle veut un homme qui sera toujours sincère avec elle. Quelqu'un qui ne lui mentira jamais, quelqu'un sur qui elle pourra toujours compter. »

« Mais je lui ai dit que je l'aimais. Je lui ai dit que je ne la blesserais jamais. Je me suis même excusé de lui avoir menti. J'ai fait tout ce que je pouvais. »

Samson se sentait épuisé.

« Des mots. Ce ne sont que des mots. Elle ne leur fait pas confiance. Seulement tes actes comptent. Tu devras lui montrer ce que tu ressens. Il faut que tu fasses quelque chose pour elle qui lui prouvera que tu penses ce que tu dis. »

« Mais quoi ? »

« Qu'est-ce que j'en sais ? Tu as passé les derniers jours avec elle. Tu sais ce qui est important pour elle. Tu as senti le lien qui t'unissait à elle… »

« Tu sais ça ? »

« Tu oublies que je peux ressentir tes émotions. Je sais que tu ressens ce lien avec elle. Utilise-le pour trouver un moyen de la convaincre. Donne-lui ce qu'elle veut, ce qu'elle veut vraiment au plus profond de son cœur, et elle sera tienne. »

Les mots de son ami avaient du sens. Samson ferma les yeux et ouvrit son cœur pour atteindre Delilah. Trop de douleur voilait le cœur de la jeune femme. Elle devait lâcher prise avant de pouvoir reconnaître ce que son cœur cachait d'autre. Il devait l'aider dans ce voyage. Soudain, il sut ce qu'il devait faire et espéra qu'il s'agissait de la bonne chose.

Samson composa le numéro de Gabriel Giles à New York. Ce dernier prit l'appel presque aussitôt.

« Gabriel, j'ai besoin de ton aide concernant quelque chose. »

~ ~ ~

Thomas habitait une maison construite à flanc de coteau en-dessous de Twin Peaks. L'endroit offrait les plus belles vues sur San Francisco. La maison était moderne, avec de grandes baies vitrées à hauteur de plafond donnant sur la ville, et il y avait également une cave cachée, creusée dans la colline derrière. C'était là que se trouvait la chambre de Thomas, entièrement protégée de la lumière du jour.

Ricky arriva en même temps que Samson et Amaury, accompagné de deux autres vampires employés par Scanguards. Cette situation avait besoin d'être prise en main de manière délicate, et Samson était ravi de voir que Ricky avait choisi deux de ses employés les plus loyaux et discrets. Si le patron n'était pas très familier avec son personnel humain, il connaissait, au contraire presque tous les vampires de son équipe. Ricky était en charge de leur recrutement chez Scanguards et  sélectionnait chacun d'entre eux personnellement.

Ils se saluèrent tous. Le visage d'habitude jovial de Ricky était fermé de par la solennité de l'instant. Il reflétait celui d'Amaury. Aucun n'avait hâte de faire ce qu'ils devaient faire. Ils formaient un groupe soudé ; découvrir que l'un d'eux était un traître les touchait de plein fouet, tous de la même manière.

« Amaury, est-ce que tu le sens ? » demanda Samson à son ami.

Amaury regarda la maison et ferma les yeux.

« Oui, il est ici. »

« Allons-y, » ordonna Samson.

« Attends ! »

La voix d'Amaury, se voulant injonctive, arrêta les quatre autres vampires d'un coup.

« Quelque chose ne va pas. Ses émotions n'ont pas de sens. »

« Qu'est-ce que tu veux dire ? » demanda Samson.

« Trop d'émotions d'un seul coup. En désordre. »

« Est-ce que ça voudrait dire qu'il n'est pas seul ? » avança Ricky.

Amaury secoua la tête.

« Je peux uniquement le sentir, lui. »

« On doit y aller, maintenant. »

Samson sortit un pieu en bois de sa poche. Ce qu'il avait à faire était douloureux, mais il n'y avait pas d'autre solution. Thomas avait été son ami durant de nombreuses années, alors il le ferait vite. Pas de torture ni de douleur pour ce dernier. Il lui devait tellement.

Samson remarqua les regards de ses amis lorsqu'ils virent le pieu, et il tressaillit intérieurement. Mais il ne leur montrerait pas sa faiblesse maintenant. La trahison signifiait la punition ultime.

Les deux vampires que Ricky avait emmenés se placèrent à l'extérieur de la maison pour empêcher Thomas de s'enfuir.

Ricky ouvrit la porte avec son double des clés, une mesure de sécurité qu'ils avaient mise en place, des années auparavant, pour être sûrs que les quatre amis pouvaient avoir accès à chacune de leurs maisons en cas d'urgence. Le calme et l'obscurité les accueillirent lorsqu'ils entrèrent.

Les yeux de Samson s'ajustèrent à la faible lumière, et il scanna rapidement l'intérieur. La grande pièce dans laquelle ils se trouvaient était vide, tout comme la cuisine et le bar adjacents. Un mur avec une porte séparait la maison en deux parties : l'espace public et ouvert et les quartiers sombres derrière.

Samson fit signe à Amaury et à Ricky, leur indiquant où il se rendait d'abord. Le couloir était encore plus sombre que l'avant de la maison, mais tout aussi vide et silencieux. Il avança petit à petit, ses pas ne faisant presque aucun bruit.

Derrière lui, Ricky et Amaury étaient tout aussi discrets. Un petit rayon argenté provenait de sous la porte que Samson savait être celle de la chambre de Thomas. Ils s'arrêtèrent devant.

Il savait que même s'ils avaient été silencieux, Thomas les avait forcément entendus. L'ouïe d'un vampire était sensible, et Thomas avait nécessairement perçu le moindre de leurs bruits. C'était étrange qu'il n'eût pas encore bougé, sauf si, bien sûr, il leur tendait un piège.

Samson inspira lorsqu'il tourna la poignée et ouvrit grand la porte. En moins d'une seconde, il entra dans la pièce et observa la scène. Ricky et Amaury firent de même, se plaçant de manière à ce que les trois pussent former un triangle aux différents coins de la chambre. Ainsi, ils pourraient attaquer.

Sauf qu'il n'y avait personne à attaquer. La pièce était vide. Pas de Thomas.

« Amaury ? »

La question de Samson était aussi claire que s'il l'avait explicitement formulée.

« Je peux toujours le sentir. Il est dans la maison. »

Amaury ferma de nouveau les yeux, se concentrant.

« En bas, dans le garage. »

La maison possédait un garage ainsi que d'autres grottes qui rejoignaient la colline.

« Il aurait dû être alerté par notre présence, maintenant, » déclara Ricky.

Samson hocha la tête.

« Je n'aime pas ça. »

Ils descendirent les escaliers et se dirigèrent vers le garage rempli de motos et de voitures de sport. Rien d'exceptionnel.

« Derrière la porte. Je peux le sentir. »

Samson était sur le point de poser sa main sur la poignée quand Amaury le rejeta en arrière.

« Non ! »

Samson lui jeta un regard interrogateur.

« Thomas souffre. »

« Il souffre ? »

« De l'argent. »

Ils regardèrent tous la poignée de la porte. Samson remarqua lui aussi que la porte était recouverte d'une feuille d'argent. Il enleva sa veste et l'enroula autour de sa main avant de tester la poignée. Il pouvait sentir l'effet de l'argent, même à travers le vêtement, mais la sensation en était toutefois atténuée.

L'argent était le seul métal capable de brûler la peau d'un vampire ; le seul moyen d'en maîtriser un.

Samson hocha la tête en direction de ses amis, puis ouvrit la porte en grand. Devant eux se trouvait le donjon. Samson avait toujours soupçonné Thomas de posséder ce genre de pièces où il s'adonnait à ses fantasmes les plus primaires, mais il ne s'était jamais attendu à une telle scène. C'était digne de la foire de Folsom Street. De la flagellation à profusion. Ames sensibles s'abstenir.

Samson se précipita dans la pièce faiblement éclairée, Ricky et Amaury sur ses talons. La raison de la douleur de Thomas leur apparut immédiatement. Il était attaché contre un mur, tenu en place par des chaînes en argent. Des chaînes dont il ne pouvait se défaire. Sa peau était recouverte de plaies douloureuses, là où le métal l'avait touché.

Une vague de soulagement parcourut immédiatement Samson. Thomas ne l'avait pas trahi. Quelqu'un l'avait maîtrisé.

« Thomas ! »

La tête de Thomas se souleva d'un centimètre, mais il semblait trop faible pour les regarder.

« Ricky, Amaury. »

D'un signe de tête en direction des chaînes, Samson donna ses ordres.

Ricky et Amaury obtempérèrent et ôtèrent leurs vestes, les enveloppant autour de leurs mains pour défaire les chaînes.

Lorsque la dernière tomba, Samson attrapa le corps blessé de Thomas dans ses bras et l'assit sur une chaise dans un coin.

« Ricky, va lui chercher du sang. Au premier. »

Il passa sa main sur le visage brûlé de Thomas et l'entendit gémir.

« Qui t'a fait ça ? »

La voix de Samson était basse.

Les lèvres de Thomas bougèrent.

« Milo. »

La main de Thomas agrippa immédiatement celle d'Amaury pour le retenir.

« Non. »

Samson regarda Thomas sans comprendre.

« Il est dangereux. »

Ricky arriva avec le sang.

« Bois. »

Il porta une bouteille aux lèvres de son ami blessé et le laissa boire. Quelques secondes passèrent, puis l'impatience d'Amaury pointa.

« Il a volé mon mot de passe. Il va te ruiner, » dit Thomas. « Je suis désolé, Samson. Je ne l'ai pas venu venir. »

Un regret sincère inonda les yeux de Thomas.

« Aucun de nous ne l'a vu venir. On l'aura, ne t'inquiète pas. »

La voix de Samson était plus calme à présent. Savoir qu'il n'avait pas à tuer son ami le soulageait.

« Je peux tout inverser. Emmène-moi au premier sur mon ordinateur. Je peux le faire. »

Samson et Amaury l'aidèrent à se lever.

« Tu peux te tenir debout ? »

Thomas hocha la tête.

« Je vais mieux. Mais vous devez faire vite. Milo va s'en aller, tout comme Ilona. »

« Ilona ? »

Samson s'arrêta net.

« Oui. C'est sa sœur. Il fait ça pour elle. Elle en a toujours après ton argent. »

Elle n'avait donc pas abandonné après qu'il l'eût quittée. Il aurait dû s'en douter.

« Comment l'as-tu découvert ? »

« J'avais le sentiment que Milo me cachait quelque chose. Et après, quand on est allés chercher John avec Ricky … Quand on est arrivés chez lui… »

Il hésita et regarda Ricky droit dans les yeux.

« Je sais que j'aurais dû dire quelque chose à ce moment-là, mais la femme de John s'est mise à crier, et on s'est rués à l'intérieur. »

« Qu'est-ce qui s'est passé ? » demanda Samson.

« J'ai senti une odeur familière. C'était léger, mais j'ai cru l'avoir reconnu. Maintenant, j'en suis sûr. C'était Milo. C'est lui qui a tué le comptable. »

Samson déglutit.

« Je me souviens qu'il était pressé de quitter l'entrepôt. Ça aurait dû m'alerter, mais je n'avais pas les idées claires. »

« Aucun de nous ne s'en est aperçu… Et de tous, j'aurais dû être celui qui le coincerait plus tôt. C'est moi qui ai passé le plus de temps avec lui. J'aurais dû le voir. »

Thomas culpabilisait.

Ricky balaya tout d'un geste de la main.

« Il t'a dupé. Ce n'est pas de ta faute. »

Amaury hocha la tête en signe d'approbation.

« Ou du moins j'aurais pu percevoir ses émotions. J'aurais dû m'en douter. »

«Vous tous, arrêtez, » dit Samson. « Ce qui est fait est fait. »

Il regarda Amaury.

« Milo t'aurait caché ses émotions. Il connaissait ton don. Et pour ce qui est d'être dupé, on s'est tous retrouvés dans cette situation à un moment ou à un autre. Ce n'est pas de ta faute, Thomas. Je suis juste content qu'il ne t'ait pas tué. »

Il mit sa main sur l'épaule de Thomas et la pressa avec assurance.

« Qu'est-ce qu'il s'est passé, ensuite ? »

« Je crois que c'est une bonne chose que je sois du genre jaloux, » rit-il amèrement. « Hier, j'ai réussi à placer une puce dans son téléphone portable pour enregistrer ses conversations. J'étais en train de les écouter quand Amaury m'a appelé pour que je l'aide avec les dossiers codés… »

« Je croyais avoir entendu la voix de Milo dans le fond. »

Thomas hocha la tête.

« J'ai reconnu la voix d'Ilona quand il lui a parlé. Ils sont frère et sœur. Je n'ai jamais vu de ressemblance, mais maintenant que je sais, je peux voir des similarités, des gestes qu'ils ont en commun. »

Il lança un regard de martyr à Samson.

« Tu as de la chance de n'avoir jamais mélangé ton sang au sien. Tu serais mort à l'heure qu'il est. »

Samson réalisa d'un coup.

« Mort ? Tué par un partenaire de sang-mêlé ? »

« Non. Tué par son frère. Elle aurait été incapable de garder ses pensées meurtrières cachées, une fois que vous auriez été unis par le sang. Tu l'aurais senti. Mais si elle avait tout arrangé avec Milo avant, tu serais resté dans l'ombre de ses intentions, » expliqua Amaury à la place de Thomas.

« Tout ça pour de l'argent ? »

Samson secoua la tête.

« Tu as l'air surpris, » nota Amaury.

« Je ne devrais pas. »

« Ilona ne s'arrêtera devant rien pour obtenir ce qu'elle veut. C'est pourquoi Milo a infiltré notre groupe. Tout prend son sens, maintenant, même le timing. »

Thomas regarda tout autour.

« Juste après que tu l'aies larguée, Milo est apparu. Il a d'abord gagné ma confiance, puis a essayé de trouver un moyen d'obtenir ton argent. Ça lui a pris pas mal de temps. Et puis, il a trouvé quelqu'un sur qui exercer son chantage pour mettre la main sur les livres comptables et a ensuite volé mon identifiant et mon mot de passe. Pas étonnant qu'il ne voulait pas qu'on parle au comptable. »

« Tu sais où il se trouve maintenant ? »

Thomas secoua la tête.

« Non, mais on peut essayer de pister la puce. S'il a toujours son téléphone sur lui, je peux le retrouver. »

Ils se rendirent dans le bureau de Thomas, situé au premier étage, et celui-ci se laissa tomber dans son fauteuil. Ses mains survolèrent immédiatement le clavier, tandis qu'apparaissaient différents écrans.

« Il est quelque part dans le quartier d'Ilona. Ils sont probablement sur le point de plier bagages et de quitter la ville. Il faut y aller maintenant. »

« Tu crois que tu peux inverser les transactions ? »

« Oui, fais-moi confiance. Les transactions ne peuvent être effectives qu'au bout de quelques jours. C'est un petit programme que j'ai mis en place il y a deux semaines pour davantage de sécurité. Tu récupèreras ton argent. Ils ne partiront pas avec. Fais juste en sorte d'attraper ces deux-là avant qu'ils ne fassent du mal à quelqu'un d'autre. »

Samson mit sa main sur l'épaule de Thomas et la pressa.

Une minute plus tard, ils étaient dehors.

« Ricky, demande du renfort. On a besoin d'une douzaine de gardes pour les prendre en embuscade. Ça va nous prendre trop de temps pour arriver chez elle. Ils seront partis quand on arrivera. »

Ricky composa immédiatement un numéro sur son téléphone et donna les ordres à ses subalternes.

Le téléphone de Samson vibra dans sa poche.

« Carl ? »

« Mademoiselle Delilah est partie. »

La gorge de Samson se noua, et son cœur se glaça, alors que toutes ses forces l'abandonnaient.

# 16

La parade du Nouvel An chinois battait son plein, et la masse de gens observant les festivités se serrait sur les trottoirs étroits de Chinatown. Le dragon coloré porté sur des bâtons par de jeunes Chinois, aux vêtements encore plus colorés, traçait son chemin à travers les rues en fête ; des lanternes et des lumières étaient suspendues à la devanture de chaque magasin et restaurant tout au long du circuit.

Delilah avait piégé Carl. Elle l'avait envoyé à la pharmacie en prétendant avoir des crampes d'estomac et avait été surprise de voir comme il avait facilement avalé ses paroles. Elle savait que Samson lui taperait sur les doigts pour l'avoir laissée seule mais, pour l'instant, elle ne pouvait se permettre de se sentir désolée pour lui. Elle devait partir.

Un avenir avec Samson était impossible et, plus tôt elle mettrait fin à leur relation, mieux ce serait pour tous. Ses croyances en un monde réel avaient sévèrement été mises à l'épreuve tout au long du jour et de la nuit qui avaient précédé. Soudain, elle s'était retrouvée confrontée à un monde dans lequel, non seulement les vampires existaient, mais où ceux-ci prétendaient également mener des vies similaires à celles des humains.

Au cours des derniers jours, elle avait par ailleurs réalisé que tous les murs qu'elle avait érigés autour d'elle avaient commencé à s'écrouler. Elle n'avait jamais parlé à qui que ce fût de la douleur qu'elle avait portée pendant si longtemps, et elle ne pouvait toujours comprendre pourquoi elle s'était confiée à Samson. De tous, c'était celui qui méritait le moins sa confiance.

Il lui avait menti, encore et encore. Et il continuerait à lui mentir. Dans ses yeux, elle avait lu son irrésistible envie de la posséder, de la consumer. Quels autres mensonges pouvait-il lui sortir, simplement pour qu'elle restât ? Elle le connaissait à peine, et l'idée de passer l'éternité avec lui était trop incongrue ; c'était beaucoup trop tôt. Tant qu'elle serait avec lui, elle savait qu'elle ne pourrait avoir les idées claires. Il ferait en sorte que ce ne fût pas le cas en la séduisant encore et encore. Et Delilah se savait incapable de lui résister.

Mais elle ne pouvait prendre une décision aussi importante à la légère, une décision qui impliquait qu'elle restât avec un vampire pour l'éternité ; alors qu'elle serait dans ses bras, son cerveau serait réduit à l'état de purée.

Qu'Amaury les eût interrompus avait été une chance qu'elle avait prise comme le signe de devoir s'échapper. C'était maintenant ou jamais. Elle devait se décider à enfin penser avec sa tête et envoyer valser la petite voix provenant de son cœur, la voix qui continuait à insister en lui disant qu'elle faisait une grosse erreur.

Delilah savait qu'il était déjà trop tard pour se rendre à l'aéroport et prendre le dernier vol de la soirée. Elle se cacherait donc dans un petit hôtel, quelque part où il ne la trouverait pas. Elle donnerait un faux nom, paierait en liquide. Et le lendemain matin, elle serait dans le premier avion pour New York. Elle était pratiquement certaine d'avoir pris toutes les précautions nécessaires car, de toute évidence,  Samson était plein de ressources, et il ferait tout pour la retrouver.

Delilah avait oublié la parade. A cause de la foule, elle pouvait difficilement déambuler dans les rues, et il n'y avait aucun taxi. En descendant vers Union Square, elle aurait plus de chance de trouver un moyen de transport.

Sa valise semblait de plus en plus lourde à mesure qu'elle la faisait rouler derrière elle. Elle avait pris tout ce qui lui appartenait, ne voulant se trouver la moindre excuse pour revenir. Elle se sentait suffisamment faible comme cela.

La musique et le bruit de la foule noyèrent quelques-unes de ses pensées, tandis qu'elle essayait de forcer le passage sur le trottoir. Toutes les secondes, quelqu'un se cognait à elle ou lui marchait dessus. Ses doigts de pied devaient déjà être en sang, elle en était sûre.

En d'autres circonstances, elle aurait pu apprécier la parade haute en couleurs, goûter quelques fruits exotiques et même acheter une ou deux babioles, mais à présent, une visite touristique de San Francisco était bien la dernière chose qu'elle eût en tête.

Différentes langues tourbillonnaient à ses oreilles, alors qu'elle s'avançait à travers la foule. Elle croisa des visages jeunes, des visages vieux, des hommes et des femmes, des enfants et des personnes âgées, des blancs et des asiatiques. Elle eut besoin de plus de quinze minutes pour parcourir un pâté de maisons.

Delilah se sentit soulagée lorsqu'elle finit par s'extirper de la foule exaspérante et qu'elle se retrouva dans une allée plus calme. Elle serait en mesure d'y éviter le plus gros de la cohue et de trouver son chemin jusqu'à Union Square, situé en bas de la colline.

Le bruit des roues de sa valise sur les pavés résonnèrent dans toute l'allée. La musique en arrière-fond s'y mêla, ainsi que le bruit des voitures et des motos.

Un léger bruit la fit se retourner, mais elle ne vit rien. Elle était trop sur ses gardes, mais elle se calmerait bientôt. Son imagination lui jouait des tours.

Delilah tourna dans la rue suivante, plus large que l'allée d'où elle venait. A sa gauche se trouvait une impasse, elle tourna donc à droite. La rue était bordée de maisons à trois étages divisées en appartements, leurs entrées étant bloquées par des portails en fer dont les pointes perçaient vers le ciel, d'un ton accusateur. Elle marcha le long du trottoir et se perdit de nouveau dans ses pensées.

Elle devait se convaincre qu'elle prenait la bonne décision en partant.

Delilah entendit trop tard le bruit derrière elle ; celui du moteur d'une moto. Elle tourna la tête et vit l'engin foncer droit sur elle. Impossible de voir la sombre silhouette du pilote.

Elle accéléra le pas et lâcha instinctivement sa valise. Elle se mit à courir, mais la moto la rattrapa, le bruit du moteur se faisant de plus en plus fort au fur et à mesure que l'engin approchait. Plus fort et plus menaçant à chaque seconde. Elle ne pourrait jamais lui échapper. Elle regarda désespérément de chaque côté à la recherche d'un endroit pour se cacher, là où la moto ne pourrait la suivre.

Du coin de l'œil, elle remarqua un mouvement, mais celui-ci fut trop rapide pour qu'elle pût comprendre de quoi il s'agissait.

« Delilah ! »

Le hurlement se répercuta contre les immeubles, faisant écho à travers la rue. La personne qui avait lancé ce cri était visiblement horrifiée. Avant qu'elle ne pût se retourner, elle sentit des bras la pousser sur le côté, la plaquant contre l'asphalte. Elle tomba lourdement. L'impact lui fit mal au niveau des côtes, et elle grogna bruyamment.

Les phares de la moto l'aveuglèrent un moment, alors qu'elle tournait la tête, juste à temps pour voir l'engin percuter la personne qui l'avait poussée. Elle vit le corps voler dans les airs comme une poupée de chiffon avant de s'écraser, un peu plus loin. La chute fut interrompue par les pics de l'un des portails en fer.

Le corps y resta suspendu, empalé.

La moto dérapa, une silhouette tombant au sol, roulant, puis se relevant, manifestement saine et sauve. Le moteur se coupa d'un coup, et tout redevint silencieux.

Delilah eut mal dans le côté lorsqu'elle essaya de bouger, mais elle devait absolument se relever. Le motard se dirigea vers elle avant de jeter un bref regard vers la silhouette empalée.

Delilah se releva. Il faisait trop noir pour qu'elle pût voir qui était la personne sur le portail, bien qu'elle en connût déjà l'identité. Elle l'avait entendue crier son nom d'une voix qui lui était trop familière. Elle l'avait poussée sur le côté et lui avait sauvé la vie, à quelques minutes près.

Mais elle ne voulait pas accepter la vérité. Parce qu'alors, tout son monde s'écroulerait. La personne qui l'avait poussée hors de la trajectoire de la moto, en essayant de la sauver, était maintenant empalée sur le portail et paraissait sans vie.

Delilah essaya de bouger mais, comme si quelqu'un la maintenait en place grâce à des ficelles invisibles, ses pieds refusèrent d'avancer lorsque le motard vint vers elle. Elle essaya de lever un pied, puis l'autre. En vain. Rien ne bougeait. Elle était paralysée.

Quelque chose attira son attention, et elle tourna la tête à droite. C'est à ce moment-là qu'elle les vit : plusieurs hommes vêtus de noir accourant vers la scène. Elle comprit alors qu'elle n'avait aucune chance. C'était fini. Ils la poursuivaient, elle. Ils la tueraient, tout comme le motard avait tué son sauveur.

Delilah regarda de nouveau le meurtrier qui, soudainement, tourna les talons et courut dans la direction opposée, s'éloignant des hommes. Quoi ?

« Delilah ? »

Elle entendit une autre voix familière. Une seconde plus tard, Amaury était à ses côtés.

« Ça va ? »

Elle hocha la tête, hébétée. Soudain, ses muscles remuèrent de nouveau, et elle s'évanouit presque. Amaury la rattrapa.

« Samson ? »

Sa tête se retourna vers le portail. Elle ne voulait pas entendre la réponse. Avec horreur, elle observa les deux hommes qui dégageaient le corps des pointes en fer et l'allongeaient sur le sol. Un léger mouvement attira son regard. Avait-il bougé ?

« Samson ! »

Delilah essaya de courir vers l'homme qu'ils avaient étendu sur le goudron. Samson. Une main ferme la retint en arrière.

« Non, » dit Amaury. « Tu ne veux pas le voir comme ça. »

Elle se défit de sa prise d'un coup sec.

« Il est blessé à cause de moi ! »

Elle courut vers lui et se laissa tomber à ses côtés. Le corps de Samson gisait, tout mou, sur le sol ; du sang s'écoulant de plusieurs larges plaies. Tellement de sang ! Mais à sa plus grande surprise, elle ne ressentit pas, au niveau de son estomac, le malaise habituel dont elle souffrait à la vue de l'hémoglobine.

Delilah regarda le visage du vampire. Il était couvert de sang, mais ses yeux étaient ouverts.

« Samson. »

Elle lui caressa la joue, et ses yeux se remplirent de larmes à la vue de la douleur exprimée sur le visage de ce dernier. Elle n'avait jamais vu quelqu'un dans une telle agonie, dans une telle douleur physique.

Derrière elle, elle entendait Amaury proférer ses ordres, mais tout ce qu'elle pouvait voir, c'était Samson, l'homme qu'elle avait fui. Pourquoi ? Elle ne s'en souvenait même plus.

« Que quelqu'un l'aide ! On a besoin de l'emmener chez un médecin. »

Delilah interpella Amaury. Une peur glaciale s'empara d'elle, alors qu'il lui jetait un regard grave.

« Un donneur est en route. »

Elle ne comprenait pas.

« Un donneur ? »

Samson essaya de parler, mais sa voix se réduisit à un simple gargouillement. Delilah se pencha plus près de lui en essayant de le rassurer, mais elle ne savait que faire. Elle ne possédait aucune connaissance en premiers secours et, même si cela avait été le cas, aurait-ce fonctionné sur un vampire ? Elle était impuissante.

« N'essaye pas de parler. On va t'aider. Tout ira bien. S'il te plaît, accroche-toi, » l'encouragea-t-elle, tout en sachant que ses mots n'étaient que mensonges et sonnaient faux.

Samson tourna la tête d'un côté, puis de l'autre.

« Non ! » cria-t-elle, en comprenant ce qu'il voulait dire.

« Amaury, dis-moi ce que je dois faire ! »

Ce dernier était à ses côtés.

« Ses blessures sont trop graves. Il le sait. Je suis désolé, mais il va mourir s'il ne reçoit pas de sang humain immédiatement. »

« Alors appelle une ambulance pour qu'on lui fasse une transfusion. »

Elle se souvint soudainement du distributeur dans le cabinet du docteur Drake.

« Tu ne peux pas trouver du sang en bouteille quelque part ? »

« Le sang en bouteille ne fonctionnera pas, pas cette fois. Ses blessures sont trop importantes. Il a besoin d'hémoglobine provenant directement de la veine d'un humain et de la force vitale de celui-ci pour l'aider à se régénérer. »

« Je vais lui donner le mien. »

Sans hésitation, Delilah releva la manche de son pull.

« Non… »

La voix de Samson était faible mais déterminée. Ses yeux jetèrent un regard suppliant en direction d'Amaury.

« Il ne te laissera pas le faire, » expliqua Amaury.

Delilah lui jeta un regard surpris, puis secoua la tête. Pour une fois qu'elle se souciait peu de ce que quelqu'un voulait ou ne voulait pas faire d'elle. Elle n'allait pas s'asseoir là, à ne rien faire et le laisser mourir.

« Je m'en fous. Qu'il prenne mon sang. »

« Je ne peux pas te laisser faire ça, Delilah. Samson l'interdit. »

Des larmes inondèrent ses yeux et coulèrent le long de ses joues, tandis qu'elle regardait une nouvelle fois Samson.

« Je ne te laisserai pas mourir. »

Celui-ci parut essayer de sourire, mais son visage se tordit de douleur.

Elle plaça son poignet contre la bouche du vampire.

« Mords ! » ordonna-t-elle avec détermination.

Mais au lieu de mordre, il détourna la tête de son poignet.

« Tu es bien un vampire têtu, tiens ! Bien, tu ne veux pas me mordre. Alors un de tes amis le fera, et je te forcerai à boire mon sang. Tu comprends ? »

Sa voix se ponctua de colère et, soudain, elle vit une lueur éclairer les yeux de Samson. De l'incrédulité ?

« Amaury, mords mon poignet, » commanda-t-elle en le tendant vers ce dernier.

Il secoua la tête.

« Je ne peux pas. »

Elle lui lança un regard lourd.

« Quelqu'un d'autre, alors ? Toi ! » cria-t-elle à l'un des hommes qui avait aidé à dégager Samson du portail.

« Tu es un vampire, mords-moi bon sang, afin que je puisse faire boire Samson. »

Le vampire hésita, puis les regarda un par un, Samson, Amaury et elle.

Soudain, Delilah sentit une main sur son autre bras et se retourna. La main de Samson l'avait agrippée.

« … Ne veux pas… te blesser, » dit-il d'une voix à peine audible.

*A présent,* il avait décidé qu'il ne voulait pas la blesser ? Et quand il lui avait menti ? Son timing était nul. Vraiment nul. Elle devrait lui en toucher deux mots plus tard.

« Tu ne me blesseras que si tu me quittes. Ne me quitte pas, s'il te plaît. »

Elle plaça de nouveau son poignet contre sa bouche, mais il ne remua pas. C'est alors qu'elle perdit le contrôle et se laissa envahir par la colère.

« Mords-moi, bon sang ! Ou je te donne un coup si fort dans les parties que tu n'auras pas fini de crier quand on passera au siècle prochain ! Compris ? »

Une seconde plus tard, elle sentit la vive douleur de sa peau qui se brisait. Du liquide s'en écoulait. Puis, rapidement, la douleur s'évanouit, les canines de Samson pourtant toujours fermement plantées dans son poignet. Elle le sentit sucer, les yeux fermés.

De sa main libre, elle dégagea les cheveux de ce dernier de son visage ensanglanté.

« Prends ce dont tu as besoin, mon amour. »

Delilah ressentit son soupir plus qu'elle ne l'entendit. Elle baissa la tête vers la sienne et déposa un baiser sur son front.

« Je suis là, Samson, je suis là. »

Amaury l'aida à relever la tête du blessé sur ses genoux pour lui faciliter la tâche.

« Merci. »

Il secoua la tête.

« Samson a beaucoup de chance de t'avoir. »

Le vacarme derrière elle lui fit tourner la tête.

Deux vampires amenaient le motard qui se débattait. Ce dernier ne portait plus de casque, et l'on pouvait distinguer une longue chevelure auburn. Delilah avait déjà vu cette femme, au théâtre.

Ilona Hampstead, l'ex-petite amie de Samson.

Ilona essaya d'échapper à l'emprise des deux vampires, en vain. Ils étaient plus forts qu'elle. Elle semblait furieuse.

La rousse fixa Delilah et l'observa donner son sang à Samson.

« Quoi, tu crois qu'il va t'appartenir juste parce que tu le laisses avoir ton sang ? Tu peux rêver, ma fille ! »

Sa voix était pleine de venin.

Delilah lui jeta un regard meurtrier en retour.

« Salope ! On n'en a pas fini, toutes les deux ! »

Elle voulait briser le cou de la femme qui avait blessé et presque tué celui qu'elle aimait. Delilah le regarda sucer son poignet et  vit ses yeux s'ouvrir soudainement ; il était choqué.

« Tout ira bien, mon amour. Ils l'ont eue. Elle ne peut plus te faire de mal, » lui murmura-t-elle.

Ses yeux se refermèrent, et il lâcha son poignet. Delilah regarda Amaury, alarmée.

« C'est bon. Il boira autant que son corps peut le permettre. Il aura besoin de plus de sang, plus tard. On aura un donneur à ce moment-là, » la rassura Amaury.

Elle secoua la tête.

« Non, je ne le permettrai pas. »

« Comme c'est mignon, » sortit Ilona.

Delilah l'ignora.

« Personne d'autre ne lui donnera de sang. Il ne boira que le mien.»

« C'est trop dangereux. Il a besoin de bien trop de sang, » l'avertit Amaury.

Elle leva la main en signe de protestation.

« Seulement le mien. »

Puis, elle lança un autre regard à Ilona avant d'enlever sa veste. Elle la roula en boule et y reposa la tête de Samson avant de se lever, toujours tremblante. Ses côtes lui faisaient mal. Elle porta la main sur le côté afin de soutenir ses mouvements.

Amaury lui offrit son bras pour la soutenir, et Delilah l'accepta volontiers.

« Qu'est-ce qu'on va faire d'elle ? » demanda-t-elle.

« On ? »

Amaury lui adressa un regard étonné.

« Oui, 'on'. Et ne pense même pas à m'exclure. J'ai tous les droits de… »

« Tu ne vas pas laisser une petite mortelle te dire ce que tu dois faire, si ? »

Ilona narguait Amaury tout en se débattant de l'emprise des deux vampires.

« Lavette ! »

Amaury lui jeta un sourire nonchalant.

« Tu devrais savoir que tes insultes ne m'atteignent pas, Ilona. »

« Tu vas la sauter aussi, une fois que Samson s'en sera débarrassée ? Ou peut-être même avant ? »

« Je crois que tu devrais garder la bouche fermée tant que tu as encore une langue, » la prévint Amaury.

Delilah lui jeta un regard surpris.

« Oh oui, salope. C'est ce que fait ce grand seigneur d'Amaury. Il baise les restes de Samson. »

« Comme si ce n'était pas toi qui l'avais demandé en premier, » rétorqua-t-il.

Ilona laissa échapper un rire amer.

« Je me demande si ton ami est au courant. Peut-être que quelqu'un devrait lui dire. »

Le regard de Delilah passa de l'un à l'autre. Ils se connaissaient manifestement de manière plus intime que quiconque eût pu le penser. Amaury avait-il quelque chose à voir avec la rupture de Samson et Ilona ? Avait-il trahi son meilleur ami ? »

« Ça ne marchera pas, Ilona. Cette fois, tu n'arriveras pas à te dépêtrer de cette histoire. Alors, où est Milo ? »

« Milo ? » répéta Delilah.

Amaury lui jeta un regard en coin.

« On vient juste de découvrir que Milo est le frère d'Ilona, et que c'est lui qui est derrière tout ça ; ce plan pour voler des millions à la société de Samson. Il a dupé Thomas pour avoir accès à son mot de passe. »

Delilah le regarda, choquée.

« Milo était le cerveau ? »

Enervée, Ilona laissa échapper un soupir.

« Cet idiot était incapable d'organiser quoi que ce soit. Il ne pouvait même pas exécuter correctement ce que je lui demandais de faire ; ou tu serais en train de manger les pissenlits par la racine à l'heure qu'il est, salope. Mais non, il a fallu qu'il refile le boulot à un crétin d'humain qui bousillait tout à chaque fois. J'aurais dû m'en charger moi-même dès le départ. »

« Tel est pris qui croyait prendre, » répondit Delilah avec sarcasme.

Ilona lui aboya dessus.

« Tu crois que tu peux l'avoir, lui et tout son argent ? Réfléchis-y à deux fois. Il est juste en train de jouer avec toi : Samson n'a jamais aimé personne d'autre que lui-même. C'est un homme égoïste et un amant encore plus égoïste. Il va se lasser de toi et alors, il te larguera. »

« Que tu n'aies pu lui donner ce dont il avait besoin ne veut pas dire que j'en suis incapable aussi. Et pour ce qui est de l'égoïsme, ça ne t'arrive jamais de te regarder dans un miroir ? Tu l'y verrais clairement. Oh pardon, j'avais oublié. Tu ne peux pas te regarder dans un miroir, pas vrai ? Alors je crois que tu ne peux pas vraiment savoir *à quel point* tu es laide. Dans ce cas, je vais faire court : tu es une putain de sorcière. »

Ilona siffla et se débattit pour se libérer de ses deux gardes, des envies de meurtre animant clairement ses yeux.

« Laisse-moi juste planter mes canines dans ta peau, salope, et tu verras comme je peux être *vraiment* laide ! »

« Ça suffit ! Où est Milo ? »

D'un hochement de tête, Amaury ordonna aux deux vampires d'augmenter la pression de leur emprise en retournant le bras d'Ilona d'une manière aussi peu naturelle que douloureuse. Elle grimaça.

« Je ne sais pas où se trouve cet idiot. »

« Bien, alors on n'a plus besoin de toi. »

Delilah regarda Amaury.

« Vous n'allez pas la laisser partir, si ? »

« La laisser partir ? Non. On va la tuer. »

Amaury sortit un pieu en bois de la poche de sa veste. Delilah le regarda et se tourna ensuite vers Ilona, laquelle avait les yeux écarquillés. Elle savait ce qui l'attendait. Oui, elle allait mourir, mais Delilah voulait être celle qui donnerait le coup de grâce. C'était son homme qu'Ilona avait presque tué. Ce n'était que justice qu'elle la punît elle-même.

Delilah fit mine d'attraper le pieu qu'Amaury tenait dans ses mains, mais celui-ci l'arrêta.

« Non, ce sera mon plaisir. Samson est l'une des meilleures choses qui me soit arrivées dans ma vie. Quiconque veut lui faire du mal doit d'abord avoir à faire à moi. »

Delilah devait le reconnaître : la détermination d'Amaury était palpable.

« Merci pour les parties de jambes en l'air, mais comme je te l'ai déjà dit, ça ne compte pas. A la revoyure, en Enfer. »

Ilona avait les yeux grand ouverts, comme si elle ne pouvait croire qu'il allait réellement passer à l'acte. Ses lèvres s'entrouvrirent, mais aucun mot n'en sortit. Amaury leva son bras et lui planta le pieu dans le cœur. Durant une demi-seconde, de l'incrédulité voila le visage d'Ilona. Puis, elle fut réduite à l'état de poussière. L'air souleva les petits grains et les emporta au loin.

Lorsqu'Amaury se retourna vers Delilah, il la fixa longuement.

« Quand il n'y a pas de sentiments, ça ne compte pas. »


Amaury organisa le rapatriement de Samson chez lui, tandis que davantage de vampires se dispersaient pour traquer Milo.

Lorsqu'ils revinrent, Carl les attendait et avait déjà préparé la chambre de Samson en changeant les draps. Amaury l'aida à enlever les vêtements abîmés du blessé. Ils nettoyèrent ses plaies, le placèrent sur le lit et le recouvrirent d'un simple drap blanc.

« Il aura besoin de sang frais dans quelques heures, annonça Amaury. Tu peux changer d'avis, tu sais. Il ne s'attendait pas à ce que tu fasses ça. En fait, il voulait que je te dissuade de continuer. »

Delilah secoua la tête.

« Il est blessé à cause de moi. Je lui donnerai ce dont il a besoin. »

Elle se changea et passa un t-shirt ainsi qu'une paire de leggings, puis s'assit aux côtés de Samson dans le lit.

Amaury hocha la tête.

« Carl, il va falloir qu'on prépare un petit remontant pour Delilah afin que son sang se régénère plus vite. On a probablement tout ce qu'il faut dans la cuisine. »

Samson se réveilla.

« Il a besoin de toi, maintenant. »

Amaury et Carl quittèrent la chambre, tandis qu'elle se penchait vers Samson et plaçait son poignet contre sa bouche. Sans qu'il ouvrît les yeux, ses canines se plantèrent dans sa peau.

« Oui, bois, mon amour. On est à la maison, maintenant. »

Elle plaça la tête de ce dernier sur ses genoux tout en le nourrissant. Elle avait déjà remarqué que certaines blessures avaient commencé à se refermer. L'écoulement du sang avait cessé, et celui-ci se coagulait en produisant une croûte sur les plaies. Le processus de cicatrisation avait débuté.

La sensation de succion sur son poignet n'était pas douloureuse ; au contraire, cela l'emplissait de paix.

Quand Samson la lâcha enfin, ses lèvres remuèrent.

« Delilah, » murmura-t-il.

Mais il reperdit tout de suite connaissance.

Delilah le tint, observant les moindres mouvements de son corps. Cette fois-ci, elle n'avait pas hésité à agir. Cette fois-ci, elle n'était pas restée debout, laissant mourir quelqu'un qu'elle aimait. Elle avait réagi. Elle s'était elle-même surprise par la force dont elle avait fait preuve dans la rue. Le courage qu'elle avait ressenti quand elle s'était confrontée à Ilona était nouveau pour elle mais, savoir que tous les vampires étaient de son côté, l'avait aidée.

Amaury revint dans la chambre en lui apportant une concoction peu ragoûtante, autant à la vue qu'à l'odeur.

« Qu'est-ce que c'est ? »

« Il vaut mieux que tu ne le saches pas. Mais ça t'aidera à pallier la perte de sang. »

Delilah lui fit confiance. Comment son monde avait-il pu changer ainsi ? Elle était étendue dans un lit et offrait, à un vampire, autant de sang que nécessaire tout en buvant, de son plein gré, le liquide le plus abominable que ses lèvres eussent jamais touché, faisant confiance au vampire qui le lui tendait.

« Je vais te tenir compagnie. »

Amaury tira le fauteuil plus près du lit avant de s'y asseoir.

« Il aura besoin de vingt-quatre heures pour récupérer. »

« Mais il va s'en sortir, n'est-ce pas ? »

« Avec ton aide, oui. »

Amaury reposa sa tête contre l'appui-tête du fauteuil.

« Dis-moi ce qui s'est passé. »

Delilah voulait savoir.

Amaury hocha la tête.

« Samson t'a dit à propos d'Ilona et de leur rupture ? »

« Oui, il m'a tout raconté à propos d'elle. Mais il n'a pas mentionné que toi et elle… »

Delilah s'éclaircit la gorge.

« Il ne savait pas. »

Son regard était sincère lorsque ses yeux rencontrèrent les siens.

« Ecoute, il n'a pas besoin de le savoir. Je ne l'ai pas trahi. Elle est venue vers moi après qu'il l'ait jetée hors de sa vie. Hé, je n'en suis pas fier, mais je ne suis pas très pointilleux en ce qui concerne la gente féminine. »

« Tu l'as tuée comme si tu ne ressentais rien pour elle. »

La pensée la fit frémir. Comment un amant pouvait-il être aussi froid ? Lorsqu'elle le regarda dans les yeux, elle y décela une pointe de douleur.

« Pour moi, une partie de jambes en l'air n'est qu'une partie de jambes en l'air. Rien de plus. C'est quelque chose dont j'ai besoin, et je me fous pas mal de qui peut me la procurer. Je ne veux pas te choquer, mais je suis comme ça. Ça ne change rien quant à ma loyauté. »

Il posa son regard sur Samson, et elle comprit.

« Sans lui, je ne serais pas là aujourd'hui. Il m'a sauvé la vie de nombreuses fois. C'est quelqu'un de bien. »

Elle hocha la tête et caressa la joue de ce dernier.

« Et il m'appartient. »

Elle regarda de nouveau Amaury, juste à temps pour le voir sourire chaleureusement.

« Quel était le plan d'Ilona ? »

Il soupira.

« Elle voulait être la détentrice d'une fortune s'élevant à plusieurs millions de dollars. Elle voulait ce qui lui appartenait. Si Samson avait mélangé son sang au sien, Milo l'aurait tué. Et tout l'argent serait revenu à Ilona. »

« Oh mon Dieu, elle le voulait mort ? »

Une peur glaciale s'empara d'elle.

« C'est l'effet que la cupidité a sur certains. Vivre de sa fortune ne lui suffisait pas. »

« Qu'est-ce que tu veux dire ? »

« Quand un vampire se plie au rituel du mélange des sangs, son partenaire a un droit égalitaire sur tout ce qu'il possède. Ils deviennent des propriétaires liés. Manifestement, ce n'était pas assez pour elle. Elle voulait tout. Quand Samson a rompu, son rêve est parti en fumée. Alors, elle a élaboré un autre plan. »

Delilah secoua la tête, essayant de balayer les images de son esprit.

« Que prévoyait-elle ? »

« D'abord, elle a fait en sorte que son frère, Milo, nous infiltre. On ne savait absolument rien sur eux. Ilona était nouvelle en ville et, soudain, Milo est apparu et… Bon, ce n'était pas dur pour lui de séduire Thomas, je crois. Thomas a un cœur d'artichaut et, franchement, même à San Francisco, il n'y a pas beaucoup de vampires gays. De ce fait, ses choix ont toujours été un peu limités. Milo s'est suffisamment penché sur les affaires internes de Scanguards pour savoir que voler le mot de passe de Thomas ne suffirait pas. Alors, il a fouillé dans les enregistrements et a probablement découvert la petite fraude de John avec les dépréciations, et il l'a utilisée contre lui pour le faire chanter. C'était assez facile. Tu étais sur la bonne voie, tu sais, avec ton audit. Tu l'aurais trouvé en fin de compte. »

Il lui lança un regard approbateur.

« Tu as fait la moitié du travail, » concéda-t-elle.

« Uniquement après que tu m'aies indiqué où aller. Ilona était intelligente. Carl m'a dit tout à l'heure qu'un jour, il l'avait vue devant l'ordinateur de Samson, probablement en train d'essayer d'accéder au système. Mais il ne lui a jamais donné son identifiant ni son mot de passe. Donc, il semble qu'elle avait déjà l'idée en tête. »

« Tu es sûr ? Il me l'a donné, et il me connaît depuis bien moins longtemps qu'elle. »

« Même moi, je ne connais pas son mot de passe, et je suis son ami le plus proche. Il te fait confiance comme à personne. Je ne crois pas qu'il ait jamais fait confiance à Ilona, même s'il était prêt à l'épouser. Je crois que la solitude l'avait atteint. Il a toujours voulu une famille. »

Amaury sourit doucement, son regard se portant sur Samson, allongé sur le lit.

« Une fois que Milo a obtenu le mot de passe de John, il a pu télécharger les transferts d'argent codés. Il lui suffisait ensuite de se reconnecter avec le mot de passe de Thomas pour les autoriser. »

« Thomas doit être dévasté. »

« Milo l'a maîtrisé tôt dans la soirée et l'a enchaîné avec de l'argent. »

« De l'argent ? »

« C'est le seul métal qu'on ne peut ni casser ni tordre. Les vampires ne peuvent se libérer des chaînes en argent. Et ça brûle notre peau. On a été chanceux de trouver Thomas à temps. Il a énormément souffert, mais il s'en sortira. Personnellement, je suis surpris que Milo ne l'ait pas tué. Peut-être qu'il y avait quand même quelques sentiments dans tout ça, en fin de compte… »

« Je suis désolée pour Thomas qu'il ait été dupé par son amant. Est-ce que tu crois que John savait ce que Milo préparait ? »

« Probablement pas, » devina Amaury. « Et même s'il avait quelques doutes, il a sûrement préféré tout ignorer en se disant que, moins il en savait, mieux c'était. John n'était vraiment qu'un pion. Pas complètement innocent, mais il ne méritait certainement pas de mourir. »

« Qu'est-ce qui va arriver à sa famille ? Il avait une femme et des enfants. »

Delilah pouvait à peine imaginer la douleur que sa femme était en train de vivre.

« Samson s'occupera d'eux. On a une œuvre caritative dont les fonds sont assez conséquents. Elle aide les familles dont les employés sont décédés dans l'exercice de leurs fonctions. Ça arrive, tu sais, avec certains de nos gardes du corps. Et même si John n'est pas mort dans l'exercice de ses fonctions, Samson fera ce qu'il faut pour sa famille. »

« Et l'homme qui nous a agressés ? »

« J'ai envoyé deux hommes le relâcher. Ils ont pour instruction d'effacer de sa mémoire tout souvenir relatif à Samson, à toi ou à un autre vampire. Ça ne sert à rien de le punir davantage. La femme de John va avoir besoin de tout le soutien possible. »

« D'autres, dans la même situation, n'auraient pas été aussi gentils. »

« Tu veux dire parce qu'on est des vampires ? »

Le ton d'Amaury n'était pas accusateur.

« Même des humains seraient plus cruels. Je ne m'attendais certainement pas à ce genre de considération de la part de vampires, sans vouloir t'offenser. »

Amaury secoua la tête.

« Ça n'a rien à voir avec le fait d'être un vampire ou pas. Il y a des bons et des méchants parmi nous, tout comme il y a des bons et des méchants parmi les humains. Devenir un vampire ne fait pas de toi une mauvaise personne. Et être humain ne fait pas de toi une bonne personne. »

« Et toi et Samson, vous êtes bons. »

« On n'est pas des saints, mais on essaye d'être aussi bons que possible. C'est un combat de tous les jours, mais on gagne plus souvent qu'on ne perd. »

Delilah lui sourit.

« Comment Samson a-t-il fait pour me trouver à temps ? »

« Ton odeur. Il aurait pu te suivre à travers toute la ville. Il connaissait si bien ton odeur et puis bien sûr, il avait léché le sang de ta main, ce qui n'a fait qu'accroître ses capacités. Lorsque Carl lui a dit que tu étais partie, et qu'on savait que Milo et Ilona étaient en liberté dans la ville… Je ne l'ai jamais vu aussi paniqué de toute sa vie. Il était prêt à tuer quelqu'un. »

« Je suis désolée. »

Elle l'était sincèrement.

« La prochaine fois que tu prévoies de partir, préviens-moi, d'accord ? Que je puisse me tenir à distance de la ligne de tir de Samson. »

Elle ne le quitterait pas une nouvelle fois. S'il voulait toujours d'elle, elle serait sienne. Elle déposa un baiser sur le front de Samson et passa une main dans ses cheveux.

« Ce ne sera pas nécessaire, Amaury. »

Elle lui sourit et vit qu'il comprenait.

« Il sera content d'entendre ça quand il se réveillera. Pourquoi ne dors-tu pas un peu ? Je vais veiller sur lui et faire en sorte qu'il soit nourri quand nécessaire. »

« Merci, Amaury. Tu es un bon ami. »

Ses paupières étaient lourdes et, en quelques minutes, Delilah sombra dans le sommeil, s'enfonçant dans les oreillers tout en gardant la tête de Samson sur ses genoux.

# 17

« Delilah, réveille-toi. »

La voix d'Amaury pénétra ses rêves. Elle essaya de l'ignorer, en vain.

« Delilah. »

Cette dernière ouvrit les yeux et vit Amaury qui lui tendait un verre du même liquide affreux que ce qu'il lui avait déjà fait boire à deux reprises. Elle en ignorait le contenu et n'avait nullement envie de le découvrir. Pour autant qu'elle sût, il pouvait tout à fait s'agir d'un champignon vénéneux. Voire d'un crapaud.

« Encore ? »

Elle avait presque eu un haut-le-cœur la dernière fois qu'elle avait avalé la mixture.

« Désolé, mais tu en as besoin. Il t'a pris beaucoup de sang. »

Elle but en essayant de faire abstraction du goût immonde.

Delilah suivit ensuite le regard d'Amaury qui observait Samson, allongé à ses côtés. Il semblait aller mieux. Ses plaies s'étaient refermées, et sa nouvelle peau se développait par-dessus.

« Combien de temps encore ? »

« Plus beaucoup. En attendant, il faut que tu descendes dans son bureau. Quelqu'un veut te parler. »

Elle lui jeta un regard interrogateur.

« Qui ? »

« Tu verras. »

Son regard se posa à nouveau sur Samson ; elle ne voulait pas le quitter.

« Et s'il se réveille, alors que je suis partie ? »

« Je serai ici. Je t'appellerai immédiatement. »

Elle sortit du lit à contrecœur, mais fut prise d'un vertige en se levant. Son corps tituba, et Amaury la rattrapa immédiatement. Un grognement sourd provint du lit.

Ils tournèrent tous les deux la tête pour regarder Samson. Celui-ci semblait toujours en train de dormir, mais ses canines s'allongeaient. Amaury lâcha immédiatement le bras de Delilah, et les canines de son ami se rétractèrent, tandis que ses lèvres se refermaient.

« Il peut te sentir, même dans son sommeil. Il ne veut pas qu'un autre homme te touche. »

« Mais tu étais juste en train de m'aider, » protesta Delilah.

« Un vampire qui a trouvé sa moitié est très possessif. »

Delilah sourit à Samson. Même dans son sommeil, il essayait de la protéger.

« Je serai de retour rapidement, mon amour. »

Elle vit un sourire de contentement se former sur les lèvres de Samson, comme s'il pouvait l'entendre.

Carl l'attendait dans le bureau de ce dernier.

« Prenez un siège ici, en face de l'ordinateur, mademoiselle Delilah. »

« Carl. »

Il la regarda d'un air interrogateur.

« Je suis désolée. Est-ce que je vous ai mis dans une situation délicate avec Samson ? Je lui parlerai quand il ira mieux. Je ne veux pas que vous soyez sanctionné parce que vous m'avez laissé m'échapper, » dit-elle tristement.

« Peu importe ce qui m'arrive du moment que monsieur Woodford va bien. »

« Que vous fera-t-il ? »

« J'avais reçu l'ordre de vous protéger, et j'ai échoué. Tout ce qui importe, c'est qu'il vous ait retrouvée à temps. »

« Mais c'était de ma faute. Je vous ai tendu un piège. »

Il lui lança un léger sourire.

« Ce n'est pas grave, mademoiselle. Je n'aurais pas dû vous laisser me piéger. Et si je peux me permettre, pour une humaine, vous êtes très intelligente. »

« Et si je peux me permettre, pour un vampire, vous êtes très gentil. »

Il hocha la tête.

« Monsieur Woodford vous a arrangé une téléconférence. »

Carl désigna l'écran de l'ordinateur du doigt. Elle s'assit sur le siège que le maître d'hôtel lui présentait.

« Une téléconférence ? Pour quoi faire ? »

Carl alluma l'ordinateur. L'image de ce qui semblait être une chambre d'hôpital apparut. Il ajusta la petite caméra en haut du moniteur et la montra directement à Delilah.

« Il y a quelqu'un à qui monsieur Woodford veut que vous parliez. »

« On est connectés ? »

Une voix se fit entendre par le haut-parleur et, une seconde plus tard, un homme grand apparut.

« Oui, nous pouvons vous entendre et vous voir parfaitement, Gabriel, » répondit Carl. « Mademoiselle Delilah, voici Gabriel Giles. Il est à la tête du siège de Scanguards à New York. Gabriel est l'un d'entre nous. »

« Un… ? »

Elle étudia l'homme sur l'écran. Ses longs cheveux étaient maintenus en arrière par une queue de cheval, et son visage, par ailleurs plutôt agréable, laissait apparaître une cicatrice qui s'étendait de l'oreille jusqu'au menton. Oui, d'une certaine manière, elle pouvait deviner qu'il était l'un d'eux.

Gabriel hocha la tête.

« Oui, mademoiselle Sheridan, je suis un vampire. C'est un plaisir de faire votre connaissance. J'espère que j'aurai l'opportunité de vous rencontrer en personne dans quelques temps. Samson m'a dit beaucoup de bien à votre sujet. »

Delilah reconnut sa voix comme étant celle de l'homme du haut-parleur.

« Merci. Vous vouliez que nous parlions de l'audit ? »

« Non, tout a été réglé concernant l'audit. Nous savons ce que Milo et sa sœur essayaient de faire, et nous sommes en train de travailler à inverser leurs actions. Non. Il s'agit d'un sujet plus personnel. »

Il s'éclaircit la gorge.

« Samson a demandé à ce que je voie votre père. »

« Mon père ? »

Delilah en eut le souffle coupé. Essayaient-ils de lui faire du mal ? Elle écarta tout de suite cette idée. Après la conversation qu'elle avait eue avec Amaury, elle n'avait aucune raison de croire que quiconque voulait du mal à sa famille.

« Qu'êtes-vous en train d'essayer de faire avec lui ? »

« Ne vous inquiétez pas, mademoiselle Sheridan. Vous avez ma parole, ainsi que celle de Samson, que votre père est en sécurité. Nous savons qu'il se trouve dans les derniers stades de la maladie d'Alzheimer et qu'il ne vous reconnaît plus. Mais il y a une chose à propos de laquelle vous devez vous entretenir avec lui, une chose que vous portez en vous depuis plus de vingt ans. Vous avez besoin de tourner la page, et seul votre père peut vous y aider. »

Delilah secoua la tête. Elle comprenait ce à quoi il faisait allusion, mais cela n'avait pas d'importance.

« Il n'y aura jamais moyen de tourner la page. Vous l'avez dit vous-même. Mon père ne me reconnaît plus. Il n'a plus aucun souvenir de ce qui s'est passé. »

« Ce n'est pas tout à fait vrai. Il a toujours des souvenirs, ils sont simplement enfouis très profondément. »

« Monsieur Giles, je suis désolée que vous soyez en train de perdre votre temps, mais je ne peux plus parler à mon père. »

« S'il vous plaît, écoutez-moi. Je peux libérer ses souvenirs assez longtemps pour vous permettre de lui parler comme s'il était de nouveau en bonne santé. Cela vous donnera l'opportunité de lui dire ce que vous avez besoin de lui dire. »

« C'est impossible. »

« Non, ça ne l'est pas. Certains d'entre nous ont des dons particuliers. C'est le mien. Je suis heureux de l'utiliser à une telle fin. Mais vous n'aurez que quelques minutes avant que son esprit ne se voile à nouveau, alors utilisez le temps à bon escient. Dites-lui simplement. »

Elle déglutit. La caméra s'éloigna de Gabriel pour se fixer sur une chaise. Elle reconnut son père immédiatement. Son regard était absent, ses épaules avachies. Des larmes se formèrent dans ses yeux en le voyant ainsi. Rien ne pourrait lui redonner une bonne santé. Elle ne pourrait jamais lui demander son pardon.

Gabriel se plaça derrière son père et positionna ses mains quelques centimètres au-dessus de la tête du vieil homme. Il garda les yeux fermés. Quelques secondes plus tard, les yeux de son père prirent soudainement vie, et ce dernier regarda droit vers la caméra.

« Delilah ! s'exclama son père. Ma chérie, ça fait plaisir de te voir. »

« Papa ? »

La voix de Delilah se brisa. Il l'avait reconnue. Après tant d'années, il la reconnaissait enfin de nouveau.

« Qu'est-ce qui ne va pas, ma chérie ? Pourquoi pleures-tu ? Quelqu'un t'a fait du mal ? »

Sa voix était teintée d'inquiétude.

« Non, papa. Je suis juste heureuse de te voir. »

« Et moi donc ! »

Il lui lança un sourire ravissant qui lui rappela la façon dont il la regardait toujours lorsqu'elle était enfant.

« Ça fait longtemps. Tu nous manques, à ta mère et à moi. Tu travailles trop. Tu le sais, ça ? »

Delilah cligna des yeux. Il ne savait pas que sa mère était décédée. Il ne s'en souvenait pas. C'était logique. Sa mère était morte après que la maladie d'Alzheimer se fût déclarée. Cela ne servait à rien d'en parler. Elle ne voulait pas lui causer davantage de peine.

« Je sais, papa. Je viendrai vous rendre visite, à toi et à maman, dès que j'aurai un week-end de libre. Qu'est-ce que tu en dis ? » mentit-elle, incapable de trouver la force suffisante pour lui dire la vérité.

« Ça me semble être une bonne idée. »

Delilah s'éclaircit la gorge. Elle n'avait aucune idée de la façon dont elle devait aborder le sujet. Elle avait porté sa culpabilité pendant trop d'années et, maintenant qu'elle avait l'opportunité d'en parler à son père, elle ne trouvait pas les mots. Il n'y avait pas une seule bonne façon d'entamer cette conversation.

« Tu penses parfois à nos moments en France ? »

Il sourit.

« Souvent, ma chérie. »

« Moi aussi, j'y pense beaucoup. »

« Tu étais si jeune, je suis surpris que tu t'en souviennes. »

Sa voix était douce, mais mêlée de peine.

« Je me souviens d'absolument tout. »

Il leva la main pour l'arrêter.

« Il y a des choses qu'il vaut mieux oublier. »

« Mais comment ? »

« Pense uniquement aux bonnes choses, ne t'attarde pas sur les mauvaises. »

Elle secoua la tête, sa voix trop étranglée pour qu'elle pût parler.

« Est-ce que je t'ai déjà dit quelle joie tu étais pour ta mère et moi ? J'entends encore ton rire quand je te poussais sur la balançoire, et que tu demandais à monter toujours plus haut. Tu étais une petite fille si aventurière. Si courageuse. Toujours si courageuse. »

Il lui lança un autre grand sourire.

« Je ne le suis pas toujours. »

« A mes yeux, tu l'es. »

« Oh papa, je suis tellement désolée ! »

Les larmes commencèrent à se former dans ses yeux.

Il fronça les sourcils.

« Désolée pour quoi ? Qu'est-ce qui ne va pas, ma chérie ? »

« Peter, répondit-elle immédiatement. J'aurais dû faire quelque chose. Je… »

Une seule larme coula le long de sa joue, laissant une traînée chaude sur sa peau.

« Peter ? »

Sa voix refléta un sentiment de surprise.

« Mais ma chérie, tu n'aurais pu empêcher sa mort. Ta mère et moi non plus. Peter a été victime de la mort subite du nourrisson. Même si on avait été là ce soir-là, nous n'aurions rien pu faire. On s'en est toujours voulu de t'avoir laissé t'occuper de lui. Je n'oublierai jamais l'horreur sur ton visage ce soir-là. Si seulement on avait pu t'épargner ça. Tu n'aurais jamais dû le voir mourir. On était si inquiet pour toi. »

« Mais maman était tout le temps si triste. Je croyais que vous m'en vouliez. »

« T'en vouloir ? Oh bon dieu, Delilah, non. »

Il se pencha en avant sur sa chaise, se tordant les mains.

« On ne s'en est toujours voulu qu'à nous-mêmes. Si on ne t'avait pas eue, ta mère et moi n'aurions jamais pu nous sortir de cette période sombre. Tu étais la seule lumière que nous avions. Tu étais notre seul rayon de soleil, mais nous nous sentions si coupables que tu fasses tant de cauchemars, que tu le revoies mort dans son berceau, encore et encore. Nous ne savions pas quoi faire, alors nous n'en avons jamais parlé. Nous avons toujours pensé que le temps arrangeait les choses et que les enfants oubliaient. Avec le recul, nous aurions dû t'amener chez un professionnel pour qu'il t'aide, mais nous ne savions tout simplement pas quoi faire. Je suis tellement désolé que nous ayons échoué. S'il te plaît, pardonne-nous. »

Les yeux de son père étaient pleins de larmes.

Elle libéra finalement celles qu'elle s'était interdit de faire couler pendant toutes ces années.

« Oh papa. Il n'y a rien à pardonner. Je t'aime. »

« Je t'aime aussi, ma chérie. Tout comme ta mère. Promets-moi quelque chose. »

« Tout ce que tu veux. »

Elle accepta sans aucune hésitation.

« Arrête de t'attarder sur le passé et pense à l'avenir. Ton avenir. »

« Je te le promets. »

« Au revoir, Delilah, » dit-il.

Puis son regard redevint absent.

Delilah s'effondra sur sa chaise et laissa libre cours à ses larmes. Son père l'aimait et ne lui en voulait pas pour la mort de Peter. Elle était libre, enfin soulagée de la culpabilité qu'elle avait portée pendant si longtemps.

Des bras forts la soulevèrent du canapé. Elle ouvrit ses yeux embués et regarda l'homme qui la portait.

« Samson ! »

« Ne pleure pas, ma douce, » murmura-t-il en s'asseyant sur le canapé, la gardant sur ses genoux.

Il portait une longue robe de chambre et semblait plein de vie, comme à son habitude.

« Je suis tellement désolée, Samson. Je t'ai mis dans un réel danger. »

Les larmes coulaient librement.

« Tu m'as sauvé la vie. »

Il attira sa tête près de la sienne et pencha ses lèvres pour l'embrasser doucement.

« J'ai cru que je t'avais perdu, » dit-elle.

Samson secoua la tête et gloussa.

« On ne me tue pas aussi facilement. Même si cette fois, ce n'est vraiment pas passé loin, mais alors vraiment pas. Sans ton sang… »

Elle posa un doigt sur ses lèvres.

« Tss. Je te le devais. »

Son visage adopta une expression sévère.

« Tu t'es sentie obligée ? C'est pour ça que tu m'as sauvé ? »

Ses épaules s'affaissèrent comme si toute énergie avait abandonné son corps.

« Je ne pouvais pas te laisser mourir. C'est moi qui t'ai mis dans cette situation. Si je ne m'étais pas enfuie, tu n'aurais jamais été blessé. »

« Je vois. »


Alors elle l'avait fait par culpabilité ? C'était tout ce qu'elle ressentait ? Samson sentit son cœur se contracter douloureusement. Elle l'avait sauvé uniquement pour le tuer en le quittant de nouveau. Il sentit le sang de Delilah courir dans ses veines ; il sentit sa véritable essence tout en écoutant ses mots. Des mots qu'il ne voulait pas entendre. Elle l'avait sauvé parce qu'elle lui était redevable.

Soudainement, il la dégagea de ses genoux et l'assit sur le canapé pour se lever.

« Je suis désolé que tu te sois sentie obligée. Tu ne me devais rien. Je demanderai à Carl de faire le nécessaire pour que tu retournes à New York. »

Il prononça à peine les derniers mots, sortant en trombe de la pièce et se précipitant dans les escaliers. Quelques secondes plus tard, la porte de sa chambre claqua. Delilah ne l'aimait pas. Il avait, on ne peut plus mal, interprété ses sentiments. Elle lui avait donné son sang uniquement parce qu'elle l'avait mis en danger en premier lieu, et non pas parce qu'elle ne pouvait vivre sans lui.

*Comme c'était noble de sa part !*

Un goût amer envahit sa bouche. Il devait faire en sorte qu'elle quittât son existence sur le champ, avant qu'elle ne brisât son cœur en morceaux pour le jeter en pâture aux lions. Tout ce qui lui faisait penser à elle devait disparaître. Il ouvrit le tiroir de son bureau et en sortit son carnet.

Les dessins qu'il avait faits de Delilah au cours de leur première nuit allèrent s'étaler au sol. Samson se baissa et passa sa main dessus comme si, à travers eux, c'était la jeune femme qu'il touchait. Il ne désirait qu'une chose : revivre ces moments quand il la tenait dans ses bras.

« Ils sont beaux, » murmura Delilah de sa voix douce dans son dos.

Comment avait-elle pu entrer sans qu'il ne l'entendît ? Il attribua ce moment d'inattention à sa convalescence.

« Tu les as dessinés. »

Ce n'était pas une question, juste une simple remarque.

Il ne se retourna pas.

« Tu dormais. Je voulais capturer ta beauté. »

Cela semblait si loin, à présent.

« Si tu veux faire tes bagages, je te laisserai les faire. »

Il prit les dessins et se releva pour s'en aller, mais il sentit la main de Delilah sur son bras.

« Regarde-moi, s'il te plaît, » supplia-t-elle d'une voix douce et tendre.

Samson obéit et se retourna.

« Si tu crois que je donne mon sang à n'importe qui et puis que je m'en vais, tu te trompes. Tu veux vraiment savoir pourquoi je ne t'ai pas laissé mourir ? »

Elle s'arrêta un instant.

« Parce que pour une fois, je voulais quelque chose juste pour moi. Je me souciais peu des conséquences. Quand tu étais étendu, là, en train d'agoniser, la seule chose à laquelle je pouvais penser, c'était moi. Traite-moi d'égoïste, mais je ne pouvais imaginer une vie sans toi. C'est pour ça que je t'ai donné mon sang, parce que je te voulais. Et c'est toujours ce que je veux. »

Samson en resta bouche-bée. Ses doigts lâchèrent les dessins qui retombèrent à nouveau au sol.

« Tu me veux, moi ? Quelle que soit la situation ? »

Delilah hocha la tête.

« Je t'aime, et si ça veut dire que je dois devenir un vampire pour que je puisse être avec toi, alors je le ferai. »

« Devenir… ? Non ! »

Il la prit dans ses bras.

« Non, je t'aime trop pour te faire ça. »

Ses lèvres s'abattirent contre les siennes, la réclamant toute entière. Ce n'était pas le tendre baiser qu'il lui avait donné dans son bureau, mais celui d'un vampire, possessif, réclamant sa partenaire. Delilah lui appartenait.

« Mélange ton sang au mien. »

Il plongea ses yeux dans les siens.

« S'il te plaît, explique-moi encore. La dernière fois, je n'avais pas toute ma tête pour t'écouter correctement. »

« Cela veut dire que tu m'appartiendras pour toujours, tout comme je t'appartiendrai. »

« Pour toujours ? Mais je vieillirai, contrairement à toi. »

Samson sourit.

« Non, tu ne vieilliras pas. Une fois que nous serons liés par le sang, tu puiseras de mon essence. Tu resteras humaine, mais tu ne vieilliras pas tant que je serai en vie. Je ne boirai que ton sang, et tu ne boiras que le mien. Tu seras capable de me sentir, car mon sang coulera dans tes veines. On sera connectés. Tu sauras toujours ce que je ressens, et pareil pour moi. »

« Mais je serai toujours humaine ? »

« Oui, tu pourras toujours sortir au soleil. Tu mangeras toujours de la vraie nourriture. Mais tu seras ma femme, ma partenaire pour la vie, et je ne te laisserai jamais partir. Tu ne peux pas revenir en arrière une fois que tu as pris ta décision. On deviendra partie intégrante l'un de l'autre, on sera incomplets l'un sans l'autre ; deux moitiés qui ne feront qu'un. »

Elle plongea ses yeux dans les siens. Il n'y eut pas une once d'hésitation dans sa réponse. Elle repoussa ses cheveux sur le côté et lui offrit son cou.

« Mords-moi, alors. »

Une seconde plus tard, les éclats de rire de Samson emplirent la chambre. C'était un soulagement pour lui. Elle avait accepté, à sa façon, un peu excentrique.

« Ma douce, le rituel consiste en un peu plus qu'une simple morsure. Et crois-moi, tu vas en apprécier chaque seconde. »

La porte d'entrée claqua bruyamment. Les oreilles de Samson se dressèrent. Plusieurs hommes étaient entrés chez lui. Tous des vampires. Il pouvait clairement les sentir.

« On a de la visite. »

Il passa rapidement un jean et enfila un t-shirt avant de prendre la main de Delilah dans la sienne, leurs doigts s'entremêlant.

Le bruit dans le salon s'amplifia. Quand Samson et Delilah atteignirent l'entrée, ils savaient déjà de qui il s'agissait : Ricky, Amaury, Carl et Milo, ce dernier étant retenu par deux gardes du corps vampires bien musclés.

« Alors, vous l'avez trouvé. »

Samson entra dans la pièce et hocha la tête en direction de ses amis. Il regarda Milo qui affichait un écœurant sourire de dédain sur son visage.

« Ta sœur est passée dire bonjour avant de partir pour l'Enfer, » l'accueillit Samson.

Milo gronda.

« Salope ! »

« Si tu parles de ta sœur, je ne peux qu'être d'accord. Sinon, tu ferais bien de surveiller ta langue ou je te la coupe. »

« Vas-y. Puisque tu vas me tuer de toute façon. Qu'on en finisse. »

La voix de Milo était froide et impassible.

« Je ne vais pas te tuer, » dit doucement Samson en regardant ce dernier inspirer profondément, lui laissant vivre un bref instant de soulagement.

« Thomas va le faire. Il ne serait pas content après moi si je le privais d'un tel moment. »

Samson se délecta du choc qui s'afficha sur le visage de Milo. Pendant quelques secondes, il avait manifestement cru qu'il s'en tirerait.

« C'était uniquement le plan de ma sœur. C'est elle qui était derrière tout ça. Elle m'a forcé à le faire, » geignit Milo. « Vous l'avez déjà tuée. Donc, vous avez eu votre revanche. »

La porte d'entrée s'ouvrit, puis se referma.

« Je ferai en sorte que tu récupères ton argent. J'ai accès aux comptes placés aux Caïmans. Je ferai à nouveau les transferts. »

« Ce ne sera pas nécessaire. »

La voix de Thomas provint du couloir. Il apparut un instant plus tard.

« J'ai inversé toutes les transactions. Samson, l'argent est de nouveau en sécurité sur ton compte. »

« Merci, Thomas. »

« Comment ? »

Milo semblait confus.

Thomas s'approcha de lui et s'arrêta à quelques centimètres.

« Tu m'as peut-être eu sur tes sentiments à mon égard, mais quand il s'agit d'informatique, tu ne m'arrives pas à la cheville. J'ai inversé chacune de tes transactions. »

« Thomas, » dit Samson en s'adressant à ce dernier.

Pour la première fois, Thomas le regarda dans les yeux.

« Oui, Samson ? »

« Qu'est-ce que tu veux faire de lui ? »

« Moi ? »

« Oui. Il t'a trahi. Tu seras son juge. Amaury s'est occupé d'Ilona. Et grâce à l'assistance de Delilah qui m'a nourri de son sang, j'ai survécu à l'agression. Donc je n'ai plus aucun désir de vengeance. Mais peut-être que toi, si. »

Thomas jeta un regard d'admiration à Delilah.

« Je ne peux pas imaginer quelqu'un de mieux pour Samson. Il a vraiment de la chance. »

Samson surprit le sourire timide qui retroussa les lèvres de la jeune femme et pressa sa main en signe d'acquiescement.

« Je sais que j'en ai, et encore plus depuis que Delilah a accepté de mélanger son sang au mien. »

Soudain, tout le monde se mit à parler. L'excitation était palpable dans l'air.

« Tu vois, je te l'avais dit. »

« Qui l'eut cru ? »

« Tu me dois cent dollars, Carl ! »

« Félicitations ! »

« Je suis tellement heureux pour vous deux ! »

« Cent dollars ? »

« On avait fait un pari. »

« Pour quand est prévu l'heureux événement ? »

« Oh, tuez-moi maintenant avant que je vomisse ! » cria Milo, faisant taire tout le monde.

« On dirait que quelqu'un ne partage pas la joie de ton union, Samson, » dit ostensiblement Ricky.

« Heureusement, je n'en ai absolument rien à foutre de ce que Milo pense. »

Il se reprit et regarda Delilah.

« Pardon, ma douce. Je ne devrais pas jurer devant toi. »

Delilah lui lança un rire franc.

« Tu es drôle, tu le sais ? Tu crois vraiment qu'un juron ou deux peuvent me choquer après tout ce par quoi je suis passée ces derniers jours ? Si je peux me marier avec un vampire, je pense que je peux faire face à quelques gros mots. »

« Oh, c'est mignon, » dit Milo d'un ton sarcastique.

« Ferme-la, enfoiré ! » lui jeta Delilah.

Toute la pièce éclata de rire. Tout le monde sauf Milo. Samson la prit dans ses bras et attira son visage vers le sien.

« Je peux déjà voir qu'on va beaucoup s'amuser ensemble, dans nos vies. »

Il se retint de la dévorer à l'instant devant ses amis. Ce qui se passait entre eux était d'ordre privé. Bientôt, il se retrouverait seul avec elle, et elle lui appartiendrait pour toujours. Cette pensée lui réchauffa le cœur comme jamais auparavant.

« Tu as pris ta décision, Thomas ? »

Thomas hocha la tête et s'adressa à son amant.

« Tu as gagné ma confiance sous de fausses intentions. Tu m'as trahi, tu m'as volé et tu m'as tendu un piège. Tu m'as presque tué, et tu as tué des humains innocents. Tes actes ont menacé des personnes qui me sont chères. Tu es une pourriture, de la vermine. Je regrette le jour où j'ai posé mes yeux sur toi. Le monde serait bien meilleur sans toi. Mais je ne suis pas un assassin, et tu ne me feras pas en devenir un. Tu n'es plus le bienvenu ici. Je ferai passer le mot dans tous les covens des Etats-Unis : si quelqu'un t'accueille, je le poursuivrai, puis je te poursuivrai, toi. Si tu remets un pied dans ce pays, je te *détruirai.* »

Milo sembla choqué par le verdict de Thomas.

« Tu ne vas pas me tuer ? »

Thomas s'adressa aux deux gardes du corps.

« Accompagnez-le hors de la ville et faites en sorte qu'il quitte le pays. »

Les deux sbires regardèrent Samson qui hocha la tête en signe d'approbation. Quelques secondes plus tard, ils emmenaient Milo hors de la maison.

Samson posa la main sur l'épaule de Thomas.

« C'était une sage décision. Je t'applaudis. »

Thomas secoua la tête.

« C'était une décision lâche. »

Il se retourna, et Samson lut de l'angoisse sur son visage.

« Je ne pouvais pas le tuer parce que je l'aime encore. »

Thomas quitta la maison une minute plus tard. Samson comprenait son besoin de faire le deuil et d'arriver à accepter ses propres décisions. Le faire rester pour célébrer son bonheur aurait été cruel.

« Ça va aller, dit Amaury une fois que la porte se fut refermée derrière Thomas. Donne-lui un peu de temps. »

« Carl, pourquoi ne pas boire en l'honneur de l'union imminente de Samson et Delilah ? » suggéra Ricky.

« Champagne ? » demanda Carl.

« Tu sais qu'on ne boit pas de champagne, Carl. » lança Ricky, amusé.

« Oui, mais je ne pense pas que ce soit poli en compagnie mixte de descendre des verres de sang. »

Carl lança un regard prudent en direction de Delilah.

« Carl, quand vous parlez de compagnie mixte, vous voulez dire hommes et femmes ou humains et vampires ? »

« Je veux dire humains et vampires. »

« Amenez le sang, Carl, et une coupe de champagne pour moi. Je ne suis pas timorée, et je ne veux pas que vous me traitiez comme telle. Je ne vais pas m'évanouir à la vue du sang. Plus maintenant, en tout cas. »

Carl se redressa.

« Vous avez entendu la maîtresse de maison, » sourit Samson.

Delilah trouverait parfaitement sa place dans sa vie.

« Bien, monsieur. »

« Bien, monsieur. »

# 18

Lorsque Delilah sortit de la salle de bain, ses joues étaient roses, et la lueur des nombreuses bougies que Samson avait allumées dans la chambre flamboyaient comme de l'or sur sa peau. Samson n'avait jamais rien vu d'aussi beau. Elle avait revêtu un peignoir et ne portait rien en-dessous, comme il le lui avait demandé.

Ils étaient enfin seuls chez lui, ses amis étant partis à peine quelques minutes plus tôt. Samson l'attendait près de la cheminée, également vêtu d'un simple peignoir, nu en-dessous. Sa verge se réveilla violemment à la vue de Delilah et à la pensée de ce qu'ils étaient sur le point de faire. Il n'avait jamais imaginé ce qu'il ressentirait mais, maintenant qu'il le pouvait, il était certain de n'avoir jamais éprouvé quoi que ce soit d'aussi profond que l'amour qu'il lui vouait.

« Merci de m'avoir permis de parler à mon père. »

« Je ferai toujours tout ce qui est en mon pouvoir pour te rendre heureuse. Peu importe ce que ça requiert. »

Il tendit les bras. Elle vint vers lui, doucement mais sûrement, et il la serra dans une étreinte.

« Es-tu prête pour le début du reste de ta vie ? »

« Avec toi à mes côtés, je suis prête à tout. »

Sa voix était aussi douce que de la musique à ses oreilles.

Il caressa la peau pâle de son cou et sentit son artère pulser sous ses doigts. Elle battit des cils.

« Ça va faire mal ? »

« Tu ne ressentiras pas de douleur, juste du plaisir. On mélangera notre sang au point culminant de notre extase, quand nos corps s'uniront. Tu boiras mon sang et je boirai le tien. On ne fera qu'un ; un seul corps, une seule âme. Tu ressentiras tout ce que je ressens et ce sera pareil pour moi. Il n'y aura pas de secret entre nous. Tu veux le faire ? »

Samson lui donnait une opportunité supplémentaire de changer d'avis car, une fois qu'ils seraient liés par le sang, ce serait pour toujours. Il savait que c'était ce que, lui, il voulait. La certitude était enivrante et effrayante à la fois. Si elle le refusait maintenant, cela lui briserait le cœur.

Ses yeux verts brillèrent lorsqu'elle le regarda.

« Samson, j'ai ressenti des choses étranges ces derniers jours. J'ai ressenti des choses à propos de toi que je ne pouvais pas savoir. Comme le fait que tu avais peint ce tableau. »

Elle pencha la tête vers la peinture au-dessus du rideau.

« Quand je le regarde, je vois un petit garçon montrant un dessin à sa mère. »

« Ce sont mes souvenirs, ma douce. »

« Mais on n'a pas encore mélangé nos sangs. Comment est-ce possible ? »

Il sourit.

« Ceux qui sont vraiment faits l'un pour l'autre sont déjà liés. C'est pour ça que tu peux déjà ressentir des choses à mon sujet, et que je savais pour ce champ. On est déjà connectés. »

« Ça ne te gêne pas d'officialiser tout ça ? » murmura Delilah, du bout de ses lèvres rouges et généreuses.

Dans un mouvement lent, il se pencha vers elle et captura finalement ses lèvres en un baiser d'amour. Il n'avait jamais embrassé une femme comme il l'embrassait, elle. Ce fut de cette manière qu'il lui ouvrit son cœur, tandis qu'il envahissait l'antre de sa bouche avec sa langue. Il n'était pas là pour piller, mais pour partager. La langue de sa douce rencontra la sienne, lui offrant ce qu'il savait ne pouvoir prendre : sa confiance. C'était à elle de la lui donner.

Leurs bouches fusionnèrent dans un abandon de passion, l'un à l'autre, aucun n'étant le conquérant ni le conquis. Des partenaires égaux en amour. Eprouvant tous les deux  la même force et la même faiblesse l'un envers l'autre ; tous les deux à la fois puissants et démunis.

Samson vit des images envahir à nouveau son esprit ; des images de lavande, de pré, de soleil. Elle s'ouvrit à lui pour l'emmener dans un lieu de béatitude complète, un endroit que rien au monde ne pourrait venir troubler, un endroit où il serait simplement l'homme, pas la bête.

Sans rompre leur baiser, il la prit dans ses bras et la porta jusqu'à son lit. Non, leur lit. Il l'allongea sur les draps froissés avant de la recouvrir de son propre corps. La seule chose qui les séparait, mettant à peine une barrière entre leur passion, c'était leurs fins peignoirs.

Avec impatience, les mains de Delilah tirèrent sur celui de Samson, jusqu'à ce que ce dernier cédât et s'ouvrît et qu'elle pût sentir la peau de son amant sous ses doigts. Jamais dans ses rêves les plus fous n'avait-elle pensé pouvoir aimer un homme sans réserve, de la façon dont elle aimait Samson. L'excitation pulsa dans ses veines quand elle sentit les mains de celui-ci la déshabiller.

La peau nue de Samson entra finalement en contact avec la sienne. Elle sentait presque le grésillement produit par la connexion. Son corps était parcouru de frissons, son cerveau anticipant son extase. L'érection pressée contre sa cuisse ne demandait pas encore à entrer, mais lui rappelait son but : la prendre, la posséder, s'unir à elle.

De ses mains, il parcourut son corps en toute liberté, sans précipitation aucune, mais avec détermination. Elle lui retourna ses caresses avec la même ferveur. Pas le moindre centimètre de son corps n'échapperait à son toucher. Ni à ses doigts, ni à sa bouche, ni à sa langue.

Là où quelques heures auparavant des plaies béantes avaient couvert son corps, une nouvelle peau s'était formée, tout aussi parfaite que la précédente. Delilah se pressa contre Samson et, ayant compris ce qu'elle attendait, celui-ci roula sur le dos afin qu'elle se retrouvât sur lui.

Elle se releva pour le regarder. Il était beau, pour autant qu'un homme pût être qualifié de beau. Ses épaules étaient larges et musclées, sa poitrine dépourvue de poils et bien dessinée. Elle passa ses doigts le long de son torse. En un battement de cils, elle remarqua qu'il la regardait l'explorer. Elle ressentit un désir profond, là, sous sa peau, mais il ne bougea pas, lui permettant de prendre le temps dont elle avait besoin pour apprendre à le connaître.

Pour la première fois, elle lui ferait l'amour en sachant ce qu'il était. Un vampire.

Delilah ne pouvait toujours pas comprendre comment un homme aussi fantastique que Samson avait pu tomber amoureux d'elle, mais elle ne se posait plus de questions. Ce qu'elle voyait dans ses yeux lui laissait entendre que son amour était vrai. Samson était à elle. C'était son homme. Son vampire. Son partenaire.

Sa main traversa la vallée de son ventre pour trouver le sombre nid de boucles entourant son sexe fier. Ses lèvres suivirent le chemin que ses mains avaient tracé pour atteindre le membre qu'elle savait impatient de rencontrer son toucher.

Elle inspira profondément quand ses doigts touchèrent le prépuce de sa verge, doux comme du velours. On ne peut plus consciente de l'effet que son toucher avait sur lui, elle continua et laissa courir ses doigts du haut vers la base. Doucement, très doucement. Elle prit une profonde inspiration et inhala l'odeur de son excitation.

Instantanément, elle se lécha les lèvres, les humectant.

« Je te veux, Samson, » murmura-t-elle avant que sa langue ne touchât le bout de son érection et qu'elle ne commençât à descendre tout le long, jusqu'à la base.

« Delilah, je suis à toi. »

Sa voix était presque méconnaissable. Basse et rauque.


Samson plongea ses ongles dans les draps pour cesser de se pousser vers elle. La sensation de sa langue sur sa verge lui fit quasiment perdre le contrôle. Qu'avait-il fait dans sa vie pour mériter une telle femme ? Delilah l'avait accepté de tout son cœur, et elle lui démontrait son amour à chacune de ses caresses.

Au moment où elle le prit en bouche, lui, Samson, vampire fort et puissant, se retrouva démuni dans les bras de sa belle. Vulnérable et à sa merci. En sécurité.

Il gémit et souleva les hanches, demandant une pénétration plus profonde. Elle répondit à sa requête, ses lèvres glissant le long de son membre dur jusqu'à ce qu'il fût complètement enfoui en elle. Sa chaleur et son humidité l'enveloppèrent, le bercèrent. Réfugié dans sa bouche, il devint plus dur. La succion et la façon dont elle le léchait devinrent plus intenses, et il enfonça sa tête dans l'oreiller pour retenir un cri de plaisir.

Samson sentit ses canines piquer, désirant le sang de sa belle. Qu'il eût pu se retenir durant les nuits qu'ils avaient passées ensemble le dépassait. La sentant comme il la sentait à cet instant, il réalisa qu'il n'avait plus eu aucune chance de se détourner d'elle après leur premier baiser.

Ses canines s'allongèrent, tandis qu'un grognement s'échappait de sa poitrine. Il appelait sa partenaire.

« Delilah ! »

Il sentit l'hésitation de la jeune femme à abandonner sa verge, mais il la tira de ses bras forts pour la regarder dans les yeux.

« Prends-moi en toi, maintenant. »

Sa main vint toucher son visage, puis elle laissa son doigt courir le long de ses canines. Il ne lut pas de peur dans ses yeux, juste de l'excitation.

Sans le perdre du regard, elle se positionna sur lui et s'appuya, doucement mais sûrement. Le bout de son érection toucha le centre humide de sa féminité, et il gémit. Le corps de Delilah continua sa descente, le prenant dans sa gaine chaude, se contractant autour de lui, le poussant plus en profondeur jusqu'à ce qu'il fût entièrement en elle.

Pendant un moment, il ne put bouger, de peur d'atteindre trop vite son orgasme. Elle sembla comprendre et resta immobile.

Samson tourna la tête vers sa table de nuit. Alors qu'il agrippait le poignard de cérémonie, ce dernier étincela dans la faible lumière de la bougie posée à côté. Les yeux de Delilah suivirent ses mouvements. Il porta la lame au confluent du cou et de l'épaule et la pressa avec précision. Poussant le poignard en avant, il se trancha la peau.

Il sentit instantanément le filet de sang et retira le poignard.

« Bois. »

Delilah vit le sang gicler de l'incision et se baissa sur le torse de Samson.

« Je t'aime, Delilah. »

Sans hésitation, elle plaça sa bouche sur la peau ouverte et suça. Le liquide chaud courut sur sa langue et le long de sa gorge ; son goût était étonnement doux. Elle lécha son épaule plus fort, en désirant davantage encore. Delilah sentit les bras de Samson autour d'elle, la serrant plus fortement contre lui, son sexe en érection se mouvant en elle, poussant, pompant.

D'un mouvement qu'elle nota à peine, il la renversa, l'amenant sous lui, plongeant à présent sa verge plus profondément en elle.

« Maintenant, nous nous lions »

Elle entendit sa voix avant de sentir sa bouche sur son cou. Il lui lécha la peau, la faisant frissonner. Ses canines l'effleurèrent alors et lui percèrent la peau, s'enfonçant en elle.

Il n'y eut aucune douleur, uniquement du plaisir lorsqu'elle le sentit sucer, consciente que son sang passait de son corps à celui de son partenaire. Puis, le gémissement guttural de Samson se répercuta dans son corps.

Un vertige se répandit en elle comme si elle flottait sur un nuage, et elle prit davantage encore de lui. Son sang coula le long de sa gorge et la réchauffa à l'intérieur, réveillant chacune de ses cellules et faisant frissonner son corps.

Une décharge électrique parcourut ses veines, provoquant des sensations jusque-là inconnues, allumant une flamme en elle.

Son ventre se contracta sous le besoin, voulant et acceptant le corps et l'âme de Samson tout en offrant les siens en retour. Delilah sentit la puissance primaire et la force du vampire lorsque la verge de ce dernier s'engouffra plus profondément en elle, l'emplissant, la complétant.

Elle grogna contre lui, demandant davantage. Le corps de Samson se contracta encore plus face à cette demande, et sa verge, bien que déjà à l'étroit dans ce canal, grossit en elle. A chaque mouvement, se retirant, puis replongeant, il titillait les terminaisons nerveuses de son corps et faisait brûler le feu en elle encore plus fort.

Nul n'avait besoin de parler : elle ressentait chacune de ses émotions. A quel point il avait besoin de son sang en lui, à quel point sa verge n'aspirait qu'à être soulagée en se répandant en elle pour y planter sa semence. Quant à elle, son propre désir de le recevoir grandissait à chaque seconde.

Delilah sentit chaque cellule de son corps brûler, l'amenant à l'orgasme. Il était là avec elle, plongeant dans les abysses, alors que leurs corps respectifs trouvaient leur libération. Flottants, se portant mutuellement, connectés.

Lorsqu'elle relâcha son épaule, elle le sentit faire de même. Un instant plus tard, sa langue adoucit la zone.

« Oh, Samson ! »

Il l'embrassa, l'attrapant, alors qu'elle se penchait sur lui.

« Je suis ici, ma douce. Je suis ici. »

Elle haleta bruyamment. Avait-elle au moins respiré au cours du processus ? Elle ne s'en souvenait déjà plus.

« Tu ne m'avais pas dit que ce serait aussi incroyable. »

Samson rit doucement.

« Plus l'amour est profond, plus la connexion est intense. »

Delilah effleura ses lèvres des siennes.

« Je pouvais te ressentir. »

 « Et je pouvais te ressentir. Ton cœur est pur. Je suis flatté que tu me l'aies donné. »

Il l'embrassa tendrement.

« Je vais aimer vivre ici avec toi, » dit-elle.

« Par contre, demain, on devra parler à Amaury pour qu'il nous trouve une nouvelle maison. Celle-ci va être trop petite, » déclara Samson.

Trop petite ? Sa maison était une grande demeure victorienne. Elle pouvait contenir au moins cinq fois son propre appartement de New York.

« C'est assez grand pour nous. Juste toi et moi. Je n'ai pas besoin de beaucoup d'espace. »

Elle nota un sourire quelque peu embarrassé se former sur les lèvres de son partenaire.

« Oui, mais ça ne va pas toujours être juste toi et moi. D'abord, on aura besoin d'une nursery, et quand les enfants seront un peu plus grands, ils voudront probablement leurs propres chambres et… »

« Des enfants ? »

« Oui, nos enfants. Je sais que tu en veux. »

« Mais tu m'as dit que tu ne pouvais pas en avoir. Les vampires ne peuvent pas se reproduire. »

« C'est vrai, en général, mais il y a une exception. Quand un vampire mâle se lie avec une humaine, le rituel change leur ADN. Une fois que ton premier cycle après le mélange des sangs sera terminé, je pourrai te féconder. »

« Impossible. »

Elle secoua la tête.

« Tu te souviens du maire ? »

Delilah hocha la tête.

« Je t'ai dit que c'était un vampire, mais ce n'est pas tout à fait vrai. C'est un vampire hybride, un vampire né d'une mère humaine et d'un père vampire. Ils ne sont pas nombreux, mais quand même. Ils ont des traits à la fois humains et vampires. Ils peuvent aussi bien se nourrir de sang que de nourriture humaine. Ils peuvent s'exposer au soleil sans se brûler et possèdent la force et la vélocité d'un vampire. Ils ont les forces des deux espèces et les faiblesses d'aucune. Nos enfants grandiront comme des enfants humains, et quand ils atteindront leur maturité, ils arrêteront de vieillir comme n'importe quel vampire. »

Les yeux de Delilah se remplirent de larmes.

« On peut avoir des enfants ? »

« Autant que tu en voudras. Je les aimerai tous. »

Delilah fit la moue.

« Pourquoi tu ne me l'as pas dit plus tôt ? »

Samson effaça ses larmes d'un baiser.

« Je voulais te faire une dernière surprise. Te surprendre va être compliqué, maintenant. »

Elle rit. Il avait raison. Elle pouvait déjà ressentir d'autres choses le concernant, comme si elle était dans sa tête.

« Alors, quand est-ce qu'on va célébrer ce mariage humain que tu prévois ? »

Samson éclata de rire.

« Tu vois ce que je veux dire ? Je ne peux plus rien te cacher. Comment l'as-tu su ? »

« Quand tu as de nouveau fait allusion au maire, ton esprit s'est focalisé sur ce qu'il t'avait dit dans le cabinet du psy. Qu'il voulait te faire l'honneur. Il t'a proposé d'officier la cérémonie, n'est-ce pas ? »

« Si nos enfants ont, ne serait-ce que la moitié de ton intelligence, on va avoir des petits Einstein à la maison. J'espère que tu es prête à y faire face. »

« Je suis prête à tout pour toi. »

Elle sourit et l'embrassa.

« Tout ? J'ai une ou deux choses en tête… »

Son sourire malicieux s'alliant à son érection grandissante contre elle laissa peu de place à l'imagination quant à ses intentions.

« Seulement une ou deux? » le taquina Delilah. « Tu crois que ça va suffire ? »

« Avec toi, jamais. »

Mais pour cette nuit-là, une ou deux choses seraient un début.

~ ~ ~

# À propos de l'Auteur

De nationalité allemande, Tina Folsom vit depuis plus de 25 ans dans des pays anglophones. Elle a d'ailleurs épousé un Américain et s'est établie en Californie en 2002.

Tina a toujours été un peu globe-trotter et a vécu dans nombre de différentes contrées.

En 2010, elle a rédigé son premier roman d'amour.

Elle a toujours été attirée par les vampires. Depuis 2008, elle a publié plus de 38 livres en anglais et des douzaines dans d'autres langues (français, allemand et espagnol). De plus, elle fait actuellement traduire l'ensemble de ses livres en français.

Tina apprécie recevoir des commentaires de ses lecteurs. Pour cela, vous pouvez lui écrire à l'adresse électronique suivante: tina@tinawritesromance.com.

Vous pouvez également la contacter via Facebook: facebook.com/TinaFolsomFans.

Enfin, vous pouvez visiter son site Internet tinawritesromance.com afin de vous tenir au courant des nouveautés.

www.ingramcontent.com/pod-product-compliance
Lightning Source LLC
Chambersburg PA
CBHW051255210726
48287CB00002B/508